大西迁

蝶衣 著

百花洲文艺出版社
BAIHUAZHOU LITERATURE AND ART PRESS

图书在版编目（CIP）数据

大西迁 / 蝶衣著. — 南昌：百花洲文艺出版社,2023.12
ISBN 978-7-5500-5265-9

Ⅰ. ①大… Ⅱ. ①蝶… Ⅲ. ①长篇小说－中国－当代 Ⅳ. ①I247.5

中国国家版本馆CIP数据核字（2023）第167922号

大西迁

蝶 衣 著

出 版 人	陈 波	
责 任 编 辑	李梦琦　李晗钰	
书 籍 设 计	黄敏俊　许晨婕	
制　　作	何 丹	
出 版 发 行	百花洲文艺出版社	
社　　址	南昌市红谷滩区世贸路898号博能中心一期A座20楼	
邮　　编	330038	
经　　销	全国新华书店	
印　　刷	江西千叶彩印有限公司	
开　　本	787mm×1092mm 1/16　印张 24.25	
版　　次	2023年12月第1版	
印　　次	2023年12月第1次印刷	
字　　数	380千字	
书　　号	ISBN 978-7-5500-5265-9	
定　　价	58.00元	

赣版权登字 05-2023-307

邮购联系 0791-86895108
网　址 http://www.bhzwy.com
图书若有印装错误，影响阅读，可向承印厂联系调换。

目录

引子

乾隆二十九年（1764年），世居东北的1018名官兵带领家眷，离开祖祖辈辈居住的地方，不远万里来到新疆伊犁河畔屯垦戍边。他们历经一年零四个月的艰难跋涉，分两批先后到达伊犁河畔，完成了万里西迁这一伟大戍边任务的第一步。

那个时候伊犁河畔一片荒凉，锡伯营官兵的粮食所剩无几。生死存亡之际，锡伯营果断决定开挖准噶尔时期被废弃的绰合尔渠。经过八个牛录官兵的日夜奋战，终于疏通了这个全长90公里的大渠，并且开荒造田一万多亩，才得以让锡伯营官兵在绰合尔渠沿岸繁衍生息。

察布查尔大渠水流湍急，带领官兵开挖这条大渠的锡伯营总管图伯特的雕像，就屹立在察布查尔大渠的龙口处，仿佛要世代守护这一条被锡伯族人民誉为"母亲河"的大渠。在他的雕像下方用汉锡两种文字书写着"图公精神世代相传"几个大字，特别地醒目。

经过200多年的岁月洗礼，察布查尔大渠已经成为新疆最古老的大渠之一，也是察布查尔县引水灌溉的主要命脉。它为察布查尔县成为百年粮仓奠定了基础。

第一章　有人落水了

2017 年夏，孙扎齐牛录乡。

作为孙扎齐牛录乡的村民，今年 25 岁的巴建龙心里非常郁闷。他在一家锡伯族人开的餐厅里学习配菜。因为前一天晚上生意特别好，他一直忙到凌晨三点半才回到家里。原本他今天上午应该休息，等下午两点的时候再去换班。可是还不到九点，他就接到了老板的电话，说是今天来了贵客忙不过来，非要让他去上班。

巴建龙看看表，他才睡了几个小时。虽然感觉满身疲惫，可是为了保住这份工作，他只得咬着牙爬了起来，胡乱洗了一把脸就往餐厅走去。

现在是农忙季节，乡里的劳动力基本上天一亮就下地干活去了。街上只有几个无所事事的年轻人在闲逛。

"建龙哥，我搞到了两瓶好酒，咱们喝酒去啊？"这几个年轻人是巴建龙的酒友，除了上班以外，他就整天和他们混在一起喝酒买醉。

若是平日，巴建龙二话不说就跟着走了。可是眼下他要赶着去上班，所以便皱着眉头挥了挥手，一脸不耐烦地说："不去，不去，我今天加班。"

几个年轻人见叫不动他觉得无趣，便说了一通风凉话蜂拥着离去了。这更加重了巴建龙心中的怒气。

等巴建龙来到锡伯族餐厅外面的时候，瞧见门口停了几辆挂着京牌的小轿车。这让他吃了一惊，在孙扎齐牛录乡这样的地方，怎么会有北京来的汽车呢？看来今天果真是来了贵客。

"巴建龙你怎么到现在才来？你也不看看几点了？你这个小子现在是越来

越懒散了，你若是不想干了就早点说，别占着一个名额浪费资源。"正在配菜的大厨看到巴建龙进来，把菜刀往案板上一扔，阴沉着脸骂道。

"我昨晚三点半才下班，早上是我休息……"巴建龙张了张嘴小声嘀咕道。

"就你矜贵，谁不是半夜下班的？你看我们哪个休息了？年纪轻轻不学好，整天就想着跟那几个小混混去喝酒，你也不看看自己是什么样子？若不是老板替你说情，我能让你来当学徒？"大厨不依不饶地骂道。

事实上像这样的辱骂巴建龙每天都在经历，开始的时候他还很气愤，可是后来他逐渐就麻木了。

在乡里能找到一份每个月都按时发薪水的工作非常不容易，他一个高中都没有毕业的人，找一份稳定的工作就更难了。所以眼下他能做的只有忍耐。

这个时候餐厅老板从外面急匆匆地跑进了后厨，大声说道："巴建龙你去前面帮忙传个菜，我跟你们说今天这个客人可是从北京来的专家，据说祖上是满族镶黄旗，这次是来咱们察县寻根来了。据说还要做那个什么电视节目，你可要把人给招待好了。"

北京是巴建龙一直向往的地方，他还在卜高中的时候，目标就是考上清华或北大。可惜……后来发生了这么多事情，让他与心仪的大学失之交臂。

这也成为巴建龙心底最深的遗憾。带着这些遗憾，他传菜的时候特意观察了一下。他发现老板口中所说的那个北京来的专家，其实是个和他差不多大的男青年，长得文文弱弱的，鼻子上还架着一副眼镜，正饶有兴趣地听乡里的干部给他介绍孙扎齐牛录乡的历史。

巴建龙对这些历史也非常感兴趣，他家里的床头上，就摆放了很多历史人文之类的书籍。可是眼下他只是一个传菜生，又哪里有资格坐下来听北京来的专家聊历史。

可能是感受到了巴建龙热切的目光，那个男青年抬起头来看着他，冲着他露出了一个非常友好的笑容。他笑起来脸上有一对酒窝，非常阳光帅气。

巴建龙的一张脸腾地一下就红了，他慌忙离开了房间。他利用空闲的时候偷偷躲在窗户下面，听他们聊外面的事情。

男青年的介绍让巴建龙感觉热血澎湃，他在心里暗暗发誓，总有一天他也要离开这里出去闯一闯。

带着这些心事，巴建龙一上午都有些心不在焉的，也因此挨了不少骂。

好不容易熬到下班，他一边感慨着自己的命运，一边垂头丧气往回走。他想起二姐前几天说想喝鱼汤，便回家拿了一根鱼竿往察布查尔大渠的方向走去，打算碰碰运气钓几条鱼，拿回去给二姐改善生活。

可就在这个时候，巴建龙忽然听到大渠旁边传来一阵孩童凄惨的啼哭声："快来人啊！快来人啊！有人落水了。"

巴建龙连忙拎着钓鱼的设备朝哭喊声的方向跑了过去，他看到两个七八岁的小姑娘站在岸边，正在焦急地呼救。

这察布查尔大渠是锡伯族人民的母亲河，从嘉庆年间就开始养育着生活在这片土地上的锡伯族人民。也正是因为大渠沿岸有几十万亩的土地需要灌溉，所以大渠里的水深达四五米，而且水流非常湍急，别说是小孩子了，就连大人不小心落水了都很难救得回来。

第二章　紧要关头

　　村里的大人都会时常叮嘱自家的小孩子，不管什么时候都要离大渠远一点，千万不要在那附近玩。可是这几个孩子也不知道怎么回事，竟然会在这附近玩，而且还有孩子掉进了大渠里。这下可凶多吉少了，没想到这样的事情竟然让他给遇见了，他该怎么办？

　　巴建龙这样想着，脚步不自觉往孩童哭喊的方向跑了过去，他连钓鱼的工具都顾不上拿。等他气喘吁吁地来到大渠边上的时候，才发现水流湍急的大渠里竟然有两个半大孩子正在努力挣扎着。

　　那两个拼命哭喊着的小姑娘看到巴建龙的时候就好像看到了救星一般，她们一左一右拉着他的手，声音嘶哑地哭喊着："叔叔，叔叔，求求你救救他们，若是妈妈知道了一定会打死我们的……"

　　巴建龙望着湍急的渠水努力吞咽了一口唾液，他知道跳进这湍急的河水之中将会意味着什么，别说救人了，能不能保住自己的命都是另外一回事。

　　拿自己的命去换两个素昧平生的孩子的命，他还真没有想好。因此巴建龙深吸了一口气，努力平复了一下恐惧的内心，结结巴巴地说道："你们……你们别着急，等我喊几个人过来一起帮忙……"说完他掏出手机就要打电话求救。

　　就在这千钧一发之际，巴建龙忽然看到一个人不顾一切地朝他们所在的方向冲了过来，而且边跑边脱衣裳，满脸都是难掩的焦急之色。

　　这人巴建龙认识，正是从江苏来的援疆干部乔阳。乔阳今年不过二十七八岁，名牌大学毕业，年纪轻轻就考上了公务员，当上了国家干部。可是他放着优越的生活不过，主动申请来察布查尔县当了一名光荣的援疆干部，现在是孙扎齐牛录乡的村委会副主任。

巴建龙听人说过，乔阳从小父母双亡，家里条件非常艰苦。他和妹妹相依为命，是靠着村里的乡亲们的照顾才能平安长大。可是他并没有因为这样就自暴自弃，他靠着坚强的意志，一边勤工俭学供妹妹上学，一边努力学习，一天只睡两三个小时觉，最终以优异的成绩考上了名牌大学。

正因为此，巴建龙对他的印象非常深刻。因为他也有着和乔阳相似的经历。他的父亲在他很小的时候就因为一场意外去世了，留下母亲一人，孤苦伶仃地带着他和两个姐姐艰难地生活着。

因为没有父亲，巴建龙没少被村里的孩子欺负。后来为了养家糊口，他的两个姐姐早早就辍学，四处去打工，什么苦都吃过。

可是一家人从来没有动过让巴建龙辍学的念头，他们把所有的希望都寄托在他的身上。希望他能好好上学，以后可以出人头地。

而巴建龙也非常争气，他知道妈妈和姐姐们的不容易，在学习上从来都不让家里人操心。他在努力学习之余，还利用空余的时间去打零工赚取学费。

就在所有人都认为学习成绩优异的巴建龙一定能考上一个好大学的时候，命运之神并没有眷顾他。就在高考前的一个星期，巴金龙突然高烧不退，吃药打针都不管用，在高烧了四五天之后，他甚至出现了昏迷和抽搐的症状。

他的这副模样把家里给吓坏了，发现他这病并不是简单的感冒发烧，连忙把他送去了县医院，经过各种检查以后，得出的结论是急性脑膜炎，需要住院治疗，而且还要抽取他的骨髓做化验。

整个治疗过程是非常痛苦的，但是身体上的痛苦远远抵不过精神上的痛苦。巴建龙多年的努力，因为这一场病而付诸东流。

高考的那一天他在医院的病房里忍不住失声痛哭，并且为此消沉了很久。巨额的住院费用，再加上精神上的双重打击，让原本就不富裕的家庭更是雪上加霜。

脑膜炎这种病症并不会因为出院就完全康复，它中间还有近一年的反复期，那一年的时间里巴建龙几乎每一个星期都会发一次高烧，不断地往返于家和医院之间……

这场病彻底毁了他的一生，他的两个姐姐也为了筹钱给他治病，早早就嫁了人……面对家里人无私的付出，他再也无法心安理得地去复读，他要努力工作偿还给他看病欠下的那些钱。只要一想到这些事情，巴建龙就感觉心如刀绞。

就在他思绪纷飞的时候，就听见耳边传来扑通一声巨响。他连忙回头看去，见乔阳已经奋不顾身地跳进了湍急的河流之中。

这渠水又深又急，乔阳跳进去的时候一下就被大水给冲出去很远，巴建龙感觉整颗心都揪了起来，他着急地大喊了一声："当心啊！"

那一刻，他被乔阳的行为深深地感染着，也顾不上自己的安危了。不过他还保持了一丝理智，知道就这样跳下去的话，不但救不了人，可能还要搭上一条命。

就在他感到万分焦急的时候，忽然摸到了悬挂在腰间准备用来钓鱼的尼龙绳。他迅速取下尼龙绳，把一头紧紧绑在腰上，另外一头绑在了渠边凸起的大石头上，这才用力跳进了水渠之中。

这渠水都是天山上融化的雪水，就算是炎热的夏天也是冰凉刺骨。在跳进水中的那一刻，巴建龙不由自主地打了几个哆嗦。

他努力地想要控制住自己的身体，虽然有绳索束缚着他，他还是被大水冲得打了几个转，喝了好几口水，这才用尽全身力气努力从水中挣扎着探出了脑袋。

他抹了一把脸上的渠水，四处找寻了一下，看到乔阳正奋力抓着两个孩子的衣襟，用力往岸边游。但是渠水太过湍急，那两个溺水的孩子忽然之间获救，两个人都死死地抱着乔阳的身体，拖着他往水里沉浮。

乔阳急得大声吼叫着："孩子们你们听我说，松开手，不要害怕，我会保护你们的……"后面的话还没有说完就咕咚咕咚喝下了几口水。

第三章　英雄赞歌

"乔主任，您往这边游，把孩子交给我一个……"巴建龙奋力在渠水之中挣扎着，努力往乔阳所在的方向靠拢。

乔阳听到叫声，才看到巴建龙也跳进来了。他努力控制住下沉的身体，声音微微颤抖着喊道："你注意安全……一定要保证孩子们的安全。"

巴建龙看到乔阳脸色发白，嘴唇青紫，想来整个人的体力已经到了极限，若是再这样被两个孩子死死抱着肯定会出大问题的。

他想到这里不顾一切地奋力往乔阳身边游去，湍急的渠水卷起一个个巨浪朝他打来，他一会没在水里，一会又挣扎着浮出水面，在这个过程之中喝了一肚子的泥水。

不过巴建龙依然咬着牙，用尽全身力气游到了乔阳的身边，一把抓住了一个落水的孩子，费了很大的力气才将他从乔阳身上给拽了下来。

这个孩子已经陷入半昏迷状态，他咕咚咕咚喝了几口水以后，求生的本能让他反手一把抱住了巴建龙的腰，任凭巴建龙怎么挣扎他也不松手。

若不是巴建龙身上拴着一根绳子，拉扯着他的身体，减轻他的压力，怕是早就被这个孩子给拽到水里去了。可想而知刚才乔阳努力拉扯着两个孩子是多么地艰难。

这个时候，岸边两个小女孩的哭喊声又吸引了两三个人过来。他们看到大渠里凶险的情形，急得连声呼喊道："你们小心啊！注意安全！天啊！再不能往下游去了，下游是个急转弯，滑落到那个位置，大人小孩都会没命的。"

巴建龙听到岸边传来的叫声以后，精神为之一振。他大声地呼唤了起来："拉绳子，快拉绳子。"

岸边的人听到他的叫声，马上焦急地寻找了起来，终于在岸边的一块大石头上发现了绳子的另一端，连忙一起用力往上拉绳索。

利用这个间隙，巴建龙用力游到了乔阳的身后，一把抓住了他的胳膊，带着他一同往岸边游。

两个大人加上两个孩子，再加上渠水的阻力，让巴建龙身上的绳索岌岌可危。岸上的三个人也根本控制不住绳索带来的拉力，有好几次勉强把他们拉到岸边，又因为手上没有力气，再次让四个人被渠水给冲了出去。

尝试了几次以后，乔阳用力拍了拍巴建龙的肩膀，声音微弱地说道："这两个孩子就交给你了，无论如何都要保证孩子的安全。"

他说完这番话以后，没等巴建龙反应过来，就用力从他的手中挣脱了，然后用尽全力将怀中的孩子推给了巴建龙，他自己则像是断了线的风筝一般，被奔腾的渠水冲出去好几米远。

"乔主任……你坚持住，我马上就来救你。"巴建龙看到眼前的情景，眼睛都有些红了。

他把心一横，用胳膊夹着两个孩子，努力配合着岸边的人好不容易来到岸边，用尽全身力气将两个孩子一一推到了岸上。然后又不顾自身的安危，纵身跳进了水里，朝着乔阳奋力游了过去。

先前乔阳为了保护两个孩子，一直努力支撑着，透支了全部的体力。如今他眼见两个孩子终于安全了，苍白的脸上露出了一抹会心的微笑，然后缓缓闭上了眼睛。

他瘦弱的身体随着河水快速往下游漂去，巴建龙见到这样的情景，眼泪唰地一下流了下来，他带着哭腔喊了一句："乔主任你坚持住，我马上就来救你了。"

可是就当他奋力往乔阳身边游去的时候，身后突然传来一阵强大的拉扯力，限制了他继续往前游。他连忙回头一看，见是绑在他腰上的绳索已经到了长度的极限。

巴建龙红着眼睛对站在岸上的人喊道："把绳子解开，快把绳子解开……"

岸上的人着急地冲着他摆手，喊道："建龙危险，前面就是急转弯的位置，你就是跟上去也是死路一条，我们不能这样做……"

巴建龙见一时无法说服岸上的人，他便手忙脚乱准备去解开腰上的绳索。但他整个人都在水里沉沉浮浮，根本就没有办法控制住身体。也就在这个瞬间，他眼睁睁瞧着乔阳的身体转了一个弯，很快便消失不见了。

"乔主任……"巴建龙惨叫了一声。

这时一个巨浪打了过来，推动着巴建龙的身体，把他狠狠撞击在岸边坚硬的石块上。他感觉脑袋传来一阵剧痛，紧接着眼前一黑便逐渐失去了知觉。

巴建龙做了一个很长的梦，他梦见自己在一条漆黑的、看不到尽头的道路上，深一脚浅一脚地行走着。也不知道走了多久，眼前忽然一亮，出现了一条一望无际的大河。

他看到河面上有一条船行驶了过来，乔阳穿着一身干净整洁的衣裳站在船头。他看到巴建龙的时候脸上露出浓浓的笑意，并且冲他热情地挥着手。

他对巴建龙微笑着说道："谢谢你为我所做的一切，你一定要好好活下去，代替我完成那些没有来得及实现的梦想。"

正当巴建龙想要说什么的时候，他忽然看到一阵巨浪袭来，打翻了乔阳乘坐的船只。乔阳单薄的身体像是一片枯叶一般被巨浪给卷走了。

"乔主任……快救乔主任……"巴建龙大声尖叫着，猛然睁开了双眼。

他茫然地环顾四周，发现自己躺在医院里。而刚才的一切只不过是他做的一场梦。

巴建龙想要从床上坐起来，可是他稍一动弹就感觉脑袋上传来一阵疼痛，让他忍不住闷哼了一声。

"建龙你终于醒了，真是吓死我们了……"他发出的声音，使趴在床边睡着了的大姐巴小英惊醒了过来，她看到巴建龙睁开了双眼，脸上带着又惊又喜的表情说道。

"大姐你怎么在这里？现在是什么时候了？"巴建龙忍着剧痛，捂着脑袋声音沙哑地说道。

"你受伤了……已经昏迷两天了……真是谢天谢地，终于平安醒来了……"说起这件事情，巴小英心疼地抹着眼泪说道。

第四章　伤别离

听了巴小英的话，巴建龙又猛然想起乔阳落水的事情。他不顾脑袋上的疼痛，一骨碌从床上爬了起来，用力抓着巴小英的胳膊问道："姐，乔主任怎么样了？有没有把人救上来？他伤到哪里了吗？"

巴小英听了他的话以后，眼泪忍不住扑簌簌地落了下来，一个劲地摇头，就是什么都不肯说。

巴建龙一看急了，挣扎着就要下床，嘴里还嚷嚷着："你不说拉倒，我自己去看。"他手上还挂着吊瓶，他觉得妨碍他下床，伸手就要把针管给拔了。

巴小英见他真的着急了，连忙把他按住了，带着哭腔说道："你就别添乱了，眼下咱们村里已经够乱了。乔主任……人是救回来了……可是……可是……"后面的话她说不下去了，捂着嘴巴呜呜地哭了起来。

"可是怎么样？你倒是说清楚啊！"巴建龙眼睛通红地吼道。

其实通过巴小英的表情，他心里隐隐已经猜到了结局。可是他不甘心，还抱着最后一丝侥幸。他不断地安慰自己，乔阳可能和他一样受伤了，可能伤残了，但是不管怎么样，只要他能活着就好。

巴小英知道这件事情根本瞒不了，便哽咽着说道："人是救上来了……村里得到信息以后，村书记带着村干部们全力去营救……但是时间拖得太长了，人是在下游十几公里的地方被找到的……当时人被救上来的时候早就没有呼吸了。乔主任身上多处受到了致命的伤害……所以……所以他……"她拼命控制着情绪，断断续续才说完上面这一番话。

事实上巴小英已经努力减少了对乔阳受到的伤害的叙述。乔阳的尸体被捞上来的时候，在场很多人都不忍心去看他的惨状。

他瘦弱的身体上到处都是青紫和骨头断裂的伤痕，浑身上下几乎没有一寸完好无损的肌肤。曾经那么英俊的面孔，如今也面目全非了，若不是从他穿着打扮上来看，单看他的五官，让人根本都不敢确认。

村里把乔阳的尸体拉回来以后，马上就联系了他的家人。乔阳自幼父母双亡，与唯一的妹妹乔伊相依为命。

乔伊今年在杭州上大四，如今在一家新媒体公司实习。原本她还畅想着等毕业了以后就来找哥哥，这些年乔阳供她上学确实吃了很多苦，如今总算到了她能报答哥哥的时候了。

可是她满心欢喜等来的，不是和哥哥团聚，而是哥哥的死讯。这个可怜的姑娘听到这个消息以后，当场就昏死了过去……

巴小英一边抹眼泪，一边把自己了解的事情都告诉了巴建龙。说完这些以后，她又叹着气说道："建龙，你的命是乔主任拿命换回来的，你可要好好保重身体，不然就是辜负了他的期望。当时的情形我都听村里的人说了，这件事情不怪你，你已经尽力了。为此你也受了重伤，医生说你脑袋受到了重击，中度脑震荡。以后要好好养着，免得留下什么后遗症……"

巴建龙听完巴小英的叙述以后，他心中唯一的希望也彻底破灭了。他的眼泪像决了堤的洪水一般汹涌而出。他痛苦地揪扯着自己的头发，带着哭腔嘶吼道："都怪我，都怪我，若是当时我抓得紧一点，他就不会被大水冲走……若是我当时游得再快一点就能把他救下来。你说他这么好的一个人，怎么说没有就没有了呢？"

他痛苦地捶打着脑袋，因为用力过猛，脑袋上刚刚愈合的伤口，又再次崩裂开来，一股殷红的血迹顺着他的脑门流了下来。

巴小英一看吓坏了，她劝阻巴建龙让他冷静一点，不要情绪这么激动弄伤了自己。

可是巴建龙就像是陷入了疯魔一般，根本听不进去她的劝阻，只是痛苦地自言自语着，并拼命捶打着自己的脑袋，更多的鲜血流了出来。

眼前的情景让巴小英急得直跺脚，她突然想起了什么，一转身打开门就往外跑，边跑还边大声呼叫着："医生……医生你快一点过来看看这是怎么回事啊？"

医生和护士听到她的喊声，很快便匆匆忙忙来到病房。看到眼前的情景，医生马上让护士给巴建龙打了一剂安定，让他先把情绪稳定下来再说。

在安定的作用之下，巴建龙很快便感到无比地疲惫，不一会又昏昏沉沉地睡了过去。

医生面色沉重地对巴小英说道："病人脑部受到了严重的撞击，千万不能再发生什么刺激到他的事情了。他这种情况需要安心休养……"说完又叮嘱了一些注意事项这才离去。

巴小英含着眼泪坐在巴建龙的床前，乔阳去世这件事情对他的刺激非常大，事实就摆在眼前，眼下这个痛苦他必须承受。谁也帮不了他，只能靠他自己挺过去了。

巴小英叹了一口气，哽咽着说道："弟弟，你从小就多灾多难的，不知道受了多少苦。你是咱们家唯一的希望，你心疼别人的时候，也心疼一下咱妈吧！她也是快七十岁的人了，身体也一直不好。若是你有个什么三长两短的，她肯定也活不下去了。你也是咱们家的宝贝啊！我们看到你这个样子，心里也很痛苦……"

她边哭边说着这些话，可惜巴建龙陷入了深度昏睡之中，她说的这些话，他都听不到。

巴建龙再次清醒的时候，已经是傍晚时分了。

巴小英原本担心他醒过来以后还会哭闹，所以一直紧张兮兮地守着他，一步都不敢离开。

可是没想到巴建龙醒来以后，表现得异常安静。他睁着一双无神的大眼睛看着巴小英问道："大姐，乔主任的葬礼什么时候举行？"

巴小英眼神闪烁了一番，声音小小地回答道："明天上午……他的家人已经到了，葬礼的准备在全村人的共同努力之下也都做完了。"

第五章　送他最后一程

到了晚饭的时候，巴小英让巴建龙在病房里躺着，自己去给他打饭，可是等她回到病房的时候，发现病房里空无一人，哪里还有巴建龙的身影？

巴小英着急地在医院里找了一圈，也没有找到巴建龙，最后还是值班护士告诉她，说是不久前看到巴建龙穿戴整齐下楼去了。

巴小英听了护士的话以后，急得一拍大腿说道："坏了，这小子肯定是偷偷跑回村里，去参加乔主任的葬礼了。"

她连忙跟护士交代了一番，说等找到巴建龙再带他回来住院。

巴建龙因为救人受伤，所以他的住院费用都是由村委会来出的。巴小英害怕护士误会他们想逃跑不结算医院的费用，还特意将自己的身份证押在了医院。

巴建龙见巴小英离开了病房，便忍着剧烈的头痛，迅速穿戴整齐，趁着医生护士都不注意的时候，悄悄溜出了医院。他不敢在医院多停留，他害怕自己控制不住情绪，回头又激动起来的时候，再被医生打一针安定，那他可就真的要错过乔主任的葬礼了。

巴建龙受伤昏迷以后，村委会马上派车将他送到了县医院进行抢救。与他一同送来的还有乔阳。可是经过医院的仔细检查，确定了乔阳的死亡，并且出具了死亡证明。村委会汇报了上级领导以后，又把人给拉回了孙扎齐牛录乡，把他的追悼会也定在了那里，并且连夜通知了乔伊。

等巴建龙回到孙扎齐牛录乡的时候，听到村委会那边传来一阵阵哀伤的哭泣声。他强忍着眼泪来到村委会，见乔阳的灵堂已经搭了起来，他的棺材放在灵堂的正中间，旁边跪着一个身材瘦小的姑娘，想来这位应该就是乔阳的妹妹乔伊。

　　灵堂里外到处都是人，虽然巴建龙踮着脚尖想要往里面看，可是依然没有看清楚那个姑娘的模样。

　　巴建龙想要找个机会给这姑娘道歉，若不是他没有抓住乔阳，她的哥哥也就不会死了。

　　正在巴建龙心里感觉无比难过的时候，忽然听见身边有人小声议论："这个不是巴建龙吗？他怎么还有脸来？"

　　"哎！你们听说了吗？当时乔主任和巴建龙都掉进了水里，是乔主任冒着生命危险将两个孩子和巴建龙给救上来的。结果因为体力不支被大水给冲走了。"

　　"啊？原来是这样啊？那这个巴建龙脸皮可真够厚的，把人给害死了，自己跟没事人一样跑来看热闹，我们村里怎么会有这样的人？"

　　巴建龙听着身边嗡嗡的议论声，用力握着拳头，他想要为自己辩解，事情不是他们说的那样。可是他张了张嘴发现居然连一点声音都发不出来。

　　他受的这一点委屈与失去生命的乔阳相比，又算什么呢？本来也就是他没有抓紧乔阳，才会直接造成他的死亡，这一切都是他的错。

　　想到这里巴建龙垂头丧气，满心悲戚地往人群外面走，把村民们对他的误解，和那揪扯人心的哭泣声都抛在了脑后。

　　巴建龙自打失去了考大学的机会以后，就变得有些自暴自弃，每天除了上班以外就和村里那些无所事事的人混在一处喝酒、闹事，很快便成了村里人人都感到头疼的小混混。所以大家伙儿对他的评价一直不怎么好，也根本不相信他会不要命地跳下水渠救人，因此才有了这些对他的误会。

　　心情烦闷的巴建龙无处去倾诉自己心里的痛苦，便摸着黑独自一人往乔阳被大水冲走的那个地方走了过去。

　　察布查尔大渠离孙扎齐牛录乡大约有两公里的样子，巴建龙没有任何照明工具，他就这样深一脚浅一脚地凭着感觉往前走。他边走边哭，感觉心痛得快要昏过去了一般。

　　他捶胸顿足地说道："乔主任，你说你为什么要留下我这么一个没有用的人？若是可以的话我宁愿用自己的命去换你的命。你为咱们村里做了这么多大好事，你是咱们村里人人称赞的大英雄，可是我呢？我什么都不是，我的人生从没有考上大学那一天开始注定了要失败。"

　　说到这里，巴建龙再也忍不住了。趁着这里四下无人，他蹲在地上捂着脸放声大哭了起来，想要通过这种方式把心里所有的不甘心、委屈和自责都倾泻出来。

　　正在他放声大哭的时候，有一辆车从半山腰那边急速行驶了过来。

　　孙扎齐牛录乡坐落在乌孙山的脚下，这里有非常悠久的历史文化。村委会在上级领导的指示下，除了努力维护村里已经开垦成熟的良田以外，又把位于乌孙山半山腰的那几十万亩地也开垦了起来。只是这半山腰的土地土质不太好，多是桨板地，其中还掺杂着不少小石头。这样的土地并不适合种植经济作物，便有一些人开始在半山腰种起了薰衣草，然后通过酿造薰衣草精油来产生不菲的收益。正因为这半山腰上种植了大面积的薰衣草，这里也就逐渐变成了外地人前来旅游的一个景点。所以每年到了这个时候，来往的车辆就特别多。

　　巴建龙完全陷入伤心之中，并未留意到有车辆从山上下来，而那辆在黑夜中疾驰的汽车，也完全没有料到，在这漆黑的夜晚，会有人蹲在路边失声痛哭。

　　等开车的司机发现路边蹲着一个人的时候，车身距离巴建龙所在的位置已经不足一米远了。司机吓得大叫了一声，他凭借多年的开车经验，猛地一打方向盘，刹车片摩擦汽车轮胎，发出一阵刺耳的声音。

　　车身剧烈晃动了几下，堪堪停在了路边上。如果再往前走一点，整辆车都要翻到路边的大渠沟里面去了。

　　坐在车里的人都被吓出了一身冷汗，目瞪口呆，久久都不敢动弹。

　　正在哭泣的巴建龙被汽车的轰鸣声吓了一跳，他连忙擦干眼泪站了起来，发现自己刚才竟然蹲在路中间失声痛哭。若不是这辆车的司机反应及时，这一会儿自己怕是早就没有命了。

　　想到这里，他不由得吓出了一身冷汗。

第六章　原来是你？

坐在车里的人也被这突如其来的状况给吓了一大跳，他们惊慌失措地坐在车里，大口地喘着气，过了好一会儿司机才回过神来。

他气愤地跳下车来，一把揪住巴建龙的衣襟，大声叫骂道："你他妈的不要命了是吧？半夜三更的你蹲在这里做什么？你就是想死也不要出来害人，你知不知道就差一点点，我们大家伙儿全都没命了。这么多条人命你赔得起吗？"

巴建龙吓得努力吞咽了一口唾沫，这才声音颤抖地说道："对不起，真是很对不起，我真不是故意的，我只是太难过了，再加上天又黑，所以我没有搞清楚状况……"他连声说着对不起，想要打消对方的怒气。

可是这司机确实被吓着了，抓住他衣襟的手都在微微颤抖着，心底的火气也是噌噌往上冒。他忍不住抬起紧握成拳头的右手，对着巴建龙的脸，嘴里还骂骂咧咧地说道："我最恨你们这种人了，遇到一点事情就要死要活的，一个大男人一点担当都没有。你想死就找个没人的地方去，别出来害人，今天我不给你一点教训，下次你可就没有这么幸运了。"

就在他的拳头快要落在巴建龙脸上的时候，车里忽然传来了一个声音："老王，住手，别人都说了不是故意的，这么晚了他一个人在这里，肯定是遇到了难处。这个时候他最需要的是别人的帮助，而不是落井下石。在生活之中我们谁没有遇到过难处呢？"

司机听到车里的叫喊声这才猛然收了手，不过他还是愤愤不平地狠狠朝地面吐了一口唾沫，这才骂骂咧咧地返回了驾驶室。

随着后排车门的打开，从里面走出来一个人，他径直来到巴建龙面前，朝他伸出了手说道："来，起来，不管发生了什么事情，先上车再说。"

巴建龙抬起头来，借着汽车的灯光，他赫然发现眼前这个人竟然是今天在餐厅里，他见过的那个从北京来的专家。

他脸上带着柔和的笑容，因为逆着光，汽车的灯光在他身后打了一圈鹅黄色的光，给他整个人都增添了一抹亮光，让他看起来高大了许多。

巴建龙感觉眼眶一热，两行热泪忍不住又滑落了下来。他害怕被眼前的年轻人看不起，便连忙用手背擦掉了眼泪，又在衣服上把手擦干净，这才紧握着年轻人的手，挣扎着从地面上站了起来。

"我叫贺晓明，请问你叫什么名字？"贺晓明瞧见巴建龙头上缠着纱布，里面隐隐渗出血迹来，担心地皱了皱眉头。

"我叫巴建龙，是孙扎齐牛录乡的人，我在餐厅见过你。我在那家餐厅打工，听你说了许多外面的事情……"巴建龙激动地抓着贺晓明的手，语无伦次地将自己介绍了一遍，也趁机把他们见过面的事情说了一遍。

贺晓明微微皱了皱眉头，很快便恍然大悟地说道："我想起来了，你就是那个传菜生……当时你的眼睛很亮，一副喜欢钻研、探索的模样。当时我还在心里想，这个年轻人不简单，以后肯定是有一番作为的。还想着找机会认识你，只是等我吃完饭的时候，听说你已经下班了，我心里还很遗憾，没想到竟然在这里遇到你了，你说这是不是一种缘分？走，既然都是老熟人，先上车再说。刚好我们也要回孙扎齐牛录乡……"他非常热情地拉着巴建龙的手，不动声色地挽扶着他，将他送到了汽车上。

他们的车上一共有三个人，除了贺晓明和司机以外，在前排的位置还坐着一个四十岁左右的中年男人。这个男人巴建龙在餐厅也见过。

他心情忐忑地坐上车以后，红着一张脸跟那个中年男人打招呼："真是对不起，今天因为我差点连累你们出了车祸，我真是该死……"

贺晓明在一旁不动声色地冲着男人使了一个眼色，后者微微颔首表示已经知道了。随即脸上堆起了笑容，对巴建龙伸出手说道："年轻人你好，我叫佟俊青，很高兴认识你。"

巴建龙听到他的姓氏以后，眼睛不由得一亮，开口问道："姓佟？请问您也是锡伯族人吗？"

"哈哈哈！年轻人眼力不错，我确实是锡伯族人。我是察县人，只不过大学毕业以后就留在了北京，已经很多年没有回来了。这次还是被贺晓明给忽悠来的。"佟俊青爽朗地笑着说道。

"那您可真要多回来看看，这些年因为国家政策好，咱们察县可是发生了翻天覆地的变化呢！我听村里的干部说现在全国都积极支援咱们新疆建设，咱们察县也已经脱掉了贫困县的帽子，一切都朝着好的方向发展呢……只是……"巴建龙说到这里，猛然又想起来了乔阳牺牲的事情，神情又瞬间痛苦了起来，眼睛里又泛起了一层雾气。

佟俊青和贺晓明对视了一眼，后者默默冲他点了点头。

佟俊青沉默了片刻，缓缓问道："年轻人你是不是遇到什么困难了？若是信得过我的话，不妨跟我说说，我这个老家伙见多识广，说不定能给你出出主意，大家集思广益，问题说不定就解决了。"

佟俊青的这番话让巴建龙又忍不住哽咽了起来，这些事情窝在他心里确实是像塞了一团棉花一般，压得他喘不过气来。就着这个机会，他索性便把事情的来龙去脉说了一遍。

说起乔阳牺牲的事情时，他忍不住又低低地啜泣了起来。

司机一直以为巴建龙是因为遇到了挫折不想活了，所以才故意蹲在这路上，想让往来的汽车把自己给撞了。他万万没有想到事情的真相竟然是这样的。

眼前这个差点被他打了的年轻人，竟然是个冒险去救落水儿童的英雄。想到这里他的目光逐渐复杂了起来，支吾了半天才吞吞吐吐地对巴建龙说道："原来事情是这样的，真是对不起，刚才差点误会你了，我真诚地给你道歉。"

第七章　脱胎换骨

巴建龙见司机道歉，连忙满脸愧疚地摆着手说道："不不，这事都怪我，都是我不好，没有考虑周全，所以才连累了你……"

坐在他身边的贺晓明忽然叹了一口气，重重拍了拍巴建龙的肩膀，声音无比沉重地说道："兄弟，就这件事情来说，你完全没有做错任何事情。不是人人都能像你这么勇敢，不顾自己的性命跳下水渠去救人。在救人这件事情上你已经尽力了，不用这么自责。"

"你说乔主任松开手的时候脸上是带着笑容的，那就说明他早就已经下定决心要这么做了，他若是泉下有知也一定不会怪罪你的。而且他还对你说，让你想办法去完成他未完成的心愿，那你就应该将他未完成的心愿努力完成，这才是对他最好的告慰。你这样痛苦自责，他若是能看到的话，心里一定会很难过、很自责的，难道你想让乔主任到了九泉之下还不安生吗？"他说完这一番话之后，目光深邃地看着巴建龙。

他的这番话触动了巴建龙的内心，巴建龙张了张嘴巴说道："可是他未完成的遗愿是什么呢？我完全不知道该怎么去帮助他完成。再说了，我又没有文凭，又没有技术，一个什么都不会的人又能做什么呢？"巴建龙说这番话的时候脸上都是茫然的神色，这也是他内心的真实感受。

"小伙子，乔主任有什么遗愿这件事情并不难打听到，他身边的亲人，他工作之中的同事，一定会知道这些事情的。反正我们还要过几天才走，等明天乔主任的葬礼结束了，我帮你一起打听打听。"佟俊青转过头来看着巴建龙说道。

"谁说你什么都不会做了？眼下真正懂满语、锡伯语以及这两个民族传统文化的年轻人是越来越少了，你看作为祖上曾经是镶黄旗的满族的我，如今想要了解满族的文字和传统文化，还要跑到咱们察县来才能找得到。咱们老祖宗留下了这么多历史文化，你们能把这些文化传承下来就已经很了不起了。依我看，你就从这些耳熟能详的事情之中，找到你最擅长的，并且将它精心做好，你就算是成功了。"贺晓明并不知道巴建龙擅长什么，他只能从这些大方向对他进行启发。

谁知道他的这番话确实触动了巴建龙的内心，他面露惊喜之色地说道："我会做锡伯族的传统美食，这些年我在餐厅做学徒，学到了很多东西，自己掌勺完全没有问题。再者，我的母亲、姐姐以及身边的亲戚朋友，他们都会制作各种锡伯族的传统美食，到时候我可以虚心向他们学习……"

"这个想法真不错，这几日在察县考察，我们真的是特别喜欢锡伯族的传统美食，比如锡伯族大饼、小菜、血肠子、手抓肉等等，简直都好吃得不得了……"贺晓明一拍大腿说道。

几个人一路上兴高采烈地聊着，等到了孙扎齐牛录乡的时候，巴建龙心中已经有了坚定的想法。他要去打听乔阳未完成的心愿，然后用余生努力去完成他的心愿。

等汽车将他送到家门口的时候，他看到老母亲和两个姐姐正焦急地站在大门外，发出一阵阵撕心裂肺的哭喊声。想来是因为自己从医院偷偷跑了出来，两个姐姐又找不到他，还以为他发生了什么意外，所以才一起坐在门外哭。

看到眼前的情景，佟俊青用力拍了拍巴建龙的肩膀，语重心长地说道："年轻人，逝者已矣，但是活着的人应当好好珍惜眼下的生活。乔主任用自己的生命挽救你们，就是希望活下来的人能一家团聚，安居乐业。所以好好活着才是对他最好的告慰。这是我们两个人的联系方式，以后有什么事情，你随时可以联系我们。"说完他从口袋里掏出来两张名片，塞到了巴建龙的手里。

贺晓明也拍了拍他的肩膀说道："快回家去吧！别让家里人太担心了。"

巴建龙紧紧握着这两张名片，默默地点了点头打开车门走了下去。

佟俊青望着巴建龙逐渐远去的背影，忽然笑着说道："真没有想到这次来察县竟然发现了这么一个人才，以我多年投资人的直觉，这小子假以时日一定会成为一个闪闪发光的人物……"

"佟叔叔，那你以后可不能再说跟着我瞎跑了，你看风景你也看了，家乡的民俗你也体验了。眼下又发现了这么一个人才，作为察县走出来的成功人士，您是不是也要为家乡的建设做出一点贡献？"贺晓明笑眯眯地说道。

"呵呵！你小子这才刚认识人家，胳膊肘就往外拐了？眼下还不到我出面的时候，一颗沙子若是想变成金子是一定要经历千锤百炼的。一个人若是想成才也要经历生活的磨难。这小子能不能成长还要看他有没有办法克服眼前的困难，能不能面对真正的自我。若是他能克服这一切，不用他来找我，我会主动去找他的。"佟俊青眯着眼睛饶有兴趣地看着巴建龙的背影说道。

等巴建龙走到家门口的时候，再回头看过去，只见那辆挂着京牌的汽车已经消失得无影无踪了。这一切就好像做了一场梦一般。

他用力捏了捏手中的名片，心里骤然升起了一股暖流。

"额尼（锡伯族语，"妈妈"的意思）、格格（锡伯族语，"姐姐"的意思）我回来了，对不起让你们为我担心了……"巴建龙看着抱在一起哭成泪人的三个女人，感觉一阵阵揪心一般的疼痛。

巴小英听见他的声音抬头一看，见巴建龙完好无损地出现在她们面前，不由得又惊又喜地说道："额尼你快看是建龙回来了，他没事，他什么事也没有。你这个臭小子跑到哪里去了？你知不知道家里人都很担心你？你这么大的人了，怎么一点都不负责任呢？"她骂完以后又抱着巴建龙哇的一声哭了起来。

第八章　选择不同

　　转天一早是乔阳的葬礼，他舍己救人的英雄事迹已经传遍了十里八乡，许多人慕名前来为他送行。一大早孙扎齐牛录乡的主干道前就停满了各种前来送行的车辆。

　　巴建龙天不亮就来到了乔阳的灵堂外，听着里面断断续续传来的压抑哭声，他的双腿就像是灌了铅一般，怎么都无法走上前……

　　乔阳追悼会上，乡里和县里都来了很多领导，他们用悲痛的声音念着悼词，巴建龙默默地蹲在外面流眼泪，至于悼词写的什么他一句都没有听进去。

　　眼前浮现的都是那天在大渠里，乔阳对他说过的话："好好地活下去，完成我未完成的心愿……"可是他未完成的心愿是什么呢？

　　念完悼词以后，到了要送乔阳的尸体去火葬场的时间。司仪大声喊了一句："亲人摔火盆，送英雄上路……"

　　司仪的话音落下，也不知道是谁撕心裂肺喊了一句："乔主任您一路走好啊……"

　　"乔伊用力摔烂火盆，好让你哥哥这一路走得顺畅……"

　　巴建龙随后听到一个女孩发出凄厉的哭喊声："哥哥你一路走好，如果有下辈子的话，咱们还做兄妹……"紧接着便是扑通一声巨响，四周顿时响起了此起彼伏的哭喊声。

　　"乔主任一路走好。"

　　"乔主任我代表我们家的娃儿谢谢您，是您用自己的性命换回了他们两个的命，我们一家亏欠你太多啊！您睁开眼睛看看，给我们报答的机会好不好？"

"乔主任，年初您自己掏钱给我们家抓的小猪崽，现在已经长大了，眼看着就要当妈妈了，可是您却不在了……"

听着这些乡里乡亲哀号的声音，巴建龙忍不住想起去年冬天的一件事情。

去年冬天的一个晚上，巴建龙被那群不务正业的小兄弟拉去喝酒。几瓶酒下肚，在场之人都喝多了，也不知道是谁提议说是去村头一个老汉家偷羊去，偷回来的羊宰了大家分着吃。

村头这个老汉是个五保户，老婆不会生孩子，一辈子无儿无女，前两年老婆生了一场病也去世了。家里就只剩下他一个人，为了不给乡里增添负担，他便用所有积蓄买了几十只羊，平日里放羊，依靠卖羊羔和羊毛赚钱，日子过得比较清苦。

若是平时，巴建龙绝对不会和这群人去偷羊，虽然他自暴自弃，但是他绝对不做欺负老弱病残的事情。

可是那一天晚上他酒喝得太多了，思维已经完全不受控制了，再加上周围的人都在起哄，他便也稀里糊涂就跟上去了。

这群人本来都喝多了，新疆的冬天特别地冷，到了晚上更是零下二十几度，这群人被风一吹，酒劲就更加上头了，就一个个连东南西北都找不到了，都嚷嚷着要去偷羊。

巴建龙从小就听家里的大人说起过，每年冬天农闲的时候，都有喝醉酒的人在回家路上倒在路边睡着了，等被人发现的时候早就冻成一块冰疙瘩了。

他心里这样想着，便强撑着往前走。可是那晚他的酒喝得实在多，摇摇晃晃走到半路的时候，一头栽倒在路边的渠沟里再也无法动弹了。

他感觉自己的身体越来越冷，四肢都变得僵硬了起来。求生的欲望让他想要从雪地里爬起来，可是不管他怎么努力，都没有办法站起来，只能眼睁睁看着自己的体力一点点地流失。

就在他完全陷入绝望的时候，远处突然传来了脚踩在雪地上走路发出的那种"沙沙沙"的声音。强烈的求生欲望让巴建龙用尽全身的力气，用力蹬腿终于弄出了一点声音。

就是这么一点声音，让过路之人停下了脚步，小心翼翼地问道："谁？是谁在那里？"

巴建龙想要说话，可是他感觉眼皮越来越沉重，强烈的困意袭来，让他慢慢合上了眼睛。

在他昏过去的最后时刻，他隐约看到一个人朝他走来，而这个人就是年轻的乔阳。

乔阳发现喝酒醉倒在路边的巴建龙以后，二话不说，立刻弯腰将冻得身体僵硬的巴建龙给背到了乡里的医院，并且喊来医生对他进行了急救。

虽然这次喝醉酒让巴建龙在家里躺了半个月，但好歹保住了他的一条性命。

等巴建龙出院了以后，乔阳还特意带着礼物到他家里来看他。通过乔阳的讲述，巴建龙这才了解到，那天一起去偷羊的人都被抓了，被分别处以不同程度的罚款。

虽然巴建龙最后没有去成，但是他的这种行为是要进行批评教育的。那一天乔阳给他讲了很多大道理，鼓励他振作起来，人生不是只有上大学一条道路可以走。

虽然巴建龙很感激乔阳的救命之恩，可是乔阳说的话，他并没有听到心里去。继续过着自暴自弃的生活，直到乔阳用自己的生命作为代价，才彻底让他清醒了过来。

乔阳虽然来到孙扎齐牛录乡不过三年多的时间，平时他的工作也非常忙，可是他利用空余的时间，给乡里的人做了很多实事。很多人都得到过他不同程度的关照。

这样一位一心为人民的好干部，却英年早逝。说起来真是让人感到惋惜。

巴建龙想着这些往事，恨不得用大耳刮子狠狠抽自己两下。若是早两年他能听进去乔阳的劝告，也不至于到了现在还在浑浑噩噩地混日子。

可惜这世上没有卖后悔药的。同样的年龄，因为选择不同，得到的结果也是不同的。

因为乔阳英勇救人的事迹，十里八乡几千号人都来为他送行。而他巴建龙也下去救人了，可是人们却带着怀疑的目光来审视他。甚至于背后纷纷议论，根本不相信他能做出这样的事情来。可见两个人平时的为人处世有多么天差地别。

灵车拉着乔阳前往殡仪馆火化，人们自发地开着车跟在灵车的后面，想要去送他最后一程。

第九章　最后的告别

巴建龙跟在人群后面，他有心想要去送一程，可是又怕受到其他人的非议和排挤，所以迟迟不敢上前，只能眼睁睁看着一辆又一辆车疾驰而过。

正当他看着逐渐空旷的街道发呆的时候，身后突然传来了汽车喇叭的声音。他以为自己挡住了别人的去路，因此连忙闪身想要给对方让路。

结果他回头一看，见贺晓明坐在驾驶室里，面带微笑地冲他招了招手说道："上车，我载你去火葬场。"

这突如其来的变故，让巴建龙呆愣在当场，他完全没有想到竟然能在这里遇到贺晓明。

"还愣着干什么？赶紧上车，晚了你就没有办法送乔主任最后一程了。"贺晓明见他发呆，又着急地喊了一嗓子。

巴建龙这才回过神来，他连忙打开车门上了车，一脸疑惑地问道："贺同志你怎么在这里？"

"叫什么贺同志，感觉我好像是几十岁的老头子一般。咱俩差不多大，都是年轻人，以后就别跟我这么见外了，就叫我晓明好了。"贺晓明皱着眉头在巴建龙的肩膀上捶了一拳，一脸无所谓地说道。

"那怎么行，虽然我们差不多大，可是你是从北京来的高才生……"巴建龙一脸惶恐地说道。

"哎！我说你这个人年纪不大，思想怎么这么迂腐，这个大学文凭在你眼里怎么就这么重要？眼下咱们国家大力发展中职和高职，目的就是为了培养更多具备专业技术的人才走上真正需要他们的工作岗位。你看那些大城市里，有很多大学生、研究生和普通人一样，在送外卖、做销售。还有的大学生毕业以后蹲在家里不肯出去上班，安心啃老。所以上不上大学真的只是一张文凭的事情，以后的路该怎么去走，命运是掌握在自己手中的。"

"现在有这么多电大、夜校、函授之类的学校，都是可以一边工作一边学习的，一点都不耽误你拿到大学文凭。但是现在的关键并不在文凭这里，而在于你的思想，你一直陷入你没有考上大学这件事情无法自拔。我跟你说，不是我吓唬你，你若是这么下去的话，这辈子可就毁了。别说实现乔主任的愿望了，你连解决温饱都成问题。"针对这件事情，贺晓明再次推心置腹和巴建龙聊了一番。

上次匆匆忙忙的，再加上巴建龙的情绪不好，所以他也没有多说。今天利用这个时间，他觉得有必要再对巴建龙进行疏导。

巴建龙一脸彷徨地看着贺晓明，认真听着他说的话，脸上逐渐露出了坚毅之色。

他郑重地点了点头说道："你比我大两岁，以后我就喊你贺大哥吧！我是打从心眼里敬佩你，以后你就是我的偶像，我会多向你学习的。"

"扑哧……你赶紧算了吧！还偶像呢！我们做记者的是要比你们接触的事务多一些，以后有什么新鲜见闻，我都会分享给你。有机会的话我也多带你出去走走，带你多看看不同的事物，等眼界打开了以后，思维模式也会不一样了。"贺晓明忍不住笑着说道。

"好嘞！有这样的机会你一定要带上我。对了，为什么你会出现在这里，难道就是为了送我去火葬场吗？"巴建龙突然想起这件事情来，一脸好奇地问道。

"这次察县之旅，让我看到了我从来没有想过的事情，让我内心受到了很大的触动。所以我和单位商量了一下，想做一期和咱们察县有关的纪录片。我打算以乔主任的视角来拍摄这部纪录片，所以关于他的一切我都不想错过。今天来也是为了亲自送送他，拍摄一些最真实的镜头，作为我们纪录片里珍贵的素材。"贺晓明沉默了一会，随后缓缓地把自己的想法说了出来。

"这个想法好！在新疆像乔主任这样，为了新疆发展默默付出的援疆干部还有很多很多，目前还没有针对这些援疆干部的详细报道。若是你能把这部纪录片拍出最真挚的感情的话，是一定会引起强烈的反响的。"巴建龙激动地抓着贺晓明的胳膊说着。

"哎哎！注意安全，我正在开车呢！马上到地方了，有什么话我们回去再说吧！"贺晓明拍了拍巴建龙示意他不要激动。

他们来得比较晚，关于乔阳遗体火化的事情都已经安排得差不多了，此时已经在火化炉前排队了。一个大厅里挤满了前来送行的人，巴建龙踮起脚尖往里面看了一眼。他只看到一个穿着一身素白的姑娘趴在乔阳的棺材上痛哭不已。

四周都是一片压抑的抽泣之声，每个人的表情都很悲痛。这样的氛围感染着巴建龙，让他刚刚明朗一些的内心，又充满了那种压抑的痛苦。

这时，火葬场的工作人员喊了一声："时间到了，请家属对死者做最后告别吧！"

"哥哥……哥哥你怎么这么狠心，丢下我一个人就走了。我们说好的，等我毕业了，我们兄妹二人就相互照顾好好生活，你是我在这个世界上唯一的亲人，你走了剩下我一个人该怎么办啊？哥哥你睁开眼睛看看我，我不让你走，我不让你走啊！"巴建龙看到那个身材瘦小的姑娘，一翻身爬到了乔阳的棺材上，四肢伸开紧紧抱着他的棺材，谁拉她也不肯下来。

她这副模样让在场之人再也忍不住了，纷纷捂着嘴发出了哭声。

巴建龙远远看着那个小姑娘单薄的背影，心里好像被人重重击打了一拳一般，疼得让他直不起腰来。他捂着胸口踉踉跄跄跌坐在地面上，捂着脸无声地哭了起来。

若是当时他能再用力一点，用力抓着乔阳的手，坚决不要松开，今天这种凄惨的场面就不会出现了吧。

可是人生没有如果，只有结果……只是这个结果太过沉重……

第十章　你怎么知道这些事情？

不管那个小姑娘哭得多么撕心裂肺，乔阳的遗体最终还是进行了火化。

巴建龙眼睁睁地看着乔阳的遗体被送进了火化炉，出来以后就只剩下了一捧骨灰。这一幕突然让他明白了活着的意义，也让他更加坚定了自己前进的方向。

他默默站在人群后面，用力握紧了双拳。耳畔都是那个没有见过面的小姑娘伤心的哭泣声。

他在心里默默对乔阳说道："乔主任你安心地走吧！你的妹妹就是我的妹妹，以后只要有机会我一定会好好照顾她的……"

从乔阳的葬礼上回来之后，巴建龙感觉心里异常难过。他回家拿了一瓶酒，拎着就出了门。

巴小英以为他又要去喝酒，连忙从家里追了出来，痛心疾首地喊道："小龙你不要命了？你的伤口还没有愈合就去喝酒，你能不能让我们省点心啊？"

巴建龙身体停顿了一下，他转过身来，声音柔和地说道："大姐你就放心吧！我以后不会再喝酒了。这酒不是我要喝的，我拿去给乔主任喝！"

巴小英着急的表情一下僵硬在脸上，她嘴巴张了张，最终说了一句："那你去吧！注意安全……"

巴建龙点了点头，转身继续朝前走去。

巴小英望着他的背影，总感觉这个弟弟好像有哪里不一样了……

巴建龙拎着酒瓶往大渠方向走，远远地他就看到有一个身材瘦小的小姑娘在大渠边上徘徊，捂着脸一直在哭。这背影看起来有点熟悉，但是此时他顾不上研究这个姑娘是谁。

他的脑海之中条件反射一般出现了孩童落水的情景，他下意识地认为这个姑娘是想要轻生。

巴建龙来不及多想，扔了手里的酒瓶子，不顾一切冲了上去，一把抱住那姑娘的腰，把她紧紧压在身下，并且气喘吁吁地说道："姑娘有什么事咱慢慢解决，千万不要想不开啊！你想想啊！若是你死了，你的家人该有多难过啊！"

被巴建龙抱住的小姑娘看起来二十一二岁的模样，一张清秀的脸庞上还带着些许稚嫩和婴儿肥。她长了一双非常漂亮的大眼睛，此时正一脸惊愕地瞪着突然出现的巴建龙，显然还没有弄明白究竟发生了什么事情。

这姑娘眼睛眨了眨，随后脸色变得惨白，大叫了一声："流氓，有流氓，救命啊！救命啊！"

她喊完这句话以后，抬手就给了巴建龙两个大耳光，然后她尖叫着又踢又打，不一会就把巴建龙脸上抓出来两个血口子。

巴建龙被她这两耳刮给打蒙了，明明他是见义勇为阻止她跳河，怎么忽然之间就变成流氓了呢？

随着脸上的剧痛传来，他这才回过神来，发现自己将人家姑娘压在身下，是比较容易引起误会。

他连忙手忙脚乱地爬了起来，连连摆着手说道："对不起，对不起，小姑娘你不要误会，我真不是流氓。我以为你要跳河，所以赶过来救你，没有半点想要非礼你的意思……"他边说边往后退，一直退到一个安全的距离，这才停下了脚步。

小姑娘紧张地从地上爬了起来，双手抱在胸前，一脸警惕地看着巴建龙问道："你是谁？跑到这里来干什么？"

巴建龙苦笑着说道："我原本是带了一瓶酒，准备来祭奠一位朋友，结果……"巴建龙指了指自己带来的那瓶酒，为了救这姑娘，酒瓶摔在地面上砸烂了，如今酒洒了一地都是。

听到巴建龙这样说，小姑娘红肿的双眼忽闪了一下，缓缓问道："祭奠一位朋友，你朋友是谁？"

巴建龙随便找了一块凸起石头坐了下来，从口袋里掏出三根烟，点燃了放在地面上。

他没有回答小姑娘的话，而是望着滔滔的渠水，自言自语地说道："乔主任我来看你了，请原谅我是一个懦夫，不敢上前看你最后一眼。今天那个小姑娘应该是你妹妹吧？看着她撕心裂肺哭喊的模样，我真的特别恨自己。当时我若是把你抓紧了，不管怎么样都不松开，如今就不是这样的局面了吧？"

"你说让我们好好活着，可是我们怎么能安心地活着呢？"

小姑娘听着他这番自言自语的话，不由得好奇地问道："当日儿童落水的时候，你也在现场吗？当时究竟是怎么回事，你能说给我听听吗？"

巴建龙叹了一口气说道："反正我也不认识你，以后也不会再见到你，这些话憋在我心里快憋疯了，我就说给你听听吧……"他便把整件事情从头到尾说了一遍，又把村里人对他的误解，以及自己内心的悔恨都说了一遍。说到最后的时候，他又说："乔主任当初松开手的时候告诉我，让我替他去完成他没有完成的遗愿……这些事情我都可以做，可是我怎么才能知道是他的遗愿是什么呢？"

"你说我这个人是不是特别没有用？啥事都干不好，从小到大只会给人添麻烦，有时候想想这些事情我就感觉特别沮丧。所以小姑娘你看，人生在世谁活得都不容易，我活得这么艰难都没有想过要自杀，你有什么想不开的？"到现在为止，他还认为这小姑娘是要自杀，准备用亲身经历来说服她放弃。

这小姑娘目不转睛地盯着巴建龙，听他讲完整件事情以后，并没有回答他的问话，而是突然说道："建一座锡伯族古镇，将大西迁文化发扬光大，让全国、全世界都知道当初锡伯族的西迁历史。"

"什么？"巴建龙目瞪口呆地看着这个小姑娘。

"我说乔阳的心愿是在孙扎齐牛录乡打造一座锡伯族古镇，将整个大西迁的历史文化都融入其中，吸引全国乃至全世界热爱大西迁文化的人都到这里来……"小姑娘又斩钉截铁地说了一遍。

巴建龙张大嘴巴看着小姑娘，讶异地问道："你怎么……你怎么知道乔主任的遗愿是什么？"

第十一章　五味杂陈

"因为我叫乔伊……"女孩子用红肿、乌黑的眼睛，目不转睛地看着巴建龙。

巴建龙的脑子一下没有反应过来，他抓了抓头皮，一脸茫然地问道："你叫乔伊……和乔阳……有什么关系……"

话说到这里，巴建龙突然感觉记忆之中有什么东西炸裂开来，乔阳临终前的话，又浮现在他脑海之中："我有个妹妹，有机会的话好好照顾她……"

他看着眼前的小姑娘，瘦小的身影与当日他在葬礼上看到的那个单薄背影，逐渐融为了一体。

巴建龙霍地站了起来，瞪大眼睛看着乔伊，嘴巴张得大大的，过了好半晌才艰难地吐出了一句话："你说你叫乔伊，你是乔主任的妹妹？"

听巴建龙提起乔阳的名字，乔伊美丽的大眼睛里又浮上一层雾水。她哽咽着说道："哥哥在日记里说，这里的人们勇敢、热情、善良，为了家乡的发展做出了积极的贡献。可是自打我来到孙扎齐牛录乡之后，看到的却和哥哥日记里记录的情景完全不相符。"

"哪怕是在哥哥的葬礼之上，这里的年轻人依然照常喝酒、说笑，喝醉了酒还当着那么多人的面吵架闹事。大街上随处可见喝醉酒的人在大呼小叫。明明是农忙的季节，可是乡里却有这么多年轻人闲着无所事事……我真搞不懂哥哥，这样的环境，他还一直坚信自己可以改变这里年轻人的思想，还一直努力想要带着你们共同打造锡伯族文化古城。"

"不是我小看你们，就你们这种思维模式，就算是再过一百年也还是这副模样。我恨你们，都是因为你们的不努力、不上进才害得我哥哥死在这里。你走开，以后我都不想再见到你了。"

乔伊大吼着说完这番话以后，捂着脸失声痛哭，飞奔着离去了。只留下满脸痛苦的巴建龙。

他仔细回味了一下乔伊说过的话，字字句句就像一把把尖刀一样扎在心里，疼得他直不起腰来。

是啊，乡里是有很多年轻人整天无所事事，家里种地、劳作的事情都交给了父辈们。而他们空闲的时候不是聚在一起喝酒，就是打麻将度日。

乡里工作的机会太少了，竞争又非常大。因为语言和风俗习惯、生活习惯的不同，乡里的人也有外出打工的，但最后也都是灰溜溜地回来了。

待在家里又没有可以做的事情，地里的农活这些年轻人也不愿意去干，久而久之就形成了乔伊看到的这种氛围。当然大部分年轻人都是积极向上的，努力用勤劳的双手在改变着自己的生活。

可是生活环境限制了他们的发展，他们找不到更好的发展方向。这也就是为什么乔阳活着的时候，一直坚持想要打造锡伯族古城。他希望通过打造锡伯族古城，引来全国各地的游客，然后带领全乡的年轻人共同走向发家致富的道路。可惜他这个梦想还没有来得及实现，就永远离开了这个世界。

也难怪乔伊会责怪他们，巴建龙自己又何尝不是浑浑噩噩度日。本着只要赚够这个月吃饭的钱就行了，明天的事情明天再说。

村里很多年轻人甚至今天赚一百块钱，明天就要花掉两百块，等没钱的时候再去借钱，或者凑合着度日。真应了那句，有钱的时候是皇上，没钱的时候是乞丐。

因为他们缺少对未来的期待和规划，反正努力不努力都是过这样的日子，所以才会把日子越过越糟，连乔伊这样一个小女孩都看不起他们。

这种强烈的羞耻感，让巴建龙狠狠抽了自己两耳光。他站在滔滔流向远方的察布查尔大渠旁，声音无比坚定地说道："乔主任您放心，我现在知道自己该做什么事情了。以后不管遇到什么困难，我都一定会振作起来，为了家乡的发展贡献一份光和热。我也会用自己的实际行动去带领全村的年轻人，为了家乡的发展共同努力。"

"还有，今天我见到您的妹妹了，她的一席话让我有种醍醐灌顶的感觉。

在连我们自己都放弃自己的时候，您却一直坚定不移地相信我们，想要用实际行动来感化我们……以前我们身在福中不知福，可真等您永远地离去了，我们才知道自己失去了什么。您放心，我一定会尽我所能照顾好乔伊，也会尽我所能完成您未完成的心愿……等以后我完成了您的心愿，再来看您……"

巴建龙说完这番话以后，转身大踏步往前走去，再也没有回头看一眼奔流不息的察布查尔大渠。

乡里接来乔伊以后，安排她住在了乡里唯一一个招待所里。这个招待所是由一栋极具锡伯族民俗特色的庭院改造而成的。

前院是由主宅和厨房等辅助用房共同组成的，后院是一个两亩多地的大菜园，种满了各种绿色无污染的蔬菜。

房屋的构造采用欧式建筑，墙上贴满了极具民族特色的瓷砖，屋顶用大红色的彩钢板做了一个造型构架。前院两边还有两个小花池，里面种满了五颜六色的刺梅花，乔伊惊奇地发现，这些刺梅花里竟然还有一株开出七种颜色的极品。

屋里收拾得更是一尘不染，床单和被套都是每天换新的。锡伯族的人们爱花也喜欢养花，在乔伊房间的窗台上摆满了各式各样的花朵。最多的还是那种当地人叫作"佳哈衣尔哈（锡伯族语，"玉钱花"的意思）"的花朵。这种花一年四季都会开放。不管严寒还是酷暑，它都会把自己最美丽的一面展现在众人的面前。

这个招待所平日来住的人并不多，可是乔伊发现这里每天都打扫得非常干净，房间里连一点灰尘都看不到。这说明这些房间不管有没有人来入住，每天都有人在精心维护着。

这让乔伊在走进这座院落的时候，心里五味杂陈。

第十二章　那些痛苦的往事

　　乔阳在日记中写道："在我国新疆与哈萨克斯坦的接壤处，有一个全国唯一的锡伯族自治县——察布查尔锡伯自治县。县内集居着 2 万名锡伯族人，是我国锡伯民族文化保存最完整、最集中、最有代表性的县。清乾隆二十九年（1764年），清政府为加强新疆地区的边防力量，从沈阳、辽阳、抚顺等 17 个地市抽调锡伯族官兵 1018 人，连同其家属 3275 人，告别故土，来到新疆戍边，形成了现在的察布查尔县。锡伯族以其勇敢而著称华夏。千百年来，他们为民族发展而献身。迁往新疆后，他们英勇善战，平定内乱，抵御外侮，为捍卫边防做出了贡献。

　　"锡伯族是个非常勤劳的民族。他们用自己勤劳的双手，把察县建成了塞外大花园和边疆粮仓（"察布查尔"锡伯语为"粮仓"之意），而今的察布查尔绿树成荫，风景秀丽，空气清新，人民生活美满幸福。改革开放以来，锡伯人很快找到了脱贫致富奔小康新的经济增长点，建立了以旅游为主体的马鹿养殖基地、大草场等，收入极为可观。

　　"锡伯族以其智慧饮誉海内外。察县的锡伯族特别重视教育，儿童入学或在家里除学习本民族语言和汉语外，还要学习维吾尔语和哈萨克语等语言，锡伯族人一般会讲四种语言，在我国的民族中，当数佼佼者。为此，锡伯族为国家造就了一批批翻译人才，每年还要向东北等地输送大量的语言、体育教师，为我国的民族文化发展做出了一定贡献……

　　"锡伯族重家庭伦理道德、重孝道，锡伯族妇女尊老爱幼、勤劳勇敢……在孙扎齐牛录乡，我看到了晚辈对长辈的尊敬和爱戴。村里的妇女聚集在一起的时候，都以谁家儿女孝敬老人为荣。谁家儿女若是不孝敬老人，出门在乡里都抬不起来头……"

乔阳在日记里写下的这些话，当初给乔伊留下了很深刻的印象。她一直和乔阳说等她毕业了，就来新疆到孙扎齐牛录乡看看。

只是她万万没有想到，新疆之行是实现了，但是是用这种方式，她与乔阳再见已经是阴阳永隔。

抛开乔阳这件事情不谈，自打她来到孙扎齐牛录乡以后，这里的同志给予了她最大程度的关怀，变着花样来照顾她。让她都感觉有些不好意思。

她原本想在河边祭奠一下乔阳，只是没有想到遇到了巴建龙那个愣头青，把她当作是想要自杀的人，把她扑倒在地面上，还说了一堆莫名其妙的话。

原本她来的时候就听乡里的干部提起巴建龙的事情了，对于他舍命去救哥哥，心里也是很感激的。

她原本想着等乔阳的葬礼结束之后，再好好找个时间去感谢他。没想到两个人竟然以那种方式相见。她一气之下才会说出那样一番话来。

等乔伊跑回住的地方，心里的气也消了一大半。想着自己莫名其妙发了一顿火气，再想想巴建龙那副紧张、惶恐的模样，她自己也没有发现唇角露出了一抹不易觉察的微笑。

为了安抚乔伊的情绪，乡里的领导特意安排了妇女主任佟肖云全程陪同她。一是因为两个人都上过大学，岁数又比较接近。二是佟肖云这位女同志身上有一股坚韧不拔的精神。她为人真诚、善良、果敢。因为有她陪伴在身边，乔伊才能顺利地将整个葬礼处理完。

乔伊从葬礼回来了以后，是偷偷跑出去的，佟肖云不知道她去哪里了，着急地到处寻找她。眼下见乔伊回来了，马上激动地迎了上来，紧抓着她的双手说道："小丫头你跑到哪里去了？也不知道跟人说一声，真是急死我了。"她说话的时候眼眶都有些红了，看来都着急得掉眼泪了。

乔伊看到她这副模样，有点内疚地低着头说道："肖云姐对不起，我去大渠边看我哥哥去了，因为心情不好忘记和你打招呼了……"她说着说着眼泪又掉了下来。

佟肖云叹了一口气，一把将乔伊搂在了怀里，轻拍着她的后背说道："小丫头别害怕，你哥哥虽然不在了，我们以后都是你的兄弟姐妹，会好好照顾你的。今天跟我回家吃饭吧！我做了布尔哈雪克（一种野生的植物，叶子像柳树叶，有特殊的香气，翻译成汉语是鱼香草的意思）炖鱼，蒸了南瓜饺子（一种锡伯族特色美食，饺子馅是用南瓜和羊肉做的），还做了锡伯族面饼（这是锡伯族饮食之中最具特色的美食。烙面饼的时候讲究三翻六转，就是翻三次每次转两下，饼就能出锅了。这种面饼软和又筋道，配上锡伯族的特色小菜，非常爽口）。让你尝一尝我们锡伯族的传统美食，从你来了之后，这些天一直忙，都没有好好吃一顿饭。"

乔伊趴在佟肖云肩膀上啪嗒啪嗒地掉眼泪，自打她来到孙扎齐牛录乡以后，佟肖云给予她像大姐姐一般的关爱，无微不至地关照着她。虽然这只是她的工作，但是乔伊能够感觉得到，她是在拿自己的真心来对待她。

在佟肖云的关爱之下，乔伊也渐渐敞开了心扉，她哽咽着说道："肖云姐我吃不下，我满脑子都是哥哥的音容笑貌。他为我付出了这么多，原本想着等我毕业了再好好报答他，哪知道他就这样走了，我欠他的一辈子都还不了了。"

"哎！傻丫头，亲人之间相互照顾是理所应当的，谁付出的时候也没有想过要回报。你哥哥他已经走了，他一定希望看到你幸福快乐地活着，所以你也不要太难过了。虽然现在说这话有些不合时宜，但是时间是最好的疗伤药，它会让我们忘记这些痛苦，带着亲人的祝福好好地活着。不管遇到什么困难和痛苦，都要保重好自己的身体。只有身体健康了，才有机会将你哥哥的英雄故事，说给更多的人听。"佟肖云叹了一口气心疼地说道。

第十三章　狭路相逢

对于佟肖云所说的这番话，开始乔伊认为单纯只是为了安慰她。可是后来她逐渐了解了佟肖云的家庭背景之后，才明白这一番话是她的肺腑之言。当然这些都是后话了。

乔伊用力擦干眼泪点了点头说道："肖云姐你说得对，我要好好活着，替哥哥去完成那些没有完成的心愿。"

佟肖云亲热地拉着乔伊的手，一边安慰她，一边给她介绍锡伯族的风土人情。通过她的讲述，乔伊才知道了锡伯族的西迁历史，了解了勤劳勇敢的锡伯族祖先是怎么样用勤劳的双手，在这一片不毛之地上，开垦出来这样一片绿洲的。

这些故事深深打动了乔伊的内心，让她对自己看到的事情产生了怀疑。

可偏偏就在这个时候，朝他们迎面走过来一个喝得醉醺醺的青年，瞧着二十七八岁的样子。他东倒西歪地走着，手里还拎着一个伊力老窖的酒瓶子，浑身都是酒气。

乔伊看到这个男子不由得皱着眉头，捂着鼻子连忙闪到了佟肖云的另一边。

佟肖云见吓到了乔伊，便阴沉着脸骂道："从昨天出门到现在才回来，这一天一夜你干什么去了？"

乔伊一脸好奇地悄声问道："肖云姐你认识这个人啊？"

佟肖云苦笑了一下说道："何止是认识，他就是你姐夫安明光……"

"啊？原来姐夫也是一个……"乔伊惊讶地喊了一句，差点把"酒鬼"这个词也说了出来。

"老婆……我哪里也没去，就在小亮家里喝酒。然后喝多了就在他们家睡了，这不睡醒了我就赶紧来找你了。"安明光打着酒嗝嬉皮笑脸走了过来，想要抱佟肖云。结果被佟肖云一把推到了一旁。

她大声说道："你发什么酒疯，没看到我这有客人在吗？"

安明光抬起醉眼看了半天，才发现佟肖云身边还站着一个小姑娘，他马上一本正经地说道："不好意思……让你见笑了……"

乔伊看到他这副模样，真是觉得又好气又好笑。不过碍于佟肖云的面子，她也只是默默点了点头，什么话都没有说。

佟肖云皱着眉头看着他说道："还不快点回家去……"

安明光立刻做了一个立正的手势，提着酒瓶子一溜烟往家里跑去。

乔伊有些哭笑不得地说道："肖云姐，姐夫……还真听你的话。"

佟肖云叹了一口气说道："我知道你想说什么，有无数个人跟我说你姐夫不务正业就知道喝酒，这样的人还要他做什么，赶紧离婚算了。但其实他们都有所不知，我与你姐夫是高中同学，我们两个青梅竹马一块儿长大，彼此之间有很深的感情。

"你姐夫他……以前不是这样的……他以前是个勤劳、善良的人，之所以变成这样，是因为乡里的一个人想要找银行贷款，但是因为没有抵押物，就拉你姐夫去做担保。你姐夫他心眼好，看对方挺着急的，又是乡里乡亲的就傻乎乎地去签了字。结果那个人一下从银行借了一百多万，第二天就消失不见了，谁也找不到他人去了哪里。

"他欠下的钱只能由你姐夫这个担保人来还，以前我们家里条件还是很好的，现在为了还债，把能卖的都卖了。他觉得愧对我，愧对这个家，所以才借酒浇愁变成了现在这副样子。你说我能怎么办呢？若是这个时候我再离开他，那他就真的一点活路都没有了。我想着他总有一天能想明白这一切的，总有一天会变回那个积极阳光的人。"佟肖云说起这些事情的时候，疲惫的脸上浮现出一抹希望的红晕。

乔伊听佟肖云说着这些往事，她一时还真不知道该说什么好。埋怨安明光吗？他好像也没有错，他错就错在太相信别人，才会毫不犹豫在担保书上签下了字。有多少人因为为别人做担保被弄得倾家荡产，最后苦不堪言。

在孙扎齐牛录乡这样的地方，欠下一百多万的债务，足以压垮任何一个人了。

只是有些人痛定思痛之后会选择勇敢面对，从头来过，而安明光却选择了逃避，借着酒精的麻醉，来逃避心中的痛苦。

她是真的希望安明光能像佟肖云期待的那样，有一天能振作起来，好好面对现实的困难，从头再来过。

这个时候，乔伊忽然看到巴建龙从远处一脸沮丧地往回走。因为心虚，她不由自主地往佟肖云身后躲避，并且拉着她的手说道："肖云姐我们换条路走吧。"

佟肖云不明所以，惊讶地说道："为什么要换条道路？我家就在前面一个路口，拐进去就到了。"

乔伊扭捏了半天，最后还是红着脸，把发生在大渠边的事情说了一遍。她红着脸，低着头，紧张地用手拧着衣角，一副不知所措的模样。

佟肖云还真不知道她和巴建龙竟然发生了这样的事情，她愣了一会儿以后，忍不住哈哈大笑了起来。笑了好一会她才说道："哎哟！真是笑死我了。妹子，姐跟你说，你们两个这都是误会，等把误会说开了就行了。建龙和我们是一起长大的，他是啥样的人我最清楚不过了。"

"你别看他一副不上进的样子，当时他在我们学校可是尖子生，高考一模考试的时候，可是考出了全县第一名的好成绩，当时整个村都轰动了。只可惜命运弄人……"佟肖云叹了一口气，将巴建龙的不幸遭遇和乔伊说了一遍。

乔伊很认真地听佟肖云说巴建龙的事情，她真的没有想到在巴建龙身上竟然发生了这么多事情，说起来也是可怜。若不是生了这么一场病的话，他现在应该有着不一样的人生吧。

乔伊想到巴建龙为乔阳所做的事情，因为乔阳去世而痛苦自责的模样，心里的某个地方忽然微微动了一下……

佟肖云看到乔伊低着头不说话，便笑着说道："我看择日不如撞日，今天你们两个都去我家吃饭，咱们就把这个误会解开，以后心里就没有芥蒂了……"

第十四章　和解

　　原本乔伊想要拒绝这个提议，可是没等她发表意见，佟肖云这边就冲着巴建龙招了招手，大声喊道："建龙兄弟，我家今天做了好菜，走，去我家陪你姐夫喝两杯去。"

　　正在垂头丧气往家走的巴建龙，一直低着头努力在心中构想对未来的规划。这个时候突然听到有人喊他名字，他连忙抬头看过去，便看到了小脸红扑扑的乔伊，低着头站在那里。

　　他看到乔伊的时候一下愣住了，好半天都没有反应过来。他不知道乔伊会对他做什么，就算是打他骂他他也认了。

　　佟肖云看到他一副呆呆的模样，不由得"扑哧"一下乐了起来，她笑着说道："傻愣着干什么？赶紧走啊！"

　　因为刚被乔伊骂过，眼下要和她在一起吃饭，也不知道乔伊是什么想法，想到这里他也不敢马上就答应，便一脸忐忑地看着乔伊的反应。

　　乔伊被他看得脸更红了，气得跺了跺脚说道："你想去就去，又不是去我家吃饭，老看着我干吗？你这人还真是好笑得很。"

　　佟肖云连忙笑着打圆场："那这事就这么说定了，都去我家吃饭，建龙兄弟跟我回家。"说完一手拉着乔伊，一手拉着巴建龙不管不顾地往家走。

　　在路上她趁机把乔伊误会了巴建龙的事情说了一遍，又笑着说道："建龙你看你一个大男人，就主动点退一步，这事你也别跟乔伊这个小丫头计较了。这事我看就翻篇了吧！"

　　巴建龙听她这样说，连忙紧张地摆着手说道："不不不，肖云姐你肯定误会了，我哪里敢生乔伊姑娘的气。是我对不起她哥哥，她就是打我骂我也是应该的，我绝对没有怨言。"

"我什么时候说过你对不起我哥哥了？我被你莽撞地扑倒在地上，后背都摔青了，当时就想着哪里来的愣头青，不分青红皂白就以为人家要自杀。然后我就说了一些气话……这件事情我向你道歉，我心里并不是那么想的……在来的路上肖云姐就已经把事情的原委告诉我了。这事怎么能怪你呢？你也是尽力了，我想哥哥这样选择一定是经过慎重考虑的，所以我谁也不怪，你也别太自责了……"乔伊说起这件事情又哽咽了起来，不过她脸上闪着真诚的光芒。

巴建龙看着眼前一脸坚定的小姑娘，内心真的是受到了很深的触动。这么小的姑娘，遇到这么大的事情，依然可以谈吐得体，恩怨分明，并没有因为哥哥去世就怪罪身边的人，而是站在一个公平的角度豁达地去看待这件事情。

他听人说了，自打乔伊来到孙扎齐牛录乡以后，虽然几次哭得昏了过去，但是从来没有乱发脾气，对人都是客客气气的，通情达理，温柔乖巧。

正是因为她这副模样，才让在场之人心里更不好受。这么好的一个姑娘，以后孤苦伶仃的可怎么办呀？

巴建龙感觉眼窝子里溢出了一股滚烫的泪水，他害怕被乔伊看到，又该心里难受了，便连忙别开脸去，快速将眼泪擦去，然后扭过头看着天空说道："我答应过你哥哥会好好照顾你，以后不管你遇到什么困难都可以来找我……"

"谁让你照顾了？你还是把自己照顾好吧，看看你这狼狈样子……"乔伊又跺了跺脚红着脸没好气地说完，转身就往前走了。

巴建龙听着她挖苦讽刺的话，反而咧着大嘴巴笑了起来。乔伊的话虽然说得很不客气，但是语气已经柔和了不少，那就说明她对这件事情已经释怀了。

能够得到乔伊的原谅，对于巴建龙来说是很重要的事。

佟肖云的家是那种很标准的锡伯族建筑，主屋三间正房，院门两旁是厨房和煤棚。地面铺着青砖，到处收拾得干净利索，一尘不染。

佟肖云带着他们走进院里的时候，他们就看到一个六七十岁的老太太，头上顶着一块淡蓝色的头巾，坐在院里晒太阳，面前还摆着一个装着玉米棒的箩筐，她正在剥玉米。

这老太太看到佟肖云走进院里，马上就阴沉着一张脸，大声呵斥着："你又跑到哪里去了？我看你是想饿死我……"

可是她话才说了一半，随后又看到乔伊和巴建龙，她脸上的表情马上阴转晴，满脸堆笑地站起来招呼："哎哟！家里来客人了啊？你这孩子来人了也不知道提前打声招呼。建龙、小姑娘你们快到屋里坐。哎哟……你看这闺女长得多俊啊！简直比咱乡里的姑娘都俊。"

乔伊完全搞不清楚状况，她连忙回头看了看巴建龙，瞧见他一脸淡定，想来对这种情况已经见怪不怪了。

巴建龙感受到乔伊投过来的目光，害怕她感到尴尬，便连忙说道："婶子，这位就是乔主任的妹妹，真是很不好意思，我今天来你家蹭饭吃了……"

乡里发生了那么大的事情，这老太太显然是知道的。她脸上闪过一抹尴尬，说道："你明光哥又喝多了，回来在屋里睡下了，你们快到我屋里去，我去厨房帮忙做饭……"说完扔了手中的玉米，在衣襟上擦了擦手，忙不迭地往厨房走去。

佟肖云脸上露出一抹苦笑，她招呼着乔伊和巴建龙进了屋，指着屋里的一个土炕对乔伊说道："家里老人沿袭了祖先在东北的习惯，还是喜欢睡炕，说是对身体好。所以你们就将就一下，脱了鞋子上炕坐一会儿，我去厨房看看饭，一会儿就好。建龙你帮我招呼一下。"她说完也匆匆忙忙离去了。

乔伊毕竟岁数小，对于这些事情完全搞不清楚状况，她见佟肖云离去了，便悄声问道："刚才那位阿婆是什么人啊？"

巴建龙往外看了一眼，也悄声说道："她就是你肖云姐的婆婆。这老太太的丈夫去世得早，一个人含辛茹苦将儿子拉扯长大，所以性情刚烈了一点，不过人是好人。"

第十五章　喜利妈妈文化

"这婆婆太凶了吧？早知道肖云姐在家里是这样的地位，我说什么也不来吃饭了。"乔伊缩了缩脖子，吐了一下舌头。

"其实这老太太不是坏人，以前家里那么困难，还时常想着去帮衬别人。只是丈夫早逝，她一辈子要强惯了。再加上我们锡伯族的子女都非常孝顺老人，所以这老人才会严厉一点。我们都习惯了……"巴建龙害怕乔伊心里有想法，连忙替佟肖云打着圆场。

乔伊也不好继续多说什么，她学着巴建龙的模样，脱了鞋子爬到炕上，刚一坐下来就感觉炕上暖暖和和的，非常舒服。

她孩子气地拍了拍炕沿，促狭地说道："这炕，我只在东北的电视剧里看到过，真想不到来到新疆了，还能感受一下。"

巴建龙笑了笑说道："我们察县锡伯族的祖先都是从东北奉命前来新疆屯垦戍边的，所以这里的老人依然沿袭那边的风俗习惯。有些老人还会在家里供奉狐仙……这些可都是我们锡伯族的风俗文化呢！"他指点着给乔伊介绍。

对于在中原地带长大的乔伊来说，能接触到这些少数民族的风土人情让她感觉很新鲜。因此她眨着大眼睛，一副好学生的模样，追着巴建龙问东问西的。

"那个长长一条，上面挂着小镰刀的东西是干什么用的？"乔伊指着挂在墙上的一个物件问道。

"那个啊，叫作喜利妈妈。喜利妈妈是锡伯族民族兴旺的图腾。

"用一句简单的话来说，这喜利妈妈有点类似于你们汉族人的家谱。喜利妈妈上面系有小弓箭、小靴子、小箭袋、小马桶、小摇车、小扳指、嘎拉哈等，每样东西都是锡伯族人的生活用品，有着美好的寓意，例如小弓箭表示男儿，家里添了男孩，就在两个嘎拉哈之间添一张小弓箭……"他很详细地给乔伊做了介绍。

乔伊忍不住多看了他两眼说道："真看不出来，你这人还懂得挺多的。"

这一番话让巴建龙的一张脸立刻变得通红，他不好意思地抓了抓头皮说道："这些风俗，是一代一代传承下来的，咱们乡里的大人小孩都耳熟能详。你若是感兴趣可以多住几天，再过几天就是我们锡伯族的传统节日西迁节了。这可是我们锡伯族非常盛大的节日，这个节日是为了纪念我们的祖先离开沈阳，来到新疆屯垦戍边……总之关于我们锡伯族的故事几天几夜都说不完呢！"

两个人正说得热闹，佟肖云端着两大盘菜微笑着从外面走了进来。虽然她脸上努力维持着笑容，但是乔伊还是发现她微微泛红的眼眶，好像有哭过的痕迹。看来刚才在厨房，她又被婆婆刁难了。

想到这里，乔伊不由得向佟肖云投去了同情的目光。想想她的日子过得还真是不容易，丈夫安明光酗酒，整日无所事事，婆婆又这么强势动不动就刁难她，这些年也不知道她一个人是怎么支撑下来的。

第十六章　我们都是你的亲人

　　但是佟肖云的脸上没有过多的表情，她感受到乔伊的目光，便笑着说道："我婆婆那个人就是这样的，刀子嘴豆腐心，她时常说着最狠的话，却做着最心软的事情。你别往心里去，也别感觉不自在，我婆婆她就是那么一个脾气。"

　　"来，快趁热吃，这些都是我们锡伯族特色食物，我婆婆的手艺可是咱们乡里非常有名气的。"佟肖云说着将饭菜放到了桌上。

　　"那不行，家里的长辈还没有上桌，我们这些做小辈的哪里能动筷子？我哥哥从小就告诉我，一个懂得尊老爱幼的人，人品是不会差到哪里去的……所以肖云姐你这个朋友我交定了。"乔伊连连摆手拒绝了佟肖云递过来的碗筷，一脸正色地说道。

　　佟肖云愣了愣，随即伸手轻轻在乔伊的鼻子上刮了一下，笑着说道："还真是一个惹人疼爱的小机灵鬼。那你们再坐一会儿，我们马上就好了。"说完又风风火火地离去了。

　　巴建龙表情有些复杂地看着乔伊，一副欲言又止的模样。

　　乔伊娇嗔地瞪了他一眼说道："想说什么就明说，一个大男人别吞吞吐吐的。"

　　"其实，一些锡伯族家里还存在着重男轻女的想法。比如女人在厨房忙碌的时候，家里的男丁和老人就已经开始吃饭了。等女人忙完了，也只能吃一些残羹剩饭了，我家里也有这样的习惯。我家里就我一个男丁，所以一般都是姐姐们还在厨房忙碌，我就开始先吃饭了。因为从小就是这样过来的，而且看到身边人也是这样，所以并没有觉得有什么不妥当的。可是刚才听了你的话以后，我感觉到深深地愧疚。

"因为我们把亲人对自己的付出当成了理所当然的事情，并没有去考虑她们有多辛苦。这是我做得不对，我要认真检讨并且积极改正。"巴建龙一脸惭愧地说道。

巴建龙所说的这个事情，其实乔伊也注意到了，在乔阳的葬礼结束以后，乡里为了答谢前来参加葬礼的亲朋好友，便组织了十几桌酒席。村里的妇女自发前往厨房打下手，有择菜的，有洗菜的，忙得不亦乐乎。但是那些男人却三三两两凑在一起说笑，一点儿忙都不帮。

当时乔伊对这样的风俗习惯还感到奇怪，如今听巴建龙这么一说，心里就彻底明白了。感情这还是大男子主义的传统习俗在作怪。

因此她"哼"了一声说道："若是我留在孙扎齐牛录乡，我就一定会带着姐妹们好好学一学新时代的女性是什么样子的。"

她说的这话刚好被从外面进来的佟肖云给听见了，她忍俊不禁地说道："其实啊，也没有你说的这么严重。只不过我们这边的传统风俗还是男主外，女主内。乡里可以赚钱的机会比较少，基本上都被男人拿去了。女人们都闲在家里没事做，一大家子人都靠男人赚钱回来，这家务事自然就做得多一点。"

乔伊默默将佟肖云说的话记在了心里，她若有所思地说道："原来是这样……"

这个时候佟肖云的婆婆从外面走了进来，双手捧着一个大托盘，里面装了满满一大盘菜，香气扑鼻。

闻着这香气，乔伊忍不住朝这盘菜望了过去，发现这盘菜是用晒干的长豆角、白菜、土豆和大块五花肉做成的，烧得真是色香味俱佳。

但是乔伊从来没有见过这样的菜，忍不住好奇地问道："伯母这是什么菜啊？闻着好香啊。"

"这道菜啊，我们锡伯族语叫作'萨斯肯'！你快尝尝好吃不？"佟肖云的婆婆一脸期待地看着乔伊。

乔伊连忙拿起筷子夹了一根翠绿的干豆角，吃了一口以后，马上竖起大拇指说道："嗯……这菜太香了……真好吃。可是我见过的干豆角都是黑褐色的，怎么咱们这个干豆角是绿色的啊？"

佟肖云的婆婆一脸得意地说道："那是因为制作手法不同。我们这些干豆角都是在长豆角最嫩的时候就将其摘下来，把它们从中间破开以后，放置在阴凉通风的地方风干的，所以能保持它翠绿的颜色。"

"哦！我知道了。这是不是就和在晾房晾晒葡萄干的原理是一样的？"乔伊恍然大悟地说道。

"和那个类似……"巴建龙马上回答道。

这一顿饭大家在一起吃得非常开心，佟肖云的婆婆脸上始终带着笑容，席间不停地给乔伊夹菜，生怕她吃不饱。她这种热情的态度稍稍改变了乔伊心中对她的看法。

因为乔阳的事情，乔伊这几天不眠不休，什么东西也吃不下去。今日人多热闹，再加上这饭菜确实是可口，所以她一时食指大动，着实吃了不少。

等饭菜吃得差不多的时候，佟肖云又端来了热气腾腾的奶茶，给她倒了满满一大碗。

捧着香气扑鼻的奶茶，乔伊突然没忍住落下眼泪来。

佟肖云还以为奶茶烫着她了，便连忙把奶茶接了过来，拿了一张纸巾递给她着急地说道："小丫头咋哭了？是不是烫着了？都是姐姐不好……"

"不是……不怪你们……是我从小到大都没有感受过大家庭的温暖，来你们家吃的这一顿饭，让我感受到了久违的温暖。我想现在我能理解为什么哥哥说这里的人们热情好客，非常善良了……我也理解了哥哥为什么留在这里不愿意回去了……"

说起乔阳，在座之人脸上都浮现出了沉重的表情，巴建龙难过地低下头去，眼角又流出了眼泪。

"妹子，以后咱们孙扎齐牛录乡就是你的家，你什么时候想回来了就回来，我就是你的亲姐……你放心，你不是孤身一人。"佟肖云擦了一把眼泪，连忙表明了自己的态度。

第十七章　明天就要走了

"嗯……谢谢肖云姐……我不难过，我只是忽然想起了哥哥。以前我对他放弃那么好的工作，非要来援疆的事情表示非常地不理解；现在理解了，可是他又不在了。"乔伊一边说着自己不难过，一边眼泪像决了堤一般拼命往下流。

为了证明自己不难过，她努力咧着嘴想要露出一个笑的表情来，可是这副表情简直比哭还要难看。

她这副模样就连一向以坚强著称的佟肖云的婆婆都看不下去了，她连忙别开脸去，扯下头上的头巾，抹着眼泪说道："丫头你想哭就哭，在我们面前不用这么坚强的，你这副模样看得我心里像被刀剜一般痛。"

巴建龙猛然抬起头来，用力擦掉眼泪，伸出手摸了摸乔伊毛茸茸的头顶，一脸坚定地说道："乔主任去世之前将你托付给了我，他让我好好照顾你。以后我就是你的哥哥，你的学费和生活费都由我来负担，你就安心学习，快乐生活。就像你哥哥还在世时一样。"

"我才不用你养我呢！我现在已经开始实习了，我能赚钱养活我自己。"乔伊忍不住拍开了他的手，一脸倔强地说道。

"妹子，葬礼结束了，你是不是要回去了？说实话相处这几天，我真是与你特别投缘，你若是走了我还真舍不得你。"佟肖云叹了一口气说道。

乔伊沉默了一会，这才说道："我终究是不属于这里的……哥哥不在了，我也该回自己的世界去了，以后好好生活，不辜负哥哥的期望。"

巴建龙原本眼巴巴地看着乔伊，希望她能听取自己的建议，再多留几天，等过了西迁节再走。可是最终乔伊还是坚持尽快离开这个伤心地，这让他感到满心失望。

"唉！那你回去要照顾好自己，一个女孩子在外面孤苦无依，若是遇到什么困难，记得给我们打电话，以后我们都是你的亲人。若是以后有机会了，就回来看看我们……"佟肖云说到这里再也说不下去了，忍不住捂着脸哭了起来。

她婆婆看到她这副模样，忍不住呵斥了起来："哭什么哭？人家好不容易来吃一顿饭，哭哭啼啼像什么样子？"

佟肖云连忙擦了眼泪，不好意思地说道："你看我，这一听说妹子要走了，心里难过就没控制住自己，真是让你们见笑了……"

这一顿饭乔伊吃得是五味杂陈，因为天色较晚了，巴建龙便提出送她回招待所。在路上两个人都没有说话，乡村的夜晚没有什么夜生活，天黑了街上也没有什么行人，四周只有两个人"沙沙沙"的脚步声。

一直到了招待所的门口，巴建龙才突然问道："你打算什么时候走？我有些东西要送给你。"

"我买了明天早上的票……"乔伊停顿了一会说道。

"这么快？怎么这么突然就要走？"巴建龙惊讶地问道。

"我在单位实习，就给了一个星期假期，若是不能按时回去的话，这份工作怕是就保不住了……"乔伊缓缓说道。

巴建龙能听懂她的言下之意，眼下乔阳不在了，没有人再负担她的学费和生活费，所以她首先要保住工作，保证自己生存下来，才能考虑后面的事情。这是摆在她面前最大的困难。

巴建龙张了张嘴想要说什么，最终又把话咽了回去，叹了一口气说道："明天几点走？我送你去车站。"

"明天一早我就走了，你就不要来送我了。"乔伊连忙摆手说道。

但是不管她怎么拒绝，巴建龙都坚持要来送她，不等她同意转身自顾自离去了。

等回到自己家里以后，巴建龙看到大姐巴小英陪着母亲在等他回来。

他连忙走上前去对巴小英说道："大姐，这些年我存的钱都在你那里，你快点找出来给我，我要用。"

巴小英见他一天没回来，进门就要钱，不由得着急地问道："这么晚了你要钱干什么？是不是你那群狐朋狗友又骗着你去打麻将？我跟你说这些钱可是留着给你媳妇用的，谁要我也不可能拿出来的。"

"哎呀！这都什么时候了，我哪还有心思打麻将。是这样的……"巴建龙急得跺了跺脚，连忙把明天一早乔伊要走的事情说了一遍。他又说道："乔主任不在了，以后也没有人供这个丫头上学了，既然乔主任把他妹妹托付给我了，那我这个做大哥的就要对她负责。这钱必须给她，没钱了我可以再去赚。"

巴建龙的母亲听他说完这番话以后，剧烈地咳嗽了几声，缓缓说道："我觉得小龙说得对。人家乔主任拿自己的性命救了小龙，我们要是连这一点钱都舍不得，那还算是人吗？"

巴小英见这娘俩铁了心要把这个钱拿出来，她也不好再坚持，再说巴建龙拿着这个钱是去帮助人，没有像以前一样拿去乱花，便点了点头说道："那行吧！你等一下我去拿给你。"

不一会儿工夫她从母亲的屋里拿出一张用红布包着的银行卡走了出来，塞到了巴建龙手中说道："这些年你补贴家用的钱，我们都给你存着了，里面一共有六万块钱，本来是打算存着给你媳妇用的。但是这份人情是用命欠下来的，必须还。只是以后你媳妇的事情……"

巴建龙一把抓过银行卡，扬了扬手说道："我还年轻，媳妇的事情以后再说吧！"说完便转身进了屋。

巴小英啼笑皆非地说道："别人像你这么大都当爹了，你连个女朋友都没有……"

但是不管她说什么，巴建龙都听不到了。

他急匆匆地回到了屋里，把压在枕头底下，保存完好的一本工作手册拿了出来，这是乔阳留下的遗物。当初乔阳匆忙跳进大渠里救人的时候，不小心将这本工作手册掉落在了岸边，被巴建龙给捡到了，他便当宝贝一样收藏了起来。

第十八章　送行

工作手册里面记录了乔阳每天的工作安排，以及他对锡伯古城的一些构想和规划，几百页纸记得满满当当的，有很多地方还做了详细的批注。虽然只是一本工作日记，但是也写得井井有条，干净整洁。通过这一点就可以看得出来乔阳一定是个条理清晰又工作认真的人。

巴建龙刚捡到这本工作手册的时候，因为心情不好，根本就没有顾得上翻看。自打他无意之中遇到了乔伊，听她说起乔阳的梦想，再看这本工作日记的时候，他觉得简直是如获至宝。

有了这些雏形架构以后，整个锡伯族古城的大致轮廓便逐渐在巴建龙的脑海之中形成了。

他废寝忘食地翻阅着工作日记，时间在不知不觉之中快速溜走，直到他听见窗外传来一阵阵公鸡打鸣的声音。这声音惊醒了完全沉浸在工作手册之中的巴建龙。他茫然地抬头一看，见外面的天都大亮了。也就是说他竟然看了一夜，忘记了睡觉。

巴建龙连忙从床上跳了起来，拿起手机一看，见已经快七点了。想到乔伊早上要走，也没有告诉他具体时间，他便想着早点去她所在的招待所外面等着，一定要把钱交到她手上。

因此，巴建龙胡乱洗漱了一下，拿了一件外套就往外面跑，在院子里遇到了刚刚起床的巴小英。

她好奇地喊了一句："你今天怎么起来这么早？太阳打西边出来了啊？"

要知道平日里巴建龙属于那种，若是九点上班，他要睡到八点半才起床的人，能多睡一分钟是一分钟，绝不早起来。今天这才七点多，他起这么早确实很奇怪。

巴建龙遥遥回答了一句："你们别管我了，我去送人……"说完便匆匆地消失不见了。

他一路小跑往招待所而去，等他气喘吁吁地来到招待所门外的时候，竟然发现外面已经站了好多人，都是孙扎齐牛录乡的乡亲们。

这些人有的拎着鸡蛋，有的拎着牛奶制品，都非常安静地站在那里，看起来像是在等待着什么。

巴建龙好奇地走上前去，找到一个熟悉的人悄声问道："你们一大早在这里干什么？"

"还能干什么？今天不是乔主任的妹妹要走了吗？我们这些人都是受过乔主任恩惠的，便自发前来给乔主任的妹妹送行。我们家里也没有什么好东西，只有这些土特产希望给那小姑娘带在路上吃。若是没有她哥哥对我们的帮助，就没有我们的今天。"说话的人是一个五十多岁的男人，说着说着便流出了浑浊的眼泪。

巴建龙有些不知所措地看着眼前的人，他数了数至少有七八十人。也就是说乔阳在孙扎齐牛录乡工作了不过两年的时间，就帮助过这么多的人。而他做这些事情从未对外宣扬过，以至于乡里都没有人知道。想到这里巴建龙感觉眼眶又有些湿润了，他连忙转过头去悄悄擦掉了眼泪。

就在这个时候，招待所内传来了"吱呀"一声房门打开的声音，紧接着是拖着行李箱行走的声音。

不知道是谁喊了一句："来了来了，人要出来了……"

巴建龙看到眼前的人呼啦一下分成了两队，在中间留出了一个通道，秩序井然得让他感到惊讶。

要知道乡亲们平日里自由惯了，根本没有什么集体和团队的意识。可是在这样一个特殊的时刻，他们却自发地、不约而同地用这种方式去感谢一个小姑娘。

巴建龙还站在原地发呆，不知道是谁拉了他一把，将他扯进了队伍之中。

院门也在这个时候"吱呀"一声打开了，露出乔伊那张带着婴儿肥的俊俏面孔。只见她双眼红肿着，头发有些微乱，想来昨晚肯定又偷偷哭到半夜。

乔伊原本想着早早离开孙扎齐牛录乡，就不给这里的领导干部添麻烦了。

因为乔阳天天把这些话挂在嘴上，她耳濡目染也受到了影响。乔阳最不喜欢利用身份搞特殊，可是最近这几天她已经受到太多特殊待遇了，所以她才想着悄悄离开。

可是令她完全没有想到的是，等她打开房门的时候，竟然看到门外乌泱泱站满了人，大家都依依不舍地望着她，一看就是前来送行的。乔伊看着眼前的人群，愣了好半晌，眼泪哗啦一下流了下来。她哽咽着说道："乡亲们，这么早，你们这是做什么？"

"孩子，这就是你们救命恩人的妹妹，眼下她要走了，你们去磕个头表示感谢。"这个时候从人群里冲出来两个中年妇女，一人手里牵着一个七八岁的小男孩。她们来到乔伊面前以后，不由分说就让两个孩子下跪磕头。

这可把乔伊给吓了一跳，她连忙放下行李箱，将这两个男孩扶了起来，连连摆着手说道："两位婶子这可使不得，我自己也还是一个孩子，怎么能接受这样的大礼，这不是要折我的寿吗？我想哥哥的心愿是希望这两个孩子以后能好好生活，努力学习，成为对社会有用的人才，那样就是对他的报答了。所以你们千万不要这么客气。"

其他人看到这种情况，也纷纷走上前来，把手里拎着的东西往乔伊手中塞："姑娘！我们都是受到过乔主任帮助的人，家里也没有什么值钱的东西。这些土特产你带在路上吃吧！有时间了就回这里看看，我们以后都是你的家人。"

"对，乔伊姑娘，以后在外面若是遇到难处了，一定要告诉我们，我们就是倾家荡产也会帮助你的。"

乡亲们的热情让乔伊呆愣在当场，她热泪盈眶地看着眼前这一张张质朴的面孔。联想到哥哥平日里所说的话，再想到自己认为这里的青年只会喝酒、无所事事，她忽然觉得自己可能错了。

第十九章　男儿有泪不轻弹

每个人身上都有他的闪光点，我们不能只通过表面去判断一件事情的对错。像巴建龙和安明光，喝酒、不思进取真的只怪他们自己吗？

想到这里乔伊忍不住在人群之中寻找巴建龙，这么多乡亲都来了，他肯定也来了。

果真，她在人群最后面看到了满脸黯然的巴建龙。这样的场景乔伊依稀记得在哥哥的葬礼上看到过。

当时她远远地看到了一个人的背影，那种苍凉的感觉从他整个身体里溢了出来，让人看了一眼就难以忘怀。当时她还在心里想，这个人和乔阳是什么关系，怎么会因为乔阳这么难过？

她原本想追出去问问，可是等她走出灵堂的时候，已经找不到那个人了。如今她再看到巴建龙忽然意识到，当时自己看到的那个人应该就是他。他因为乔阳去世的这件事情伤心难过，却又不敢进灵堂祭拜。因为就连乔伊都听见了村里人说的闲话，说什么巴建龙贪生怕死，害死了乔阳。

刚到孔扎齐牛录乡时佟肖云和其他村干部就把实情告诉了乔伊，因为害怕她不相信，还把当时在场的几个人都叫来了。当时那两个小姑娘一脸坚定地告诉她，巴建龙不是胆小鬼！若不是他坚持着跳下水，奋力和乔主任一起将两个孩子救上来，可能那一天就算是乔主任牺牲了，都不一定能保住两个孩子的命。

可惜，村里的人没人相信他们说的话，依然戴着有色眼镜看待巴建龙。

乔伊通过这几日与巴建龙的相处，觉得他是一个有责任心、有担当，又心地善良的人。若不然也不会因为乔阳去世这件事情消沉这么久。

这与他整日喝酒、吊儿郎当的形象完全不一样。

想到这些事情，乔伊心里蓦然流过一股暖流。她脸上带着笑容冲着巴建龙招了招手说道："建龙哥你怎么躲这么远？你过来我有话要跟你说。"

正低着头想心事的巴建龙突然听见有人叫他名字，他连忙抬头四顾，竟然发现是面带微笑的乔伊在冲他招手。

他有些受宠若惊地往前走了几步，小声说道："那个……我想着你要走了，就来送送你……这个是给你的学费和生活费。我身上就只有这么多钱，你放心，我会努力赚钱，每月按时给你打生活费的。"巴建龙结结巴巴地说完，将自己手里的银行卡塞进乔伊的手里，转身就要跑。

"你等等……我还有话要说……"乔伊紧紧捏着手中的银行卡，眼眶不由得有些湿润了，她哽咽着说道，"今天大家伙儿都在，我给你们讲一个故事吧！从前有个人他一心想要考上北京的大学，所以他很努力地学习，并且取得了非常优异的成绩，可惜命运弄人……突如其来的一场重病彻底击碎了他的梦想……

"没有人知道那些日子他是怎么熬过来的，那一次生病快要把他整个人都给击垮了。可这并不是最痛苦的，最痛苦的事情是，他眼睁睁看着其他同学都考上了心仪的大学，只有他在最好的年华却要和病魔做斗争……

"后来他的病终于好了，可是为了给他治病，家里欠下了许多钱，为了还债他放弃了复读的机会，开始了他的打工之旅。一个人心中若是有梦想，是不会轻易被现实所打倒的。只是越坚持梦想，就越会因为眼前的碌碌无为而痛苦。可是他没有办法将这些心事吐露给家人听，便只能借酒浇愁，来掩饰内心的痛苦……久而久之他在乡亲们的眼里，就变成了那个只知道喝酒，不求上进的不良青年。

"这样的不良青年，哪怕是做了好事，做了英雄也会被乡亲们戴着有色眼镜去议论，将所有的过错都推到他的身上。今天我以乔阳妹妹的身份郑重地为他证明，巴建龙他不是逃兵，他不是懦夫，他也不是害死乔阳的凶手。他反而是英雄，他不顾自己的安危跳进了湍急的渠水之中，在乔阳精疲力竭之时，是他勇敢伸出了援手，将这两个落水儿童救了上来。而他自己却摔伤了脑袋，得了中度脑震荡，留下了很严重的后遗症。

"可是他做的这些事情没有得到任何人的敬仰，乡亲们看不起他，诋毁他，便是连我这个外人都看不下去了。今天我就当着大家伙儿的面，为他证明。那两个小妹妹你们过来，把你们当时看到的情形再跟大家说一遍。"

乔伊把那两个当时站在岸边呼救的小姑娘喊了过来，在她鼓励的目光之下，两个小姑娘用稚气又坚定的声音，把当时发生的事情又复述了一遍。

孩子是不会撒谎的，若不是她们亲眼所见，哪怕有人故意教授，两个孩子也不可能将整件事情描述得这么完整。

听见乔伊这么说，在场之人都不由得羞愧地低下头去。那两个被救儿童的父母，脸上更是露出了羞愧的表情。当时他们听信乡里人的传言，不但不感激巴建龙救了自己的孩子，还冷嘲热讽说了很多风凉话。因为巴建龙从头到尾都没有为自己辩解过，所以他们更加认为传言是真的。

然而今天乔伊说出了事情的真相，原来巴建龙也是他们孩子的救命恩人。可是他们之前不但没有感激自己孩子的救命恩人，反而对救命恩人恶语相加。这让他们简直无地自容。

巴建龙从来没有想到乔伊竟然会当着众人的面为他澄清，而且还把他的过去了解得这么清楚。他惊讶地张大嘴巴看着乔伊，耳边都是她对自己肯定的声音。

等乔伊把事情全部经过说完以后，巴建龙一下没忍住哇的一声哭了起来，这么大一个男人当着这么多乡亲的面，哭得是那么伤心，他像是要把心里所有的痛苦都哭出来一般。

第二十章　贝伦舞

那两个被乔阳和巴建龙救上来的小男孩，在众人都不知所措的时候，他们飞快地朝巴建龙冲了过去，然后扑进他的怀里，仰着小脸一脸天真地说道："哥哥……哥哥你不要哭了，我们都很崇拜你，你是我们心目中的大英雄……"

巴建龙被这两个男孩子的童真深深打动了，他伸出手将两个孩子搂在了怀里，哽咽着说道："我不是什么英雄，以前做过很多混账事情。但是以后我会努力做一个让大家认可的人，你们就看我表现吧！"

等他说完这句话以后，也不知道是谁带头鼓起掌来。这清脆的掌声惊醒了在场之人，大家都紧跟着热烈地鼓起掌来。

巴建龙含着眼泪，一个劲儿地说着感谢的话。乔伊看到巴建龙周身燃起了一束希望的光芒。这种燃烧的希望，比送他什么礼物都要好。

看到这里，乔伊捏着那张银行卡，走到巴建龙面前，将那张卡塞回了他手里。

巴建龙一看急了，连声说道："你是不是觉得少？可是这是我全部的积蓄了，我以后会努力的……"

"你不是要带我参加西迁节？不是说要请我吃锡伯族的美食？若是没有钱，你要怎么请我吃饭？"乔伊娇嗔地瞪了他一眼，没好气地说道。

"什么？你的意思是说你今天不走了？真的吗？"巴建龙呆呆地捏着银行卡，愣了好一会儿才喜形于色地问道。

"是啊！我不走了。我哥哥在日记里将这里夸得跟一朵花一样。可是我来的这几天什么都没看到，若是就这么走了，岂不是遗憾？所以，我还是等参加完西迁节再走！喂……这行李很重，你帮我拿进屋里去。"乔伊脸上带着笑容，娇声娇气地看着巴建龙说道。

巴建龙欢天喜地地应了一声，连忙上前接过乔伊的行李，忙不迭地给送进屋里去。

大家伙儿瞧见乔伊暂时不走了，都感到很高兴。害怕她在这里吃得不习惯，便一个劲地将家里带来的土特产往她手里塞，弄得乔伊是哭笑不得。

等把大家伙儿都送走以后，巴建龙也不好继续在这里待着，搓着手说道："那我也回去了，有什么需要你随时给我打电话。"

"喂！你把我留下来，现在却把我一个人扔在这里，你是什么意思呢？"乔伊满脸不高兴地跺了跺脚，气鼓鼓地说道。

"就是，建龙兄弟不是我说你，你这个人情商还真是低……"就在这时，他们身后传来了贺晓明的声音。

巴建龙看着他，一脸为难地挠了挠头说道："她一个小姑娘家家的，我若是总跟她在一块儿，怕乡里人说闲话。咱们这里的人思想比较落后，你又不是不知道……"

乔伊这才知道，原来巴建龙是为了她的名声着想，这才不敢和她单独相处。她把下巴一抬说道："这有什么好怕的？没想到你年纪轻轻的，思想竟然这么保守落后。这世界上除了男人就是女人，我们身正不怕影子斜，管别人说什么呢？我都不怕你有什么好怕的？"

"你看看人家小姑娘都比你看得明白。对了，我准备去拍摄一个锡伯族的婚礼，你们有没有兴趣一起去参加？"贺晓明话锋一转说道。

"好呀好呀！我最喜欢凑热闹了。"乔伊两眼放着光拍着手高兴地说道。

巴建龙脸上露出了为难的表情，不过随即又咬着牙说道："我去打个电话，你们稍等一会儿。"

他拿着手机找了个没人的地方，给他的老板打了一个电话："喂！老板吗？我今天有些重要的事情，能不能再请一天假？"

"呦！我们的大英雄自从当了英雄以后，整天就忙得很了呢，都看不上我们这座小庙了。既然如此，我们这小庙也请不起你这尊大神。所以以后你也不用再来了，我已经请了新人了……"老板说完，啪嗒一下把电话给挂掉了。

巴建龙张着嘴巴还想解释一番，可是话筒里传来一阵阵"嘟嘟嘟"的声音，让他感觉无比沮丧。这份工作虽然收入不高，可是却是他和母亲的生活来源，还能省下来一些去还欠的钱。眼下工作丢了，他以后该怎么办呢？家里的生活该怎么办呢？

正当巴建龙愁眉不展的时候，他的肩膀忽然被人拍了一下。他连忙回头一看，见贺晓明站在他身后，关心地问道："刚才的事情我都听到了，要不要我给老板打个电话？这次做节目我们答应免费给他们拍摄一段做宣传，我想这点面子他应该会给我的。"

巴建龙苦笑了一下摇了摇头说道："算了，我答应了乔伊要陪她参加西迁节，到时候还需要请假……老板也早就看我不顺眼了……"

他的意思是，就算这次贺晓明去说情了，那下一次该怎么办？也不能一直去说情啊。

贺晓明沉默了一会儿，又拍了拍他的肩膀说道："这工作丢了也好，逼着你离开舒适区，你才会想要改变现在的生活，你说是不是？"

巴建龙沉默了一会儿，苦笑着说道："塞翁失马，焉知非福。说不定我因此开始了新的生活呢？你说得对，走，陪你参加婚礼去！"他说完上前搂着贺晓明的肩膀，调整好心情朝乔伊走去……

锡伯族的婚礼非常热闹，沿袭了传统，每次办婚礼的时候几乎半个乡的人都会来参加。院子里面摆了几十桌酒席，外面还有很多在等待的。通常这种流水席要吃三四次才会结束。

巴建龙他们来的时间刚刚好，一对新人在司仪的主持下，正跪在家中老人面前，行磕头大礼。锡伯族把中国传统的孝道文化传承得非常好，不管在什么时候，都会把尊敬老人这件事情提到非常重要的位置。

现场播放着欢快的锡伯族音乐，有一些半大的孩子正在随着音乐跳着"贝伦舞"。这种舞蹈，舞姿非常优美，其动作主要在上肢，下肢动作不多，特点是扭肩、甩臂、拍地、甩胯。男子舞姿粗犷、洒脱，含有一些野性。女子舞态优美、舒展，带有浓郁的妩媚。

第二十一章　同盟战友

乔伊瞧见这些半大的孩子，男女对舞，虽然岁数都不大，可是都跳得像模像样的。她觉得特别新奇，拍着巴掌连连叫好。

这个时候院子里面的婚礼仪式已经举行完毕了，随着司仪高声喊道："音乐响起来，贝伦跳起来……"现场的音乐声忽然大了起来，气氛也一下热烈了起来。

穿着一身民族传统服饰的新郎官，被人给推到了院中央，众人一起吆喝着："新郎给新娘来一曲赫赫胡拉热贝伦。"

乔伊听不懂锡伯族语，连忙悄声问巴建龙："这个赫赫胡拉热贝伦是什么意思呀？"

"这是我们锡伯族传统的贝伦舞，意为招媳妇舞，往往在节日和婚礼上跳。小伙子随着音乐踏着节拍表演恋爱情景，他踏着舞步来到姑娘的闺房外，向着窗户招手示意。狗叫了，引起了姑娘父亲的警觉。父亲发现小伙子，故意咳嗽，将其吓跑了。但小伙子不愿就这样离开，表情夸张地闲跳一阵后又来到窗下。姑娘终于出来了，情人对舞，柔情蜜意。观众配合舞蹈动作，自发地学狗叫，学老人咳嗽，吹口哨助兴。舞者与观众，配合默契。因为这个舞蹈跳起来非常轻松活泼，所以深受年轻人的喜欢。"巴建龙耐心地给乔伊解释着。

贺晓明这个时候顾不上陪巴建龙他们了，他扛着摄影机去抓拍自己感兴趣的素材，忙得不亦乐乎。

现场有很多认识乔伊的人，大家伙儿看到她的到来非常高兴，把她当作此次婚礼现场最尊贵的客人。

作为最尊贵的客人，主人家是一定要邀请她吃饭跳舞的。乔伊一脸茫然地就被主人家给拉了进去，等站到舞台中央的时候，她才知道，这是邀请她跳贝伦舞。

这还是她第一次观看贝伦舞，又哪里会跳。但是四周的人都在起哄，把她急得一张俏脸通红不已。

巴建龙见状，连忙分开人群走到了她面前，小声说道："别着急，我们就来跳一首'扎克处尔登登'，翻译成汉语就是拍手舞。这个舞蹈主要是由男人来跳的，你就站在中间跟我学，双手举过头顶，做做动作就行了。"

巴建龙说完连忙做起了舞蹈动作，很耐心地做着示范动作。

聪明伶俐的乔伊通过巴建龙的示范，很快便掌握了要领。她"咯咯"笑着，像只蝴蝶一般在人群之中穿梭。而英俊帅气的巴建龙则跳出了贝伦舞的最高境界，引得四周掌声如潮……

他们二人的舞蹈感染了在场的其他人，大家纷纷走向了舞台，无比愉悦地跳起了欢快的贝伦舞。

贺晓明在一旁扛着摄像机录下了这一珍贵的画面，后来他在做纪录片的时候，对这一段进行了详细的描述。

原本他只想做一部普通的锡伯族风情片，可是他现在改了主意。他想以乔阳为第一视角，站在一名援疆干部的角度观察四周，把这种民族融合、水乳交融的场面都记录下来，作为这部纪录片的核心。

后来贺晓明所拍摄的这部纪录片，在国内和国际上都获得了很多大奖，也让他一跃成为公众人物，当然这都是后话了。

这场婚礼一直持续到深夜才结束，其间贺晓明还拉着他们两个去观看了年轻人闹洞房。那别开生面又热闹的闹洞房场景，让大家忍俊不禁。

因为太晚，巴建龙不放心，执意要送乔伊回去。走在路上的时候，他又将那张银行卡给掏了出来，一脸诚恳地对乔伊说道："这钱我觉得你还是拿着，你一个小姑娘家若是没有钱傍身，一个人孤身在外若是遇到了困难怎么办？"

乔伊没好气地瞪了他一眼说道："你就这么想赶我走？"

巴建龙表情微微一震，他完全听不明白乔伊这番话是什么意思。所以他尴尬地挠了挠头皮，支支吾吾地说道："我其实是希望你能多留几天的，但是你不是还要回去工作？"

乔伊瞧见他一脸木讷的模样，忍不住"扑哧"一下笑出声来，说道："跟你说实话吧！今天我已经把那份实习的工作给辞了。我想留在孙扎齐牛录乡，跟随哥哥的脚步，好好了解一下这里。既然哥哥这么热爱这里，那这里一定就有可取之处。既然哥哥不在了，我就想着能不能接替哥哥的班，去完成他未完成的任务。"

这下巴建龙总算是听明白了，他惊喜地说道："这么说你是不离开这里了吗？那太好了，我想佟肖云和乡亲们都一定会非常高兴的。"

乔伊没好气地瞪了他一眼，气鼓鼓地问道："什么叫他们都很高兴，难道你不想我留下来吗？"

巴建龙一张脸涨得通红，憋了好一会儿才吞吞吐吐说道："我当然是希望你能留下来，但是又知道自己没有这个资格……所以就……"

"那么我问你，你愿意和我一起完成哥哥没有完成的心愿吗？"乔伊敛去笑容，一本正经地看着巴建龙问道。

"当然，我当然愿意，就算你不留下来，我也会用毕生的时间努力去完成乔主任的遗愿。"巴建龙也正色地回答道。

"那好，现在我很负责任地告诉你，以后我们两个就是事业上的合作伙伴，生活中的战友，所以以后你就有资格留下我了……"乔伊似笑非笑地看着巴建龙说道。

巴建龙将乔伊送到招待所，在回去的路上整个人还是晕乎乎的。因为他到现在也弄不明白乔伊所说的话，不知道她说的究竟是真还是假。

虽然他和乔伊相处的时间不长，但是这个坚强、直爽、恩怨分明、做事大气的小姑娘，在他心里留下了非常深刻的印象。

乔伊带给他的鼓励、支持和认可，是他长这么大从来没有得到过的。那种感觉就像你独自一人走在沙漠之中，身上没有水也没有食物，而且完全看不到沙漠的尽头，就在你濒临死亡，感到绝望的时候，突然出现了一个人，递给了你食物和水，并且告诉你前面就是绿洲一样。

第二十二章　我也要合伙

巴建龙回到家中的时候，遇到正准备离开的巴小英。

巴小英一脸莫名其妙地盯着巴建龙问道："你小子遇到什么开心事了？嘴巴都快咧到耳朵根了。"

"嗯？有吗？我有笑吗？我没笑啊！"巴建龙连忙用手摸了摸脸，又扯了扯嘴巴，企图用这种方式告诉巴小英他并没有笑。

但他自己没有看到的是，他的脸上洋溢着一种掩藏不住的喜悦，从他的眼角眉梢流露了出来。

巴小英看到他这副傻乎乎的模样，不由得"扑哧"一下笑着说道："你小子是不是走桃花运了？快来跟姐姐说说看上谁家的姑娘了？哎哟！我这弟弟是真长大了……"

巴建龙听了她这番话以后，一张脸腾地一下就红透了。他连连摆手说道："大姐你可千万不能胡说，根本没有的事情。我高兴是因为乔伊说她暂时不走了，要留下来和我一起完成她哥哥的心愿。她留下来我就可以好好照顾她了，不然我愧对乔主任对我的嘱托……"

巴建龙努力想要把心里的这些想法说出来，所以急得抓耳挠腮的。他生怕巴小英误会了自己的想法，乔阳把妹妹托付给自己，要是他却打人家妹妹的主意，这简直就是恩将仇报嘛！

巴小英瞧见自己弟弟着急的模样，叹了一口气说道："这确实是一件好事情，若是有什么需要姐姐的地方，就告诉我……太晚了，我也要回家去了……"

因为巴建龙母亲身体不太好，他又天天上班，巴小英姐妹俩经过商量以后决定，在巴建龙去上班的时候，姐妹俩轮流回家照顾母亲。每次都等到巴建龙回来以后，她们才会离去。

巴建龙把大姐送出了门，发现母亲已经睡下了，他简单洗漱了一下，便把自己关在了房间里，满脑子想的都是乔伊和他说过的那些话。

他激动得睡不着，又从枕头下面将乔阳的工作日记拿了出来，一页一页地认真翻阅，并且不时在自己的笔记本上写着读后感……

每年的四月十八日是锡伯族传统的节日——西迁节，为了将这个节日举办得隆重一些，全县的各个单位都会选出一些能歌善舞的文艺人才，编排节目，进行彩排，忙得不亦乐乎。

而各个宣传口子和文旅口子的负责人，则忙着进行铺天盖地的宣传，以吸引那些对锡伯族文化感兴趣的人前来参加这个锡伯族的传统节日。

在各部门领导的带领和众人不遗余力的努力之下，西迁节办得非常热闹，宣传力度也非常大。

在西迁节到来的前两天，已经有很多人从四面八方赶来了。虽然西迁节每年举办的地点都不是固定的，会在八个乡里轮流举办。但在巴建龙的记忆里，西迁节还从来没有在孙扎齐牛录乡举办过，这一直是他的一个心病。

他带着乔伊参观在会场四周摆出来的各种锡伯族特色产品和食品，乔伊被锡伯族传统的绣花工艺给吸引住了，连声喊道："天哪！这都是手工绣的吗？这花绣得可真好看……"

巴建龙在一旁给她解释："我们锡伯族妇女都心灵手巧，你看这些绣花鞋，还有这些小马甲都是纯手工制作的。像这种千层底的绣花鞋，其他地方几乎都看不到了呢！但是在我们这里随处可见，乡里的姑娘、媳妇人人都有一手出色的手工活。我妈妈以前身体好的时候，她做的马甲那叫一个漂亮，每次我穿出去的时候，大家都嫉妒我……"

"你还别说，我发现你们真的很喜欢穿马甲，几乎大人小孩人手一件……"乔伊听巴建龙这样说，仔细观察了一番，马上就发现了不同。

"虽然为了方便，平时我们很少穿自己民族的服饰了，但是在服装上依然保留了我们本民族的特色。比如在我们的传统服饰中，姑娘们喜欢穿的大襟长袍要贴花边或绣花宽边，爱套穿的坎肩，有对襟的，有大襟的，也贴花边；长裤扎黑色腿带，脚穿绣花鞋等。虽然随着时代的变迁，我们的服饰逐渐汉化了，但是却将穿坎肩这个习俗保留了下来。

"你别小看这个小小的坎肩，它里面的学问可大了呢！你看这各种花色、颜色等等都是十分有讲究的。"巴建龙不厌其烦地给乔伊介绍着。

乔伊越听眼睛越放光，她激动地抓着巴建龙的胳膊说道："你知道吗？现在咱们国内随着生活水平的日渐提高，大家的生活质量也都提高了。在大城市中见惯了千篇一律的名牌服饰，有很大一部分人就开始追求返璞归真，这类人群对这种传统的手工艺品需求非常大。尤其是咱们这里的绣品质量这么好，又带着浓浓的少数民族气息，若是我们把这些东西批量生产出来，一定会畅销的。"

巴建龙脸色微红地说道："其实我们锡伯族还有很多传统美食，都非常值得传承下去。我想着等忙完这一阵子，自己开一家小一点的锡伯族美食餐厅，然后把每一道菜肴的制作方法，都通过新媒体传播出去，让更多人了解我们……"

"哎呀！这事带我一个，实不相瞒我自己就做网络直播，不过眼下粉丝比较少。若是我能做关于锡伯族餐饮的直播，一定能涨很多粉丝。"乔伊高兴地拍着手喊道。

"若是开餐厅的话也带我一个，既然要搞就搞个大的，咱们都凑点钱……"这个时候满面春风的贺晓明也不知道从哪里冒了出来。

他满头大汗地扛着摄影机，眼睛里闪着异样的光芒。

"你一个北京来的大记者竟然对开餐厅的事情有兴趣？"巴建龙一脸不解地问道。

"我对弘扬民族传统文化的事情都很感兴趣，这次察布查尔县之行让我感觉收获颇丰，我太喜欢这里了，我有种预感，若是你经营餐厅，一定能做得非常大。"

第二十三章　提议非常好

"其实不瞒你们说，我是打算再做一期关于少数民族美食的节目，就类似于《舌尖上的中国》，原本这个还只是我的构想，想等着以后再慢慢实行，可是自从来到察县以后，我有了一种迫切想要将这个节目推向市场的心情。因为咱们新疆、咱们察县有太多的美食了……"贺晓明激动得滔滔不绝地说道。

"这个想法和我一致哎，不过我想走的是自媒体，比如抖音、快手这些平台，我打算策划一系列和锡伯族风情有关的小短剧，就在咱们乡里找演员，做一个原汁原味的短视频节目。你看现在这类题材多火啊！"贺晓明的想法立刻得到了乔伊的赞同，真没想到他们两个人竟然想到一块儿去了。

巴建龙听见他们两个人都这样说，便一咬牙说道："既然如此那就开干吧！说实话这些年我在锡伯族餐厅当学徒，虽然钱没有赚到多少，但是确实积累了一些经验，从准备食材、配菜到炒菜都非常精通了。不过我的想法是，既然我们要做最正宗的锡伯族美食，那就要去找最正宗的师傅来炒菜。"

"最正宗的师傅是什么意思？"乔伊一脸好奇地问道。

"虽然我们察布查尔县这里的锡伯族依然保持着很传统的风貌，但其实随着社会的发展变迁，有很多的传统美食现在的年轻人都已经不会做了。而这些技术都掌握在乡里的一些中老年人手里。就比如最简单的锡伯族大饼，虽然是锡伯族每日必不可少的美食，几乎家家户户的妇女都会做。但做出来的面饼，也有好坏之分，有的人做得松脆酥软，吃在嘴里香甜可口，有些人做出来的就硬邦邦的，缺少那种口感。

"而且我们还要把每道食物的历史文化都发掘出来，比如这个锡伯族大饼就有深厚的历史背景。我们的祖先一路从沈阳来新疆屯垦戍边的时候，路途遥远，条件简陋，他们把石头烧热了，烤制这种面饼，制作简易的小菜，才一路坚持到了新疆。其中经历了多少严寒酷暑啊，等走到新疆的时候，当初出发的人群几乎折损了一半……

"所以锡伯族大饼对于我们锡伯族人来说意义非凡，但是这些历史、这些文化现在已经很少有人知晓了。若是我们请来乡里锡伯族大饼做得最好的人，在一边制作美食的同时，再将美食的历史文化同步进行讲述，这样的话就更容易让人记住这些历史……"巴建龙仔细地将自己的想法叙述了一遍。

"对，你这个提议好。我们用最好的食材，请来手艺最好的老人，再由他们来讲述这些历史故事，那种历史的厚重感都不需要额外再用镜头来表述了，自然就有了……太好了，这事就这么定了。这是我的投资款，现在就交给你了。反正我也不参与管理，有什么事情你们自己做主就好了，不用问我意见，我去忙了……"贺晓明说完从口袋里掏出一张银行卡，往巴建龙手里一塞，扛着摄影机就跑了。

"喂！你这里面有多少钱啊？咱们还有好多事情没有商量呢！"巴建龙着急地跟在他后面叫，可是他头也不回地就钻进了人群之中。

巴建龙一脸为难地拿着银行卡，反过来一看，银行卡的背面还贴了一张便利贴，上面连银行卡密码都写得清清楚楚，看来贺晓明是早就将这些钱准备好了，就等着找机会给他。

"这……"巴建龙脸上露出了为难的神色。

就在这个时候，乔伊也连忙从背包里掏出一张银行卡塞到了他的手中，说道："这是我哥哥的抚恤金，我把它交给你了。我想哥哥的心愿一定是让我利用这些钱，去做一些对孙扎齐牛录乡更有意义的事情……将他的生命通过这些事情延续下去。"

"不不……这个钱我绝对不能要……"巴建龙连忙将银行卡还了回去，连连摆手一脸坚定地说道。

"让你拿着你就拿着，咋了？看不起我这个小姑娘啊？"谁知道乔伊板着脸，凶巴巴地又将银行卡塞到他的手里。

"年轻人，我觉得这个小姑娘说得很对，做大事之人就应该不拘小节，只要我们朝着正确的方向去走，就不要瞻前顾后的，有我这个老家伙给你兜底你有什么好担心的？"这时，巴建龙他们身后传来了一阵熟悉的说话声。

巴建龙连忙回头一看，见是那个和贺晓明一起从北京来的，从事投行生意的佟俊青，自打上次一别之后，他们两个人已经很久没有见过了。这乍一出现，还把巴建龙给吓了一跳。他一脸惊喜地说道："佟叔叔我还以为您已经回北京去了呢！没想到在这里又见到了。"

"呵呵！我是回北京去了，不过又回来了。刚才我正陪着客户参观咱们西迁节的会场，没想到在这里遇到了你们，便过来打个招呼。这位是……"佟俊青看着乔伊礼貌地问道。

"这位是乔主任的妹妹，乔伊。来，我给你们介绍一下……"巴建龙连忙替二人做了介绍。

关于乔阳的事情，佟俊青听说了，也去参加了他的葬礼，所以对于整件事情都非常清楚。他一脸敬佩地看着乔伊说道："你哥哥的事情我听说了，他是一个英雄，值得我们每个人敬仰！看得出来你虽然年纪小，但也不是一个寻常女子，假以时日一定会绽放光芒的。"

乔伊被佟俊青夸得小脸微红，她低下头不好意思地说道："佟叔叔过奖了，我只是想尽自己的一点心意，为哥哥曾经战斗过的地方，做出一点微薄的贡献罢了！"

"刚才你们说的话我都听见了，我可不是故意偷听你们说话啊！纯属巧合，纯属巧合……我觉得你们的提议非常好，将这些传统的手艺和民俗文化慢慢收集起来，并进行非遗申请，做一个锡伯族的文化博物馆……

"我之所以回了一趟北京，是因为我和你们乡里签订了一个智慧农业的康养项目。你们这里因为地处伊犁河谷，冬暖夏凉，气候适宜，素有塞外江南之称，是新疆自然环境最好的地区了。再加上这里山美水美，特别适合做康养项目，所以我打算在那几十万亩的薰衣草种植基地，做一个以大健康为主的农业康养项目。

"不过我这个康养项目可不是针对中老年人的，我这个项目是针对年轻人的。"佟俊青一边喝着奶茶一边说道，"现在年轻人生活压力这么大，尤其是大都市里的年轻人，在高压的环境之下，有很多人都得了抑郁症。你看看每年有多少年轻人因为抑郁症自杀的？

"现在有很多年轻人因为生活习惯不好、工作压力大、感情失意等，造成了身体亚健康，可是目前很少有机构会去关心年轻人的健康。所以我们公司才把目标人群定为年轻人。你们不用担心年轻人工作的问题，现在咱们国家互联网这么发达，有很多工作都是可以在线上完成的。就算是完不成，我们公司也会成立农业综合体，将产业和康养相结合，让那些想要前来养病的年轻人，可以一边工作一边治疗。

"你们想想，在那样一片万亩薰衣草园之中生活，养上各种可以治愈人心的小动物，再加上专业医疗团队，让这些处于孤独的年轻人住在一起，在大自然的怀抱下，相互支持，相互治愈，一定能降低抑郁症的发病概率……"佟俊青侃侃而谈，把自己的想法说了出来。

巴建龙忍不住和乔伊对视了一眼，两个人赞同地点着头，同时说道："您的这个想法真是太好了，若是真的能实现的话，那就太棒了。"

"听说乔主任的遗愿是要在孙扎齐牛录乡打造一座锡伯古城？你们对这件事情有了解吗？"佟俊青突然把话锋一转开口问道。

乔伊看了巴建龙一眼，对他说道："我知道你天天在研究哥哥的笔记，这件事情还是你来和佟叔叔说吧！"

这次巴建龙没有客气，关于这件事情，他确实已经研究了很久，而且已经有了初步的思路。他随手从口袋里掏出一个小笔记本，里面密密麻麻记载着各种数据和资料，还有用笔简单绘出来的图形。巴建龙打开笔记本以后，不好意思地挠了挠头皮说道："这笔记做得有点乱，估计你们也看不懂，还是听我来给你们介绍吧！"

巴建龙一页页翻着笔记，从古城的规模与设计规划，以及后期的宣传等他都详细介绍了一遍。就连招商引资，吸引商家入驻这样的事情，他都有详细的规划。

等他全部介绍完以后，已经过了一个多小时。

佟俊青听完巴建龙的叙述以后，忍不住连连点头说道："真没想到，你小子竟然把功课做得这么细致。只是你这个规划做得比较大，把整个乡都包含在古城之内。咱们乡有几千户群众，若是想让所有人都配合你们建造古城，那还得费很大一番功夫去做说服和动员的工作啊！"

第二十四章　打下坚实的基础

"我之所以有这样的构想，是因为我仔细上网查过一些关于古城的资料。我发现除了那些有居民在古城内居住的旅游景点持续性保持旺盛的人气以外，那些人造的景点，开始可能会热闹一阵子，可是后来很快就变得没有人气了。为什么会这样呢？因为不管是什么样的旅游景点，都是需要有源源不断的生命力的。这些景点内的居民他们本身就对衣食住行有需求，有他们在，景点内自身就能形成一个良性循环的市场。

"这样的话就会让整个景点看起来充满活力和烟火气息。景点是死的，而人是活的。这些居民本身就是活着的历史文化，他们不但能带动整个古城的市场消费，还是一个个活广告，他们会通过自己掌握到的知识，不停地对外宣传。就像咱们北京的的哥一样，哪个人不是上知天文下知地理的，成了北京城一道亮丽的风景线。

"若是我们把当地的居民召集起来，对他们进行历史文化的培训，到时候我们整个景区都不需要导游，居住在这里的每一个人都是导游。等我们的景区建成了，就让大家伙儿都换上咱们锡伯族的民族服饰，游客来到这里以后，还以为自己穿越了时空，回到了几百年前。那种视觉上的冲击，会给他们留下非常深刻的印象。"巴建龙不疾不徐地叙述了自己的想法。

他在乔阳的基础上对计划做出了修改和创新，让整个计划更加地完善。

佟俊青听完他的完整叙述以后，一脸赞许地说道："嗯，不错！等古城建成了以后，可以邀请一些从咱们察县走出去的名家、名人回来入住，会有很多人冲着他们的名气前来古城参观、旅游，这也等于是给咱们的古城做了活广告。"

"咱们还可以在每个月策划不同的大型活动。比如咱们中国传统的春节，现在的年过得越来越没有年味了，若是我们把那些传统春节的风俗习惯都搜集起来，把锡伯族和汉族过春节的风俗融合在一起，让游客在除夕期间每天都有不同的体验和感受，我想也会吸引更多人前来的。"乔伊也不甘示弱，说出了自己内心的想法。

　　在回孙扎齐牛录乡的路上，巴建龙对佟俊青说道："佟叔叔这几天我不能陪你了，眼下既然已经确定要做这件事情，我就要尽快确定风情园的地址。而且乔伊也不能一直住在招待所里，那样非常不方便，需要尽快落实乔伊的住处。"

　　佟俊青点了点头说道："我有自己的事情要忙，你不用管我，今天也是抽出时间来见你们。至于风情园，我建议要做就做大一点，里面除了特色餐饮以外，还可以策划一些民俗演出等为咱们后面建设古城搭建基础。这几天你们抽空注册一家公司，钱不够别怕，我来给你们投资。不过前提是你们要拿出一份足以打动我的策划方案。虽然我是做投资的，但是我的钱是股东们的钱，我要为我花出去的每一笔钱负责。"

　　"嗯，佟叔叔您就放心吧！给我两三天时间，我就把锡伯族古城和风情园的策划案都交给您。必要的时候我可以给您的团队做路演，我相信我有足够的能力可以说服他们。"

　　"好小子，我果真没看错人，加油好好干！"佟俊青用力在巴建龙肩膀上拍了拍，笑着转身离去了。

　　巴建龙看着乔伊搓了搓手说道："你看我还要回去准备资料，不然我先送你回招待所吧？"

　　"咋了？看不起我？这件事情不只是你的事情，也是我的事情。虽然你的想法已经很完善了，但若是有哪里想不通的，我也可以给你出主意不是？"乔伊说完狠狠白了巴建龙一眼，继续往前走去。

　　一脸莫名的巴建龙挠了挠头皮，跑了几步说道："那你找个地方等我一下，我回家将电脑拿过来。"

　　"还找什么地方？直接去你家不就得了？我还可以顺便蹭一顿饭，这些天吃外面的饭菜都吃够了。你不会这么小气吧？"背着手走在前面的乔伊停下脚步，眼睛亮晶晶地看着巴建龙。

"不不，我怎么会舍不得一顿饭，你就是天天去吃都可以。就是……我家比较简陋，害怕你不习惯。"巴建龙连忙摆了摆手，急得满脸通红地说道。

他脑海之中不禁浮现出了他家的样子，普通的院子，普通的老房子，与乡里其他人争先恐后盖起来的那些两层小楼比起来，他家确实太过普通了。

"呵呵……我从小跟着哥哥什么苦没有吃过？我们两个还住过桥洞呢！冬天的时候特别冷，晚上寒风呼呼地吹，我和哥哥的脸都冻烂了。"乔伊忍不住说起了往事，在提到乔阳的时候，她大大的眼睛里又浮现出了一层雾气。

巴建龙看着乔伊凄楚的模样，听她讲述以前的不易，心里不由得一阵抽痛。他连忙走上前，对乔伊搓着手认真地说道："我家虽然很简陋，但若你不嫌弃，我家就是你家，以后我就是你的哥哥。只要有我在，谁也别想欺负你，也绝对不会再让你受半点委屈。"

乔伊听着他的话眼泪"哗啦"一下流了下来，她带着浓重的鼻音说道："谁让你当我哥哥了，我的哥哥只有一个，是不可替代的。真是傻乎乎的……"说完小脸微红，转身继续往前走去。

乔伊长着一头乌黑靓丽的头发，她把及腰的长发扎成了一个马尾，她转身的时候，那马尾辫就扫在了巴建龙的脸上、鼻子上，让他感觉心里泛起了一层涟漪，并且按捺不住地打了几个响亮的喷嚏。

乔伊听见身后的动静，脸上迅速蔓延开一抹绚丽的笑容。

巴建龙带着乔伊回到家中的时候，巴小英正在院子里洗衣服。

巴建龙的母亲金继梅今年七十岁，是个非常传统的锡伯族妇女。身上的衣服虽然很旧，但是洗得非常干净，浑身上下干净利落，一头花白的头发在脑后盘了一个发髻。满是沧桑的脸上，闪烁着那种慈爱的光芒，一看就是一个心地善良的老太太。

巴建龙连忙一把将躲在他身后的乔伊给拉了出来，大声说道："妈、姐，咱们家来客人了……"

这个时候巴小英才看到原来在巴建龙身后还藏着一个人，而且还是一个长相非常漂亮的小姑娘。这姑娘的穿着打扮一看就不是他们这里的人。

巴小英眼珠子转了转，惊喜地问道："这位小姑娘，难道就是乔主任的妹妹？"

乔伊脸色微红，但是大大方方地和她们打招呼："伯母好，大姐好，我就是乔主任的妹妹，我叫乔伊。今天我嘴巴馋了，就跟着建龙哥哥来蹭饭，你们不会不欢迎吧？"她说完还俏皮地吐了吐舌头，做了一个鬼脸。

她这一番话说得幽默风趣，一下缓解了现场的尴尬气氛，让巴小英一下就喜欢上了这个聪明伶俐的小姑娘。

她大笑着走上前来，牵着乔伊的手，热情地说道："我们高兴都来不及，哪里会不欢迎呢！就是小龙也没有提前说一声你要来，家里没有什么好菜招待你。怕是要委屈你吃一点家常便饭了。"

金继梅从来没有见过巴建龙带姑娘回来，这还是破天荒第一回。乔阳的事情她也听说了，知道巴建龙和乔伊之间的渊源，不过这有什么关系呢？

因此她也非常热情地招呼着乔伊："来，快上炕坐，小英去给这丫头拿核桃吃……这核桃是我们自己家的核桃树结的，特别好吃……"

第二十五章　什么时候这么熟悉了？

　　母女俩亲热地拉着乔伊进了屋，倒显得巴建龙像是一个外人一般。他害怕母亲和姐姐太热情了，会弄得乔伊比较尴尬，所以连忙跟进了屋。他趁着巴小英出来给乔伊倒水的机会，连忙把她拉到一旁，悄声说道："人家姑娘第一回来，你们别搞得太热情了。回头再把人家给吓坏了。"

　　"呦！这才第一回来就护上了？"巴小英看着他着急的模样，忍不住打趣地说道。

　　"大姐你说什么呢？"巴建龙紧张地连忙伸头往屋里看了一眼，见乔伊并没有听见这句话，这才压低声音局促地说道。

　　"和你开玩笑的，这么紧张干吗？我这个弟弟哪里都好，就是从小脑子比较梗，简直就是一块榆木疙瘩不开窍。去去，别耽误我做事情。"巴小英叹了一口气，没头没脑说了一句话急匆匆离去了。

　　等她再回来的时候，手里端了一个大托盘，上面摆了好几个很好看的碗碟，里面装着各式干果、点心。

　　不知道为什么，巴建龙看到母亲和姐姐都这么热情，脸上有些微微发热。因为这让他有了一种第一次带女朋友回家的感觉。

　　那边金继梅拉着乔伊的手问长问短："小姑娘，你老家在哪里，家里有几口人，你今年多大了，是做什么工作的？"

　　没等乔伊回答，巴建龙自己倒是先坐不住了。他气得跺了跺脚说道："你们真是的，乔伊只是来和我一起工作的，你们能不能别搞得跟查户口一样。"

　　"乔伊你跟我去我房间吧！我们去弄方案，等吃饭的时候再出来。"为了缓解尴尬，他恨不得现在就把乔伊给拽走。

谁知道乔伊一脸无所谓地对他挥了挥手说道："去去，你自己先去忙，我跟伯母和大姐聊一会儿。你有什么事情需要我帮忙的就来喊我好了。"

这一下巴建龙更尴尬了，金继梅和巴小英都不理她，围着乔伊热情说着话，三个人根本不像是第一回见面，就像是认识了许久一般。

巴建龙站了一会儿，见没有人理他，他觉得无趣便回自己的房间，打开电脑开始做策划方案。

他是一个工作狂，一旦沉浸在工作之中就很容易废寝忘食，完全忘了其他事情。在这期间乔伊进来过两次，看他全身心在忙碌，也就没有打扰他。

等巴建龙查完资料，无意中一抬头，发现外面的天色都黑透了。他这才想起来，乔伊还在家里。他连忙合上电脑，从屋里走了出来。

原本他想要和乔伊表达自己的歉意。可是等他来到客厅的时候，发现乔伊脸上抹了好多面粉，正在和巴小英学着包饺子。她脖子上还挂着一条花围裙，双手托着一个饺子皮，正满脸严肃地想要把饺子皮捏在一起。但是不管她怎么包，这饺子的形状都是歪歪扭扭的特别难看。她拆开几次以后，眉头都皱在一起了，看起来就像要哭的样子了。巴小英在旁边很耐心地给她做示范，金继梅坐在一旁眯着眼睛笑。那幅画面真的很和谐、很温馨。

巴建龙看到这样的场景，都不舍得出声打扰她们。

乔伊接连拆了几次，把一个饺子皮弄得千疮百孔，最后乔伊噘着嘴，把饺子皮往桌上一扔，赌着气说道："哎呀！我不包了，怎么包都是这样丑，看来我没有包饺子的天分啦！"

"扑哧"，巴建龙看到这里，忍不住笑了起来。他连忙走上前来，声音轻柔地说道："来，我教你。你看你这饺子包不好，是因为里面的羊肉馅放得太多了……应该少放一点，先把中间捏起来……"

在他耐心的教授之下，乔伊总算包出了一个漂亮的饺子。她高兴地拍着手大笑着说道："太好了太好了，终于学会了！"

巴建龙瞧见她弄了一脸的面粉，便情不自禁伸出手，想要把她脸上的面粉给擦了，可是手伸了一半，又觉得这样不妥。因此他红着脸，连忙缩回了手，支支吾吾地说道："你的脸……有好多面粉……给你一张纸，擦一下。"

乔伊这才反应过来他想做什么事情，一张俊俏的小脸，忍不住也微微泛着红，低着头接过了餐巾纸，擦了擦脸上的面粉。

一旁巴小英悄悄用胳膊肘戳了戳金继梅，冲着两个人努了努嘴。

金继梅的脸上露出了会心的微笑。

这一顿饭吃得非常开心，乔伊还是第一次吃到正宗的新疆羊肉饺子。锡伯族人做饺子馅自有一套方法，他们取羊的后腿肉，剁碎了以后，就放一些皮牙子（"洋葱"的意思），这样包出来的饺子又香又嫩，咬一口下去满嘴留香。乔伊一口气吃了一大碗，撑得直打饱嗝才依依不舍地放下了碗筷。

吃完饭以后，巴建龙瞧见天色不早了，就想着先把乔伊给送回去休息。谁知道直接被巴小英给拒绝了，她冷着脸说道："你干什么？我们刚才已经说好了，今晚上我也不走，乔伊也不走，我留下来陪她，就住在咱们家。你去去去，忙你自己的事情去，少管闲事。"她说完将一脸莫名其妙的巴建龙从屋里给赶了出来。

巴建龙走出屋以后，巴小英和乔伊在屋里笑作了一团。

巴建龙莫名其妙地抓了抓头皮，自言自语地说道："她们什么时候混得这么熟了？"

第二十六章　那些糗事

因为要赶制项目PPT，巴建龙一直忙到深夜。临睡前他去了一趟位于后院的厕所，看到巴小英的房间里还亮着灯。两个人在里面叽里咕噜的不知道在聊什么。听着聊得很开心的样子。

就算他心里非常疑惑，但是他一个大男人也不能趴在人家姑娘窗户底下偷听，所以笑着摇了摇头回屋睡觉去了。

转天一早，因为乔伊在家里，巴建龙早早便起来了。等他想去厨房帮忙的时候，迎面遇上了端着一锅香喷喷奶茶的乔伊。

乔伊看着他忍不住"咯咯咯"笑了起来，巴建龙被弄得一头雾水，搞不清楚究竟发生了什么事情。

他趁着乔伊不在厨房，连忙走进去问巴小英："姐，你给乔伊说什么了？那丫头怎么看到我就笑？"

"大早上人家看到你不笑，难不成哭啊？把这锡伯大饼拿回屋里去，我再做一个小菜就好了。"巴小英瞪了他一眼，将一摞刚出锅的锡伯大饼塞到他的怀里。

巴建龙一脸莫名其妙地抱着锡伯大饼回到屋里，瞧见乔伊非常熟练地把提前熬制好的奶皮子，均匀地放到每个碗里，然后再往里面倒上热乎乎的奶茶。

眼前的情形让巴建龙有了一瞬间的迷茫，他感觉乔伊根本不像是第一次来他家里，就像是一直生活在这里一般。

他也不知道自己为什么会有这样的错觉，只是愣愣地站在那里看着忙碌的乔伊。

乔伊一抬头看到巴建龙站在门口发呆，忍不住又"咯咯咯"笑了起来。

巴建龙抓了抓头皮，忍不住问道："你总看着我笑什么？我身上有什么好笑的吗？"

乔伊踮起脚尖往他身后看了看，见他身后没有其他人，便一脸神秘地凑到他面前问道："听说你小时候很调皮？"

巴建龙听她这样说，一张脸腾地一下就红了。他着急地问道："是不是我大姐跟你说什么了？你别听她胡说。"

可是乔伊根本不听他说什么，反而用探究的目光上下打量着他，把他看得毛骨悚然。

巴建龙用双手捂在胸前，紧张地问道："你……你想干什么？"

乔伊又"咯咯咯"笑着说道："我听说你小的时候被村里的大孩子带着去偷吃人家的玉米，结果玉米刚刚烤熟，主人家就突然出现了。然后村里的大孩子就从火堆里把烤得金黄的玉米塞到了你的裤子口袋里。你害怕被人发现偷玉米，便忍着玉米带来的强烈灼热感，一直忍到玉米的主人走了，才连忙将玉米从口袋里掏了出来。可是这个时候玉米已经把你腿上的皮肤都烫烂了。咯咯咯……你说你小时候怎么那么憨？不对，你现在也很憨……"

乔伊边说边笑，笑得直不起腰来。

这下巴建龙明白了，他就说这两个人关在屋里半夜都不睡觉在做什么呢！敢情是大姐把他以前的糗事都说给乔伊听。

巴建龙臊得满面通红，恨不得找个地缝钻进去。偏偏巴小英还嫌事不大，端着几个小菜从门外走了进来，笑着又补了一刀："他何止是憨？简直就是傻，腿被烫伤了一大片，他回家还不敢跟我们说。晚上睡觉的时候，我们就看到他偷偷躲在被子里面哭。把人拽出来一看，我的天哪！半条腿都烫得血肉模糊，到现在还留有一大块疤痕。"

"大姐……多少年前的事情了，你怎么还拿出来说……你这个人可真是的。"巴建龙气得直跺脚，恨不得冲上前去将巴小英的嘴巴给捂上。

那边乔伊笑得前仰后合地说道："大姐，还有没有好玩的事情，快跟我说说。"

"有，他小时候搞笑的事情特别多。以前我们家养了两只山羊，有一只山羊的角特别长。有一天早上我和妈妈在厨房做饭，那个时候小龙还穿着开裆裤。我们让他在院里玩，结果不知道怎么回事，他忽然发出一阵撕心裂肺的哭叫声。我和妈妈都吓坏了，我们两个赶紧跑了出去。结果你猜怎么着？"巴小英根本不顾巴建龙的形象，又把他以前的糗事说出来一件。

"怎么样了？大姐你快说啊？"乔伊一脸期待地看着巴小英。

巴建龙一个箭步冲了上去，用力捂住巴小英的嘴，着急地说道："大姐你快别说了，你还觉得不丢人啊！"

这时金继梅从外面走了进来，她身上穿着一件马甲，笑眯眯对乔伊说道："你猜怎么着？原来是他被那只长角的山羊给顶了，而且还顶在他的屁股上。结果好巧不巧的，也不知道怎么回事，那山羊的角穿到了他的开裆裤里，怎么也拔不出来。然后山羊吓得半死，他也吓得半死。好在只是有惊无险，没有伤到哪里，否则……"她说完这番话以后，还特意看了看巴建龙。

这下乔伊笑得更加厉害了，直接躺在炕上笑得打滚。

巴建龙臊得满面通红，像要往下滴血了一般。他气得直跺脚，满脸局促地说道："妈妈，大姐，你们到底跟谁一家的？"

"我们肯定是和小乔伊一家的，去去去，谁跟你一家。"巴小英一脸嫌弃地把他推到一边去，冲着笑个不停的乔伊说道："乔伊快来吃饭，瞧瞧大姐的手艺怎么样。"

乔伊坐在饭桌上，只要一看到巴建龙她就笑个不停。后来觉得吃饭的时候这样笑不好，便把笑声调成了振动模式，低着头身体抖个不停。

看到她这副模样其他人再也忍不住了，哈哈大笑了起来。这下连巴建龙也忍不住了，他忍不住伸手在乔伊后脑勺上拍了一下，笑着说道："赶紧吃饭，再笑就给你扔出去……"

因为巴建龙对佟俊青承诺会在两天之内将策划案交给他，所以这两天时间他把自己关在屋里废寝忘食地做策划案。

开始他觉得乔伊可能帮不上他什么忙，可是很快他就否定了自己的想法。因为乔伊是名优秀的理科生，她对整理数据特别擅长。

第二十七章　察布查尔布哈

巴建龙所需要的数据资料，不等他开口，乔伊就给他送到了面前，而且数据精准，经得起推敲。这样的数据他要花很多时间才能找到。

所以，巴建龙好奇地问道："你这些数据都是从哪里找到的？这可帮了我的大忙了，这样的数据网上很难能找得到。"

"我有个同学是做大数据公司的，我在他公司实习，专门就负责这些数据研究，所以你想要什么数据我这里都有。"乔伊一脸骄傲地说道。

"那真是太好了，这些数据对我们来说简直是太重要了，以后有很多地方能用得到。"巴建龙激动不已地说道。

在他们两个人的相互配合之下，这个项目策划方案仅用了两天就完成了。

在这两天的时间里，乔伊成了巴建龙家里的常客，一家人都很喜欢她。

而且乔伊也不感到拘谨，在做完方案之余，还抢着帮忙做家务。

原来巴建龙以为像她这样的小姑娘，被乔阳照顾保护得很好，应该没有什么生活经验。可直到此时他才知道，自己的想法错误得离谱。

乔伊身上没有一点那种南方姑娘的娇弱，反而有一种西北姑娘的泼辣和爽直。她做事情雷厉风行，不拖泥带水，今天的事情不管多晚都会完成，绝对不会拖延到第二天。而且她头脑清楚，条理非常清晰，认准了目标就勇往直前，绝对不会轻言放弃。虽然她从小父母双亡，眼下唯一的哥哥又去世了，但是她从来不说抱怨的话，保持着一颗积极向上的心，看起来就像是一个闪闪发光的小太阳。这样一个热情似火、三观很正，又心地善良的姑娘，很难让人不去关注她。

巴建龙在乔阳、乔伊这两兄妹身上，看到了他们的清正的家风。只有在这样的家风教导下长大的孩子，才会有这样宝贵的品格。这让巴建龙对乔伊的父母不由得发自内心地肃然起敬。

佟俊青拿到巴建龙递交过来的方案时，脸上露出了惊诧之色，他接过方案，认真翻阅了一下，便好奇地问道："这方案都是你做的？"

巴建龙连忙解释道："是我和乔伊一起做的，里面很多关键性的数据，以及PPT制作都是乔伊完成的。我主要负责提供思路。"他用三言两语，就将制作方案的大部分功劳都让给了乔伊。

乔伊在旁边一听着急了，她开口说道："佟叔叔你别听他的，我也没有出什么力，就是利用以前的工作便利提供了一些数据，这PPT我也是在他整理好的资料基础上制作而成的。"

佟俊青瞧见两个年轻人互相谦让的模样，忍不住笑着说道："不错，不错，这方案做得不错，你们两个年轻人也不错。不过这涉及一大笔投资，所以不是我一个人能决定的。我这就将PPT传回集团公司，让专业技术人员进行论证。若是他们觉得可行，会组成专家组来调研这个项目。所以你们的任务还很艰巨，要充分做好准备工作哦！"

"佟叔叔你就放心吧！我们两个一定会好好努力抓住这次机会的。不过我想在调研小组来之前，先把风情园的位置给确定下来。这样也有办公室招待他们，不然我们现在什么都没有，两手空空如何让别人相信我们呢？"巴建龙脸上带着腼腆笑容说道。

"对！确定好位置以后就把公司先注册起来，这样我们才能去和佟叔叔的公司洽谈投资的事情。在那之前我们还要和佟叔叔商量一下公司经营范围和股权结构这些东西。"乔伊大学学的是大数据专业，她自己又选修了一门金融，所以对于公司架构这些东西，是比较熟悉的。

佟俊青看着眼前这两个年轻人，非常满意地点头表示赞许。

他们三个人讨论之后，对公司的名字一直没有达成一致意见。

巴建龙思索再三之后大声说道："我觉得这个公司名字就叫'察布查尔布哈文化发展有限公司'，'布哈'在锡伯族语里面是'河流'的意思。

"遥想锡伯族 200 多年前开挖察布查尔大渠和 20 世纪 50 年代各族群众筑坝清淤劳动时的情景，现场宰羊、烧茶、烙饼，当年民众挖土修渠的场面红火而艰辛。这 200 多年间，察布查尔大渠经过多次的整修、拓建，才有了现在这样的规模。察布查尔布哈，是新疆水利史乃至国家戍边屯垦的一本历史书，一部诗歌集，更是一座博物馆。

"想当年这些参与修建大渠的无私奉献的志愿者忘记报酬，忘记族别，忘记职业，忘记年龄，忘记性别，只讲无私的付出。不记得谁说过这么一句话：'一个人的价值不是看你从社会中获取了多少，而是看你对社会付出了多少。'我们家祖祖辈辈都生活在这里，察布查尔大渠是哺育我们成长的母亲河。今天我要用自己的汗水缅怀先辈，用自己的实际行动时刻践行'不忘初心、牢记使命'。"巴建龙非常激动地发表了自己的看法。

佟俊青仔细听着巴建龙的话，不由赞叹地点着头说道："察布查尔布哈凝聚了锡伯族多少代人的辛苦和希望，你们是孙扎齐牛录乡的希望，是年轻的布哈。希望通过你们的双手，将美丽的孙扎齐牛录乡带向一个崭新的未来。这个名字好！"

对于这个名字乔伊自然是没有意见，乔阳曾在给她的信中，多次提及"察布查尔布哈"这个词，而且有次还找来了关于察布查尔布哈的一首锡伯族民歌。她记得这首歌是这样唱的："世上的河流有千万条，唯有察布查尔布哈最亲。每当见到你滚滚地奔流不停，欢乐的歌声立刻荡漾在我心，在我心……你养育了一代代锡伯人，察布查尔布哈我的母亲……"当时乔伊被这首歌曲深深地打动了，她还热烈地和乔阳进行了讨论。

第二十八章　风情园选址

"布哈"这个词，和它所代表的意思，给乔伊留下了非常深刻的印象。

既然大家都一致通过了公司的名字，那剩下的事情就是分头去行动了。

佟俊青去安排集团里面的人抓紧时间审核他们的融资 PPT，巴建龙则和乔伊一起去注册公司，寻找风情园的场地。

原本巴建龙想着注册公司的时候把贺晓明的名字也加进去，谁知道被他很坚决地拒绝了。

用贺晓明的话说那就是："那些钱是借给你们的，等你们赚了钱以后再还给我就好了……所以这公司董事就不要加上我的名字了。"

巴建龙知道他这只是托词，两个人本来是萍水相逢，因为信任，贺晓明才会拿出这么大一笔钱来资助他们。说起来他也是想为了家乡的发展贡献一份力量，但谁的钱赚来得都不容易，谁不希望在为家乡做一些事情的同时，还能赚到钱呢？可是贺晓明就不是，他单纯地想为家乡做贡献。虽然他说等巴建龙以后赚了钱再还他，但是做生意都有风险，若是赚不到钱亏损了呢？他和巴建龙之间没有任何字据证明这笔钱是他给巴建龙的。

公平起见，巴建龙见他不要股份，便主动提出要给贺晓明打借条。谁知道不等他把话说完，贺晓明就直接把他电话给挂了，再打他就不接了。

巴建龙一脸愁容地看着乔伊说道："这可怎么办？晓明哥这样做，简直让我感到太为难了。"

乔伊叹了一口气安慰他道："贺大哥真的只是想帮助你，因为他看好你的能力，认可你的为人。既然如此我们就好好努力，做出一番事业来报答他们。

绝对不能让他们对我们失望。"

巴建龙目光灼灼地看着乔伊，郑重其事地点了点头说道："你放心吧！不管遇到多大的困难，以后我都不会再退缩了。我要做个勇于承担的男子汉，肩负起这些责任来。我绝对不会让大家失望的。"

乔伊看着他坚定的面孔，眼前不由得浮现出他们第一次见面的情景。

那个时候巴建龙颓废、懦弱、自卑且没有担当。他会因为没有考上大学这件事情消沉好几年，也会因为乔阳去世这件事情难过很久。

他总是想得到别人的认可，可是他又找不到为了自己未来努力的方向。他心里有梦想，有激情，可是他又不愿意去实现。他就像是一个矛盾综合体一般，表面上看起来吊儿郎当，其实内心有着一团尚未熄灭的火焰。

乔伊感到很庆幸，巴建龙心中的这团火终于燃烧了起来，并且在极短的时间内，他身上发生了翻天覆地的变化，让他脱胎换骨成了一个有担当、有梦想之人。

若是乔阳看到巴建龙现在这个样子，应该能瞑目了吧?

巴建龙瞧见乔伊看着他发愣，眼眶还有些微红。他以为自己说错话了，便一脸紧张地问道："我是不是说错什么了? 我这个人性子直，说话有口无心，若是不小心得罪你了，你可千万别跟我一般见识。"

乔伊看着他紧张的模样，忍不住"扑哧"一下乐出了声，娇嗔地瞪了他一眼说道："还不快点走?"

"走? 去哪里啊!"巴建龙一脸莫名地挠了挠头皮。

"还能去哪里? 去乡政府啊?"乔伊转身向前跑去。

巴建龙要开风情园的事情早就在乡里传开了，但是大部分人是不信的。一则因为巴建龙家里条件差，他每个月就拿那一点死工资，又哪里有这么多钱来开风情园? 二来巴建龙给乡亲们留下的印象，一直是那种吊儿郎当的，除了喝酒打麻将，他好像没有其他特长。就这样一个人还想做生意? 这不是说笑话吗? 所以乡里很多人在等着看他的热闹。看他把牛吹出去了，若是这风情园建不起来该怎么办。

这乡政府里的人自然也是听说了这些事情的，大家伙儿当然也是不相信的。投资一个风情园，从买地皮到房屋建设，再到装饰装潢林林总总加起来最少也需要大几十万的投资。这笔钱对于乡里的人来说，无疑是一笔巨款了。就巴建龙这种游手好闲之人，怎么可能拿得出这笔钱来？

不过还真有一个人相信巴建龙能做成这件事情，那就是乡妇女主任佟肖云。

因为和乔伊走得近，佟肖云对于巴建龙他们最近做的事情有些耳闻，而且她也亲眼见到了巴建龙的转变，所以相信巴建龙能把这件事情做好。

在风情园的选址上，巴建龙和乔伊在乡里跑了好多天，最终看上了乡里那一片虽然在马路边，却荒废了很久的地。

这么一块黄金地段的地之所以会荒废，是因为这里有一座从清朝时候就遗留下来的百年古庙——靖远寺，这座古庙属于文物，乡里面花了很多心思去维护。

可是因为这古庙都是用干打垒（新疆以前的一种修建房屋的方式。先用两块木板固定住方向，然后再把泥土填进木板之中，用重物进行夯实，然后修建出房屋）方法制作而成的，加上年久失修，不管乡里怎么维护，这靖远寺还是一年比一年破旧，最后干脆成了危房。

乡里面一方面为了保护文物，一方面为了保护乡亲们的安全，便索性将这一大块地给圈了起来，谁也不让进去，久而久之，便荒废在了这里。

巴建龙之所以选这块地，主要是出于两个目的。一是他可以在文物保护方面出资，对靖远寺进行修复和管理，这样的话就可以把靖远寺当作是锡伯风情园的一个亮点，从而吸引更多的人前来风情园。二是因为，在靖远寺周围还保留了几百年前的旧城墙，在城墙边上还有一条护城河。虽然这条护城河经过不断地改建，已经变成了一条水沟。这些城墙都是在乾隆时期修建的，城墙的宽度足有两三米，车完全可以在上面行驶，非常地结实。

第二十九章　心情忐忑

当初修建这些城墙，是因为战乱，需要借助城墙和护城河来保卫整个村庄。但这些年风调雨顺、国泰民安，这些城墙的存在便成了累赘。为了方便村民的进出，很多地方都对城墙进行了人为的拆除。

但是因为靖远寺这一片没有人居住，这里的城墙得以很好地保存了下来，也因此成为孙扎齐牛录乡的一道独特风景线。

巴建龙想把城墙和靖远寺都囊括到风情园里面来，利用这些原始的风貌来打造独特的锡伯族风情园。他的这些想法虽然好，可是必须得到乡政府领导的支持，才能进行下一步的工作。前面因为资金不足，他就想着先找一个小一点的地方，把锡伯族餐厅开起来，等赚了钱再进行这一步。可是眼下他手里有了足够多的资金，他就想着能一步到位，将他这个设想变成现实。巴建龙虽然把这个想法和乡里与他关系不错的领导干部说了，然而他的想法不但没有得到支持，还被人取笑了一番，说他痴人说梦，酒没有醒。

接连几次碰壁之后，巴建龙感觉有些心灰意冷。

最后还是乔伊想到了一个好办法，那就是他们把自己的构想，以及投资金额等信息，做成一份详细的资料，然后委托佟肖云将这份资料递交到乡长的办公室。至于剩下的事情就只能听天由命了。

这份材料递交上去好几天了，佟肖云那边都没有传来什么消息。就在巴建龙感到失望的时候，他突然接到了佟肖云的电话，说是乡长要见他，让他去乡长办公室一趟。

这个消息让巴建龙激动不已，既然乡长愿意见他，那就说明乡长对这件事情感兴趣，说明这件事情有希望。

孙扎齐牛录乡的乡长季飞云，今年38岁，是博士研究生毕业的高才生，他原本有机会留在大学里任教，但是他放弃了这样的好机会，义无反顾申请来支援大西北建设。

经过五六年的努力，他从一名普通的小科员，成长为一名优秀的乡长。这期间付出的努力多于常人几倍。自打他来到孙扎齐牛录乡以后，不管寒来暑往都能看到他忙碌的身影。夏天的时候他紧盯着农田生产和绿化、开垦荒地。等到了冬天，他又把时间都用在了关心乡亲们的生活上。

虽然他来到孙扎齐牛录乡才短短两年，却是大家交口称赞的好干部。

巴建龙虽然从未与季飞云打过交道，但心里一直暗暗将他视为自己的偶像，幻想着有一天也能像他一样，为乡里做一些实事。没想到这个愿望眼下终于有机会实现了，所以他激动了两天没有睡着。巴建龙怀着这样激动的心情，忐忑不安地带着乔伊来到乡政府。

佟肖云早就站在乡政府门外等着他们俩了，她冲着巴建龙招了招手说道："等会儿见到乡长不要紧张，有什么想法直接说出来就行了。但是切记不要啰嗦，拣重要的事情说。因为季乡长最近特别忙，今天是好不容易抽出来的时间，你们只有半个小时，一定要好好把握机会。"

巴建龙一脸纠结地问道："肖云姐，季乡长看了我的方案吗？他有说什么吗？"

佟肖云看到巴建龙一脸紧张的模样，便对他说道："季乡长具体怎么想的，他也没有跟我说。只是突然给我打了一个电话，让我通知你们来见他。具体的事情还需要你们亲自去问，打起精神来，有什么好紧张的？季乡长这个人特别平易近人，他来了两年了，我们从来没有见过他发脾气。"

话虽如此，巴建龙心里还是有些紧张的。他害怕自己发挥不好，错过了这次来之不易的机会。若是不能利用这次机会来说服季乡长，那这件事情恐怕就没有机会实现了。

乔伊也是第一次去给领导汇报工作，她也感到非常紧张。为了不影响巴建龙，她用力吞咽了几口唾沫，拍了拍巴建龙的胳膊说道："建龙哥，勇敢点，我相信你是最棒的。这件事情我们一定要做成功，乡长肯定是对我们的项目感兴趣，不然他这么忙干吗要约我们见面？所以没什么好怕的，只要我们把项目介绍清楚就行了。"

巴建龙感激地看了她一眼，重重点了点头。

佟肖云带着他们来到了乡长办公室门外，听见里面还有说话的声音，想来季飞云还有事情没有处理完。

佟肖云便示意巴建龙和乔伊在外面等一会儿，她轻轻敲了敲房门。

过了一会儿，里面响起了一阵响亮的男中音的声音："请进……"

佟肖云推开门进去，复又将门关上。

过了一会儿，她才打开门从里面走了出来。与她一同出来的还有另外两位男同志。巴建龙认得，这两个人都是乡里的干部，但是不知道怎么回事，这两个人看起来有些愁眉苦脸的。

他们冲着巴建龙微微点了点头，算是打了招呼，随即便匆匆忙忙地离去了。

佟肖云招呼巴建龙和乔伊跟着她进了办公室。原本坐在办公桌前看文件的季飞云，看到巴建龙他们进来，连忙站了起来，热情地打着招呼。

季飞云身高一米八左右，生得国字脸，浓眉大眼，戴着一副厚厚的眼镜，整个人看起来文文弱弱，满身的书卷气息。

"不好意思，刚才有事耽误了，让你们久等了，来，快坐下，先喝杯水……"季飞云说着亲自倒了两杯水放在了巴建龙和乔伊面前。

巴建龙紧张得手足无措，连忙站了起来连声说着感谢的话。

季飞云一眼就看穿了他的紧张，便笑着说道："大家都是年轻人，不用这么紧张，我又不是大老虎，不吃人的！"

他这一番幽默风趣的话语，逗得乔伊忍不住"咯咯咯"笑了起来。

第三十章　迟来的道歉

"小丫头，你就是乔主任的妹妹吧？乔主任是好干部，只可惜……我们没有保护好他，作为乡长我愧对你啊。"季飞云看着乔伊，脸上露出了愧疚的神情。

提起乔阳，乔伊的脸上闪过一抹痛楚之色，不过她很快掩饰住了这种情绪。因为她非常清楚今日来见季飞云的目的，因为时间有限的关系，她不能把时间用在叙旧上。所以她大大方方地对季飞云说道："季乡长，我是乔阳的妹妹乔伊，我哥哥一直和我夸赞咱们孙扎齐牛录乡。虽然他没有实现心中的梦想就早早离开了，但是没有关系，他的梦想由我们来接棒，我相信在我们一代又一代人的共同努力之下，一定能将孙扎齐牛录乡建设成美好乡村的。"

她的这番话让季飞云刮目相看，他一脸诧异地看着乔伊，忍不住夸赞道："你这个小丫头，别看岁数不大，志向可是不小啊！这番话说得真好，我也十分坚信，在我们一代又一代人的努力之下，一定能将孙扎齐牛录乡建设成最宜居的美好家园。"

"好了，因为时间关系，咱们言归正传，这一份可行性报告是你们俩写的？"季飞云说着从办公桌上拿起他们的报告，在手里晃了晃。

乔伊连忙说道："这份报告是巴建龙写的……"

巴建龙感激地看了乔伊一眼，虽然乔伊也提供了很多思路，但是眼下并不是互相表扬的时候，他要抓紧时间将自己此行的目的阐述清楚。

季飞云非常诧异地看着巴建龙，脸上有着掩藏不住的赞许，他好奇地说道："真是想不到啊！我们孙扎齐牛录乡竟然还有这样的人才！县领导给我们开会的时候，一再强调要发展人才、引进人才。可是咱们的领导干部都把眼光放在对外引进人才方面，虽然乡里也给了很多人才引进政策，但是像咱们乡里这样的地方，想要引进真正的人才，还是很困难啊！

"但是今天你们两个给我好好上了一课，让我意识到，我们在努力引进外面人才的同时，也不能忽略对本地人才的培养和支持。尤其是像你们这样有思想、有作为的年轻人，我们乡政府更应该大力扶持和鼓励。

"说起来真是惭愧啊！今天早上我召开乡干部会议，特意把你这份可行性报告打印了很多份，发给在场的干部审阅。在我询问到有谁知道这件事情的时候，现场有好几位干部说你曾经去找过他们，但是都被他们拒绝了，原因是他们不相信咱们孙扎齐牛录乡的年轻人能做成这么大的事情。他们认为只有从外面引入投资，寻找那种有眼界有见识的人才能做成这样的事情。

"当时我听完他们的话以后，感觉心情非常沉重，这是因为我工作没有做到位，才让这么好、这么有前景的项目被搁置了。若不是你们坚持不懈，通过佟主任将报告送到我面前，咱们乡可能就要错过这次机会了。我代表那几个拒绝你的领导给你赔个不是……"季飞云说完冲着巴建龙深深鞠了一躬。

他这一番举动可把巴建龙和乔伊吓坏了，两个人连忙站了起来。巴建龙紧张地搓着手说道："季乡长这可使不得，我觉得他们做得也没有错，毕竟我以前表现得不是很好……"

季飞云直起腰来，一脸诚恳地看着巴建龙说道："我今天在会议上，这样告诉大家。谁说我们孙扎齐牛录乡的年轻人就不能有一番作为？我们孙扎齐牛录乡能有今天，是谁的功劳？不全是咱们的乡亲们依靠勤劳的双手，一点一滴建设起来的吗？若是没有咱们的乡亲们，能有孙扎齐牛录乡的今天吗？

"我们费尽心力去外面找人才，给别人各种补贴政策，可是人家还看不上我们。我们本乡有这么优秀的人才，自己拿着钱要对家乡进行投资，可是却遭到了我们领导干部的歧视。只因为这个年轻人没有什么作为？

"我问他们，什么样的作为才算作为？一个年轻人生了重病，欠下一屁股的债，他没有自暴自弃，一边治病一边打工还钱，没有选择逃避，难道这不算是作为吗？一个年轻人不顾自己的安危，跳进湍急的大渠里，冒着生命危险将两个孩子救了上来，自己受了重伤。你们这些做领导干部的，不但没有一个人去医院探望，还跟着不知情的乡亲们一起说风凉话，让这个年轻人到现在都没有得到一个公平的对待。难道你们在座之人都不感觉羞愧难当吗？

"你们的所作所为只会寒了咱们孙扎齐牛录乡年轻人的心，让他们不敢也不愿意再为了创建美好家乡出一份力量……这是我这个做乡长的失职啊！我欠你一句道歉，今天必须当面告诉你……我代表孙扎齐牛录乡的全体干部，对你说一声'对不起'。"

巴建龙完全没有想到季飞云会当着他的面说出这样一番话来，这些日子压在他心里的所有委屈，这一刻突然都得到了释怀。

他眼含热泪地看着季飞云说道："季乡长您说得太严重了，我担不起您这一声'对不起'，我是因为受到了乔主任的鼓舞才救人的。原本我也害怕，担心自己的安危。我看到乔主任奋不顾身跳进湍急的河流之中以后，才下定决心跳下去救人的。若是我能早一点下水……也许就不会发生后面的事情了。救人的事情是我发自本心去做的，做这件事情只是为了能对得起自己的良心，并不要求任何回报，所以我也不要求所有人都能够理解我……"

他这一番掷地有声的话，让季飞云脸上再次浮现出了激动的神色。他用力拍了拍巴建龙的肩膀，叹了一口气对他说道："坐吧！坐下慢慢说。"

第三十一章　冷嘲热讽

　　季飞云又给巴建龙倒了一杯水，感慨万千地说道："你们这个方案做得好啊！事实上对这一块地如何使用，乡里面已经开会讨论了很多次。有人说盖一栋楼，租给乡里做生意的商户；还有人说可以开发成公园……总之说什么的都有。

　　"但是，这些都不是我想要的东西。我想要的是真正能把咱们锡伯族的西迁精神和历史文化发扬和传承下去的，让到了孙扎齐牛录乡的人，第一眼就能看到并且记住的东西。所以大会小会开了不少，但是没有一个方案能使我满意。直到佟主任拿着你们这份策划案摆在我面前，我仅仅翻开了第一页，就知道我想要的方案终于出现了……

　　"你们这个风情园若是真能建成并且运营好的话，不但把咱们这块地方给盘活了，还能把咱们锡伯族的历史和文化装进去。虽然咱们锡伯族有很多的历史文化可以发掘，但是却没有一个地方能看到这些历史文化的全貌。咱们这个风情园就像是做了一个活的锡伯族博物馆一样。真是太棒了……"季飞云眉飞色舞地说道。

　　巴建龙耐着性子等他说完以后，又对这套方案进行了补充："其实建风情园只是我们的第一步，等风情园运营成功以后，我们还打算将整个五乡都打造成为一座具有锡伯族特色的历史古城，集旅游、美食、文化产业为一体的综合性特色小镇和未来社区。

　　"我看过很多资料，虽然国内有不少建设特色小镇的案例，理念都非常好，投资建设也很顺利，但是最终在运营方面遇到了很大的困难。因为没有办法将人留住，缺少消费群体，最终导致项目的失败。综合以上的经验，我们打算将整个五乡都囊括到特色小镇里面来。让这里的居民成为最基础的消费群体……从而带动整个特色小镇的人气……

"等我们将古城完全建设好以后，我们还会邀请一些文化、科技相关的名人过来入住，一方面能带动咱们当地的税收，另一方面他们的粉丝也会慕名而来，到这里来参观和游玩。若是我们再把夜间经济做好的话，那这些人很可能就会住下来，进行二次、三次消费，自然就带动了咱们整个地区的经济……"

别看巴建龙平日里少言寡语的，但是说起这些事情的时候，他思路清晰，有条有理，把近期和长期的规划都构想得十分完善。

季飞云津津有味地听着他的话，到最后两眼都放光了，他用力拍了一下大腿说道："太好了，当初乔主任还在的时候，就经常拉着我说这些构想。原本我们想着等找到合适的人才，就开始做这件事情，没有想到……现在好了，有了你们这件事情又可以继续进行了。"

"我看这样吧！这份材料我收到了，也认真研究过了，有几个地方我觉得不妥，还可以再斟酌一下。你们回去修改好以后，再把文件给我送来。然后我就组织乡里的相关干部进行讨论，确定下来以后就向县里进行汇报，等待他们的批示。整个过程大约需要十天，我会尽快缩短时间。

"在这期间，你们可以去做筹备工作，比如注册公司，员工招募培训等。这样的话两不耽误，等我这边批示一下来，你们就可以开始干活了。"

听了季飞云的话，乔伊喜形于色地问道："照季乡长这么说，我们这个项目是可行的了？"

"当然可行了，你们给咱们乡进行投资建设，那盖出来的风情园留在了咱们乡，就是你们中途不想干了，这东西还留在这里，你们又带不走。不管怎么算都是我们乡政府占了便宜。这么好的事情，谁不干谁是傻小子啊！再者，你们企业发展好了，税收留在了乡里，还能带动旅游，引进企业，拉动整个乡的消费。这件事情若是真能做成啊，我这个乡长得再次对你们表示感谢！"季飞云今天非常高兴，他毫不掩饰内心的激动，与巴建龙和乔伊开着玩笑。

巴建龙和乔伊也很激动，他们完全没有想到，第一次来见季飞云就得到了这么一个好消息。他们还以为要跑上很多趟，才能说服季飞云，让他支持他们的想法。

在项目审批下来之前，巴建龙要将所有前期工作都准备好，所以他还有很多事情要做。

因为两个人要商量的事情比较多，乔伊每天晚上回去也不安全，再加上乔伊一直住旅馆也不方便。所以佟肖云便主动来找巴建龙，和他商量能不能让乔伊暂时住在他家里。巴建龙虽然比较介意别人说闲话，但又担心乔伊的安全，在征求了乔伊的意见之后，便将乔伊带回了家。

金继梅看到乔伊搬过来了，也是很高兴。但是她看着巴建龙别别扭扭的模样，便看了一眼乔伊，随即说道："我看今晚就让她跟我一起睡炕上吧！两个人做个伴也不至于害怕！"

乔伊连忙感激地点了点头。

巴建龙将乔伊送进了金继梅的屋里，便起身离去了。

金继梅忙拿出两床崭新的被褥，在自己床的旁边给乔伊铺上了。在很多锡伯族老人的炕上，都会整齐地摆放着一摞干净的被褥，有时候家里来的客人多了，子女们就和老人一起在炕上睡下。

乔伊钻进温暖的被窝里，闻着棉被那股特有的香味，感觉心里无比安宁。

她从小失去父母，是跟着哥哥长大的，所以她早就忘记了被母亲照顾的感觉。这些年乔伊将自己锻炼得非常坚强，不管遇到多大的事情绝不轻易掉眼泪，可是此时此刻她却特别想流眼泪……

第三十二章　发烧了

这一夜乔伊睡得很踏实，迷迷糊糊之中她感觉金继梅起了床，她很想睁开眼睛看看，却感觉眼皮无比沉重，她感觉自己的身体很烫，呼吸也很困难，不过很快她又睡了过去……

金继梅早早起来和了面，做了几个香喷喷的锡伯族大饼，又做了几道精美的小菜，烧了一壶香喷喷的奶茶。等她去喊巴建龙起床吃饭的时候，却发现他不知道什么时候已经起床离开了，不在屋里。金继梅嘀咕了一句："这个臭小子啥时候离开了，也不知会一声……"

她又去喊乔伊起床吃饭，可是她喊了几声，乔伊一点反应都没有。金继梅这才意识到有些不对劲。她连忙走到乔伊身边，用手晃了晃她，希望能叫醒她。可是乔伊脸色通红，双目紧闭，头上有一层细密的汗水，脸上露出一副痛苦的表情。金继梅连忙用手摸了摸她的脑袋，发现额头滚烫，把她吓得惊叫了起来："天哪！这孩子怎么烧得这么厉害？这可怎么办呀？"

这时，巴小英正好从门外进来。每天早上，她都会多做几个锡伯族大饼，然后趁热给母亲送过来，省得她辛苦劳作。

巴小英进门就听见母亲大呼小叫的，她以为发生了什么事情，便连忙喊了一句："额尼……怎么了？发生什么事情了吗？"

金继梅听见巴小英的声音，连忙着急地从屋里跑了出来："不好了，那小丫头发烧了，烧得很厉害，你快去叫医生。"

巴小英一听也吓坏了，她连忙将手里的东西塞给了金继梅，然后着急地跑进屋里。她连忙抱着乔伊给她穿好了衣服，然后背着乔伊就往外面跑，边走边说：

"额尼，我送这个小丫头去医院，你赶紧给建龙打电话……"

巴建龙正在外面办事，他接到电话以后就赶紧往卫生所赶。迎面就看到巴小英背着乔伊气喘吁吁地跑了过来。

巴小英看到巴建龙着急地喊了一句："你还傻愣着干什么？还不过来帮忙？这个小丫头发高烧，人都烧昏迷了……"

巴建龙这才从呆愣之中回过神来，他手忙脚乱地上前，和巴小英一起将乔伊抬到了病床上，大声对孙医生喊道："孙医生你快来看看……"

孙医生连忙换上白大褂，拿着听诊器走了过来，他给乔伊认真检查了一下之后，说道："你们别着急，这丫头得了流感，肺部有些炎症，我马上给她把吊瓶挂上，只要烧退了很快就醒来了……哎！说起来这小丫头也是可怜，本来乔主任去世对她的打击就够大了，这又遇到了这样的事情……"

孙医生絮絮叨叨地说着，去药房准备挂吊瓶的药水去了。

巴建龙看到乔伊脸色苍白，满头都是虚汗，心疼地说道："格格这究竟是怎么回事？额尼昨晚上不是和乔伊一起睡的吗？人病成这样，她都没有发现吗？"

巴小英叹了一口气说道："哎！额尼想着人家小姑娘可能喜欢睡懒觉，便早早起来准备早饭去了，根本就没有想到这丫头会生病。等她做好饭，回来一看……才发现这丫头生病了……"

输液结束后，乔伊的烧已经退了，人也清醒过来了。脸色苍白的乔伊，靠在床头上，正在缓慢地喝着热水。

孙大夫在一旁意味深长地说道："这针最少要连打三天……等三天以后若是不再发烧了，就能回家好好养着！这姑娘身子骨特别虚弱，而且还缺乏营养，怕是平时也没有好好吃饭，所以造成免疫力下降，有什么风吹草动，都会传染到她。这姑娘岁数还小，一定要好好调养，否则是会影响以后的……"

因为乔伊还是个小姑娘，孙医生有些话不方便明说，他意味深长地看了巴小英一眼。

巴小英是过来人了，什么事情没有经历过。她马上就明白了孙主任那句没有说完的话。

巴建龙听到孙医生说乔伊平时没好好吃饭，身子骨特别虚弱，他忍不住想到这兄妹俩打小就没有父母，全靠乔阳一双手养活着两个人。再加上乔伊还在上学，压力肯定更大。这傻姑娘为了给乔阳减轻负担，平时肯定省吃俭用的，这才亏待了自己。想到这里他心里酸酸的，巴建龙柔声对乔伊说道："别着急，咱回去慢慢养，我姐姐做饭可好吃了，到时候让她给你一天做四顿饭吃……"

乔伊一下没忍住，红着脸啐了一口说道："呸，一天吃四顿饭，你以为我是猪呢？"

乔伊退烧了以后身体恢复了一些，本来巴建龙要背她回去，却被她给拒绝了，非要坚持自己走回去。

巴建龙没有办法，只能依了她。

第三十三章　好好补一补

巴建龙见乔伊没事了，心情也变得好了很多，他让巴小英和乔伊先回家去，自己跑到市场里买了大半只羊扛着回了家。

巴小英看到吓了一跳，忍不住问道："天气这么热，你买这么多羊肉回来干什么？吃不完容易坏，市场这么近，吃多少买多少，每天都买新鲜的多好？"

巴建龙擦了一把额头上的汗水说道："那小丫头身体受亏了，羊肉大补，都做给她吃，让她好好补补身体。"

巴小英无奈地摇了摇头说道："现在天气这么热，羊肉吃多了也上火啊。"

"那吃什么东西不上火？"巴建龙紧张地问道。

"老母鸡之类的吧……"巴小英也是随口一说，可是她的话还没有说完，巴建龙就跑得没影了。

等他再回来的时候，手里拎着五六只肥硕的老母鸡，满头大汗地将这些老母鸡往巴小英手里一塞，瓮声瓮气地说道："这下够了吗？"

巴小英目瞪口呆地望着这些老母鸡，简直是哭笑不得。好在这些老母鸡都是活的，可以一边养着一边吃，不然还真是不知道怎么处理才好。

她现在啥话也不敢说了，生怕巴建龙听到了又去弄一堆回来。

巴小英有着长期照顾金继梅的经验，所以将乔伊照顾得非常好。没几天工夫乔伊就彻底康复了，人也看着稍微胖了一些。

巴建龙看到乔伊的小脸逐渐露出了红润之色，脸上这才露出了笑容。

季飞云听说乔伊的事情以后，自己掏腰包买了很多营养品亲自到巴建龙家探望乔伊。

正躺在床上休息的乔伊，看到季飞云进来了，连忙从床上爬了起来。

"季乡长，我有个要求不知道当说不当说！"站在一旁的巴建龙趁着这个机会，想要将自己的想法提出来。

"有什么话就说，干吗吞吞吐吐的？你们在乡里投资，你们的事情就是我季飞云的事情。"季飞云爽朗地笑着说道。

"其实也没有别的事情，就是我想问问咱们乡里能不能给我们提供一个临时办公地点，一方面解决我们女同志住宿的问题，另一方面，等我们公司注册好以后，可以暂时办公。你看咱们乡里的沿街商铺，也不适合做这些……不过若是您感觉为难就算了，我们自己再想想办法。"巴建龙心情忐忑地说道。

季飞云听完他的诉求之后，紧皱着眉头想了一会，突然眼睛一亮说道："你别说，还真有一个地方特别适合给你们做临时办公地点……"

季飞云所说的这个地方就在乡政府的旁边，以前是村委会的办公室，自从乡政府盖好了以后，大家都统一到乡政府的大楼里面办公了。这一处办公场地就闲置了。

以前在村委会工作的也有外地的同志，所以里面有几间可以住宿的房间，这个地方对于巴建龙他们来说，真是非常合适的了。

巴建龙是知道村委会以前的办公场地的，以前经常去那边办事。他听了季飞云的话以后，脸上不由得露出了惊喜之色："这个地方若是真能给我们做临时办公地点，那可真是太好了……"

"这事暂时先这么定了，等我回去跟相关部门沟通一下，争取在这周给你们确切答复……将乔伊照顾好，这个小姑娘……不容易。"季飞云临走之前用力拍了拍巴建龙的肩膀，语重心长地说道。

"嗯嗯……季乡长您放心吧！我一定会把她当亲妹妹一样照顾好的。"巴建龙重重地点了点头。

原本孙医生是让乔伊最少要休息半个月才能开始工作的，可是乔伊是个闲不住的性子，在床上躺了几天就闲不住了，吵着要帮巴建龙做事。

巴建龙拗不过她，就只能依了她。

乡政府为他们注册公司开辟了绿色通道，专门指定了一位同志带着他们去办理相关的手续。一天下来巴建龙和乔伊就拿到了营业执照。

巴建龙高举着营业执照，望着上面的那一排字——"察布查尔布哈文化发展有限公司"，嘴巴都快咧到耳朵根了！

就在这个时候季飞云也给他打来了电话，说临时办公地点的事情已经协调完毕了。乡政府用几天时间将那里给收拾一下，然后就可以交给他们使用了。

这对巴建龙来说简直是双喜临门，他连声说着谢谢，表示着心里的感动。

第三十四章　意外来客

佟俊青所在的集团公司派来的尽调团队，比想象中要来得快。巴建龙他们这边才刚刚收拾利索，就接到了通知，说是集团的人将于一周之后前来尽调。

巴建龙瞧着眼下公司就只有他和乔伊两个人，风情园的事情也进入了筹备期，只有他们两个人显然是忙不过来的。所以他便有了招收几个员工的想法。他们缺项目工程师、设计师等比较专业的人才，不知道这样的人才在乡里能不能找得到。眼下也只能试一试了。

巴建龙和乔伊拟了一份招聘启事，他们给出的待遇非常吸引人，比乡里其他工作的工资都高出了一截，关键还有车补、饭补、住房补贴这些福利，就算是从外地来乡里工作，这待遇也是足够有诱惑力的。

巴建龙和乔伊一致认为，一个企业的发展，人才是关键。如果一个企业没有办法招到并留住人才，是没有生命力的。所以他们在吸引人才政策这一块，下足了功夫。

这一份招聘启事一经推出，立刻在乡里引起了轰动。大家都关起门来在家里商量，所以报名的地方暂时出现了非常诡异的安静。

可是到了晚上以后，巴建龙和乔伊就迎来了络绎不绝的访客。这些人带着丰厚的礼品，人托人，但凡是能攀上关系的，都托人带着往他们这里送东西，希望能把自家的人给塞到公司里面来上班。但是这些托关系来的人基本没有什么特长，不是能力差，就是不求上进，想进来找个舒舒服服的工作，拿着高工资混日子。

说起来也真是让人啼笑皆非，竞争最大的岗位不是工程师、设计师，居然是门卫。这一晚上足足有七八户人家托了一堆人过来说情，光礼品就送来好几千块钱的。

巴建龙费了老半天口舌，才将这些人给劝了回去。

乔伊被这些人吵得脑仁疼，她一边揉着脑袋，一边和巴建龙抱怨："建龙哥哥，我还以为竞争最大的应该是项目工程师呢！真没有想到居然是门卫……这让我说什么好？"

巴建龙苦笑一下说道："这乡里稍微有点能力的青年人都跑去城里或者乌鲁木齐了，谁愿意留在乡里发展？再说乡里也没有什么对口的工作。若不是为了留在家里照顾妈妈，我可能也早就离开这里了。留在乡里的都是一些四五十岁的中年人。这些人已经没有什么野心和理想了，只想找一份安稳的工作，赚点死工资，再顺便把家里照顾好。他们又没有什么特长，能找到保安工作也就满足了。"

乔伊歪着脑袋想了想，觉得他说得有道理。她叹了一口气说道："我们本来是想着尽量为本地解决闲散劳动力的，眼下看来这些专业人才，还是需要面向外地去招聘了。没办法，咱们这一行对专业人才要求比较高，不能凑合。不过倒是可以招聘几个实习的大学生，咱们带着慢慢教授。"

两个人正说着话，就听到大门外传来一道怯怯的声音："请问建龙兄弟在吗？"

巴建龙和乔伊对视了一眼，两个人均无奈地摇了摇头说道："又来了……"

乔伊起身去开门，她还以为又是来说情的人，谁知道把门打开以后，竟然看到安明光一脸怯生生地站在门外。

乔伊和这安明光打过几次交道，虽然他天天沉迷于喝酒，不务正业，但是对佟肖云还是非常不错的，因此心里对他的印象还不错。

只是她不知道安明光这么晚了跑来有什么事情，便好奇地问道："安大哥，请问这么晚了，你有什么事情吗？"

"那个……听说你们在招聘，我就想着过来问问，有什么事情是我能做的！不过若是不方便的话就算了，我这就回去了，你肖云姐并不知道我到这里来，否则她一定会骂我的。"安明光眼神闪烁，脸上浮现出一片红晕。

看得出来他能说出这一番话，已经鼓足了极大的勇气。

乔伊看着眼前这个表现得非常卑微的男人，想起他以前风光的模样，心里忍不住感到一阵酸楚。她叹了一口气说道："安大哥有什么事情就进来说吧！你放心，只要有你适合做的事情，我们一定第一时间考虑你。"乔伊知道安明光自打被人骗了以后，已经在家里消沉了一两年了。眼下他能鼓足勇气过来找工作，一定是下了很大决心的。佟肖云对她这么好，若是能帮助他们，乔伊也是非常愿意的。

巴建龙不知道是谁来了，听见脚步声他不由得喊了一句："小丫头，是谁来了？"

"建龙哥哥，是安大哥来了，有什么话我让他当面跟你说吧！"乔伊说完挑开门帘，带着安明光走了进来。

巴建龙还以为安明光是和佟肖云一起来的，便探着脑袋看了看，见他身后并没有别人，脸上不由得露出了狐疑的表情来。

"肖云姐没有来，安大哥是自己来的，他是来找工作的。"乔伊说完还冲着巴建龙悄悄挤了挤眼睛。

巴建龙这才回过神来，安明光的事情没有人比他更清楚了，他对安明光做出的决定也是感到很意外。同时他又非常谦虚地说道："我知道安大哥以前是成功人士，我和乔伊才刚刚起步，有很多不明白的地方，安大哥若是能来给我们坐镇的话，那我可真是求之不得。"

"别别，以前的事情都不提了，我就是想找一份工作，来分担肖云的压力。眼下一大家子人的生活重担都压在肖云身上，我母亲对她的态度又不好，作为男人看到这些事情，我心里是真过意不去。"安明光一脸歉疚地说道。

巴建龙不由得和乔伊交换了一下眼神，两个人都明白这个时候若是一再去提以前的事情，反而更伤他的自尊心。反正他们是公开招聘，只要是有真本事的人，不管是谁他们都欢迎。反之他们的事业也刚刚起步，若不是他们所需要的人才，不管是谁来说情也是没用的。

第三十五章　非常契合

巴建龙和乔伊对视了一眼，两个人马上心领神会，巴建龙热情地说道："安大哥快过来坐。"

"你们的事情我都听你肖云姐说了……说起来还真是……按理说这个时候我不应该过来给你们添麻烦，但是……"安明光一脸歉疚地低着头说道。

"安大哥不用这么客气，眼下我们也在招聘有用的人才，若是你确实是我们需要的人才，那我们求之不得，若是……"巴建龙的话说了一半，便没有继续往下说。

安明光连忙点着头说道："我知道的，你们企业刚刚成立，需要的都是有用人才，这个时候百废待兴，没到可以养闲人的时候……"

安明光这一番说辞倒是让巴建龙刮目相看了。他想到以前安明光能把事业做得那么大，若不是替人担保的话，他的公司也不会就此垮掉，在公司管理方面他肯定是个难得的人才。因此他眼睛一亮，说道："安大哥我知道你以前是做生意的，但是至于是做什么生意的，我还真不清楚……你能不能给我们介绍一下啊？"

安明光没有想到巴建龙又提起这些往事，他眼神忽闪了两下，逐渐陷入了回忆之中。不知道他过去有着怎么样的精彩，反正他浑浊的眼神之中逐渐有了一抹亮光。安明光沉默了许久之后才缓缓说道："我以前是做工程项目的，我开始的时候在企业做工程监理，后来自己成立了公司，从项目经理开始做，几乎所有工种都做过。没办法，刚起步的时候，因为缺乏资金，请不起那么多人，什么都是自己干……"

巴建龙听他这样说，不由得惊喜交加地和乔伊交换了一下眼神，后者面带微笑地对他点了点头。

巴建龙高兴地说道："安大哥你做过项目经理和监理？那真是太好了，我们正在招募这方面的人才。但是你也知道咱们乡里的人才比较少，这类型的人才不好招募，我们本来还想着去周边或者外省招募人才……"他把公司目前遇到的困境毫不掩饰地告诉了安明光。

安明光诧异地抬头看着巴建龙说道："你们不是做酒店吗？怎么还需要这方面的人才？"

"我们不光是要做酒店，还要做风情园……"巴建龙便把自己的想法告诉了安明光，又把已经给乡里打了报告，想要开发靖远寺周边的那一块地的想法和他说了一遍。

原本巴建龙没有指望能得到安明光的支持，因为他把这些想法说给乡里的人听了以后，大家伙儿都认为他得了失心疯。因为靖远寺那一片地已经荒废了这么久了，连乡干部都不知道该怎么利用那片土地，巴建龙一个没见过什么世面，没有什么文化的人，能把这个地方利用好吗？简直就是痴人说梦。不要认为手里有几个钱，就异想天开。所以人人都给巴建龙泼了凉水。甚至还有人为此大放厥词，说他骗了乔阳的妹妹，把乔阳的抚恤金拿来满足自己的虚荣心。总之说什么的都有，就是没有一个人站出来对他所做的事情表示支持。

但是当他开始招募员工的时候，那些曾经说风凉话、泼冷水的人，又挤破头想要到他这里来占便宜，想谋一个不出力、收入高的工作。在被巴建龙给拒绝了以后，这些人心中更加不满，在背后不知道说了多少恶毒的话。

当与巴建龙交好的人将这些背后的闲话，气愤地说给巴建龙听的时候，他也只能无奈地摇头。

这些经历也让巴建龙明白了一个道理，当你开始做一件事情，首先站出来反对的往往都是你身边亲近的人，反而比较容易得到陌生人的支持。但是当你有了一点成就之后，率先跳出来想要占便宜的，就是当初反对你的那些人。

"哦？那一块可是咱们乡里的风水宝地啊！没想到你小子还挺有眼光的嘛。"安明光听了巴建龙的话以后，眼睛不由得一亮，脱口而出。

安明光的话倒是让巴建龙有些意外，因为他是第一个对他的想法表示支持的乡里人。所以巴建龙饶有兴趣地问道："难道安大哥也觉得那块地不错？"

"那块地何止不错，简直就是咱们乡里的地王啊！你想啊！这块地就在国道旁，而这条国道是周边所有乡镇唯一的通道，而且这条路还通往口岸，又可以直达伊宁市，每天的人流量非常大。咱们乡里的人进进出出的，第一站就先要路过这一块地，就这一点，这里就有得天独厚的优势。

"再一个，那靖远寺可是几百年的古庙，它承载了锡伯族文化历史的变迁，里面有多少故事可以讲？到时候咱们可以将靖远寺和锡伯族历史博物馆相结合。不管什么样的旅游景区若是没有文化历史做承载，都是走不远的。而这一块地天时地利人和都具备了，何愁发展不起来呢？"安明光兴奋不已地发表了自己的看法。他说这番话的时候，整个人散发着光芒，与之前那个喝酒的他简直是判若两人。

乔伊没想到安明光还有这么光彩照人的一面，忍不住对他多看了几眼。

巴建龙高兴地一拍大腿说道："哎呀！安大哥你的想法与我的非常契合啊！我还以为在咱们乡里，没有人能理解我要做的这件事，没想到你什么都明白……真是……"他说到最后有些激动得说不下去了。

安明光脸上露出了腼腆的笑容，他迟疑着说道："实不相瞒，我公司还在的时候，也曾经想要把这块地给开发出来，当时方案都做好了，准备去找乡政府领导洽谈，可是没想到后来发生了那样的事情……所以也就搁置了。我以为这辈子没有机会再开发这一块土地了，没想到今天又让我给遇到了，这是不是说明……"他说完这句话，都有些哽咽了。

第三十六章　思想一致

"太好了！真没有想到安大哥竟然也对这一块地有兴趣。这说明什么呢？这说明你跟这一块地有缘分，就算是当时由于种种原因没有进行开发，兜兜转转这么多年下来，这一块地又回到了你的手中。

"安大哥，实不相瞒，我和乔伊只是对酒店运营有经验。对于这些项目开发的事情确实没有什么经验，所以才想着招募一位人才来全权管理。若是你不嫌弃我们盘子小的话，我真诚地邀请你加入，给你每月开八千块钱工资，外加百分之十的干股。这样的话咱们就是真正的一家人了，以后我们齐心协力将这个项目开发起来。"

安明光说完那一番话以后，紧张地握着茶杯，心里七上八下的。以前他是一个非常自信的人，向来对自己的判断都充满了信心。可是经过后来种种的打击之后，让他彻底对生活、对自己失去了信心。他将被人的算计和背叛，归咎为自己判断失误，自己没本事上面去了。正因为他的失误判断才让佟肖云跟着他受了这么多的苦。他越是这样想，心里就越没有自信，越没有自信，就越没有办法融入现在的社会。所以才形成了恶性循环，让他这么多年都没有办法从那次失败之中走出来。

当他听到巴建龙给出的条件以后，整个人都惊呆了。要知道在孙扎齐牛录乡这样的地方，消费水平非常低，普通人的工资就是两三千块钱，有了这些工资就能维持一家人的生活。就连市里能开出八千块钱工资的公司都不多，更何况巴建龙还拿出了百分之十的干股给他。这个风情园的整体投资，少说也要七八千万，多的可能会上亿。这么大笔投资的公司的百分之十的股份有多值钱，可想而知了。

虽然以前安明光是自己做公司的，也赚了不少钱。可是这个"不少钱"也是相对于乡里的现状来说的。安明光做了那么多年生意，为了偿还几百万的担保金就掏空了他的整个家底。所以他听到这百分之十的股份时，整个人都惊呆了。这无疑是天上掉馅饼的好事，而且刚好砸在他脑袋上了，把他砸得有些晕晕乎乎的。

安明光愣了好一会儿，才连忙摆摆手说道："股份的事情使不得，你们能给我这份工作我已经很感激了。工资我也不要这么多，每个月给我三千块钱就行了。这个工资就已经能让我有照顾家庭的能力了。这些年你们肖云姐跟着我受了很多苦，能替她分担一些我就心满意足了。

"眼下你们公司刚刚起步，应该把钱花在刀刃上，我们都是乡里乡亲的自己人，对我不用这么客气的。"他一脸真诚地说完了这样一番话，一点虚假都没有。

安明光的反应倒是让巴建龙有些意外，这两天他们接待的都是来送礼，希望能多要些工资的人。没想到他们给了安明光高工资和股份竟然被他拒绝了。而且他自己主动提出来，拿最基本的工资。

通过这件事情，巴建龙对于安明光的人品更加刮目相看。他感慨万千地说道："安大哥，我看这件事情你就不要推辞了，这份工资和这个股份都是你应得的。你看，你不但能做监理、项目经理，还精通公司管理和运营，我们聘请你一个人，就等于聘请了四五个人，若是按照一个人三千块钱的基本工资来算，这钱还给你少了，还应该再增加一些……"

安明光一听连连摆手说道："别别，在咱们乡里这工资已经是天花板了，能开得起这份工资的就你一家了。你看看在家门口就能找到这么高工资的工作，是件多么幸运的事情。以前虽然我也赚了不少钱，可是整天东奔西走的，根本就顾不上家里的事情，你肖云姐不知道受了多少委屈。"说到这里，他的神色不由得又黯然了起来。

对于安明光家里的事情，巴建龙没少听说。安明光的母亲特别强势，家里大大小小的事情都是她说了算。那些年安明光赚钱多，人前人后都风风光光的，她就认为佟肖云配不上安明光。因此趁着安明光不在家的时候，没少刁难佟肖云。但是佟肖云一直任劳任怨，充分发扬了锡伯族尊敬老人的传统美德，将她照顾得无微不至。不管婆婆怎么刁难，佟肖云都不跟她一般见识，不管安明光在不在家，她都一如既往地对待婆婆。这人心都是肉长的，时间久了，安明光的母亲也被佟肖云给打动了，明里暗里也不那么针对她了。

可是后来，出了安明光替人担保欠下债务的事情，紧接着公司破产，家里值钱的东西都被拿去抵债了。这老太太就将这件事情都怪罪到佟肖云的头上，到处去说佟肖云是扫把星，自打她进门了以后，安家就没有过上一天好日子。她又开始变着法子刁难佟肖云。

作为妇女主任的佟肖云，能做通全乡妇女的工作，可是唯独对这个婆婆是一点办法都没有。可是她又不能当面和婆婆发生争吵，只能默默地将所有的委屈和痛苦都承担了下来，多少个夜晚泪染衣襟。连乡里乡亲的都看不过去，没少在老太太面前替佟肖云说好话。

自打佟肖云当了妇女主任以后，尽心尽力为乡里人做事，得到了乡亲们一致的好评。可偏偏这样的一个人，就是不受婆婆的待见，说起来也是很无奈。

乡里的人对于安家的事情都心知肚明，谁家在背后都要议论几句。巴建龙经常听到巴小英和金继梅议论这件事情，所以对于安家的事情也是心知肚明。那个时候他还说一家日子若是想过得太平，婆媳之间能够和平相处要靠男人在中间维持平衡。

第三十七章　从头再来

佟肖云在安家受委屈，那就是安明光不负责任，没有平衡好婆媳关系，是安明光没有本事。所以每次看到安明光的时候，巴建龙都打从心底里看不起安明光这个人。

自打认识了乔伊之后，巴建龙才明白一个道理，若是乔伊和金继梅关系不和睦的话，他夹在中间还真不知道该帮哪个。因为她们俩对他来说都是十分重要的人，他能做的只是尽量维护好她们的关系。

可是站在安明光的角度来说，他之前有那么大一个公司，有那么多人跟着他讨生活，他天天在外面忙工作，是根本顾不上家里这些琐碎的事情的。网络不是有句话是这样说的："我抱起砖块就没有办法拥抱你……"这也许就是一个男人的无奈吧！

如今巴建龙再听到安明光说这些话，倒是能理解他心中的无奈之处了。所以他笑着说道："安大哥，实不相瞒，这些年我为了照顾家里，一直想找一个在家附近的工作，那段日子不知道有多难。正是因为有了这些经历，我才想着为咱乡里做一些事情，给咱乡里多提供一些就业的机会。让那些和我们一样，不能工作和家庭兼顾的人，得以留在家乡，这样既能照顾家庭，又能赚钱……这是我的梦想呢！"

"我看这事就这么定了，安大哥你也不要再推辞了。不然我们还要去外地招聘人才，你来了以后我们还能省下来一笔吃住的费用，不管怎么算都是我们占便宜。我这就去打印合同。"乔伊站起来匆忙跑了出去。

不一会儿工夫，乔伊就笑容满面地拿了一份劳动合同和股权协议回来，她将合同和协议往安明光的面前一摊说道："安大哥，这两份协议你来看一下，若是没有什么问题的话，就麻烦你把它们签了吧！这样咱们明天就可以开始做事了。我还有几个专业性人才要招聘……这乡里也招不到这样的人，真是急死人了。"

安明光见事已至此，巴建龙和乔伊已经拿出了足够的诚意，若是他再推辞的话，倒显得他小气了。所以他二话不说，也没去翻阅这两份协议，拿起笔唰唰唰就签上了自己的名字。

巴建龙眼神忽闪了一下，连忙说道："安大哥，这协议的内容……"

"你们给我开出了这么好的条件，又怎么会在协议里设下陷阱呢？这不符合你们做事的风格。跟你们合作我很放心，这协议没什么好看的。"安明光摇了摇头说道。

在与安明光达成合作以后，三个人兴奋地聚在一起将他们要做的事情，从头到尾又梳理了一遍。针对这些事情，安明光提出了很多建设性的建议，给巴建龙提供了很多非常有前瞻性的想法。

这让巴建龙更加相信，选择和安明光合作，是非常正确的，有了安明光的加入，他们的企业、他们的事业都将有飞跃式的发展。

三个人因为聊得太投机，把时间都给忘记了，直到安明光的手机响了起来。他拿起来一看，是佟肖云打来的。

电话一接通，话筒里就传来佟肖云非常幽怨的声音："明光你又去哪里喝酒了？都这么晚了还不回来，额尼非常担心你，一直在唠叨，到现在还没有休息。你真是越来越过分了……"

安明光一脸尴尬地看了看巴建龙，小声说道："我没有喝酒，在谈事情，有什么事情等我回去再说。"

"你能有什么事情？除了喝酒，你还能有什么事情？"佟肖云有些着急了，说话音调都提高了几分。话筒里断断续续传来安明光母亲的叫骂声。什么"扫把星""女人没本事，连男人都不愿意回家……"之类的话，通过话筒清晰地传了出来。

这一下安明光的脸色更加难看了。

乔伊见状，一把将安明光的手机抢了过来，大声说道："肖云姐，这次我给安大哥做证，他真没有去喝酒，他在建龙哥哥这里呢！我们正在聊合作的事情。"

佟肖云听了以后微微一愣，一脸不可置信地问道："谈合作？你们和他有什么好谈的？他是不是喝醉了酒，跑到你们那里胡说八道去了？你们别着急，我马上过去把他接回来。"

乔伊马上说道："不不，肖云姐你真误会了，我们……"乔伊连忙把他们和安明光合作的事情从头到尾说了一遍。因为时间比较晚了，乔伊害怕外面不安全，所以又对佟肖云说道："肖云姐你跟伯母说一声，让她早一点休息，安大哥马上就回去了。外面比较黑不安全，你就别到处乱跑了。"

听完乔伊的介绍以后，这下佟肖云才相信安明光真的跑去找巴建龙了，而且两个人还签了合同，达成了合作关系。安明光以前是做什么的，没人比佟肖云更清楚了。只是她没有想到的是，安明光竟然能主动走出这一步。对于安明光来说，自己以前是做老板的，手底下带着那么多人做事，眼下公司倒闭了，一切都要从头来过，让他拉下脸来去给别人打工，无疑是一种精神上的折磨。所以这两年他一直没有办法从公司倒闭这件事情中真正走出来。

佟肖云听到这个消息的时候，不由得喜极而泣，她大声对婆婆说道："额尼，你听到了吗？明光他找到工作了，一个月能赚八千块钱呢！"

正在嘟嘟囔囔骂人的安明光的母亲骤然停了下来，一脸不可置信地看着佟肖云问道："你说的是真的吗？老天保佑，安家祖宗终于开眼了……"话筒那边传来两个女人开怀的笑声。

这让安明光心里也感觉酸酸的，他脸上露出了羞愧的表情。

巴建龙叹了一口气，用力拍了拍安明光的肩膀说道："安大哥别想这么多了，谁都有走错路的时候，以后我们好好加油干，不为了别的，就为了这些爱着我们的亲人，我们也要好好争口气。"

第三十八章　尽调团队来了

自打安明光来了之后，他把大部分的事情都承担了下来。

安明光还有好几个比较专业的老部下，得知他振作精神重新开始做事情以后，马上就来投奔他，而且只要了一份基本工资，说是要等公司做起来以后再谈待遇的事情。

这可真是解决了巴建龙他们的大麻烦。安明光的这几个老部下，都有多年的从业经验，不但专业，还非常忠诚，曾经跟在安明光身边多年，跟着他走南闯北。就算是安明光最后破产了，这几个人也不愿意离开，还要陪着他东山再起。只可惜安明光经过那次打击之后，没有再创业的雄心壮志，而是沉迷于喝酒。为了生存下来，这几个人无奈之下只能另谋出路了。他们分别是会计师肖霞、设计师范明强、HR任宏伟、商务运营潘晨杰，这四个人是从安明光创业的时候就跟着他的，有了他们的加盟，就等于整个公司的架构已经齐全了。

这可真省了巴建龙很多心思。为了达到培养新人的目的，他们又招了五个年轻人，都是二十岁出头刚从高校毕业的大学生。这些年轻人心里有激情，脸上有笑容，身上有干劲。他们本来毕业以后准备去市里找工作，完全没有想到会在家门口找到能体现自己价值的地方，都非常珍惜这份工作，纷纷表态会努力工作。

等这一切都准备好的时候，佟俊青集团公司的尽调团队也到了。这一次他们一共来了十一个人，分别从金融、市场运营、发展前景等方面对巴建龙他们的公司进行了全面的调研。

这也是第一次有全国排名前几名的金融公司，前来孙扎齐牛录乡调研投资项目，乡长季飞云得知消息以后，高度重视此事。为此他特意带着招商办的同志来到巴建龙他们的办公地点。自打这个院落分配给巴建龙他们使用之后，季飞云还是第一次过来。

进门以后，眼前的景象让他大吃一惊。这里已经完全大变样了，外墙都做了粉刷，而且进行了充满文化氛围的软装修，踏进这方院落，浓重的文化气息便扑面而来。

墙上还写了公司的企业文化，这些企业文化是乔伊和安明光一同制定的，乔伊的文笔本来就很好，这次得到了充分发挥。季飞云看着墙壁上的企业文化，内心受到了强烈的震撼。因为他从这些企业文化上面看到了一个未来大公司的气质。他有一种预感，布哈文化发展有限公司一定会有一个美好的未来。

季飞云来的时候并没有提前打招呼，所以巴建龙他们并不知情。

正在电脑旁低头忙碌的巴建龙，无意之中一抬头，突然发现季飞云带着乡干部们正饶有兴致地背着手，在他们的院子里研究墙上的企业文化。他连忙招呼了一声："乔伊，季乡长他们来了，我们快去迎接一下。"

乔伊头上戴着一个用纸叠成的帽子，手里提着一桶油漆，正在往墙上刷标语。她听见喊声，连忙放下油漆桶应了一声跑了过来。

巴建龙瞧见她脸上蹭上了好几块油漆，把一张漂亮的脸蛋弄得像小花猫一般，脸上不由得浮现出了笑容。若是换了平时，他肯定第一时间给她擦掉了。可是今天这么多乡干部在现场，他也不好意思这么做，只能拼命忍着脸上的笑意。

"季乡长你们来了怎么不提前打声招呼，你看我们这里还没有收拾好，得委屈你们一下了。"巴建龙一脸歉疚地说道。

"我们今天过来就是想看看有没有什么需要我们帮忙的。明天尽调小组的人过，我们文旅局和招商局的同志也会过来支持你们，我们会从政策方面给予你们最大力度的扶持……要让他们感觉到，我们乡政府是你们企业最有力的坚强后盾。"季飞云哈哈大笑着走上前来说道。

他在看到乔伊的时候表情微微愣了一下，随即打趣地说道："你们以后要多跟乔伊同志学学，凡事亲力亲为，事无巨细自己负责，有了这样的精神，想不把事情做好都难……"说完他还用手指了指乔伊的脸颊，温和地笑了起来。

其他领导干部这才看到乔伊脸上抹得像小花猫一样，都善意地笑了起来。

乔伊被笑得一脸莫名，她忍不住用手摸了摸脸，结果手上的油漆，又抹在了脸上，这下看起来就更花了。

季飞云忍俊不禁。

乔伊不知道大家伙究竟在笑什么，不过她知道肯定是和她有关系，因此一脸紧张地看向了巴建龙。

巴建龙忍着笑容，冲她招了招手，然后附在她的耳边说道："你脸上有好多油漆，特别像是一只小花猫。"

乔伊这才反应过来大家伙儿笑什么呢！她的一张俏脸瞬间变得通红，双手捂着脸嘤的一声转身往房间里跑去。在她身后响起了一片善意的笑声。

巴建龙含着笑意对季飞云说道："季乡长我们屋里坐吧！"

大家刚刚落座，就看到安明光急匆匆从外面走了进来，手里还抱着一台电脑，看样子是要找巴建龙谈事情。

他完全没有想到屋里竟然有这么多人，所以他一时愣在了当场，一副进退两难的模样。

季飞云还不知道安明光和巴建龙合作的事情，看到他的时候，脸上露出了好奇的神色，笑着说道："明光同志，来，有什么事情进来说。"

巴建龙连忙介绍说道："季乡长，安大哥现在是我的合作伙伴，也是我们公司的总经理，主要负责产品设计和开发方面的事情。等我们的地皮批下来以后，主要靠他来建设和运营。"

第三十九章　重拾信心

"哦？明光同志还有这方面的特长吗？"季飞云一脸好奇地问道。

季飞云调到孙扎齐牛录乡当乡长的时候，安明光已经创业失败，整天窝在家里颓废度日了。他也没有听别人说过安明光以前的事情，还以为他一直都是这个样子，真没有想到安明光还有这样的能耐。

巴建龙便连忙将安明光以前做过的事情，又为啥变成如今这副模样，前前后后说了一遍。

季飞云一脸诧异地看着安明光，感慨万千地说道："这是我这个做乡长的失职啊！咱们乡里居然还有这样的人才，我来了两年都没有发现，说起来也是汗颜。不过明光同志，失败了没有什么的，不管做什么事情都可能会失败。我以前也曾经失败过很多次，每当我想放弃的时候，就对自己说不管遇到什么挫折都要坚持下去，这不一步步坚持，也走到了今天吗？"他毫不掩饰地将自己的过去说给大家伙儿听，如此一来也迅速缓解了安明光的尴尬。

安明光不好意思地揉了揉鼻子说道："说起来这个跟头栽得也值得，失去一些身外之物，及时看清楚一个人，总好过以后吃更大的亏。这些年来，我也想明白了。不好意思让你们见笑了。"

乔伊趁机招呼道："来来……大家伙儿都坐下来说吧！"

季飞云一脸赞赏地看着巴建龙说道："我说建龙，别看你岁数不大，这眼光可是好得很啊！你看看这一个个都是人才，能将他们聚拢在一起本身就不容易，只要你们齐心协力、勇往直前，就一定能做出一番事业来啊！原本我还有些担心，想着就你和乔伊两个人，能不能做成这么大的事情？如今过来一看，见你这里专业人才聚集，这颗悬着的心，总算是放进肚子里面了。"

巴建龙不好意思地"嘿嘿"笑了几声说道："这些人才主要都是安大哥带来的，这些都是跟随他多年的老部下。他们这样的人才，一个月没有万儿八千的是很难请得到的。可是眼下他们一个月只拿三千块钱基本工资，我这心里非常感动。季乡长您放心，既然我们下定决心要做好这件事情，就一定会克服一切困难，勇往直前的。"

"好！有你这句话我就放心了！"季飞云脸上带着浓浓的笑意说道。

安明光和大家寒暄了几句，一双眼睛就直往巴建龙脸上瞟，看起来有些着急的样子。

巴建龙便笑着说道："安大哥你有什么事情就说吧！再不让你说的话，我害怕把你憋坏了。"

季飞云听了这话，连忙站了起来笑着说道："那你们忙工作吧！我也是带着乡干部们过来看看有什么可以帮助你们的。结果等我来了以后，看到你们这里哪哪都处理得妥妥当当的，完全用不到我们了。那我们也不耽误你们工作了……"

安明光一听连忙摆手说道："不不，我们这边刚刚做好了明天需要路演的方案，我的意思是想今天给季乡长和各位领导先演示一遍，让各位领导给我们指导一下，看看还有什么遗漏的地方。"

季飞云听了这话，顿时来了兴趣，他连忙招了招手说道："来，快来演示一遍。我虽然看过你们的方案，但是那种纸质的东西并不直观，方案这个东西还要靠专业人士解说……"

巴建龙笑着对安明光说道："安大哥，那就恭敬不如从命了，今天就由你来亲自解说吧！"

安明光点了点头，淡定从容地打开电脑和投影，手里拿着翻页笔，一页一页详细地从专业的角度将整个方案演示了一遍。这一番讲解足足用了两个多小时，他讲完了以后，大家还一副意犹未尽的样子。

季飞云率先鼓起掌来，他大声说道："这套方案演绎得真是太精彩了。方案做得好，明光同志演说得也非常精彩，结合起来真是相得益彰，非常精彩啊！就这一套方案，尽调团队来了都挑不出毛病。"

其他乡领导也是跟着纷纷附和，都觉得安明光这一场路演真的非常精彩。

如此一来倒让安明光觉得非常不好意思了，他揉了揉鼻子，腼腆地说道："别啊！各位领导你们别只挑好的说，这方案有什么不足的地方，你们尽管提出来，我马上进行修改……"

安明光这些年来一直处于自卑、内疚和极度消极的状态，他听到最多的就是别人的嘲笑和讥讽，人人都在他背后指指点点的，很久没有听到这么真诚的赞赏了。这让他感到非常局促不安，他害怕大家伙儿是碍于情面，才故意说一些好听的话来哄他，背后又聚在一起讥讽他。他不管走到哪里，都感觉到别人在他身后指指点点。为了逃避这种让他如芒在背的痛苦，他躲在家里很少出门。这还是他创业失败以后，第一次重新找回信心，站在大家伙儿面前侃侃而谈。虽然如此，其实他对自己还是没有什么信心的。

第四十章　预知

季飞云看出了安明光的局促不安，他一脸严肃地看着安明光说道："我说明光同志，你要对自己有信心，对咱们的项目、咱们的产品有信心。一个人如果自信的话，他会在不知不觉间将这份自信通过言谈举止释放出来，从而感染他身边的人。反之，若是他不够自信的话，就会非常在意别人说什么、做什么，从而被人牵着鼻子走。他身上的这种不自信也会通过言谈举止流露出来，让别人捕捉到。

"假如今天在场的是我们尽调的团队，他们对你的方案提出疑问和反对意见。如果你足够自信，就会用我们的优势来说服和打动他们；若是你不够自信的话，可能就会被他们反驳得哑口无言，到那个时候，就算我们的方案再好，也无法说服别人。

"一千个人眼中有一千个哈姆雷特，仁者见仁、智者见智，我们不用太在乎别人的看法，我们要做的事情，是用我们的专业知识去说服合伙人……我觉得明光同志解说得非常棒，已经足够打动我了……你们觉得呢？"他说完以后，面带微笑环顾了一下四周。

他的这一番话，引得在座之人都纷纷鼓起掌来。

他的这一番话也如醍醐灌顶一般，让安明光从忐忑的心情之中快速地冷静了下来。他一脸愧疚地说道："非常抱歉，我这种不好的状态让季乡长一眼就看出来了，您说得太对了，我就是太在乎别人的眼光和看法了，这样很容易会被别人牵着鼻子走……"

一直沉默不语的巴建龙忽然开口说道："我们这一场仗，我觉得专业知识方面我们已经完全没有问题了。那唯一可能出现的问题，就是不够自信。我们以前过的不管是什么样的人生，从现在开始，我们将会拥有一个崭新的未来。所以我们要战胜自己心里的怯懦、自卑、忐忑等等负面情绪。只有战胜了自己，我们才能战胜困难……"

经过季飞云和巴建龙这一番开解之后，安明光逐渐冷静了下来，也快速找到了自己的位置和做事的方法。接下来他的表现就恢复了他成功时候的自信、淡定和从容。

这让巴建龙从心里替他感到高兴。

万事俱备，只欠东风。在一切都准备好了之后，巴建龙终于等来了尽调人员。

尽调团队是由佟俊青带来的，他们一共来了十一个人，分别是财务、金融、市场运营等方面的专业人才，一行人开了三辆车浩浩荡荡地来到了巴建龙他们办公场地外面。

按照巴建龙的要求，公司的员工在大门口悬挂了一块红色的条幅，上面写着欢迎的字样。这让尽调团队下了车，就能感觉到一股浓烈的热情氛围。

进到了院里以后，里面打扫得纤尘不染，院里放了一些盛开的花朵，雪白的墙上画着各种企业文化和锡伯族的特色民俗，一股很强的文化气息扑面而来，让人感觉耳目一新，精神为之一振。

等进了会议室，尽调人员看到会议室的桌子摆放得非常整齐，桌子上的水杯和笔记本摆放得整整齐齐，不管从哪个方向看都纹丝不乱，一看就出自专业人士之手。

尽调人员对于眼前的一切连连点头，都感觉很满意。

其中有一男一女两位人员放下了自己随身携带的背包以后，便礼貌地说他们想去洗手间。

乔伊和 HR 任宏伟连忙走了过来，面带职业性的微笑，在前面引路带着他们往洗手间走去。

这洗手间并不像大城市的洗手间那样装修得很高档，而是普通的两间平房，墙面刷得洁白整齐，外面摆放着一个洗手池，里里外外都擦得干干净净。台面上摆放着洗手液、纸巾等必需品，都摆放得整整齐齐。打开卫生间的门，地面拖得干净明亮，点着一盘檀香，摆放着几盆绿萝，让人感觉心情非常放松。

这两个人在洗手间里转了一圈之后，马上就从里面走了出来。两个人点了点头，相互交换了一下意见，便往会议室走去。

乔伊和任宏伟交换了一下眼色，暗自庆幸他们提前做足了准备，真没有想到这一切都按照巴建龙所说的那样在发展。

对于尽调团队会针对哪些方面进行检查的事情，巴建龙可是做足了功课。他偶然查到一个资深人士说有些尽调团队会不按常理出牌，明明是来谈业务的，可是他们却喜欢往厨房和洗手间里面钻。因为这些人认为，厨房里面饭菜做得好，洗手间里面环境干净，那就说明这个企业善待员工。只有善待员工的企业才能走得更长远。再一个，一般人很少会注意到洗手间这样的细节，若是连这一点都能想到的话，那就说明这个公司的管理人员，会事无巨细去考虑问题。

俗话说细节决定成败，细节做好了，成功率也将会得到大大的提高。当初巴建龙提出这些问题的时候，大家伙儿都觉得他有点小题大做。只要公司业务有发展前景，投资方又怎么会因为洗手间没有收拾干净就不合作了呢？但是在巴建龙的坚持之下，任宏伟没有办法，只得十分不情愿地带着人去打扫、布置了洗手间。在这个过程之中巴建龙全程都有参与和监督。

任宏伟私下还跟人嘀咕，说巴建龙有些小题大做，自己做了十几年 HR，难道还不如巴建龙一个没有进过大公司上班的人？可是眼下，任宏伟却打从心底里佩服巴建龙。若不是他坚持将洗手间进行了精心地打扫，那这一关怕是没有这么容易过了。这还真是押对了题目呀！

尽调团队按照各自领到的任务，先对他们的镇各村工作环境进行了检查，得出的结果是十分满意的。

大家回到会议室以后，聚在一起交头接耳地将各自的意见汇总了一遍。

第四十一章　一封检举信

坐在中间的那位看起来只有三十多岁的负责人，脸色淡然地说道："时间也差不多了，我看我们就直奔主题吧！"随行之人见他发话了，便连忙按照桌子上摆放的席卡坐了下来。

这次尽调，作为股东之一的佟俊青是不方便出面的，所以他选择了回避。但是季飞云派了宣传部、招商局和文旅局的负责人过来，准备在政策支持方面给予补充说明。

巴建龙他们这边在座的人也有七八个，瞧着阵仗也不小。虽然尽调团队是从大城市来的，又财大气粗的，但是因为巴建龙他们准备得很充足，所以双方在气势上打了一个平手。

接下来的流程都是巴建龙他们事先进行了多次演练的，所以大家都可以游刃有余地面对。到了最关键的路演环节，巴建龙心里还是替安明光捏着一把汗的。

乔伊因为岁数比较小，又是跨行创业，所以在专业知识方面，她还是没有安明光有实力。所以他们几个商量来商量去，最后确定这事除了让安明光来，再也没有别的合适的人选了。

巴建龙对于安明光的专业知识，他是一点都不担心的。作为一个从业十几年，又是整个公司操盘手的人来说，眼前这阵仗是非常小的场面。工程项目竞标、报项目，小则几千万、大则几个亿的项目，安明光都见过不少。巴建龙唯一担心的是安明光的状态恢复得不够好。毕竟从他决定来上班，到现在也不过十几天的时间。他自暴自弃了三四年，若是想一下改掉自卑的性格，怕是也没有这么容易。基于这方面的担心，轮到安明光上场的时候，巴建龙有些担心地看着他。

安明光接收到巴建龙投递过来的目光，冲他露出了一个自信的微笑，并且冲他微不可察地点了点头，示意他不要担心。

巴建龙见到他这副模样，心里不由得松了一口气。他向安明光投去了鼓励的目光。

安明光在这一场路演上进行了超常的发挥，不但思路清晰地将整个项目的前景进行了详细的描述。而且面对尽调团队一窝蜂地提问和刁难，也都进行了礼貌而准确的回答。

这一场路演足足进行了三个多小时，直到尽调团队再也提不出来问题，才宣告结束。

接下来乡里三个部门的领导，针对政府能给到这个项目的扶持政策又介绍了一遍。

巴建龙他们这个项目不但是乡重点，更是省重点项目，所以从县里到乡里都引起了高度重视。从人才补贴到税收等相关招商引资的政策都采取一事一议的方式，给予了这个项目最大力度的扶持。

这些政策在其他地方是绝对没有的，对于这个项目来说，当地政府的态度无疑是最大的优势了。这也无疑成了巴建龙他们项目的加分项。

这一场会议结束的时候，已经到了晚上九点多。

这个时间点若是放在北京已经到了快睡觉的时间，可是在新疆这个时间点正好是饭点。

为了表达他们的诚意，巴建龙和大家商议过以后决定，晚饭不去餐厅吃饭了，就在他们办公区域由巴建龙亲自下厨来做一些锡伯族的特色小吃，让尽调团队感受一下锡伯族小吃的魅力。

在装修的时候巴建龙就考虑到接待客人这一块的事情，所以空出一个房间做了一个包厢，里面进行了简单的装修，房间里完全按照锡伯族的特色进行了布置。一走进去，就能感觉到一种扑面而来的锡伯族情调。

新招来的姑娘和小伙们换上锡伯族靓丽的民族服饰，忙前忙后地招呼着大家，往桌上端来一盘盘精美的小吃。这些食物虽然没有星级酒店做得精美，但是胜在食材天然、优质，再加上用锡伯族传统手法进行制作，所以并不比那些精美食品逊色。这满桌子的食物散发着诱人的清香，让一桌子人都食指大动，忍不住大快朵颐起来。

这一次路演和调研可谓是圆满结束，接下来的几天，尽调团队又针对每个管理层进行了单独的谈话和了解，对于每个人的工作内容和未来发展方向定位进行了详细的沟通，并且给出了合理的建议。

尽调团队在孙扎齐牛录乡待了四天，等把这一系列工作都完成以后，他们和巴建龙等人已经相处得像一家人一般了。

虽然尽调团队还没有给出最后的结果，因为他们要把尽调的结果带回集团去，进行汇报和沟通，最终才能确定能不能签订投资协议。但是尽调团队的人都已经十分认可巴建龙他们团队的做事风格和做事态度了。

就在巴建龙他们沉浸在即将胜利的喜悦之中的时候，这一天却发生了这样一件让人意外的事情。

尽调团队里面有个二十几岁的小姑娘，名叫小雪，因为突然到了生理期，她也不好意思跟其他人说，便一个人去乡里的超市买卫生巾。在回来的路上，突然有个面孔比较生的男人出现在她面前，一言不发就将一包东西塞进了她的手中，然后转身就离去了。小雪一脸莫名地抱着这些东西，跟在那人身后大声地喊："喂……你是谁啊？为什么要给我东西啊？这是什么东西啊？"

那个人见小雪追了过来，扭头便匆匆往前跑去，很快就拐进一条小巷消失不见了。

小雪不知道究竟发生了什么事情，在这人生地不熟的地方，她也不敢贸然就追上去，连忙打开手里的包裹一看，见里面是一些照片、医院证明，以及一封检举信。这封检举信是检举巴建龙和安明光的，信中的内容大概意思是说，巴建龙和安明光都是乡里有名的混混……

第四十二章　居心不良

检举信里列举了巴建龙和安明光在乡里喝酒闹事、打架斗殴等种种不良行为；在后面又说安明光诓骗了别人一大笔钱，被债主告上了法庭，然后被法庭进行了强制执行，没收了全部财产，才将债务给还清了；又说巴建龙看到孩童落水见死不救，直接导致了援疆干部乔阳的死亡，后来看到乔伊获得了一笔抚恤金，趁机接近乔伊，哄骗她拿出抚恤金来建风情园……

总之，这封检举信将巴建龙和安明光描述成两个十恶不赦、到处骗钱、不务正业之人。而且那些照片之中，把巴建龙和安明光拍得都非常不正经，不是对女人勾肩搭背、动手动脚，就是贼眉鼠眼，总之极尽抹黑之事。至于检举人是谁，信中并没有提。

小雪看完这封检举信以后，当时就有些手发抖。因为这封信的内容已经完全超出了她的预料，若是在走之前她没有接到这封检举信，那他们公司给巴建龙的投资基本上就能敲定了。若是巴建龙和安明光真像检举信中所说的那样，那这两个人就是想要骗取这一笔巨额投资。可是小雪转念一想，若是这件事情从头到尾都是一个骗局的话，乡里的干部是绝对不会到场来支持的。那这究竟是怎么一回事呢？小雪思前想后，感觉思绪乱成了一团麻。她认为事关重大，不是她一个人能决定的事情，还是赶紧回去将这件事情汇报给尽调小组负责人比较好。所以她便抱着资料，匆匆忙忙往回跑去。

尽调小组住在以前乔伊住过的那个招待所里，乡里对这个招待所进行了整修，不但给每扇房门都装上了结实的防盗门，还在房屋前后都安装了监控设备。这设备的主机就放在乡政府的一间办公室里。保安室那一块也装了监控。如此一来，这间招待所变成了最安全的场所。

这也可能是那个送检举信的人不来招待所，要在半路上堵着小雪送信的一个主要原因。他害怕自己的容貌被摄像头给拍下来。

小雪抱着资料一路小跑进了招待所，然后一头扎进了此次尽调小组负责人汪海洋的房间。

正在埋着头在电脑上看资料的汪海洋，瞧见小雪急匆匆地跑了进来，连房门都没敲，不由得奇怪地问道："你这丫头冒冒失失干吗呢？天塌下来了啊？"

小雪喘着气，紧张地说道："汪组长我有事要汇报，虽然天没塌下来，但这事跟天塌了差不多……"她说完这番话以后，将怀里抱着的东西一股脑儿都倒在了汪海洋的书桌上。

汪海洋被小雪弄得一头雾水，他随手拿起一张照片看了一眼，脸色立马就变了。"这些东西是从哪里来的？"汪海洋边问边用手扒拉了一下，发现这一堆照片全是和巴建龙、安明光有关系的。

小雪喘着粗气，把她在外面遇到的事情详细说了一遍。

汪海洋紧锁着眉头，拿起那封信和照片仔细看了几遍，随即又问道："你看清那个人的长相了吗？"

小雪努力想了想，随即摇了摇头说道："没有，那个人戴着一顶帽子，脸上还戴着一个黑口罩，把自己包裹得严严实实的，只能看出来是一个中年男人……其他的没有办法分辨。"

"那就奇怪了，按照正常思维来说的话，若是巴建龙和安明光确实是这种人，这人大可以光明正大来咱们的住所，将东西交给我们就是了，干吗要在半路上拦截你，还搞得这么神神秘秘的？"

小雪听了这番话，心中也起了疑心，她歪着脑袋想了一会儿，忽然说道："难道是巴建龙和安明光在乡里的势力太大了，举报人害怕遭到报复，所以才匿名举报？"

汪海洋听了她的话以后，忍不住"扑哧"一下笑出声来说道："我给你发了两份资料，是关于巴建龙和安明光的背景资料。据我所知这两个人这些年生活得一直都不如意，在村里也没有任何身份背景。像这样的人没有什么好害怕的！

"再者安明光创业失败这件事情，他光明正大写在个人简历上了，而且我也去查了他的那个案子，是给人担保引起的法律纠纷。借贷人拿了一笔巨款逃跑了，安明光作为担保人倾家荡产背了锅。这是公开审理的案子，都能查到卷宗，所以单从这一点上，这个所谓的举报人便撒了谎。我看这件事情不简单，我们不要随便下结论，等我汇报给佟总再做定夺吧！"

佟俊青这些天一直在忙项目的事情，他在山上建设的薰衣草旅游基地已经到了非常重要的时刻。同时也是为了避嫌，所以尽调小组在的时候，他从来没有露过面。

不过当佟俊青听了汪海洋汇报的事情以后，他马上意识到事态的严重性，非常生气地说道："你们等着，我马上赶回来，这举报之人完全是颠倒是非黑白，肯定是居心不良……"佟俊青说完不等汪海洋说话，便气得将电话给扔了。

在下山的路上，愤怒的佟俊青逐渐冷静了下来。这事明显是有人故意针对巴建龙。

这个人想置巴建龙于死地，也不知道他和巴建龙之间究竟有什么恩怨。但是通过这么长时间的相处，有一点佟俊青是可以肯定的，那就是巴建龙的人品是没有问题的。

第四十三章　非常明智的选择

以巴建龙的性格，他在乡里应该不会有这么深仇大恨的仇人，非要置他于死地。看来这个事情必须解决，不然以后别想安生。

佟俊青心乱如麻地回到了乡里，直接来到尽调小组的住处，去找汪海洋他们。本来为了避嫌，佟俊青从头到尾都没有露面，但是出了这样的事情他也顾不上避嫌了。佟俊青来之前要求把巴建龙和乔伊等人也一同喊到了办公室，让他们也知晓这个举报信的事情，不必对他们隐瞒。

巴建龙和安明光看到这个举报信的时候，两个人都惊呆了。乔伊更是气得要去打架。但眼下根本不知道是谁写的举报信，所以他们也只能把委屈咽进了肚子里。

"佟总回来了？大家伙儿都在等着你呢！"汪海洋看到佟俊青进来了，连忙站起来笑脸相迎。

佟俊青扫视了一眼，发现大家都眼巴巴地望着他，显然遇到这样的事情，大家一时也不知道该怎么处理。毕竟人是佟俊青介绍来的，所以还是征求他的意见比较好。

佟俊青点了点头说道："都坐吧！谈下是个什么情况，汪主任你来说一下吧！你是这次尽调小组的负责人，对于这件事情该怎么处理，你公事公办就好了，不用看我的面子。"

汪海洋连忙笑着说道："既然大家都在，那我就把我对这件事情的想法说一遍吧！依我看这举报信的事情，八成是有人因为嫉妒巴建龙和安明光，所以才企图混淆我们的视听。刚才我就跟小雪说了，若是真有这样的事情，这举报之人怎么不敢以真面目示人呢？

"再者我们来了这些天，对乡里里里外外都进行了走访，对于巴建龙和安明光的人品心里多少是有数的。他们若是真想骗钱，那他们的目的已经达到了，毕竟乔伊姑娘和贺晓明已经给了巴建龙不少钱。以巴建龙的聪明劲儿，他没有再继续融资的必要。再者，安明光是在公司发出了招聘通知以后才加入进来的……这些信息通过股份转让协议和劳动合同都能体现出来，这些资料做不了假……

"所以我建议报警，将这些举报信和相关资料都交给警察处理。我相信警察同志一定会将整个事情查清楚的。"他条理清晰地表明了自己的想法。

其他人听了他的提议纷纷表示赞同，一致通过了这个建议。

巴建龙等人见佟俊青这样信任他们，都激动得差点落泪。

佟俊青脸上没什么表情地点了点头说道："这事让警察同志介入查清楚确实比较公平……"

汪海洋见佟俊青没有什么意见，便对小雪说道："这事你是当事人，这个报警电话应当由你来打。"

小雪连忙拨打了报警电话，把这件事情叙述了一遍。王警官接到报警电话以后，迅速带着人赶到了招待所。他问明情况以后，把这封检举信交给了同事，让他带回去鉴定一下，然后面色凝重地说道："你们放心，这事我们会秉公处理的。这件事情在没有查明之前，大家伙儿要注意保密，不要向外透漏，以免打草惊蛇。若是没有什么事情的话我就回所里了。"

王警官带着人离开以后，佟俊青面色凝重地对汪海洋等人说道："经过我和团队这几个月来的调研，新疆绝对是一块风水宝地。尤其是伊犁，不但风景秀丽、景色宜人，而且气候舒适，素有'塞外江南'之称。在干旱的大西北，这里竟然水草丰茂，不但有大片良田，而且在察布查尔大渠的灌溉之下，这里还盛产水稻，水稻的品质完全不亚于东北大米……"

佟俊青滔滔不绝地将自己的意见说了一遍，这还是尽调小组来了以后，他第一次毫无保留地将自己的想法说出来。

他的意见得到了汪海洋的赞同和支持，他热情洋溢地说道："佟总说的没错，这些天我对五乡以及整个伊犁地区都进行了非常详细的调研和分析，发现伊犁这个地方真的是一块风水宝地……佟总选择在这里深耕，绝对是非常明智的选择。"

第四十四章　未来发展

汪海洋继续热情洋溢地说道："这里有远近闻名的果子沟、八卦城、那拉提草原、草原石人等，还有被誉为中国最美公路的独库公路贯穿整个伊犁……随着这几年旅游热，每年到伊犁来旅游的人不计其数。而我们锡伯族风情园又极具民族特色。

"锡伯族在几百年前就为屯垦戍边做出过卓越的贡献，一代又一代锡伯人将大西迁的精神发扬光大，流传至今，在这一片热土之上，创造了一个又一个奇迹。我相信在这样的地方做事情，一定会创造出一个奇迹来的。

"尽管外界有干扰，有不同的声音，但是以我多年投资的经验来看，越是如此，就说明这里越有发展潜力。因为这封匿名信很可能是和巴建龙有着利益竞争关系的人提供的。他害怕一旦咱们的风情园做起来了，会抢了他的生意……"

汪海洋充分肯定了佟俊青的想法，并且及时发表了自己的意见，作为这次尽调小组的负责人，汪海洋的意见起到了决定性的作用。

既然尽调小组已经有了明确的建议，汪海洋便与佟俊青告别，他们要赶回公司总部去，将尽调结果上交董事会。

汪海洋来与巴建龙告别的时候，看到他和安明光、乔伊等人头碰头地趴在一起，好像在商讨什么。因为精神太过专注，以至于汪海洋走进来的时候，巴建龙等人都没有发现。

汪海洋笑着咳嗽了一声说道："你们这是在忙什么呢？这么聚精会神的！"

巴建龙听到声音，抬头一看，见是汪海洋来了，连忙不好意思地揉了揉鼻子说道："我们在商量着，除了推动风情园的建设以外，打算从其他县城引入一些新的养殖经验，然后在乡里进行推广，从而给乡亲们增加一部分收入。这样可以有效地将乡里的闲散劳动力给利用起来。"

"哦？那你们打算引进什么样的养殖产品啊？说来听听……说不定我也感兴趣呢。"汪海洋饶有兴趣地凑了过去，将自己此行的目的都给忘记了。

"我们打算利用乡里得天独厚的自然牧场的条件，鼓励乡亲们在山上自然条件不是很好的地方，种植青储饲料，然后养殖一些马鹿和骆驼……听说现在鹿茸和骆驼奶的价格都非常高，若是能把这两种养殖业发展起来，那能够大大提高咱们乡里的经济收入……"巴建龙指着摆放在桌子上的调研资料说道。

汪海洋这才看到，在桌子上摆放着一摞厚厚的研究资料，有马鹿的，有牛羊的，有骆驼的……

看来，巴建龙他们也是经过了仔细的研究，最终选定了马鹿和骆驼。

其实察布查尔县这里一直都有养殖马鹿和骆驼的习惯，在二十世纪八九十年代的时候，察布查尔县的马鹿鹿茸因为品质优良受到了日本、韩国的追捧，每年四五月份到了收获鹿茸的季节，从日本、韩国前来采购鹿茸的商人络绎不绝。

那时的鹿茸价格被炒到了天价，引得这里家家户户都开始养殖马鹿。一只优质的马鹿要几万块钱，这个价格对于当时人们的收入水平来说，无异于是天价。很多家庭为了购买优质马鹿可谓是倾家荡产。

由于过度发展马鹿的养殖业，再加上不精于饲养和产品深加工，造成了鹿茸产品过剩，再加上日本、韩国的购买力逐年下降，所以造成了鹿茸价格一度萎靡不振。

很多养殖户因此没有办法赚到钱，逐渐卖掉了家中的马鹿。这也造成了"马鹿"这一条发展了几十年的产业链逐渐断裂了。

孙扎齐牛录乡也早已退出了最大的马鹿养殖基地的行列。面对如此萧条的马鹿养殖行业，巴建龙却有不同的看法。他认为随着现代人生活水平的不断提高，人们对高端养生产品有了更高的追求，鹿茸和鹿血不管是药用价值还是保健价值都远远大于同类产品。过去养殖马鹿失败的原因是过度依赖进出口。眼下他们要是发展马鹿养殖业的话，将会进行产品一条龙开发，将进行过深加工的马鹿产品销售到全国乃至世界各地去。

至于骆驼奶就无须过多介绍了，随着骆驼奶的不断普及，它在提高免疫力等方面的价值已经逐渐得到了更多人的认可，这也造成了骆驼奶产品供不应求的局面。市场上对于骆驼奶的需求非常大，仅伊犁地区本地就有好几家大型的骆驼奶深加工厂，每年到了双十一购物节的时候，一天可以销售出金额过亿的产品。

以前巴建龙常听人说起这些事情，可是因为自己没有能力，他就算是很看好，也没有能力去操作。不过他是一个非常有心之人，对于自己感到好奇的事情，会花时间和精力去研究透彻。难怪别人说"机会是留给有准备的人的……"。正是因为巴建龙精于钻研的性格，才让他在机遇到来的时候能够抓住。

汪海洋听了巴建龙的设想以后，忍不住连连点头说道："这两个想法都非常不错。不过我觉得这两件事情推行起来，可能还需要时间，应该没有这么快……"

"是的，我们也是这样商量的，我们想等到风情园建设得差不多的时候，在里面留一块地方进行马鹿和骆驼的实验养殖。一方面可以观赏，一方面也可以让大家切切实实看到我们通过养殖进行了变现。等大家伙儿看到实实在在的东西，自然就不会对这件事情感到怀疑了。

"同时为了减少乡亲们的损失，我们决定由我们公司来进行投资，和农户们签订联合饲养的协议，将马鹿和骆驼分包到各家各户去。农户们只要按照我们的要求，饲养好马鹿和骆驼，就能享受这些家畜所产生收益的一半。等到我们收回了成本以后，就将这些马鹿和骆驼送给农户，我们按照市场价格进行产品回收就可以了。"

第四十五章　不辞而别

巴建龙说完了自己的想法以后，汪海洋也忍不住为他的想法拍手叫好。

若是他们自己做养殖场的话，不管是从人力方面，还是物力方面，都需要花费大量的精力，而且也缺乏这类型专业人才。若是等这些都筹备妥当了，那肯定是一个漫长的过程。再加上他们还要建设和经营风情园，在这种情况之下肯定是没有精力去开展新的业务。若是在养殖这一块，能采取公司加农户的合作模式的话，不但可以解决农户没有钱买牲畜的问题，同时也解决了企业精力跟不上的问题，这可是一举多得的好办法。

他非常高兴地说道："等我回去将你们这个新颖的想法一并汇报给董事会，我想他们会和我一样感兴趣的。"

"对了，我今天来，是来向你们辞行的，明天一早我们尽调小组就要回去了……"汪海洋不无遗憾地说道。

"怎么这么快就回去了？自从你们来了以后就一直在工作，我还想着等忙完了，带你们去山里转转……"巴建龙一脸着急地说道。

"说实话我也很想去领略一下新疆的大美风情，但是没办法，董事会非常重视这次合作，已经打电话催了好几次，所以我们要尽快回去将尽调的结果向董事会进行汇报。毕竟合作的事情最为重要。假如，我是说假如哈，我们合作成功了，那就是一家人了，以后多的是机会。"汪海洋说完用力拍了拍巴建龙的肩膀笑着说道。

话说到这个份上，巴建龙也不好继续挽留了。他一脸不舍地说道："那明天早上我去送你们吧，给你们带一些土特产回去。不管我们能不能合作成功，以后我们都是朋友，我以朋友的身份欢迎你常来……"

汪海洋愣了愣，随即笑着说道："好的，就这么说定了，有机会我一定再来拜访你们。至于明天嘛，你们就不要来送了，我们走得比较早，就别这么麻烦了。"

虽然汪海洋一直客气地不让巴建龙送他们，但是巴建龙执拗地非要去送。汪海洋推辞不过，只能告诉巴建龙明天他们八点准时出发。巴建龙这才作罢。

送走了汪海洋以后，巴建龙和安明光商量了一下，巴建龙让安明光去采购几份当地的特产，给尽调小组每人送一份。

巴建龙安排完这些事情以后，大家伙儿都去各自忙碌了。

乔伊见巴建龙眉头深锁地坐在那里发呆，还以为他在担心融资的事情，便想着安慰他一下。

"别担心这么多，我们已经做了最大的努力。虽然事在人为，但是最后的结果也可能不尽如人意，不过那有什么关系呢？只要我们尽力了，至于结果是什么，反而不那么重要了。"乔伊语气温和地说道。

巴建龙见乔伊误会他了，他"呵"地一声笑了起来。

他看着乔伊娇俏的脸，忍不住伸手在她鼻子上刮了一下，笑眯眯地说道："小丫头长大了吗？都会安慰人了。不过我倒不是在为了融资的事情担心。我是在想万一这融资成功了，那我们身上的担子就更重了，背负的东西就更多了。这么多人信任我们，跟着我们，我们一定要努力做好这件事情，绝对不能让他们失望。怎么样，小丫头，心里有压力不？"

乔伊的脸不由得微微一红，她忍不住做了一个鬼脸说道："我才没有压力呢！对于这件事情我非常有信心能做好！就算没有融资，我们手里有这么多钱，也能好好经营我们的特色餐厅，等赚了钱再慢慢去做风情园。我觉得只要我们目标正确，不管怎么样的结果，都不影响我们走下去。"

"对，我也是这个想法，所以一点都不担心。我只担心自己没有做好，辜负了佟叔叔的期望……"

转天，布哈文化有限公司的所有人六点多就起来了，准备了一桌丰盛的锡伯族早餐：做了锡伯大饼，又熬了一锅香喷喷的奶茶，还做了几道非常精美的锡伯族小菜。由巴建龙带队送往招待所，给汪海洋他们吃。

可是等他们来到招待所的时候才知道，汪海洋他们竟然六点钟就出发离开了。

看来汪海洋是故意将离开的时间说晚两个小时，为的就是不让巴建龙来送他们。

巴建龙气得直跺脚，连忙拨通了汪海洋的电话："喂！我说汪主任你这么做就不对了，怎么能不声不响地就走了呢？我还给你们送来了早餐。"

"建龙兄弟实在是抱歉，我们来的这些日子已经非常麻烦你们了。所以我们这心里也过意不去，就不想再打扰你们了。等我们的合作谈成功了，到时候我做东，我来请你们吃饭。"汪海洋在电话那端歉疚地说道。

巴建龙挂了电话以后，心里感觉五味杂陈。

他曾听人说过，这些做投资的人都是吃东西不吐骨头的，会想尽办法将企业的利润榨干。他们从尽调开始就用各种办法找企业要钱，然后很多公司尽调完之后就不了了之了，根本就是看到企业缺钱，借着尽调的名义来骗钱。这对于资金不充足的企业来说，无异于是雪上加霜的坏事了。

说实话，开始的时候巴建龙心里也是非常忐忑的。可是经过这几天相处下来，汪海洋他们不但分文未取，就连来回路费、吃住都是自己负责的，连一顿饭都没有让巴建龙请。这走的时候又是悄无声息的，巴建龙精心准备的礼物都没有机会送出去。能跟这样的团队合作，对于巴建龙他们这样崭新的公司和团队来说，无疑是幸运的。而这一切都归功于佟俊青。想到这里巴建龙忍不住又拨通了佟俊青的电话。

第四十六章　散播谣言

"喂……佟叔叔……我有满肚子感激的话，但是又不知道从何说起……"巴建龙紧紧握着手机，说话声音都有些颤抖。

佟俊青在电话那头笑呵呵地说道："快拉倒吧！两个大男人还煽情，让别人听到了岂不是要笑话？我也是咱们察布查尔县走出去的人，是家乡的人民培育了我，给予了我更大的发展空间。既然如此我能为家乡做点事情，那也是非常值得骄傲的事情。所以你别感激我，我可不是为了你小子，我是为了咱整个乡……"

佟俊青害怕巴建龙有心理负担，就故意将这件事情说得很轻松。但是不管他怎么说，巴建龙心里都是有数的。巴建龙沉默了好一会儿，才缓缓说道："佟叔叔，就像你说的，咱们男人不矫情，千言万语汇成一句话，接下来你就看我表现吧！我一定不会让你失望的。"

佟俊青的声音停顿了一下，随即严肃地说道："小子我跟你说，努力工作是应该的，但是保重身体才是第一位，有好的身体才能有未来。可不准那么拼命……"

送走了尽调小组以后，季飞云那边也带来了好消息。县里已经正式批复，同意由布哈文化公司开发乡里空置的那一块地。接下来就是和乡里签订投资协议，以及进行项目规划设计，再到过详规等环节了。

因为新疆特殊的气候，在建筑方面，一年也只有半年的时间可以进行户外作业，一旦到了冬天就要停工，一直到来年四月份才能重新开始建设。巴建龙想利用今年所剩不多的时间，将前期的准备工作都完成。

这些事情说起来简单，等真正操作起来的时候，却非常地繁杂，单一个设计方案，就反反复复改了十多遍才最终定稿。

于是在这个时期，巴建龙在大街上来回奔走的形象，深深地留了乡亲们的脑海中。大家都觉得巴建龙不知道从什么时候开始转变了，他再也不是那个无所事事，整天和一群游手好闲的人混在一起喝酒的人了。

巴建龙签下了靖远寺旁边的那块地的消息，不知道怎么就在乡里传开了。眼下他从一个人人都嫌弃的酒鬼，变成了称赞的对象。

"哎！你们听说了吗？老巴家那个小子，就是以前特别爱喝酒那个，据说他不知道从哪里搞来了一大笔钱，将靖远寺那块地给买了下来。听说签约的时候连县里的干部都来了呢！"

"我跟你们说，那小子现在和以前可不一样了，浑身都是精气神，带着一群人风风火火地忙事业，这眼看着就要过好日子了呢！"

"哎呀！早知道他能有这样的出息，以前咱们也对他好一点，这样的话我们当家的也能去他那里谋个差事。听说他那个公司给的工资可高了，比咱们县里的工资还高哩！"

"哼！你们平时看不起人家建龙，现在看到人家过得好了，又想上赶着去占便宜，我看你们就别做梦了吧！咱们乡里不知道有多少人想去他那里做事呢！据我家那口子回来说，建龙那里对入职的员工要求可严格了呢！都要求有文化，有技术……"

"你快拉倒吧！就你家那口子老农民一个，他有啥文化？还不是一样去上班了？"

"那可不一样，我家那口子有技术，就瓦工这一行，咱们乡里谁敢说比我家那口子技术好？"

一群妇女坐在屋檐下乘凉，你一言我一语地议论着跟巴建龙有关的闲话。

正在炫耀的这个妇女的丈夫是远近闻名的瓦工，他因为技术好、为人忠厚，在整个察县都远近闻名，一年到头都有干不完的活，生意可谓是非常地好，所以她也有吹牛的资本。她这番话说出来，在场的妇女纷纷撇嘴，但是没有一个人能说出一个不字来。因为这确实是事实。

自打合同签订下来以后，巴建龙就开始在乡里物色建风情园的人选，首先想到的就是这个人，而且还是亲自上门去邀请的，给出的价格也高出了平常的一倍。而且巴建龙还让他带领一群人，来承包瓦工这一块的工作，给出的价格非常诱人。这一年忙下来，收入可是比往常翻一番。这可把他全家人给高兴坏了。

乔伊蹦蹦跳跳从外面跑了进来，手里还抱着一堆吃的。她打开门缝，探头探脑往佟肖云的办公室看了看，见里面没有别人这才溜了进来。

乔伊将手里的东西放到佟肖云的办公桌上，高兴地说道："肖云姐，上午我去县里买东西，顺便买了好多好吃的，给你也带了一点。"

佟肖云手里拿着两份文件，本来一副愁眉不展的模样，她看到乔伊进来了，脸上的表情才缓和了一点。她笑着说道："你留着自己吃吧！我都多大的人了，还吃零食。"

乔伊这才发现佟肖云看起来好像有点不开心的样子。她连忙问道："肖云姐发生什么事情了吗？我看你脸色不太好的样子。"

佟肖云也没有拿乔伊当外人，便叹了一口气，说起谭浩楠和村里一个妇女打了架。佟肖云作为妇女主任去进行了调解，然后让两个人都写了份检查的事情。

"你说说谭浩楠这么一个大男人，还跟一个妇女撒泼打架，我都不知道该说什么好了。"佟肖云气不过地说。

她扬了扬手里的两张检讨书说道："这谭浩楠说有一封检举信，举报巴建龙和安明光骗财骗色，而白婶子不相信他说的话，所以两个人才打起来。你看这两个人各执一词，我也不知道该相信谁的话好了……"她说完这番话以后无奈地摇了摇头。

这谭浩楠乔伊是听说过的，当初巴建龙在他那里打工，他没少刁难巴建龙。巴建龙为了送乔阳最后一程，还被他给开除了。所以乔伊对他可没有什么好印象。乔伊听说谭浩楠说起检举信的事情，心里不由得微微一动，她连忙对佟肖云说道："肖云姐，这两份检讨书能给我看看吗？"

佟肖云微微皱了皱眉头，随即笑着说道："按理说不应该给你看，但这吵架的内容涉及你，给你看看也无妨……"

乔伊拿着这两份检讨书仔细看了一遍，她发现这谭浩楠和人吵架的内容，竟然真的和检举信有关系，而且谭浩楠对检举信的内容，了解得还非常清楚。不但如此，谭浩楠还对外散播谣言，说什么巴建龙有心机，出卖色相勾搭上乔伊，就是为了骗取乔主任的抚恤金。有人匿名给尽调小组写了检举信这件事情，知道的人总共就这么几个。当初王警官说让大家不要声张，省得被有心之人利用大做文章，到时候对巴建龙更为不利。所以除了那几个当事人和乡里的几个领导知道以外，就没有其他人知道了。既然大家伙儿都不知道，这谭浩楠怎么知道有检举信，甚至还清楚信中的内容呢？除非……除非这封检举信本来就和谭浩楠有关系。他见举报信没有起到作用，便又想出来散播流言蜚语这一招，企图通过悠悠众口来打击巴建龙。

这谭浩楠是巴建龙的前老板，两个人之前也有过一些过节。若是这个风情园开办起来，受损失最大的人就是谭浩楠。这些因素加起来，他确实是有动机对巴建龙做出这样的事情来。

佟肖云看着乔伊眼神忽闪、脸色微变的模样，想来是有什么事情。

"肖云姐，这封举报信的事情你对外说过吗？"乔伊忽然问道。

"那肯定不能说，我又不傻，其中还涉及我们家老安呢！不过你问这件事情做什么？"佟肖云一脸不解地问道。

第四十七章　捅破窗户纸

"这事从头到尾只有我们几个人知道，那这个谭浩楠是怎么知道的？你看这封检讨书之中，对于检举信的细节都说得非常清楚。难道这检举信就是谭浩楠写的？"乔伊抖了抖手中的信纸，一脸严肃地说道。

"对呀！好像是这么一个道理。当时我听他们吵架的时候，就总感觉哪里有些奇怪。如今听你这么一说，我脑中一下便清晰了。对，当时我也奇怪，这谭浩楠怎么知道检举信的内容？除非这封检举信就是他写的，或者和他有关系……"佟肖云一拍大腿大声说道。

"对，我就是这个想法……"乔伊见佟肖云明白过来，连忙大声地说道。

"那我现在就给王警官打电话，把这两份检讨书交给他……剩下的事情就交给他去处理了。"佟肖云说完就拨打了电话。

乔伊原本想着没有真凭实据，现在去找王警官也不知道该说什么，不如自己先在暗地里调查一下。佟肖云是个急性子，她既然都这样做了，乔伊也不好再说什么了。

乔伊将这件事情隐瞒了下来，并没有告诉巴建龙，省得他听到了以后心里又憋屈得很。但是就算她有心想要隐瞒不想惹事，这事情也会主动找上门来。

乔伊这才刚回到办公室，就看到和谭浩楠打架的那个白婶子怒气冲冲从外面冲了进来。瞧她这副模样不用想也是因为打架的事情而来。她就算是有心隐瞒也瞒不住了。

"建龙兄弟你出来，今天我要找你评评理……真是气死我了……"白婶子两手叉着腰，站在院子里怒气冲冲地说道。

巴建龙正在办公室里和安明光讨论方案的事情，他看到白婶子的时候微微一愣。这乡里有几千户人家，相互之间也不是都认识，有些顶多是面熟，可能连话都没有说过。巴建龙对白婶子其实也不怎么熟悉，连话都没说过几句。所以巴建龙看到她这样披头散发冲了进来，着实感到有些奇怪。

"白婶子……你这是怎么了？发生什么事情了吗？"他一脸狐疑地问道。

白婶子也不管现场有多少人，噼里啪啦就将谭浩楠在乡里说他们坏话，又把那个举报信的事情都给说了出来。

这举报信的事情在佟俊青的授意之下，尽调小组并没有声张，想着内部解决掉就算了。就连公司内部的人，也只有几位高层知道，其他员工是不知道的。结果白婶子这么一吆喝，这下公司上下都知道巴建龙被人举报了，而且还说得这么难听。他们不知道这件事情的真假，没有办法做出正确的判断，因此再看向巴建龙的目光就有些复杂了。

员工三三两两聚在一起，对着巴建龙和乔伊指指点点、议论纷纷。同时门外还有些看热闹的百姓，一时大家都知道了整件事情的经过，到处都是嗡嗡的议论声。

乔伊见此情形脸上有些挂不住了，她还是一个刚出校门不久的小姑娘，本来就脸皮薄。而且这都来这么久了，巴建龙也没有明确自己的想法，一直只把她当作妹妹看待。这本来就让乔伊心里有些难过，再加上这么一闹，更加让她觉得没脸见人。哪里是巴建龙纠缠她，分明是她纠缠巴建龙好吗？想到这里，乔伊大大的双眸之中，不自觉便浮上了一层雾气。

巴建龙皱着眉头听完白婶子说的一切，他来到乔伊身边，伸手搂着乔伊的肩膀，一脸正色地说道："我喜欢乔伊跟她有没有抚恤金没有任何关系。今天我就当着大家伙儿的面将这笔钱退还给乔伊。同时我向大家宣布，乔伊以后就是我巴建龙的女朋友了，是我喜欢的她，也是我厚着脸皮追求的她。乔伊是我这辈子见过最善良、最可爱的女孩子了，这辈子我巴建龙就非她不可了……"他说完也不管乔伊是什么表情，直接将那张银行卡塞到了乔伊的手中。

其实巴建龙原本就没有打算用乔伊的钱，只是他拗不过乔伊，暂时放在身上存着。他已经在偷偷地联系乡里的人，准备将自家的老宅卖了，到时候拿着这个钱做投资。至于金继梅，巴建龙也去和她商量过，她也很支持儿子的想法，并且表示自己一个人在家里住着很孤单，愿意搬到办公室这边，和巴建龙他们一起居住。这几日买家已经交了定金，就等着把东西收拾收拾就搬家了。

巴建龙害怕乔伊不同意，便有意隐瞒着这件事情。既然眼下这层窗户纸被人捅破了，巴建龙也绝对不会让乔伊受到委屈的。所以他面色严肃地将这件事情给说了出来。

正气得眼泪汪汪的乔伊，听到巴建龙说这些话的时候，整个人都惊呆了。她听见自己的心脏"砰砰"跳个不停，一张俏脸浮上了一抹红霞。她愣了半天才反应过来，期待已久的事情竟然成真了，这幸福来得太突然了。等乔伊反应过来的时候，发出"嘤"的一声，双手捂着小脸一溜烟跑回屋里不肯出来了。

那些原本等着看热闹的人，见到这样的情形，反而都鼓掌叫起好来了。

等大家闹了一会儿之后，巴建龙才一脸正色地说道："虽然我从小没有父亲，可是额尼从小就告诉我们姐弟三人，不管在什么时候，做人都要堂堂正正、问心无愧。穷也好，富也好，人身上的脊梁骨不能弯，不能向恶势力低头，要坚持自己的立场。"

第四十八章　挑明关系

"虽然我以前也自暴自弃做了很多糊涂事，可是我小事糊涂，大事很清楚。你们见我做过一次伤天害理之事吗？这做人首先要对得起自己的良心，晚上躺在床上的时候才能睡得着……只有这样才无愧于人心……

"至于安大哥，他公司正常运营的时候，咱们乡里有不少人受到过他的帮助。咱们村里第一条水泥路是他出资修建的吧？咱们村里的敬老院是他赞助的吧？咱们村里的孤寡老人每年都会收到他的大礼包，这一桩桩一件件摆在这里，他是个什么样的人，根本就无须多说。

"白婶子，我很感谢你替我们维护名声，不过嘴长在别人身上，只要我们坚守本心，并不是说别人说我们坏，我们就是坏人了。是好是坏，还不是取决于我们自己？所以以后甭跟别人争执了，因为这件事情你还受了伤，我这心里着实是过意不去。"

他没有经过乔伊的同意，就擅自公布她是自己的女朋友，也不知道那个小丫头有没有生气。巴建龙一想到乔伊红着脸、噘着嘴的模样，内心深处就蓦然软了一下，唇角间也不由得露出了一抹笑容……

乔伊一路跑回了自己的房间，用被子蒙住了头，拍了拍发烫的脸颊，感觉心里就像是有一只小鹿在乱撞一般。连她自己都没有发现，她一直咧着嘴在不停地傻笑着。这个时候，她听见外面有人敲门。

乔伊连忙从被子里面钻了出来，用力拍了拍脸颊，深呼吸了几口气，这才大声说道："谁啊？"

"我……"巴建龙声音低沉地回答了一句。

"哎呀！要死了，他怎么来了……"乔伊一听是巴建龙的声音，心里就更加慌张了。

她连忙跑到镜子前仔细照了照，又拿梳子将乱糟糟的头发给整理好，前前后后照了好几遍，直到再也找不出问题所在了，这才红着脸，羞羞答答地把门打开。

乔伊娇嗔地瞪了巴建龙一眼，一脸娇羞地说道："你怎么来了？"说完用两只手不停地绞着衣角，将一副小女儿家的娇羞表现得淋漓尽致。

巴建龙看到乔伊这副模样，感觉自己的心跳都慢了半拍。

他呆愣了片刻，才艰难地吞咽了一口唾沫结结巴巴地说道："我……其实是来给你道歉的……对不起，我没有经过你的同意……就说你是我的女朋友……"

乔伊瞧见巴建龙这副憨头憨脑的模样，忍不住"扑哧"一下笑了起来。她捂着嘴笑着说道："瞧你这副傻样，先进来再说吧！"

巴建龙扭扭捏捏地说道："我还是不进去了，毕竟这是你们女孩子的闺房……"

"快拉倒吧！都什么年代了，思想还这么保守，更何况我现在可是你女朋友……"乔伊说着一把将巴建龙给拉了进来。在说到"我是你女朋友"这句话的时候，她又蓦然红了脸。

巴建龙又惊又喜地问道："这么说你是不怪我了？"

乔伊又娇嗔地瞪了他一眼说道："我怪你干吗？高兴还来不及呢！"

巴建龙动情地一把将乔伊搂在了怀里，用下巴顶在她的脑袋上，声音沙哑地说道："你放心！我一定不会让你受委屈的，我答应过你哥哥，这辈子要好好照顾你。只是我害怕照顾不好你……"

经过白婶子这么一闹，巴建龙和乔伊确定恋爱关系的事情，迅速便在乡里传开了。再加上白婶子替他们宣传，直接就将谭浩楠所说的那些谣言给打破了。那些嫉妒巴建龙，在他背后说坏话的人，见巴建龙并没有因为这些谣言而气馁，反而爱情和事业都取得了双丰收。这让他们心里的嫉妒慢慢转化成了羡慕……

王警官收到了那两份检讨书以后，也发现了谭浩楠身上的问题。他觉得有必要把谭浩楠喊来问问情况了。

第四十九章　抓耳挠腮

这谭浩楠是开餐厅的，平日里也免不了有一些人喝醉酒以后在店里闹事。所以这些年来，他没少跟王警官打交道，两个人也比较熟悉。

"王警官来抽根烟吧！最近你们工作忙不忙啊？好久没有看到你们了，前几日我托人买了几只野味回来，一直没有舍得吃。什么时候有空上我那里去……咱们喝一顿酒，好好聊聊？"谭浩楠来到派出所以后便热络地从口袋里掏出一包软中华，热情地往王警官的手里塞。

王警官连连摆手说道："不好意思我不抽烟……我后面还有事情，咱们进去吧！"说完这番话以后，他转身进了派出所。

谭浩楠手里还举着烟僵在了半空之中，脸上露出尴尬的笑容，愣了好一会儿，才一脸讪笑地走进了派出所。

王警官把谭浩楠带进了审讯室，里面还有一位年轻的警察同志在等待。

谭浩楠看到这个架势，脸上的表情愣了愣，这心里也一直在打鼓：难不成警察发现那些事情了？这是抓我来审问啊？若是问起来那些事情来，我该怎么说？想到这些事情谭浩楠脸上的汗直往下流。

"到那边坐下来吧！"王警官和那名警察同志坐在审讯台前，指着屋子中央的一把大板凳说道。

谭浩楠看着眼前的情形，腿肚子忍不住有些哆嗦，他战战兢兢地走到板凳前坐了下来，紧张地问道："王警官，究竟出啥事了？我什么事情都没干啊！为什么把我带到这里来？我们也认识这么久了，你了解我的，我绝对是个遵纪守法的好公民……"

王警官听见谭浩楠一直喋喋不休，便皱着眉头说道："我们把你喊来自然是有事情要讯问，我问你什么你就回答好了，没问你的，你就不要说。"

谭浩楠连忙闭上了嘴巴，紧张地吞咽了几口唾沫，不停地擦着额头上流下来的汗水。

王警官看到他这副模样，板着脸问道："这封检讨书是你写的？"

谭浩楠一看，见王警官手里拿着他和白婶子打架那事的检讨书，想来是听佟肖云将这事跟王警官说了，所以才会有今天问询的事情。想到这里，谭浩楠心里不由得松了一口气，一块大石头算是落地了。

他又换上那副职业性的笑容，对王警官说道："王警官，这事其实也不能都怪我，那个小娘们也太泼辣了，我都不知道怎么回事就被她给打了一顿……你看我的脸上……这里……还有这里，都被她给抓伤了。你们在乡里打听打听，有多少人都跟这个小娘们吵过架……我跟你们说，那个就是一个泼妇……"

"问你什么说什么就好了，不要用这种带侮辱性和攻击性的字眼，我们这里是派出所，不是菜市场……"王警官听到这里，皱着眉头用力敲了敲桌子，又指了指墙上的摄像头说道，"你现在所说的每句话，都会被摄像头和我们的书记员记录下来……所以请注意你的言辞。"

谭浩楠这才想起来，派出所都有监控，他连忙紧张地看了看位于头顶上方的摄像头，紧紧闭上了嘴巴。

"虽然你们在乡里打架闹事影响非常地不好，但是既然佟主任已经处理过了，这件事情就没有必要再提起了。今天喊你来主要是针对检讨书里面的一些内容进行讯问。我在白婶子的检讨书里看到，说你们两个人之间的矛盾是由你说巴建龙被举报的事情引起的，而且这里面还详细描述了一些举报信的内容。

"据我所知，尽调小组接到举报信以后，马上就给我们派出所打了电话，然后将这件事情交给我们处理了。这件事情从头到尾就这么几个人知道，绝对没有对外宣扬。那么我非常好奇，既然没有几个人知道，那你是怎么知道这封举报信之中的内容的？"他说完这番话以后，一脸严肃地看着谭浩楠。

谭浩楠心跳加速，因为太过紧张了，额头上豆大的汗珠儿啪嗒啪嗒往下落。他一边紧张地用手擦着汗，一边支支吾吾地说道："那个……那个……这件事情我是听别人说的。"

谭浩楠千算万算，却把这件事情给算漏了。他当时只是想说说闲话，想在乡里败坏一下巴建龙的名声，并没有想过会因为这件事情，闹到派出所来。他以为这件事情做得神不知鬼不觉，哪里想得到竟然让他遇到了白婶子这么一个人。两个人不但打了一架，还把自己弄到派出所来了。在来之前他把可能发生的事情都在脑海之中过滤了一遍，而且也想好了措辞。可是他万万想不到，竟然是因为检讨书出了问题。所以他情急之下也想不出更好的借口了，只能胡乱找了一个理由。

"听人说的？听谁说的？"王警官根本不买账，一脸严肃地问道。

"那个……说了你也不认识……"谭浩楠支支吾吾地说道。

"没事，我们派出所有公安系统内部网络，只要你告诉我一个名字，我就可以找到这个人。这些事情你就不用操心。"王警官又敲了敲桌子说道。

这下谭浩楠可犯了愁，眼下他不管说出什么名字来，王警官肯定都会追查到底的。那这件事情追查到最后，很可能又回到了他的头上。

谭浩楠急得抓耳挠腮的，过了好一会儿才支支吾吾地说道："那天有几个人来我这里吃饭，酒喝多了，就一直在那边聊天。我记得已经是夜里两点多了，我困得不行，就想去看看他们什么时候结账，结果走进去就听见这些人在议论这件事情……因为涉及咱们乡里的人嘛！我心里好奇便多听了一会儿，没想到竟然听到了这个秘密。"

第五十章　不攻自破

　　"按道理，这些道听途说的事情应该烂在我的肚子里，不应该往外说哈！但是那天我也喝了一点酒，听见那群老娘们在说是非，我为了表现自己有能力，一时没管住自己的嘴巴，才将这件事情给说了出来。结果还跟那个老娘们打了一架，说起来也真是闹心……这事我已经知道错了，以后绝对不会在外面胡说八道了。王警官你就放心吧！"谭浩楠一边说话，一边脑子飞快地转动着。谭浩楠心里灵机一动，每天来他餐厅里吃饭的人都是五花八门的，他也认不得。这样就无证可查了吧？他打定了主意之后，便按照这个思路，编造了这套说辞。

　　王警官静静地听他说完，沉吟了片刻以后问道："这些人是咱们乡里的吗？里面有你认识的吗？"

　　谭浩楠故意皱着眉头想了想，然后用力地摇了摇头说道："没有，这几个人面孔都很生，而且穿着也比较讲究，我瞧着不太像是咱们五乡的人。但是这些人从哪里来的我就不清楚了，他们一个个喝得醉醺醺的……说话的时候舌头都打结了……"谭浩楠煞有其事地说道。

　　"那这几个人都有什么特征你还记得吗？"王警官眯着眼睛紧盯着谭浩楠问道。

　　谭浩楠在他的注视之下，着急地抓了抓头皮，脑海之中出现了尽调团队那几个人的身影。反正这事是他胡诌出来的，他便按照汪海洋等人的模样形容了一下。

　　孙扎齐牛录乡虽然只是一个偏远的小镇，但是随着这些年新疆旅游的爆火，位于独库公路必经之地的伊犁也逐渐热闹了起来。每年到了夏天，前来这里旅游的人就络绎不绝。再加上孙扎齐牛录乡又非常具有锡伯族特色，所以也连带着热闹了起来，经常有人过来旅游、吃住，给当地带来了不少商机。作为孙扎齐牛录乡最大又最具有特色的餐厅，但凡是来这里旅游的人，大都会去谭浩楠的餐厅吃饭。他说的这些事情也是有可能的，所以合情合理。

王警官又接连问了几个问题，都被谭浩楠给应付过去了。他一时也找不到破绽，沉默了一会儿说道："那先这样吧！你先回去，有什么需要了解的，我再随时联系你。"

谭浩楠见终于让他给蒙混过关了，心里悄然松了一口气，连连点头称是。

王警官将了解到的事情告诉了佟肖云。佟肖云又告诉了乔伊。这样的结果本来就在乔伊的意料之中，她根本就没有想过，凭借这么一件事情就能将谭浩楠给扳倒。她只是想通过这件事情对他起到一个敲山震虎的作用，让他最好安分守己一些，别在背后使坏就行了。

因此乔伊表现得非常淡定，她反而去安慰佟肖云："我说肖云姐，清者自清，明光大哥是个什么样的人，我们心里再清楚不过了，所以别人说什么根本没有什么用，你也不要为了这件事情担心。"

佟肖云拿着这两个人的检讨书，找到了季飞云，将这举报信的事情跟他汇报了一遍。

谁知道季飞云听完以后，哈哈大笑着说道："竟然还有这样的事情？巴建龙这小子怎么没跟我说呢？佟主任，这些闲言碎语你完全不用往心里去，你的工作能力，在咱们乡政府那可是有口皆碑的。"

季飞云又安慰了佟肖云几句，便问起了巴建龙他们最近的发展。因为工作太忙，这些日子他都没有顾得上去关心巴建龙他们的进展。

佟肖云把自己了解到的情况，跟季飞云汇报了一遍。

季飞云眯着眼睛沉默了半晌，然后才说道："我听其他同志说，靖远寺那个项目已经开始启动了吧？最近他们正在过详规。你跟巴建龙那小子约一下，咱们下周召开一个项目发布会吧！可以邀请咱们乡里的乡亲们都来听听他们的规划……"

佟肖云听了这番话，先是微微一愣，随即明白过来，季飞云这是用这样的方式，来支持他们。

若是乡政府都表明了支持的态度，那些谣言就该不攻自破了吧？

第五十一章 项目发布会

当佟肖云打电话将季飞云的意思带到了以后，公司上下为了这个项目发布会都忙碌了起来。

为了将这个项目展示得更加清晰一些，巴建龙决定不管是项目规划设计，还是实景沙盘制作都在抓紧进行，到时候直接通过规划设计好的案例，来给所有参加人员进行展示。

乔伊还积极联系大学同学，用 VR 技术做了一套风情园建成以后的虚拟场景，参观的人员戴上 VR 眼镜以后，可以随意在虚拟的风情园里面行走、参观，提前感受风情园建成以后的风景。虽然 VR 技术在其他地方已经比较普及了，但是在孙扎齐牛录乡这里还属于新鲜的玩意儿。所以有很多乡亲们排着队前来体验这个稀罕玩意儿。

原本乡亲们是本着看热闹的心情来的，结果看了风情园的整体规划以后，都叹为观止。若是这风情园建成了，那大家的文化生活将会得到大大的改善。这样的地方大家伙儿只在城里面见过，若是乡里也有了这样的景色，那是不是说明他们也一步迈入城里人的生活了？大家围在一旁议论纷纷，对于巴建龙所做的事情给予了高度的赞赏。

谭浩楠混在人群之中，听着乡亲们的赞美，脸上露出怨毒的表情来。以前在乡里风头最盛的就是他，不管他走到哪里都是话题中心。可是如今呢？他的这份殊荣竟然被巴建龙这样的人给抢了，而且这个人以前还是给他打工的。

谭浩楠对巴建龙的怨恨源于他执拗地认为，巴建龙来他这里打工就是别有用心，装出一副可怜的样子，到他这里来偷师学艺，在将他的手艺学得差不多之后，摇身一变自己当了老板，而且还把事情做得这么大，将他比了下去。他认为自己的自尊心受到了伤害，所以他不能原谅巴建龙。

这次项目发布会非常成功，乡里的人几乎都来看热闹了。不但如此，就连县里、市里都派了记者来，重点报道了巴建龙他们的项目。到了晚上，县、市的电视台在黄金时间，纷纷对风情园项目进行了报道，并且表示会持续关注项目的发展情况。巴建龙代表布哈文化进行了现场发言，一时之间巴建龙和他的布哈文化成了人们茶余饭后的谈资，风头无两。这让布哈文化的员工出门的时候都感觉腰杆挺得更直了，心里那股子自豪感是油然而生的。

这一天巴建龙正在和大家伙儿一起讨论方案，就瞧见金继梅闷闷不乐地从院外走了进来。

巴建龙找好买家以后，毫不犹豫地将自家的祖宅给卖了，他拿着这笔钱进行了项目投资。

因为没有地方住，金继梅只能随着巴建龙住到了他们办公的地方。一方面便于照顾，另一方面这里人多，她也不至于太孤单。金继梅操劳了一辈子，她搬到这边以后也没有闲着，忙前忙后给大家准备餐饮。她为人非常谦和，并没有因为自己的儿子是老板就感觉高高在上，反而非常积极地去帮助那些年轻人，在生活上给予他们无微不至的照顾。她默默地付出赢得了所有人的交口称赞。

这天金继梅从外面回来，看着乔伊张了张嘴想说什么，最后又叹了一口气，将到嘴边的话给咽了回去，没精打采地摇了摇头，准备回自己屋去。

经过这段时间相处，乔伊非常了解金继梅的性格，她这副模样显然是在外面遇到了什么事情，所以才会这样闷闷不乐的。

因为巴建龙工作比较忙，基本上顾不上照顾金继梅。乔伊便主动承担起照顾金继梅的任务，所以她们两个人可谓是非常熟悉。

对于金继梅这种反常的行为，乔伊感到十分不放心。

第五十二章　谣言猛如虎

所以乔伊连忙追了过来，大声问道："您这是怎么了？谁欺负您了吗？有什么不开心的您就跟我说，我去替您出气……"

金继梅看到她一副要去找人讨还公道的架势，不由得心里一暖。她连忙拉住乔伊说道："不不，没有人欺负我，只是我刚才出去串门的时候，无意之中听见一些闲话，这心里堵得慌……"

"闲话？这些人都是太闲了，吃饱了撑的，没事干，才会在背后嚼舌根。甭去管他们说什么，这些人就是嫉妒建龙现在做得好……"乔伊还以为又是那个检举信的事情，不小心让金继梅给听到了，所以她连忙说道。

"不……不是这个……是……哎！算了，回头建龙听到了又该不高兴了。他不让我说这些乱七八糟的事情。"金继梅把到嘴边的话又咽了回去，转身就要走。

这乔伊忙乎了半天，也没有弄明白金继梅究竟是怎么了，她这心里着急，便一把将人给拉住了，跺了跺脚说道："您有什么话就说吧！我又不是外人，大不了我不跟建龙说就是了。"

金继梅看了看办公室，见巴建龙他们还在忙碌着，这些话憋在心里又确实挺难受的。所以她将乔伊拉到一个僻静的地方，小声说道："我跟你说，刚才我不是去串门吗？听到大家伙儿都在议论纷纷，说那个快倒塌了的靖远寺，不知道为什么最近到了半夜就亮起了鬼火，还说每天到了半夜的时候过路的人都能听见里面有个女人在哭……村里的人都说是因为建龙要开发靖远寺，惊动了里面的神仙，他们才会以这种形式来警告我们。还说什么若是建龙再一意孤行的话，恐怕会惹来大祸，到时候有可能祸及全村的人……"金继梅说完以后，急得直跺脚。

金继梅的这番话完全超出了乔伊的意料，她惊讶地张大嘴巴问道："这些话你是从哪里听来的？这都什么年月了，还有人扯这些鬼啊神啊的？说出来也不会有人信啊！"

"哎哟！可不是哪一两个人在说，若是那样我也不着急了。我听到这些闲话以后又出去转悠了一圈，发现大家都在议论这件事情，说是有很多人都看到了，说得有鼻子有眼的呢！"金继梅害怕乔伊不相信，特意将自己的所见所闻说了一遍。

乔伊瞧见她一脸认真的模样，又联想到以前发生过的一些事情，脸上的神情逐渐凝重了起来，她说："这件事情咱们要赶快想个办法应对，不然咱乡里有很多人一辈子都没有离开过这里，认知非常有限。说不定他们就相信了这些话，等到时候闹出什么事情来，可就麻烦了呢！"

乔伊急匆匆离开办公室，她原本打算去找乡里几个跟她关系好的妇女问问具体情况。走了没多远，她就看到白婶子和其他几个女人头碰头挤在一处，脸上带着神秘的表情，正围在一起窃窃私语，不知道在说什么事情。

乔伊皱了皱眉头，笑着打招呼："白婶子你们在说什么呢？说得这么聚精会神的。"

那白婶子看到乔伊的时候，眼神不由自主地忽闪了几下，她张了张嘴巴想说什么。就在她一愣神的工夫，原本和她在一起说闲话的那几个女人，畏惧地看了乔伊一眼，便匆匆忙忙离去了，连声招呼都没有打。

乔伊奇怪地指着那几个妇女问道："她们怎么了？干吗看到我就跑？"

"唉！原本这些事情不兴我说的，因为建龙兄弟确实对我不错。但是现在这事闹得人心惶惶的，不说也是不成了……"白婶子急得搓了搓手，最后一跺脚大声说道。

乔伊紧皱着眉头，安慰着她说道："白婶子你有啥话就直说吧！咱们都不是外人，没必要藏着掖着的。"

白婶子见状便把村里私下流传的事情详细说了一遍，事情大致跟金继梅说的差不多。但是白婶子这边讲得更详细一点。

这件事情的起因，是乡里有个在外打零工的人，有一天还有点收尾的工作没完成，他想着当天做完就算了，省得第二天再跑一趟，所以便留下来将手里的活做完再回去。等他收工的时候，一看已经是夜里三点多了。他便匆匆忙忙往家里赶。

别看平时乡里白天的街上很热闹，熙熙攘攘、人来人往的。但是农村没有什么夜生活，基本上到了晚上十一点多街上就没有什么人走动了，这凌晨三点多更是空无一人，整个村子都安静了下来。

这人是个血气方刚的中年人，平日里因为工作没少走夜路，所以他也没有感觉到害怕。可是等他走到破旧的靖远寺旁边的时候，看到里面忽然亮起了一团火，而且隐约还听到女子的哭声。

这靖远寺有几百年历史了，是国家文物。但是乡里缺少维护的资金，也不知道该怎么合理地利用，一来二去的，这里就荒废了。这寺庙以前是用干打垒的土坯制作而成，因为没有人维护，此时大部分已经坍塌了，只剩下一两间房子。因为太过破旧，这里已经被乡里划作了危房，严禁任何人前往这里，以免发生什么意外。出于对自身安危的考虑，乡里的人一般很少会来这里，更别说是这大半夜了。

这人骑着一辆电瓶车，明明走得好好的，可是不知道怎么回事，在经过靖远寺的时候，电瓶车却突然没电了。他一路推着电瓶车，又见到这样诡异的事情，当时就吓坏了。

第五十三章　阴魂不散

他努力吞咽了几口唾沫，壮着胆子大声喊了一句："谁？谁这么晚在那里？"

就在这个时候，那女人的哭声忽然停止了，紧接着连那抹火光也熄灭了，周围又恢复了寂静。

这男人还以为自己刚才出现幻觉了，再加上刚才发生的事情有些邪门，他便不敢在此继续停留，连忙推着电瓶车就想离开这里。可是他刚走了没几步，就感觉眼睛忽然一花，好像有什么东西从他面前飞了过去，把他吓得一哆嗦，连电瓶车都给扔在地上了。

这人惊魂未定四下看了看，并没有发现什么异样，看来刚才的一切又是幻觉。这人连忙拍了拍胸口，扶起电瓶车准备继续往家走。可就在这个时候，他忽然看到从靖远寺破旧的土墙之中缓缓亮起了一团绿油油的光，紧接着有一个穿着白裙子，披着长长头发的女人缓缓从土墙上爬了上来，她嘴里还发出瘆人的哭声。

在半夜三更看到这样的场面，这人吓得"嗷嗷"大叫了两声，差点两眼一翻就昏死过去。他看到那个穿白衣的女人飘乎乎地朝他走了过来，又是接连惨叫了几声，连滚带爬头也不回地往家的方向跑去，就连电瓶车都顾不上了。

这人一头扎进房中，躲进了被窝里，谁跟他说话都没有用。当天晚上就发起了高烧，而且一个劲儿地说胡话，嘴里不停地喊着"鬼……靖远寺有女鬼"之类的话。

这事一时在乡里传得沸沸扬扬的，开始人们只是本着看热闹的心态来看待这件事情，可是后来又有好多人在晚上遇到了同样的事情。

不但如此，不知道怎么回事，村民之中忽然开始有了一个传言。

这个传言说，是因为巴建龙要开发靖远寺，得罪了里面的神灵，所以才会发生这些诡异的事情。还说要让巴建龙停止对靖远寺的开发，否则就会有更大的灾难降临。就像是应景一般，乡里接二连三出现了一些家禽死亡的事情。这些家禽死得非常蹊跷。早上主人起床的时候，去窝里放鸡鸭出笼，就发现有几只鸡鸭死状非常凄惨，五脏六腑都被硬生生地掏空了，只剩下一个血淋淋的躯壳。这女主人当场就吓得昏了过去。

村民们大多是没有什么文化，也没有见过什么世面的老实人。乡里接二连三发生这么多诡异的事情以后，大家就开始迷信是巴建龙开发靖远寺惹怒了神灵，所以神灵才用这种方式来惩罚他们。

乔伊听完白婶子的讲述以后，简直都要被气笑了。她冷哼了一声说道："那靖远寺一直荒废着，别说香火了，菩萨就连一个遮风挡雨的房子都没有。眼下有人重修寺庙，大搞环境建设，等我们的项目建成了以后，这周围的环境不知道要比以前好多少倍。我若是菩萨高兴还来不及呢！又怎么会生气呢？

"再者说那菩萨都是以慈悲为怀，又怎么会弄出这些吓唬村民的事情来？我看这事八成是别有用心之人，嫉妒我们开发这个项目，所以才借着靖远寺弄出这么多事来。我劝你们要有自己的思想，别被这些别有用心之人给利用了。这风情园若是开发起来了，那可是对我们乡里所有人都有利的事情……"乔伊一口气说完这番话，气得脸色涨红，情绪激动。

白婶子原本就是想说说闲话，她看到乔伊生气，悄悄地吐了吐舌头，连忙找了借口，一溜烟就跑回家去了。

乔伊深吸了几口气，努力平复了一下激动的心情。她觉得这事情也不能听白婶子的片面之词，还应该再多去了解一下。

想到这里乔伊便往街上走，她看见村民们看到她的时候，脸上都露出很奇怪的神情来，虽然她打着招呼，但是态度和以前比那是大相径庭，一个个都躲得远远的，一副敬而远之的模样。一两个如此也就罢了，乔伊在街上晃了一圈，大多数人看到她都露出了那种敬畏的神色。便是连以前和她关系不错的人，看到她都远远躲开了，就好像她是什么洪水猛兽一般。这一发现让乔伊感到非常气愤，她同时也意识到事态的严重性。她要赶紧回去，将这件事情告诉巴建龙，好让他早做打算才是。

巴建龙听了乔伊的话以后，气得冷哼了几声说道："我说现在都二十一世纪了，还有人相信这些无稽之谈，真是笑话。"

他点了点头说道："咱们这边有些人文化程度低，思想愚昧，很容易就被人给蛊惑了。你放心吧！这事我心里有数了，你们就别管了。"

乔伊眼珠子转了转说道："我倒是有个好主意，你们想不想听听？"

第五十四章　金继梅的顾虑

因为乡里那些流言蜚语，金继梅这心里一直不舒坦，她眉头紧皱，时不时就会唉声叹气。

这些年来，她守着三个孩子过日子，虽然这日子过得穷一点，可是过得很踏实，没有什么大风大浪，一直都很平顺。这样的日子是很多人所向往的。

可是自从巴建龙跳下河去救人，发生了乔阳牺牲这件事情以后。他们的生活也跟着发生了翻天覆地的变化。

先是巴建龙被辞退，无所事事待在家里。他们一家并没有因为巴建龙英勇救人这件事情获得什么荣誉，反而被全乡的人诟病，不管走到哪里都有人对她指指点点的。金继梅因为这件事情气得好多时日没有走出自己家门。

紧接着巴建龙突然拿到了一笔投资，然后开始紧锣密鼓地忙事业，又是要建风情园，又是要盖什么锡伯古城。金继梅听到他们谈论的都是动辄几千万、上亿的投资，这么多的钱，是她这辈子做梦都不敢想的事情。她就是睡到床上都觉得这事不踏实。

后来在巴建龙的软磨硬泡之下，她迫于无奈，只得答应将家里的老屋也给卖了。这老屋是巴建龙的父亲留下来的，这么多年了，守着这座老屋就像是巴建龙的父亲还在一般。就算是遇到再大的困难，她这心里也能扛得过去。可是眼下，这唯一的念想也被卖掉了，让金继梅觉得惶惶不可终日。

每次她找巴小英说这些话的时候，巴小英都劝她，说巴建龙已经长大了，他有自己的思想和理想，该做什么事情他心里清楚，我们这些做家长的只要支持他就行了，其他的事情不要想那么多。

但是金继梅怎么能不多想呢？这钱没有了还可以赚，但若是儿子在外面被人骗了，或者做了什么违法的事情，又或者被人嫉妒了从而伤害他该怎么办？所以金继梅打从心底不赞成这件事情，但是她又不知道该怎么开口说。所以只能用唉声叹气来表达自己心中所想。

巴建龙知道母亲的病根在哪里，为了打消母亲的顾虑，他没有直接去解释这件事情，而是笑着说道："额尼，跟您说一件好笑的事情，昨天我去政府办事，在路上遇到了巴图大叔。我已经很久没见过他了，听说他去城里儿子家了……"

"对啊！他不是前两年被在乌鲁木齐工作的儿子给接去城里享福了吗？怎么突然又回来了？他这家里也没啥人了呀？"这事果真挑起了金继梅的好奇之心，她停下手里的动作好奇地问道。

"我也是这么问他的，您猜巴图大叔他怎么说？"巴建龙话说了一半故意停下来，卖了一个关子。

"哎呀！你这个臭小子，有什么话就赶紧说，这跟谁学的，说话还会吊人胃口了呢？"金继梅气得用手里木棍在巴建龙身上打了一下。

"巴图大叔叹了一口气跟我说，城里的生活虽然好，但是并不适合他们这些老人。一来那个楼层太高了，每次出去一趟，累得胳膊腿都疼。可是不出去吧，总是闷在屋里也很难受。就算偶尔出去一趟，这周围没有一个熟悉的人，连个说话的人都找不到，城里那些人聊天的内容他也听不懂。总之就是非常不适应那里的环境。

"再一个吧！城里的儿媳妇非常爱干净，地板擦得锃亮，他连走路都要小心翼翼的……"

第五十五章　远大理想

"他每日都活得战战兢兢的，生怕做错了什么事情惹儿媳妇不高兴了。再者白天儿子儿媳都上班，现在城里都用密码锁，巴图大叔去住了几年都不会用那种锁……总之他跟我说了很多话。他说完这些琐碎的事情以后，又唉声叹气地跟我说，说咱们乡里就是条件太差了，各种设施都还不完善，若是乡里的条件好，他就住在这里不走了，和乡亲们在一起，日子过得特别舒心……

"这巴图大叔不是个例，其实咱们乡里有很多这样的例子。那些儿女在外地工作的人，老了以后就剩下自己，因为没人照顾，只能被在外地的子女给接走。但是这两代人的生活存在着巨大的差异，若是硬生生让这样的两代人生活在一起，那结果就是闹矛盾、家庭不和，或者老人郁郁而终。这些都是时常会发生的事情。

"那我们反过来想啊！为什么这些老人愿意去城里呢？就算是跟儿媳妇合不来也要去，还不是因为城里的生活条件好嘛！各种资源又多，这小区周围就有各种生活配套设施，生病了有医院，院子里面有健身器材等等……这些条件远非咱们农村可以比。

"我以前没有离开过新疆的时候，认为全国所有的农村都和咱们这里差不多。但是出去见到的世面多了才发现，咱们乡里这条件与其他贫穷的省份比起来并不算差，但是与江浙、沿海那一带的相比，咱们这里就差了很多。人家那边农村也建设得像一座小城市一般。镇上、乡里都有很多企业，年轻人可以不用出远门就能找到工作。不但如此，人家农村，还给七十岁以上的老人，准备了小饭堂，免费给村里的老人提供一日三餐，到了吃饭的时间，这些老人就直接去吃。

"吃饭的环境非常优雅，里面还有茶室、麻将桌、牌桌啥的，吃完饭以后老人们就可以在里面娱乐、聊天，这也给孤独的老人一个精神上的慰藉。不但如此，人家乡里的医疗、大健康等生活设施都很完善。你很难相信，乡里的每个老人都被大数据密切关注。乡政府的人只要坐在大屏幕前，就能知道谁家老人今天没有出门，谁家老人感冒发烧了……非常方便。

"我就想着啊，若是咱们乡里也能达到这样的水平，您说像巴图大叔这样的老人，还用背井离乡去城里受罪吗？"巴建龙很耐心地将他的所见所闻一一说给金继梅听。

这些事情也是他以前被乡工会选作青年代表，送到江浙一带去学习了半个月时候的所见所闻。从那个时候开始，巴建龙就在心里暗下决心，若是有合适的机会，他一定要把孙扎齐牛录乡也建设成那样的美好家园。

金继梅听他说完这番话以后，才恍然明白，儿子这是换着法儿来安慰她呢！她一脸惊讶地问道："这其他地方真的有你说得这么好？若真是如此的话，那岂不是比城里人还舒服呢？那城市里面有什么好的呢？都住在鸽子笼（楼房）里，连院子都没有，想晒个太阳都要找地方。哪像我们农村，吃的是自己种植的蔬菜，守着这么大一个院子，养些鸡鸭、猫狗之类的，日子过得不要太快活。

"唯一的遗憾就是生活配套设施差了点，这小病还能在乡里看，大病就要去县里看。咱们离县里那么远，若是家里没有会开车的年轻人的话，那老人生病了是一件非常麻烦的事情。若真能变成像你说的那样，那可真是好。"说完这番话以后，金继梅脸上露出了一副向往的表情。

"我相信一定会有这一天的，但这些事情需要有人去做。只有我们大家共同努力，才能将我们的家乡变成美好家园。若是我这一代不能实现，那就让下一代再接上。我们拿出愚公移山的精神来，相信总有一天能达到这个目标。

"额尼，人在企图改变命运的时候，总是会遇到这样、那样的困难，你看从古至今的那些伟人，为了成就一番事业，哪一个不是遭遇了种种挫折和困难？人在走上坡路的时候总是会很艰难，所以成功的道路上从来都不拥挤，反而是走下坡路的时候很平顺。但是人活一辈子，谁不想往上走，谁不想过上好日子呢？您说是吧？"

巴建龙这一番发自肺腑的话，彻底打动了金继梅。她没有想到自己的儿子心中竟然藏着这么大的梦想，作为母亲，她虽然没有什么文化，也没有见过什么世面，可是她心里非常清楚，若是想改变命运，就一定要拼搏、努力，奋勇直前。作为母亲，她很惭愧没有给巴建龙提供优越的生活条件，可是她可以豁出一切去支持巴建龙为了梦想而奋斗。

　　想到这里，金继梅连连点头说道："儿子你说的这些我都听明白了，心里的顾虑也都没有了。这投资创业有赚有赔都属于正常的。你放心大胆去做事，哪怕最后这件事情没有成功，我们一辈子都租房子住，额尼也会支持你的。"

　　金继梅这一番大义凛然的话语，让巴建龙非常感动。他很惭愧，母亲都这把岁数了，还为了他卖了房子，跟着他四处奔波。为了报答母亲的养育之恩，和这一份支持，他在心里暗暗下定决心，一定要做出一番事业来，带领全村人都过上好日子。

　　乔伊站在厨房门外，听着屋里母子俩的对话，心里也被深深地震撼了。她真想不到，像金继梅这样身体瘦弱的老人，内心竟是如此坚强。

第五十六章 拙劣的骗术

关于靖远寺"闹鬼"的事情，巴建龙在心里仔细盘算了一番。

作为新时代的年轻人，巴建龙才不相信什么鬼神之说。这事出反常必有妖，事情闹得这么玄乎，背后肯定有主使之人。所以巴建龙和乔伊商量了一下，两个人准备晚上去靖远寺"捉鬼"。

到了夜里一点多的时候，穿着一身黑衣服的巴建龙和乔伊，身上各自背了一个包，两个人悄悄离开了办公区，朝着靖远寺的方向走去。

这个点，街上早就没有什么人了，两个人并肩走在街上，巴建龙忍不住伸手握住了乔伊冰凉的手指，声音沙哑地说道："对不起……这么晚了，还让你跟我一起出来受罪，都说了我一个人可以。"

乔伊听了他的话，忍不住"扑哧"一下笑出声来说道："哎哟！我们两个什么关系呀？这么煽情做什么？"

巴建龙揉了揉乔伊的脑袋，叹了一口气说道："你现在是我的主心骨和希望，所以答应我，以后不管发生什么事情，都要保护好自己。"

巴建龙这人是钢铁直男，平时他对乔伊所有的关心，都体现在行动之中，他很少会主动说这些肉麻的情话。

乔伊听着他这番难得的表白，一张笑脸不由得飞上了一抹红霞。她低着头害羞地说道："我知道了！你放心吧！以后我一定会保护好自己的。"

两个人正说着悄悄话，巴建龙眼尖，突然看到前方一百多米的一条胡同里，闪出了两个黑影。这两个人在夜色的掩盖之下看不出男女，但是他们左顾右盼的样子，瞧着鬼鬼祟祟。这大半夜不睡觉，又一副鬼鬼祟祟的模样，怎么看都不像是好人。

好在巴建龙和乔伊穿着一身黑色的衣服，站在黑暗之中若是不走动的话，是很难被人发现的。巴建龙连忙悄悄做了一个噤声的手势，他抓着乔伊的手，快速隐藏在一大片房子的阴影之中。两个人一动不动站着，甚至把呼吸都调成了很轻的模式。

那两个鬼鬼祟祟的人站在路边左右张望着，过了好一会儿确定没有人之后，这才一前一后往前走去。

乔伊见状悄声说道："我们跟上去看看……"说完转身就往前走。

见乔伊这么着急，巴建龙无奈地摇了摇头，也跟了上去。

那两个鬼鬼祟祟的人一路往靖远寺的方向走，看来和他们的目的地是一致的。

巴建龙心里忍不住微微一动，难不成这两个人就是在靖远寺装神弄鬼之人？想到这里，他握着乔伊的手不由得微微一紧。

乔伊连忙悄声说道："建龙哥哥，这两个应该就是装神弄鬼之人，我们悄悄跟上去看看，正好把他们抓个现行。"

巴建龙见乔伊和自己想到一块儿去了，默默地点了点头，悄悄加快了脚步。

那两个形迹可疑的人，来到靖远寺附近之后，又停了下来，左右观察了一阵之后，便一头钻进了靖远寺的废墟之中。

巴建龙和乔伊悄悄跟了上去，两个人不敢跟得太近，害怕事情还没有办成就被里面的人给发现了，便在距离他们十几米的地方停了下来。

这个时候一阵清晰的对话声传了过来："兄弟，我都说今天不要来了，你就不听，我怎么总感觉今天心里慌慌的。"

"我看你他妈的是胆小吧？整天在这里装神弄鬼，没有吓到别人，但是把你的胆给吓破了。"

"你放屁，老子才没有这么胆小。我就想着今天乡里闹得这么厉害。你说会不会有人怀疑我们……"

"好了好了，少他妈的废话了，赶紧办完事咱们就回去拿钱了……"随着话音落下，又传来一阵阵窸窸窣窣的声音。

巴建龙看到坍塌的靖远寺的其中一栋破旧的房屋里面，忽然亮起了一束亮光，看起来像是手电光。巴建龙连忙掏出了手机，打开了摄像头，悄悄把手机伸了出去，将眼前发生的事情都给录了下来。

这两个神秘人在里面折腾了一会之后，那一束亮光就熄灭了，随之而来的是又亮起了一团红红的火光。

巴建龙仔细分辨了一下，这火光并不是真正的火，而是那种通上电以后就会亮起火光的仿真道具。若是在白天的话，这种骗术会很容易被揭穿，但是在夜幕的掩饰之下，很难看破。

第五十七章　以其人之道，还治其人之身

再加上人在半夜时分看到这样诡异的东西，哪里还有心思去研究是真还是假？只顾着仓皇逃命了。这也就是为什么这件事情闹了这么久，依然没有被人看破的主要原因吧！

乔伊悄悄用胳膊肘戳了戳巴建龙，趴在他耳边说道："你把这些都录下来，别把重要环节给漏掉了……"

巴建龙点了点头，又把手机给举得高了一点。

若不是他们悄悄在里面打着手电筒，现在又亮起了火光，在这样漆黑的夜晚，手机是很难能录到全貌的。

一个男人在装"鬼火"，另外一个则忙着穿着打扮。

只见他从背包里掏出一件宽大的白衣服套在了身上，又掏出一个长的假发套戴在了头上，然后又拿出一些红色的、绿色的颜料在脸上涂抹了一番，不一会儿就将自己打扮成了非常恐怖的模样。

若不是乔伊从头到尾看着这两个人变装，乍一看到这样的场景，肯定会吓一跳。就算是她知道是怎么回事，在这黑漆漆的环境中，看到这样的场景，还是会感觉头皮发麻，后背发冷。乔伊不由自主地往巴建龙身上靠了靠，搂着双臂紧张地看着这两个男人作妖。

巴建龙感受到她的变化，连忙腾出一只手将乔伊搂在了怀里，贴在她耳边小声说道："别害怕，这都是假的，不管出什么事情，我都会在你身边保护你的。"

乔伊被他看穿了心思，小脸不由得微微一红，她噘着嘴巴小声说道："谁说我害怕了？这都是假的，我才不害怕呢！我胆子可大了呢！"

巴建龙见她嘴巴还在逞强，便笑了笑不与她争辩。

就在这个时候，耳边又响起了那两个男人的对话声："我说你他妈的这个样子真可怕，难怪那些大老爷们看到你这副鬼样子，都被吓得屁滚尿流的。若是老子在半夜看到这么一个东西，也会吓死的。"

"我这样子丑？你以为你好看，你照照镜子，你这副鬼模样也好不到哪里去！"

"哎！我听人说，这靖远寺以前可灵验了，你说我们在这装神弄鬼的，会不会把神灵给惹怒了？有句老话不是说，夜路走多了，总会遇到鬼吗？"

"我呸，你这乌鸦嘴，大半夜胡说八道做什么？我们只是拿人钱财替人消灾，若是这神灵要怪罪，也不能来找我们。冤有头债有主。"

乔伊听到两个人的对话，眼珠子骨碌碌转了两圈以后，脸上浮现出一抹狡黠的笑容来。

她趴在巴建龙耳朵边嘀咕了一阵子，巴建龙脸上也露出了笑容，宠溺地说了一句："就你鬼机灵……"

乔伊窃笑了几声，然后将双手放在嘴唇边，忽然发出了几声令人毛骨悚然的笑声。这诡异的笑声，在空荡荡的夜晚传出去很远，很远……

乔伊在学校的时候，参加过学校的有声社团。这个有声社团发展得比较成熟，经常会去接一些影视配音方面的业务。乔伊在这方面特别有天分，所以很快便成了社团里面的主要成员。

作为一个配音演员来说，想要模仿一些声音简直就是手到擒来。所以乔伊将这鬼里鬼气的声音模仿得惟妙惟肖的。

里面刚刚装扮好的两个男人，被乔伊的笑声吓得一哆嗦。

其中一个人结结巴巴地问道："喂！我说刚才你听到什么声音没有？"

另外一个男人其实也听到乔伊的笑声了，只是他为了早点完成任务，尽快离开这个鬼地方，就故意岔开话题说道："哪有什么声音？你他妈的今晚上是故意的吧？别整天疑神疑鬼吓自己。"

"有人来了……快点开工了……"

两个人正说着话，就看到漆黑的道路上亮起了一束光，紧接着传来了一阵摩托车的轰鸣声。

这两个打扮得鬼里鬼气的男人，连忙开始工作。一个人拿着"鬼火"，一个人穿着白色的衣服，在鬼火前假装飘来飘去的。

这一番操作将完全不知情的过路人，吓得嗷的一声怪叫，加大油门一溜烟地跑远了。

这两个人阴谋得逞了，忍不住哈哈大笑了起来。

"你看那个傻瓜，被咱们两个吓得屁滚尿流的，真是太好玩了……"那两个装神弄鬼的男人发出一阵嘲笑声。

乔伊心里气不过，便又故技重施，发出一阵阵阴惨惨的笑声，其中还夹杂了一些让人惊悚不已的声音。

巴建龙见这两个人如此嚣张，心里也是气得很。他觉得有必要以其人之道还治其人之身，所以悄悄绕到了这两个人的身后藏了起来。

这边乔伊配合着弄出各种各样怪异的响声，吸引这两个人的注意力。那边巴建龙趁着他们害怕不已的时候，悄悄地在他们身上摸了几下，然后连忙藏在黑暗之中。

这一来二去地将这两个男人完全吓破了胆，他们发出一阵哀号之声："妈呀！有鬼，这是真鬼，快跑吧！逃命要紧。"两个人吓得抱头鼠窜，连滚带爬地一溜烟就消失不见了。

本来乔伊和巴建龙想着，捉弄他们一下就算了，然后再把人给拦下来，让王警官来处理。谁知道这两个人胆子这么小，玩命似的逃走了，根本没有给他们拦截的机会。

乔伊嘴巴张得大大的，指着消失的两个人说道："建龙哥哥……他们跑了，我们快去追。"

"中国有句古话叫作穷寇莫追，眼下这两个人只是被吓了一跳，然后暂时失去了理智。但是他们很快就会反应过来，这事情有蹊跷。我看我们赶紧把东西收拾一下离开这里吧！省得引起不必要的麻烦。"巴建龙眉头紧锁地说道。

"建龙哥哥，那我们现在就给王警官打个电话，让他马上带人去抓捕他们！"乔伊双手托着腮帮子说道。

"王警官他们一出动，肯定阵仗比较大，到那个时候，这些人肯定知道事情败露了，保不准就连夜逃跑了。"

第五十八章　闹上门来

　　"我看不如这样，我们悄悄离开这里。就让他们以为是闹鬼了。反正咱们手里有证据，等明天一早把这些证据拿给王警官，让他提前带着人在这里守着，来一个守株待兔比较稳妥。"巴建龙将自己的想法说了一遍。

　　"可是……若是把他们吓坏了，以后他们不来了怎么办？我不走，我要去抓人。"乔伊嘟着嘴巴，一脸不高兴地说道。

　　巴建龙眯了眯眼睛，伸出手在她脑袋上揉了几下子，声音有些沙哑地说道："你忘记了，你答应过我，不管在什么情况之下，都要保护好自己，绝对不会去冒险。傻丫头，若是你出了什么事情，我该怎么办？"

　　他这番话是发自肺腑的言语，今天若不是因为乔伊在现场，那他说什么也要把人给留下来，人赃并获扭送到派出所去。正是因为考虑到乔伊的安危，他这才忍了下来，准备将这些事情交给王警官，让他们去处理。

　　乔伊虽然心里还是很不情愿，不过她见巴建龙这么紧张自己，心里还是流过了一股暖流。她羞答答地点了点头，不再继续纠缠这件事情了。

　　巴建龙将现场拍了照，但是什么东西都没有动，就带着乔伊悄悄离开了这里。等他们回到家里的时候，都已经是半夜三四点了。

　　巴建龙把那些视频和照片都导了出来，做成了一个压缩包，放在了电脑桌面之上，想着等明天给王警官发过去。做完这些事情以后，他看了看表，发现已经是夜里四五点了，再过一会儿工夫，这天都要天亮了。折腾了一天，确实是有些累了，巴建龙连衣服都没有脱，往床上一躺，不一会儿就睡了过去。

　　也不知道睡了多久，迷迷糊糊之中，巴建龙听到一阵嘈杂的声音，好像有很多人聚集在一块儿吵闹一般。开始他以为是做梦，便不耐烦地翻了一个身，想要继续睡。可是这声音越发地清晰了起来："巴建龙在家吗？麻烦你出来一下，我们有事要跟你说。"

"对对，咱们乡里一直很太平，可是自打你们要开始开发靖远寺以后，这靖远寺就开始闹鬼了，把乡里好多人都给吓坏了。这事肯定是因为你们惊动了神明……"

听到这样的话，巴建龙一激灵从睡梦之中清醒了过来。

他睡眼蒙眬地拿起手机看了一下时间，发现已经是早上九点钟了，马上就到上班的时间了。没想到他一觉竟然睡了这么久。

正在他愣神的时候，院里传来了金继梅的声音："大家伙儿先不要着急，那孩子昨天工作到很晚，现在还没有睡醒。你们先等一下，我去把人给叫起来。"

"哎哟，你们家建龙自打开始开公司以后，这人也变得金贵起来了，这都几点了还没有起床呢？我记得他以前在谭浩楠的餐厅工作的时候，那可是没日没夜地在干活呢！"

"你说的那都是以前了，现在人家建龙可是大老板了，动不动就是几千万的投资。"

"快拉倒吧！若不是他要投资那个什么风情园，能把咱们乡里给折腾得鸡犬不宁吗？"

乡亲们围在大门口，你一言我一语，又是挖苦又是讽刺的，这让金继梅感觉非常尴尬。她老实了一辈子，完全不知道怎么来应付这样的场面。

乔伊看到院子外面围了乌泱泱的一群人，一脸惊讶地问道："这是怎么回事？这么一大早你们是有什么事情吗？"

金继梅看到乔伊出来了，连忙着急地说道："哎呀！你们可出来了……"她抓着乔伊将乡亲们所说的话，又复述了一遍。说完以后她又紧张地说道："建龙还没有起来，这事可怎么办呀？"

就在这个时候，穿戴整齐的巴建龙冷着脸从屋里走了出来。他看了金继梅一眼，柔声对她说道："额尼，你先回屋去，这里交给我来处理就好了。您不用担心，我会处理好的。"

金继梅一脸担心地看了看巴建龙，最终叹了一口气回屋去了。

因为这个时间点是上班时间，所以陆陆续续地安明光等人也都来了。

大家伙儿看到这样的情形也是吓了一跳，安明光还以为发生了什么事情，连忙大声问道："乡亲们这中间是不是有什么误会？大家不要着急，慢慢说清楚。"

"误会？误会什么呀？就是因为你们公司开发靖远寺，才造成了咱们乡里闹鬼……"大家伙儿围着安明光七嘴八舌地说道。

安明光这才反应过来，敢情是因为这件事情闹起来了。原本他们想着，今天到了公司以后就商量这件事情。没想到这才刚上班，人就已经闹过来了。这让他一时没了主意，他抓了抓头皮，不由自主地朝巴建龙望了过去。

巴建龙冲他摆了摆手，示意他少安毋躁，然后对安明光说道："安大哥，麻烦你让人将咱们公司的投影仪搬出来。"

安明光愣了愣，一脸茫然地问道："投影仪，这个时候要投影仪做什么？"

"你去拿吧！我有用。"巴建龙一副胸有成竹的模样说道。

第五十九章　事情的真相

安明光又狐疑地在巴建龙脸上扫视了几眼，后者冲着他肯定地点了点头。他这才放心地离开了。

不一会儿工夫，安明光带着两个人搬了一台投影仪和幕布出来。按照巴建龙的要求，将它们在院子正中央摆放好，又进行了调试。确定能正常使用以后，安明光冲着巴建龙比画了一个 OK 的手势。巴建龙这才面向吵吵嚷嚷的人群，摆了摆手，示意大家安静下来。

乡亲们不知道巴建龙这是要做什么，有些乡亲根本连投影仪是啥都不知道，纷纷踮着脚尖往里面眺望。这吵嚷了半天，大家伙儿也没有说出一个所以然来。他们来就是想解决问题的，眼下巴建龙愿意解决问题，那就再好不过了。所以大家很快就安静了下来。

巴建龙环顾了一下四周，大声说道："乡亲们，针对你们所说的事情，我建议大家先不要着急。在开始说这件事情之前，我想给大家看一段录像。等你们看完以后我再解释会比较容易说明白。"

他说完这番话以后，对安明光挥了挥手说道："麻烦安大哥打开投影……"他一边说着，一边用手机连接了投影仪，然后将自己录制的画面通过投影仪投放到大屏幕之上。

正当众人面面相觑，不知道巴建龙想要干什么的时候，白色的屏幕上突然变成了漆黑一片……很快在黑暗之中亮起了一束光……

这个时候，人群之中有人惊讶地喊了起来："看，鬼火，那天晚上我看到的就是这种鬼火……"

这句话简直是一石激起千层浪，那些只是听说，并没有见过鬼火的人，看到画面上的情形之后马上脸色就变了。现场简直是一片哗然。

"天哪！开始我还以为只是传说，咱们乡里一直很太平，怎么会出现这种灵异的事情呢？没想到竟然是真的呀？"

"建龙，既然你自己主动拿出证据了，那我们多余的话也就不说了。你们的项目还是赶紧停工吧！那样我们今天也就不为难你了。"

"是啊！建龙你也是咱们乡里的人，难道你忍心看到咱们乡里不太平，这天一黑大家伙儿都不敢出门吗？发生这种事情，肯定是要有大祸啊！难道你非要看着咱们乡里遭了大祸，你才肯罢休吗？算大娘我求求你了……"众人七嘴八舌议论纷纷的。

安明光看了这画面以后，脸色立马就变了。他搞不清楚巴建龙的葫芦里究竟卖的什么药。眼下放这样的视频，还嫌不够乱啊？可是他看到巴建龙一副胸有成竹的模样，想来这么做肯定是有他的理由。因此安明光努力抑制住心里的疑问，眼神忽闪了几下，最终什么话都没有说。

巴建龙听着四周的嘈杂声，面带微笑说道："乡亲们，请大家安静一下……你们耐心看完这段视频，等看完了咱们再来沟通……"

大家伙儿不知道巴建龙究竟让他们看什么，但既然都来了，他们倒要看看巴建龙究竟想做什么。

于是大家伙儿又耐着性子继续看下去。

这画面一转，在火红的火光下面忽然出现了两个黑影，紧接着一阵清晰的对话声也传了出来："咱们乡里那些傻子，被咱们两个人耍得团团转……他们也不动脑子想想，这都什么时候了竟然还相信鬼神那一套东西……"

"是呀！那天我飘出去的时候，将一个骑摩托车的吓得屁滚尿流……那么大一个男人，胆子这么小，也太好笑了……"

画面里传来的戏谑笑声，让在场很多人的脸上，都是青一阵、白一阵的。因为他们之中有不少是被这假鬼火给吓到过的人。发起此次上门来闹事的人，也大多数是这些被吓到的人。当初他们说得有鼻子有眼的，努力用自己的所见所闻去影响身边的人，好让他们相信这靖远寺之中确实有鬼神。可是在这样的情形之下，他们说过的话简直就变成了一场笑话，让他们恨不得找一个地缝钻进去，再也不出来了。

画面依然在继续，整个过程被巴建龙录制得非常清晰。等在场之人将整个视频看完了以后，对于整件事情的来龙去脉已经了然于胸了。在场之人从开始的害怕，到后来的愤怒，这心里的落差感可谓是非常大。刚才叫嚷着让巴建龙停止项目的人，此时话风已经完全变了。他们一边怀着内疚，一边又因为自己被愚弄了而气愤不已。

"真没有想到，这一场闹鬼的事情，竟然是人为的闹剧。这两个人把咱们全乡的老百姓都当成傻子来耍，真是太过分了。"

"这两个人是谁？我们把他揪出来，送到派出所去。我们家小三子前阵子晚上被吓了一次，到现在还精神恍惚，这些人真是害人不浅。"

就在大家议论纷纷的时候，人群之中忽然传来一阵阴冷的，与现场气氛格格不入的声音："呵呵……谁知道这些画面是从哪里来的？说不定是你们自导自演的呢？又或者这画面根本是你剪辑合成的，谁能知道是真是假呢？也就拿来骗骗这些无知的百姓罢了！"

这阴冷的声音非常具有煽动性，这番话就像是一盆凉水一般，将大家伙儿心里的热情一下就给浇灭了。

巴建龙皱着眉头，循着声音望了过去，一眼便看到了混迹在人群之中的谭浩楠。此时，他正满脸阴郁地看着巴建龙，就好像与巴建龙有什么深仇大恨一般。刚才那一番话，就是谭浩楠说的。

他看到巴建龙朝他看了过来，脸上不但没有畏缩的表情，还高昂着头说道："怎么了？我哪里说错了吗？你既然要解决这件事情，就应该以理服人，而不是随便编造一段视频来糊弄大家，拿我们当傻子一样对待，欺负乡亲们没有见过世面。我告诉你，咱们乡里还是有人见过大世面的！"谭浩楠说完这番话以后，露出一副非常骄傲的表情来。

第六十章　天上掉馅饼

"今天这事情闹得这么大，你们若是不拿出一个真诚的态度来，没有这么容易解决！我告诉你们，只要有我谭浩楠在，你们甭想将大家伙儿当傻子一样耍。"谭浩楠脸上的表情更加阴郁了。

"谭浩楠我告诉你，少在这里挑拨离间，煽动大家的情绪。谁不知道你是什么人？我们布哈文化发展公司做事光明磊落，从来不屑于在背后做出那种损人不利己的事情来，容不得你空口白牙在这里污蔑人。"乔伊生气地说道。她见谭浩楠出来混淆视听，马上就反唇相讥。

"呵呵！小丫头，你年纪还小，不知道这世间人心险恶。别一厢情愿去帮别人，回头竹篮打水一场空，落得个身败名裂的下场。乔主任是咱们的英雄，我看在他的面子上不与你一般见识。"

乔伊眼珠子转了转随即说道："你说的这些话挑拨的味道这么明显，你当谁听不出来呢？还非让人说出来吗？"

谭浩楠一脸鄙夷地说道："你们自己做了什么事情，还用得着我说吗？大家心里都跟明镜似的。"

乔伊还想要反唇相讥的时候，被巴建龙一把给拉住了。

他冲着乔伊微微摇了摇头，随即对乡亲们说道："关于谭老板刚才所说的问题，我们已经进行了专业性的处理。这视频我们已经送去派出所做鉴定了。相信以现在先进的技术，就算是在黑暗之中，也能很快辨别出视频之中这两个人究竟是谁的。

"至于是不是我们自导自演这出戏，我想这个问题很容易回答。首先这件事情针对的是我们投资的风情园的项目。我们公司在这个项目上投资了大几千万，一直想要努力将风情园打造成功。所以我们不会愚蠢到在这个节骨眼上，惹出这些事情来给自己找麻烦。

"既然如此我们是最希望尽快让这件事情真相大白的人，若是靖远寺真的闹鬼，我们躲避还来不及，又怎么会自己设计这么一出戏来蒙骗大家呢？再者，我们也是昨天才得知村里的传闻，在这么短的时间之内，我们怎么可能有时间和精力，去自导自演这么一出戏呢？

"再者，乡亲们是突然来到我们这里的，难道我们可以预知你们要来闹，所以提前准备好了视频来蒙骗你们？所以谭老板所说的这个可能漏洞百出，根本就站不住脚。

"还有一点，靖远寺是一座寺庙。但凡是从小在孙扎齐牛录乡长大的人都知道，这里面供奉的是菩萨。自古以来菩萨都是以慈悲为怀，普度众生的，所以几千年来，菩萨才在人们心里形成了很美好的形象，才逐渐变成了很多人的信仰所在。

"既然如此，那菩萨怎么会因为我们要重建靖远寺，而闹出吓咱们村里人的事情呢？这很明显就不合乎情理。所以请乡亲们不要听信那些有心之人的挑拨，要有自己判断是非的能力。只有这样才不会轻易犯错。

"乡亲们，我们公司开发风情园，并不只是为了自己，我们是为了造福子孙后代，才来做这件事情的。在我们公司准备建风情园之前，就已经和季乡长沟通过，等风情园建成了以后，我们公司会拿出一部分股份，会让咱们全乡的乡亲们都持有我们风情园的股份。这一条我们同时也写进了与县政府签订的合同之中。

"这些股份不但会给到你们这一代，你们还可以传给下一代。也就是说只要咱们风情园一直在运营的话，那咱们乡里的人就一直会有收入。原本这件事情我是打算等到风情园建成了以后再告诉大家。可是既然今天大家都聚集到这里来了，我便提前将这件事情公布出来吧！"

巴建龙的这番话就像是在平静的湖水之中投入了一颗石子一般，激起了一圈圈涟漪。

"天哪！建龙你说的是真的？你这个风情园建成了我们真有股份？你不会

是骗我们的吧？"

"这天底下哪有这么好的人？这风情园听说投资了好几千万，这么多的投资，难道你舍得把这么多利益让出来给我们？"

"我说建龙啊，你刚才说的话我都听进去了，我觉得你说得有道理。既然你已经把视频交给警察了，那我们就等着派出所的同志们给我们一个真实的答案就行了。你这娃儿做点事情也不容易，你没有必要为了哄我们，把这么多钱让出来给全乡的人。"

大家七嘴八舌的，脸上都是惊喜之色。这会儿他们也顾不上去追究靖远寺闹鬼的事情究竟是真还是假了，完全沉浸在这份突如其来的巨大惊喜之中。这样的事情对于他们来说，无异于天上掉馅饼的大好事了。

第六十一章　伸出援手

乔伊听见大家议论纷纷，都是一副不相信的模样。她想着不如趁着这个机会将这件事情说清楚，只要让大家都有了一种主人翁的精神，以后谁若是想再去风情园捣乱，都不需要他们出面去处理了，就是这些乡亲也会不同意的。想到这里，她转身朝办公室走去，不一会儿工夫手里拿了一份布哈文化发展有限公司与乡政府签订的合同复印件走了出来。

她举着合同，指着关于全民持股这一个条款说道："大家伙儿可以过来看看，这就是我们和乡政府签订的开发协议。在这一条款之中清楚地写到，等风情园建成以后，我们将拿出部分股份分给咱们乡里的每一户人家。到那个时候，风情园不但是我们的，也是咱们大家伙儿的。"

乔伊手中的合同具有非常高的公信力，因为那上面盖着乡政府的公章，政府的公章在他们心里那就代表着真实性。

大家蜂拥上前，争先恐后来看这个条款。就连谭浩楠都挤上前来，反反复复看了好几遍。看完这些条款以后，他的脸上露出那种耐人寻味的笑容来。

大家伙儿看完这些条款以后，脸上都乐开了花。一个个交头接耳地说道："真没想到，建龙这孩子真是厚道仁义，他自己掏钱修的风情园，还给我们全民持股，这样的良心老板，现在可真不多了。"

"我就说建龙这个孩子厚道嘛！他都是咱们从小看着长大的，这一家人哪个不是老实本分的？就金继梅那种性格怎么可能教出大奸大恶之人呢？我说了你们都不相信，现在相信我说的话了吧？"

"拉倒吧！前面要来闹事的时候，你跑得比谁都快，现在看到人家建龙兄弟要给我们持股了，你马上就这样说，总之不管怎么说，都是你有道理。"

这些围观群众吵吵嚷嚷的话，立刻引起了大家的哄堂大笑。

被揭了老底的那个老人，面红耳赤地说道："我那还不是被坏人蛊惑，才会相信靖远寺的事情是建龙做的？对了，那个谭浩楠你给我过来，你不是说建龙坏吗？那你倒是说说他究竟怎么坏了？你来到咱们孙扎齐牛录乡这些年，赚了我们大家那么多钱，也没见你对我们感恩，每次见到我们，都是一副趾高气扬的样子。你看看人家建龙，这孩子多会做事，不愧是咱们孙扎齐牛录乡养育出来的后生，真给我们长脸。"

谭浩楠刚准备往人群里钻，结果被说话的老大爷一把给揪住了，拉着他絮絮叨叨说了半天。

老大爷话中就一个意思，那就是这些关于巴建龙的闲话是谭浩楠告诉他的，也是谭浩楠鼓动他来闹事的。

谭浩楠被人现场揭了老底，忍不住恼羞成怒地说道："我说你这个大爷是不是老糊涂了？我啥时候说过闹鬼的事情是建龙兄弟做的了？我明明说的是，咱们乡里有人这样说，我们过来问问情况，问清楚了也就放心了啊！以后若是再有人说建龙兄弟坏话，我们也好有理有据地进行反驳啊！

"我原话明明是这么说的，怎么到了你的嘴里，就变成是我鼓动大家来闹事呢？大爷，饭可以乱吃，这话可不能乱说啊！"谭浩楠脸上青一阵、白一阵的。

那个大爷一脸不高兴地说道："我说谭浩楠你说这话是什么意思？我这么大岁数了还会胡说八道，冤枉了你不成？这些话不是你主动跑到我们家去说的吗？当时我老伴还在场，要不要我把她喊过来，当面和你对峙一下？"

"哎！你拉倒吧！你老伴就算是说破天去，她肯定会向着你说话，也不会帮我说一句话。这一个被窝还能睡出来两个人不成？"谭浩楠本来就是那种没理也要赖三分的人。他那张咄咄逼人的嘴，便是乡里的妇女跟他吵架，都不一定能占到便宜。

说话的老大爷被他气得胸口起伏不定，哼哧哼哧地说道："你……真没想到你是这种人。我老汉告诉你，以后没事少往我家跑，我家不欢迎你这种两面三刀之人……"

"切，你那个穷家小院的，搞得我多想去一样。若不是你儿子死皮赖脸想要去我那里上班，非要喊我去你家坐坐，我才不愿意去呢！"谭浩楠脸上露出了一副鄙夷的神色。

说话的老大爷被气得不轻，一口气没上来忍不住剧烈地咳嗽了起来。

乔伊在一旁冷眼看着，板着一张脸，大踏步走到了老大爷的面前，轻轻拍打着他的后背，柔声说道："大爷您别着急，您儿子找工作的事情包在我身上了。您明天就让他来找我，我在公司给他安排一个工作。"

说话的老大爷听了这话，眼睛里闪动着希望的光芒，一边咳嗽，一边惊喜地问道："咳咳咳……丫头……你说的是真的？我那……儿子，真可以到你这里来工作？"

这老大爷的情况，刚才乔伊已经听乡里的人介绍了。他的妻子身体一直不好，常年卧病在床，这老大爷是又当爹又当妈的才将孩子给拉扯大。可是他因为年轻时候干了太多的活，身体透支得非常严重，所以岁数大了以后，这身体也就不好了，得了很严重的风湿病，每年到了秋冬季节发病的时候，都疼痛难忍，躺在床上无法动弹。在这种情况之下，他家里唯一的儿子自然没有办法出去打工，只能在村里打些零工，日子过得紧巴巴的。

这与巴建龙家里的情况是非常相像的，这乡里还有很多户人家都是这种情况。所以乔伊能理解这位老大爷的处境。这谭浩楠也是非常可恶，仗着自己有个饭店，便在乡里横行霸道，摆出一副不可一世的模样。乔伊最看不惯这样的人欺负别人，所以毫不犹豫地对这位老大爷伸出了援手。

第六十二章　百分之十的股份

"大爷，是真的，回去您就跟您儿子说，让他明天一早来公司找我，我给他安排工作。"乔伊看了谭浩楠一眼，故意大声说道。

"好嘞！太好了……真是太好了，小姑娘你可真是一个好人啊！"说话的老大爷激动得用颤抖的手抓住乔伊，忍不住老泪纵横。

巴建龙看到这样的情形，感觉心里酸酸的。

谭浩楠看到这样的情形，没好气地嘀咕了一句："在这儿充什么大尾巴狼？你们拿着投资人的钱这么糟蹋，若是被投资人知道了，他们能放过你们吗？"

就在这个时候，人群之中忽然响起了一阵响亮的声音："作为投资人之一的我来说，是非常具有发言权的。我非常支持建龙和乔伊今天的这一番举动，我觉得合情合理。我们公司正在逐步发展之中，等项目正式上马之后，还会需要更多的人才。

"一个企业若是想很好地发展，那么就要做到未雨绸缪，提前培训人才，这样才能源源不断地给企业输送更多的人才。"随着话音落下，一脸严肃的佟俊青从人群之中走了出来。

他走到巴建龙的面前，用力拍了拍他的肩膀说道："好小子，大胆放开手脚去做事，别畏首畏尾的受制于别人。别人说什么对我们来说真没有那么重要，重要的是我们要知道自己该做什么，能做什么，只要我们做到问心无愧就行了。"

巴建龙一脸感激地看着佟俊青，用力点了点头。他环顾了一下四周，随即大声说道："乡亲们，我是孙扎齐牛录乡的人，是这里的水土养育了我。我们家里以前困难的时候，是乡亲们对我们家伸出了援助之手，才让我们姐弟三个得以平安长大。这一份恩情我一直记在心中，一直想找机会报答你们。

　　"如今终于等到了这样的机会。咱们乡有得天独厚的地理环境与人文历史，有这些东西做基础，我才敢放手去做风情园，为的就是将我们锡伯族世世代代的文化通过风情园传承下去。我相信等我们风情园建成了以后，一定会吸引大批的游客前来，到时候咱们乡就变成了旅游乡。

　　"只要有了游客，那咱们家里生产的农副产品、手工刺绣等等，都能卖给这些来旅游的人。这么多人来到咱们乡里旅游，衣食住行样样都需要消费，那么我们还可以把自家的空余的房子腾出来，开民宿，开特色餐饮，你们想想这样能解决多少人的就业问题？又能给大家增加多少收入？"

　　巴建龙的这一番话，让在场之人感觉热血沸腾的，随着他的话音落下，四周响起了雷鸣般的掌声。

　　谭浩楠看到这样的情景，脸上露出了阴郁的神情，他躲在人群之中一脸怨毒地盯着巴建龙。若是眼神可以杀人的话，这会儿巴建龙怕是早就被他的眼神刺得千疮百孔了。

　　刚才说话的那个老大爷，用手背擦了擦眼睛，声音沙哑地说道："你能在咱们乡里创业，给大家伙儿解决就业的问题，我们已经很感激你了。这股份我们万万不能要。你为了建风情园，将自家的祖宅都卖掉了。你妈妈这么大一把岁数了，还跟你们小年轻一起挤在宿舍里面。你们也不容易，人要懂得知足。"

　　其他人见老大爷这样说了，都纷纷表态，虽然给他们股份是一件天上掉馅饼的事情，但是他们不能乘人之危，坚决不能要这个股份。乡亲们都属于那种想法简单，性格质朴之人。他们心里藏不住话，有什么事情就说出来了，也不会当面一套背后一套。

　　此次他们是针对靖远寺闹鬼这件事情而来的，事情发展到现在，虽然还没有一个确切的说法，但是他们已经相信这一切跟巴建龙没有关系了。既然菩萨是普度众生的，又怎么会因为翻新靖远寺，而闹出这种鬼神之事来吓人呢？很明显这不合乎情理。

　　巴建龙感慨万千地看着乡亲们，深吸了一口气说道："乡亲们，靖远寺是咱们从西迁以来，祖祖辈辈凝结下来的历史文化。在那段西迁的历史之中，我们每一个锡伯族人都倾注了毕生的心血。所以靖远寺也好，风情园也好，都不是我一个人的，它们一定是属于我们大家的。

"我只是一个管理者，暂时将这些东西拢在手里，将外面优质的资源嫁接过来，为咱们大家谋取更多的福利。你们永远是这个大家庭的一分子，我们永远都是一家人。若是我们都把风情园、五乡当成是自己的家，每个人都为它添砖加瓦，那我相信这样一定会事半功倍，比我一个人努力要快得多。所以各位父老乡亲，你们就不要推辞了，就收下我这份礼物吧！不然你们就是看不起我巴建龙这个人了。"他说到最后，佯装不高兴的样子。

其他人都没有表态的时候，谭浩楠率先跳了出来："我觉得建龙兄弟说得对，咱们都是乡里乡亲的，建龙兄弟肯把股份拿出来分给咱们，那是因为靖远寺确实是咱们乡里的财产，那便宜也不能让他一个人占了去对不对？所以建龙兄弟，我就不跟你客气了，这股份我先拿了，我们家一共七口人，请问我可以拿到多少股份？"

乔伊看着谭浩楠这种贪得无厌的势利小人的嘴脸，心里一阵嫌恶，她忍不住出言讥讽道："那谭老板觉得你们家拿多少股份合适呢？"

"我觉得吧！最少也要给我们家百分之十的股份吧！毕竟我们家可没少给村里出力。若不是我们家有这么大一个饭店，乡亲们婚丧嫁娶的时候可都要去县里呢！"谭浩楠并没有听出乔伊话中的意思。他思忖了一番之后，便来了一个狮子大张口。

乔伊看到他这么厚颜无耻，一分钱没掏，一分力气没出，张嘴就要百分之十的股份，简直都要被气笑了。

第六十三章　无理取闹

　　谭浩楠这番话引得在场之人一片哗然，那些看不惯他这副贪财嘴脸的人，都议论纷纷。

　　"我说谭老板，你这事情做得就太不厚道了吧？人家建龙投资了大几千万，你张口就要百分之十的股份，你这想得也太美了吧？"

　　"呵呵，这世上厚脸皮的人我见得多了，但是像你这么脸皮厚的人我还是第一次见。"

　　"谭老板你这个餐厅也全是依靠咱们乡里的人来赚钱，按照你那样说的话，是不是也应该拿出百分之十的营收分给我们？"

　　"对啊！谭老板你看建龙都拿出股份来了，你不如趁着这个机会，也把股份给我们分一下啊？"大家伙儿都跟着起哄，等着看谭浩楠的笑话。

　　谭浩楠听到这些嗡嗡的议论声，气得双手叉腰，跳着脚叫骂道："我呸，你们这些穷家小院出来的人，就知道想方设法去占别人便宜。我家的钱都是我辛辛苦苦赚回来的，跟你们有什么关系？你们想钱想疯了吧？你们干脆去抢好了，还想着分我的钱，我呸……你们做梦去吧！"

　　乔伊看到谭浩楠厚此薄彼的模样，忍不住鄙夷地说道："你自己的东西就是东西，像只铁公鸡一样，一毛不拔。但是对别人的东西却狮子大开口，恨不得将别人所有的东西都一口吞下，真是让我大开眼界了呢！"

　　"你这个毛都没有长齐的黄毛丫头知道什么？我的钱是我辛辛苦苦赚来的。你们这个风情园，却是占用了我们乡里的土地。刚才你自己也说了，你们做这个项目是与乡政府达成了协议，要给我们乡里人分股份。但是你们又没有说给多少，作为乡里的一分子我凭什么不能多要一点？我有错吗？"谭浩楠听了乔伊的话，面色不变地说道。

其他围观群众听了这番话，马上开口讥讽道："你快拉倒吧！我记得你的户口根本就不在咱们乡里吧！以前每次说到户口的时候，你都说你们四川多么富裕，才不会将户口迁到我们这个穷乡僻壤来。所以眼下建龙他们开发风情园跟你有什么关系呢？"

"再者说，建龙他们虽然用了咱们乡里的地，但是他们是按照市场价购买了土地使用权，给政府交了钱的，我刚才看到合同上写的金额，远远比咱们的宅基地贵多了。人家自己掏钱买的东西凭什么给我们分股份哩？还不是想要带着咱们一起致富吗？"

"再说了，这靖远寺是国家的，又不是你自家的东西，还轮得到你狮子大开口？"

原本大家对于这个户籍的事情并不怎么在意，不管谭浩楠的户口在不在这里，他也在这里生活一二十年了，乡亲们早就把他当成是乡里的一分子了。可是今天出了这件事情以后，乡亲们越发看不惯他这贪得无厌的嘴脸，便将这户籍的事情扯出来打击谭浩楠，好让他见好就收，别在这里闹事了。

可是谭浩楠根本就是一副死猪不怕开水烫的模样，他跳着脚骂道："就算我不是五乡的人，可是我老婆是，我孩子是，我老婆一家人都是，我凭什么不能代表他们，为自己家争取利益？你们这些人就是道貌岸然，嘴巴上说着无所谓，其实心里巴不得找我建龙兄弟多要点股份。我才不像你们这样活得这么虚伪。我这个人肚子里面藏不住话，有什么就说什么。"

巴建龙冷眼看着谭浩楠像个跳梁小丑一样，跟一群人吵闹，他微微皱了皱眉头，大声说道："请大家安静一下，关于股份分配这件事情，我来说几句。股份分配这个事情，我和季乡长商量过，双方一致同意按照以下这两种方式进行分配。

"首先给家庭困难，家里丧失劳动力的乡亲们多分股份，让他们能通过我们风情园的运营，来摆脱家里的困境。其次给对乡里建设有贡献的乡亲们多分股份，这是我们公司给愿意为乡里付出的乡亲们的奖励。其他的人就按照均分来计算。至于具体能分多少，还要等到咱们乡里的会计计算完成以后再通知，到时候会由乡政府出面，和大家签订协议的。所以大家伙儿先不要着急，只需要耐心等待就可以了。"

　　巴建龙这番话说得合情合理，现在国家正在全力以赴帮助贫困群众，带领大家共同致富。若是能通过这种办法帮扶到乡里的贫困户，那也算是做了一件好事。于是大家对于这套分配方案纷纷表示了赞同，谁也没有持反对意见了。

　　当然这里面并不包括谭浩楠，他翻着白眼，一脸不屑地说道："怎么样才算贫困户呢？那些人好吃懒做，就知道喝酒打牌，他们家里没钱那是自己造成的。这样的人就算是把钱给到他们，也只能助长他们好吃懒做的风气。"

　　谭浩楠这番话虽然说得很不好听，却给巴建龙提了一个醒。这乡里确实有一些好吃懒做，整天沉迷于喝酒、打牌的年轻人。这些人不愿意出去工作，害怕吃苦，所以就待在家里啃老。有一元钱却要花两元钱，别说存钱了，哪怕是借钱都要寻欢作乐。这村里谁家都被他们借过钱，而且借了钱也不还。若是上门去要账，他们就一副死猪不怕开水烫的模样，大家伙儿拿他们也是没有办法。村里人只要提起这些年轻人来，都气得直摇头。若是不能从根本上改变他们好吃懒做的本性，就是给这样的人再多的钱都没有用。这件事情确实需要从长计议。

　　谭浩楠见巴建龙皱着眉头不说话，还以为他被自己问得哑口无言了。他越发嚣张跋扈地说道："你们所谓的公平是什么？还不是你们自己制定的规则，想给别人多少就给多少吗？你一直嫉妒我过得比你好，谁知道到时候你会不会公报私仇，随便找个理由就给我们家少分一点？"

第六十四章　我就是打你了

"哎！我说你这个人，怎么这么喜欢无理取闹呢？我们赚的钱，我给你是情分，不给是本分。咋了你还想道德绑架啊？哎呀我这个暴脾气，实在是不能忍了。"乔伊被谭浩楠气得实在忍不住了，满脸通红地说道。

"咋了？说到你们痛处就恼羞成怒了？既然你们不想给，就别出来作秀啊？真是既当婊子又立牌坊，真是好事都让你们公司给占去了。你真当我们是傻子啊？"谭浩楠见把乔伊给气到了，忍不住扬扬得意地说道。

"你骂谁呢？你把嘴巴给我放干净一点……"乔伊哪里见过这样的人，气得两眼含泪，声音颤抖地说道。

"谁骂你了？大家伙儿来评评理，我什么时候骂她是婊子了？"谭浩楠本来就是一个无赖，对付乔伊这种小姑娘那还真是信手拈来。

正当谭浩楠得意扬扬的时候，他眼前一花，等他反应过来的时候，阴沉着脸的巴建龙已经来到了他面前。巴建龙一把抓住了他的手腕，用力一掰，面色阴冷地对谭浩楠说道："你欺负我可以，我不跟你一般见识。但是你欺负一个女孩子算什么男人？你马上给她道歉，不然今天我饶不了你。"

巴建龙正是血气方刚的年龄，身上有使不完的力气，对付谭浩楠这么一个中年人，那是轻而易举的事情。谭浩楠辱骂了乔伊，把她给气哭了，他这窝了一肚子气没处撒，所以这手上就用了很大的力度。谭浩楠用力挣扎了几下，但是没有从巴建龙的禁锢之中挣脱出来，还惹得巴建龙更加愤怒，手上加大了力度。谭浩楠养尊处优惯了，哪里受过这样的委屈，一张脸疼得煞白，嘴里发出"哎哟哎哟！"的惨叫声，额头上的汗珠吧嗒吧嗒往下掉。

他惨叫了几声，见没有人上前替他说情，便扯着嗓门哀号道："大家快来看啊！巴建龙打人了，他打死人了……布哈文化公司仗着有乡长给他们撑腰，在村里打死人也没有人管……"

正当谭浩楠哀号不已的时候，人群外面突然响起了一阵低沉的声音："你们都围在这里做什么呢？"

大家伙儿回头一看，见季飞云满脸阴沉地站在他们身后，显然把谭浩楠刚才说的话一字不落都听到了。大家伙儿看到季飞云来了，连忙呼啦一下让开一条道，七嘴八舌地说道：

"季乡长，这个谭浩楠怂恿我们来这里闹事，在事情澄清以后，他还不依不饶的。"

"就是，人家建龙说，拿出自己公司的股份分给我们大家伙儿，他竟然非要逼着人家建龙拿出百分之十分给他，而且还用脏话骂乔伊姑娘。"

大家伙儿七嘴八舌地和乔飞云说事情的经过，没有一个人向着谭浩楠。显而易见，大家都看不惯他的做事风格。

谭浩楠看到季飞云来了，连忙装作一副受了天大委屈的模样，哀声叫喊道："季乡长，您快救救我，巴建龙他仗势欺人，快要把我打死了……"

"瞎叫唤什么呢？什么把人打死了？你都多大人了，说话做事能不能别这么夸张？"季飞云没好气地瞪了谭浩楠一眼，又看着巴建龙说道："把手松开，有什么事情不能好好讲，非要动手？"

巴建龙嘴唇翕动想要说点什么，但最后还是叹了一口气，什么都没有说，松开了手。

谭浩楠脱离了巴建龙的控制以后，噌地一下蹿到了季飞云的面前，用力揉着手腕，尖着嗓门喊道："季乡长您来得正好，巴建龙这个有娘生，没娘养的……"

谭浩楠这话才说了一半，就感觉眼前人影一闪，乔伊以极快的速度冲到了他的面前，二话没说，抬手对着他的脸便是"啪啪"两个大耳光。

乔伊这两下用尽了全身的力气，把谭浩楠打得眼冒金星，他用双手捂着脸，愣了好半晌才喃喃地说道："你打我？你居然敢打我？"

"怎么，我打你还要看皇历啊？你再骂一句试试？看我今天不撕烂你的嘴。"乔伊双手叉着腰，鼓着腮帮子，怒目而视，简直就像是一只炸了毛的猫。

"季乡长，您看到了，这个小贱人和巴建龙那个小杂种……他们两个都打我，这是要把我打死啊！"谭浩楠捂着脸一脸委屈地看着季飞云说道。

季飞云还没有来得及说话，乔伊抬手对着谭浩楠"啪啪"又是两个耳光。打完以后，乔伊拍了拍手说道："看到没有，这才叫打人，建龙哥哥刚才那根本不叫打人。今天我就打你了怎么样吧？你再敢骂人我就还打你。"

谭浩楠从来没有想到，像乔伊这样看起来文文弱弱的小姑娘，发起怒来竟然这么可怕，那是说打人就打人啊！他捂着脸愣了好半晌，才反应了过来，指着乔伊骂了两句脏话以后，就想和以前一样，上前去抓乔伊的头发，想要对她痛下狠手。

站在一旁的巴建龙怎么可能给他伤害乔伊的机会，见状急忙上前，一把将谭浩楠推开，眯着眼睛将乔伊护在了身后。谭浩楠没有防备被推得一个踉跄，差点摔倒在地面上。他接连后退了几步才稳住了身形。

围观群众见谭浩楠栽到了一个小姑娘手里，都发出了幸灾乐祸的哄笑声。

这谭浩楠外表看起来粗犷，但其实为人处世不但斤斤计较，而且总喜欢跟村里的妇女打架，又抓脸，又揪头发的那种。不管谁来劝都没用，所以在乡里的口碑并不怎么好。但是碍于他家里条件好，有个红白喜事还要求着他，所以大家也不能当面和他撕破脸。如今见谭浩楠吃了这么大的亏，他们虽然不敢落井下石，但是嘲笑一番还是可以的。

谭浩楠气急败坏地冲到季飞云面前，用力抓着他的胳膊摇晃着说道："季乡长您看到了吧？这两个人打我，您可不能徇私，袒护他们呀！"

第六十五章　当面对质

　　季飞云看着情绪激动的谭浩楠，微微皱着眉头说道："有什么话就好好说，先把手放开，拉拉扯扯的像什么样子？"他说话的时候很威严，一双炯炯有神的大眼睛紧盯着谭浩楠。

　　谭浩楠虽然也和季飞云见过几次，但两个人之间并没有多少交集。作为一乡之长的季飞云工作比较忙碌，很少在外面用餐，而且不管做什么事情，都是公事公办，从来不与乡里的人私下接触。谭浩楠多次主动示好，想要请季飞云吃饭都被他给拒绝了。后来谭浩楠又托人给季飞云带礼物，都被原封不动地退了回来。因为这件事情，季飞云破天荒地将谭浩楠叫到了自己的办公室。

　　谭浩楠还以为季飞云终于被他给打动了，他兴高采烈地准备了一些精美的礼品，笑容满面地敲响了季飞云办公室的门。谭浩楠原本以为季飞云的办公室里只有季飞云一个人，谁知道他推开房门以后，看到里面还有办公室主任等几个乡干部在里面。这让谭浩楠微微一愣，他不自觉就把手里拎着的礼品往身后藏，同时脸上也露出了十分尴尬的笑容。

　　季飞云面色不变地看了他一眼，示意他进来坐下。谭浩楠在大家的注视之下一脸尴尬地坐在那里，手里拎着礼品，紧张得手脚都不知道该怎么放。

　　他尴尬地笑着，举了举手里的礼品，满脸赔笑地说道："各位领导不好意思，我刚从外面买了东西回来，因为害怕耽误时间，就带着东西来见季乡长了。各位领导千万不要误会……"

　　谭浩楠以为这样一番解释以后，就不会让人误会自己是来给季飞云送礼的。他本意是想告诉季飞云，你看我对你是真心的，在这样的情况之下还想着要保护你。他说完这一番话以后，还一脸讨好地朝季飞云看了过去。

他这种自作聪明、做贼心虚的做法，让季飞云等人感觉哭笑不得。

季飞云轻咳了一声，随即说道："谭老板，今天喊你来，是因为有些话想要当面跟你说。

"咱们乡干部听到乡亲们说，你说跟我关系非常好，还经常请我吃饭，给我送礼之类的。这些话都是你说出去的，所以今天把你喊过来咱们好好聊聊，看看你在什么时候请我吃的饭，给我送的礼，都有什么人在场，送的礼物都是什么价值……这些事情今天我们都要搞清楚。"季飞云面带微笑说完这番话，端起茶杯喝了一口，然后定定地看着谭浩楠。

谭浩楠听了这些话，额头的汗一下就流了下来。因为这些话确实是他吹牛的时候说出去的。有些时候他为了给自己撑场面，就会口无遮拦地将季飞云拿出来说，说自己和他关系好，以此来抬高自己的身份。但是这些话都是在私下喝酒吹牛的时候说的，他万万没想到这些话竟然会传到季飞云的耳朵里，而且季飞云还亲自把他叫到办公室来当面对峙。

谭浩楠紧张地擦着额头上的汗，眼睛骨碌碌转了几圈以后，马上又满脸赔笑地说道："各位领导，这些话你们都是听谁说的？这话绝对不可能是我说的。我跟季乡长总共就没有见过几次面，连话都没有说过几句，我哪有那个荣幸请他吃饭，还送礼啊？

"说一句不怕各位领导笑话的话，我是想请季乡长吃饭的，可是约了几次，他都没有给我这个面子……嘿嘿……若是季乡长能给我这个面子，那可真是我谭浩楠的荣幸……"谭浩楠嬉皮笑脸地说完，一脸谄媚地看着季飞云。

"俗话说无风不起浪，一个人说了这样的话，那肯定是别人胡说八道。两三个人说也有可能是胡说八道。可是眼下咱们全乡的人都在传这个话，那这个问题就值得探究了。

"昨天咱们季乡长已经被县领导叫去了，连县领导都知道咱们季乡长收受了你谭老板贿赂的事情了。这县领导说了，让我们乡里成立一个工作小组，针对此次季乡长收受贿赂的事情进行详细的调查。若是数额巨大的话，便要追究你们双方的刑事责任。你要知道行贿和受贿可都是犯法的。"那办公室主任板着脸，一本正经地说道，看起来一点都不像是开玩笑的模样。

他这一番话可是把谭浩楠吓得差点从板凳上秃噜下来。他身体晃了晃，努力抓着板凳的扶手，才勉强稳住了身形，一脸的汗水啪嗒啪嗒往下掉。

　　谭浩楠紧张万分地说道："不不……各位领导我想你们真误会了，我是真没有给季乡长送礼。我就实话说了吧！今天本来打算趁着季乡长一个人在办公室的时候，我悄悄给他送点礼品的，这不我都带来了吗？可是谁知道季乡长根本就没有给我这个机会……"他说完这番话以后，整张脸呈涨红的猪肝色，生怕季飞云他们不相信，他还特意将礼物打开，露出里面高档的烟酒，两条腿不停地哆嗦着。

　　季飞云瞧见他这副模样，知道吓得差不多了，便努力忍住脸上的笑意，一本正经地说道："我说谭浩楠同志，不管你以前有没有给我送礼，但是今天你确实是来送礼了，而且我们乡里其他干部都看到了。今日这事你若是不说清楚的话，那我这个乡长可是有嘴都说不清楚了。那样的话，就只能咱们两个一起去县纪检委说明情况了。"

　　"别……别季乡长我错了，我错了还不行吗？我说实话……"谭浩楠被吓得差点扑通一下跪下了。

　　他连忙哆嗦着，将自己喝醉酒了在外面胡说八道这件事情从头到尾仔细说了一遍。说完这些以后，他又一脸紧张地说道："季乡长都是我的错，您大人不记小人过，就不要跟我一般见识了。我保证以后再也不敢在外面胡说八道了。我若是再胡说八道的话，您就让警察把我抓了，我绝无怨言。"

第六十六章　爹了毛的猫

季飞云听谭浩楠说完，一脸严肃地看着他说道："谭浩楠同志，你知不知道你这是一种什么行为？你这种行为已经构成了犯法。这次幸亏是我，若是换了其他干部，很可能没有办法证明自己的清白。那我们就会因为你的这些谎话，而损失一位优秀的干部。

"所以今天把你找来，就是希望你能明白，作为一个生意人，踏踏实实将自己生意做好，多去考虑一下怎么提高自己的菜品，更好地为顾客服务，这一点比什么都重要。

"你做好自己的事情，谦逊有礼，多去帮助那些需要帮助的人。到那个时候你不用自抬身价，乡里的人都会高看你一眼。反之，你没有把人做好，认识再大的领导，咱们的群众都不会买你的账。今天这事因为是第一次，我就不追究你的责任了，但是你要给我们写下一封保证书，保证以后不会败坏我们乡政府内任何一位领导干部的名声，不在外面胡说八道。否则我们一定会公事公办，决不轻饶……"

谭浩楠被季飞云这掷地有声的话语给吓到了，他连忙从板凳上站了起来，连连点头说道："好的好的……季乡长您放心，我以后一定改过自新，好好做人……坦白从宽，抗拒从严……"

季飞云见他吓得都语无伦次了，知道这次对谭浩楠的教育应该非常深刻了。于是便冲他挥了挥手说道："好了，跟着办公室主任去写保证书吧！以后怎么样，就看你表现了……"

其实季飞云今天把谭浩楠喊来，就是想让他明白一个道理，想让他脚踏实地去做人、做事，不要只想着拉关系、走后门，想要靠着这些捷径一飞冲天。谭浩楠这张嘴，喝一点酒之后，就在外面胡说八道，不但给他季飞云脸上抹了黑，甚至给整个乡政府脸上都抹了黑。这是他完全不能容忍的。

季飞云是个不拘小节的人，他将全部的精力都放在了搞好工作上。对于乡里那些闲言碎语，他并没有过多去关注。前几天他去县里开会的时候，县长半开玩笑地对他说："我说季乡长你现在可是咱们县里的红人啊！"

季飞云听了这话感觉一头雾水，完全不知道县长是什么意思。因此，季飞云一脸莫名地问道："县长……您说的这些话是什么意思？我怎么没有听明白？"

县长瞧见季飞云一脸茫然的模样，想着他可能是真不知情，便把从其他同志那里听来的事情跟他说了一遍。

原来，这谭浩楠不但给五乡的人说他请客送礼的事情，跑到县城里他也逢人便说。因此，季飞云很快便被他塑造成了一个贪污受贿的负面形象。

谭浩楠的这些话很快便传到了县政府其他领导干部的耳朵里，大家觉得这件事情事关重大，还是有必要给县长汇报一下。季飞云的为人县里的领导是非常清楚的，听了这些闲言碎语之后，他们并没有相信。但是这些负面新闻严重损害了季飞云这样的年轻干部的形象，所以县长才找了这样的机会，半开玩笑，旁敲侧击地告诉他。

季飞云听到这些闲言碎语的时候，整个人都惊呆了。不过他并不是一个善于解释的人，当时他只问了县长一句话："领导，这些闲言碎语您相信吗？"

县长当即表态，并不相信这些话。若不然就不会是他来找季飞云谈话，而是纪委出面了。

季飞云点了点头，转身就离去了。

他回到乡里的第一件事就是立刻彻查这些流言蜚语的来源，最后经过查访，确定这些事情都是谭浩楠自己说出去的。难怪这些事情会被传得沸沸扬扬的，这当事人自己都承认了，那还能有假？

季飞云正在考虑怎么跟谭浩楠沟通这件事情的时候，谭浩楠倒是主动将电话打了过来。季飞云灵机一动，觉得可以将计就计，然后喊来了其他的领导干部，大家伙儿联合在一起给谭浩楠演了一出戏。原本想着搞定谭浩楠还要费一番力气，没想到谭浩楠这人的胆子贼小，三言两语就把他给吓住了，倒省去了季飞云的一番口舌。

　　经过这件事情以后，谭浩楠着实变得老实了，再也不敢在外面胡说八道了。若是有人问起他和季飞云的关系，他都连连摇头说自己不认识，将自己撇得干干净净的。谭浩楠是打从心里害怕季飞云，每次看到季飞云他都绕道走，生怕季飞云找他麻烦，回头给他送去派出所了。

　　今天谭浩楠正闹着起劲，完全没料到，一回头竟然看到季飞云一脸威严地站在他面前。谭浩楠这人典型的小人嘴脸，对着弱势群体就一副高高在上、不可一世的模样，对待强者马上就露出一副谄媚的笑容来。他看到季飞云的时候，身上那股子泼妇骂街一般的架势，顷刻之间就消失不见了。他一脸谄媚地笑着说道："季……乡长，您怎么到这里来了？"

　　季飞云原本在办公室里忙工作，可是佟肖云跑去告诉他，说有很多人朝巴建龙他们那边去了，说是因为靖远寺闹鬼火的事情。季飞云一听就坐不住了，百姓们最喜欢将这些未知的事情，归到鬼神之说上面去。以前一些比较愚昧的人，没少用这样的借口来发泄心里的怨气。他害怕这么多人围到巴建龙他们办公的地方，回头再闹出什么大乱子来，所以匆匆放下手中的工作，急忙赶了过来。

　　结果到了这里，就听见谭浩楠像个女人一样，尖着嗓门在叫唤，一副生怕事情闹不大的样子。季飞云对谭浩楠可是没有什么好印象，他害怕巴建龙他们吃了亏，便连忙挤了进来。可是没想到事情完全超出了他的预期，这吃亏的倒不是巴建龙，反而是谭浩楠。季飞云看到乔伊像爹了毛的猫一样奶凶奶凶的，忍不住抿着唇笑了起来。

第六十七章　极为震怒

谭浩楠依然不依不饶地抓着季云飞的胳膊，一把鼻涕一把眼泪地哭诉："季乡长，您亲眼看到了，这两口子太欺负人了。他们两个对我是真下狠手啊！您看把我这脸打的，都打肿了啊！"他边哭，边用衣袖擦眼泪，更可笑的是鼻涕流得太多，竟然被他哭得冒了泡泡。

若是不知情的人，看到一个大男人哭成这样，还真以为他受了多少委屈。现在围观的人群对于整件事情的发展都再清楚不过了，他们看到谭浩楠这种恶人先告状的滑稽模样，都忍不住哈哈大笑了起来。

"我说谭浩楠你也太搞笑了吧？明明是你一直无理取闹，而且污言秽语，又骂了建龙，又骂了人家小姑娘。他们两个人这才忍不住动手打了你。怎么搞得好像都是别人的错一样？"

"我们这么多人，乔伊姑娘为啥就打你？还不是因为你嘴贱，一个大男人嘴巴这么碎，打死你也不亏。"

"呵呵！真是人心不足蛇吞象，自己家里条件这么好，还想着过来占大便宜。占便宜也就算了吧！还骂人……"

"谭老板不是我说你，若不是你跟我们说，因为建龙要开发靖远寺惊动了神明，所以才会出现闹鬼的事情。还说这闹鬼的事情若是不解决，以后这鬼可能会伤害村里的人。我们大家伙儿心里害怕，才会想着过来找建龙问个清楚。结果这一切都是你胡说八道。可是人家建龙也没有和我们一般见识，还主动让出自己的股份给我们大家伙儿。但是你不但不知道满足，还变本加厉逼着建龙给你百分之十的股份，而且还张口闭口就是脏话。你就是这件事情的始作俑者，打你也不亏，若不是我老了，我也想打你。"

大家七嘴八舌议论纷纷的，不一会工夫就将整件事情的来龙去脉说得差不多了。

这么一来，季飞云也明白是怎么回事了。他还好奇为什么会有这么多人围在这里，敢情是受了谭浩楠的蛊惑前来闹事的。好在这件事情被巴建龙给巧妙地化解了，若不然真闹出什么事情来可就麻烦了。想到这里季飞云的脸不由得阴沉了下来，他皱着眉头，盯着谭浩楠说道："把手撒开，有什么事情就说事，一个大男人哭哭啼啼的像什么样子？"

谭浩楠听见季飞云的语气不善，吓得连忙松开了手，用力擦了擦眼泪，哽咽着说道："季乡长您别听他们胡说八道，我一向遵纪守法，根本就不是惹是生非的人。是他们早上通知我过来闹事的。我想着早上店里没有什么生意，就过来凑热闹，谁知道遇到这个疯婆子，二话不说，上来就打人。"

谭浩楠说完这些话以后，又看向闹哄哄的人群，他露出狠厉的目光，眯着眼睛骂道："你们少他妈的在这瞎起哄，你们好？你们若不是看到建龙拿出了股份，能这么消停？一群见利忘义的东西。"他人前人后两张面孔，看得在场之人心里一阵恶寒。

"够了……都别吵了，你跟我进来……"季飞云皱着眉头，指着谭浩楠不耐烦地喊了一句。

谭浩楠马上闭上了嘴巴，老老实实地跟在季飞云身后。

季飞云看了看巴建龙和乔伊说道："你们两个也跟我进来，咱们把这些事情弄清楚再说其他的。"

巴建龙和乔伊对视了一眼，随即默默地点了点头。

等一行人来到巴建龙的办公室坐定了以后，季飞云皱着眉头问道："现在说吧！到底怎么回事？"他说这些话的时候是看着巴建龙问的。

但是谭浩楠根本不给巴建龙说话的机会，大声吵闹着，说来说去还是刚才那一套。

季飞云忍了又忍，他见谭浩楠就像泼妇骂街一般，满嘴的脏话，一直叫骂个不停，心里着实是有些生气了。

他用力拍了一下桌子，大声吼道："你给我闭嘴……我现在了解事情的经过，你若是一直这么闹，那我马上就离开，这事我不管了，我让派出所的同志来处理。"

谭浩楠被这一声怒吼吓得一哆嗦，连忙闭上嘴巴不敢说话了。

这事若是闹到派出所去，难免又会扯出来许多事情。那个地方他去过一次，就再也不想去第二次了。所以他看到季飞云发火了，心里也是非常害怕的。

巴建龙冷冷地看了谭浩楠一眼，将今天发生的事情详细地说了一遍。

关于靖远寺闹鬼这件事情，季飞云是完全没听说过的。

乡里的干部都是有文化，见过世面的，对于这种闹鬼的无稽之谈他们根本不相信，就算是听人说起了，也是一笑了之，这样的事情不会有人去找季飞云说。所以季飞云听到居然有人半夜在靖远寺扮鬼吓人的事情，脸上出现了震怒之色。

他问与他一同前来的乡干部："这些事情你们听说了吗？"

这几个乡干部面面相觑了一会，随即回答："我们听乡亲们议论过，但是谁也没有往心里去。这朗朗乾坤之下，怎么可能出现闹鬼的事情？当时我们以为这些只是乡亲们茶余饭后的闲话，哪里知道竟然真有人闹鬼。"

季飞云沉默了一会，又看着巴建龙说道："你说有视频？能给我们看一下吗？"

巴建龙点了点头，让安明光等人把门外的投影设备给抬了进来，又把视频给放了一遍。

季飞云看着画面里的内容，尤其是听到画面里受到惊吓的乡亲们发出那种惊恐的叫声，心里的怒气是噌噌往上蹿。

他扭头看着乡干部们说道："这就是你们说的没事？这要是胆小的人遇到了，被吓坏了，吓死了，才算是有事对吗？你们这些做领导干部的，非要等到闹出人命来，才想起来去处理事情是吗？

"这两个人胆大包天，在我们眼皮底下装神弄鬼，为的就是不让建龙他们的项目顺利进行……

第六十八章　不了了之

"为什么不让建龙他们的项目顺利进行？那是因为建龙他们的风情园触动了某些人的利益。这些人因为一己之私，完全不顾大局，做出这等装神弄鬼和煽动不明真相群众闹事的事情来。那么多群众围在建龙他们办公室外面，万一里面有几个情绪激动的，会发生什么事情你们想过吗？

"建龙他们这里闹了这么久，你们这些做领导干部的竟然没有一个人发现。若不是我们今天偶然路过，这事还不知道要闹到什么程度！

"同志们啊！我们这些做领导干部的，不应该有高高在上的优越感，是组织和乡亲们信任我们，才让我们坐在这个位置上。我们这些干部都是人民的公仆，我们首先要做到的就是为人民服务。人民有需要的时候，我们应该义无反顾地站出来。而不是像现在这样，只要事情没有闹起来，我们就装作什么都看不到……

"你们非要等到事情闹大了，再也隐瞒不住了，才站出来说，以为是小事，所以没关注吗？千里之堤溃于蚁穴，这样的事情还少吗？同志们啊！通过今天这件事情，你们一定要调整自己的工作思路啊！为人民服务事无巨细，关键看我们愿不愿意去做啊！"季飞云语重心长地说完了这一番话。

他的这番话让在场的领导干部都觉得羞愧难当，纷纷红着脸低下头去。他们满含愧疚地点头说道："季乡长教训的是，这件事情是我们没有处理好。以后我们树立正确的工作态度……"

谭浩楠站在一旁，听着季飞云说的这番话，额头上的汗珠儿又开始往外冒，紧张得一双手都不知道该往哪里放了。

季飞云说完这番话以后，又皱着眉头看着视频里面的画面，沉默了许久，忽然问道："能看得出来，这两个人是谁吗？"

巴建龙冷冷地看了谭浩楠一眼，随即说道："这视频已经送去王警官那边了，现在的技术这么发达，应该很快就能知道这两个人是谁。"

谭浩楠听了巴建龙的话，身体忍不住剧烈颤抖了一下，脸色一片惨白之色。

季飞云点了点头，随即拨通了电话："喂！王警官吗？我是季飞云啊！那个靖远寺闹鬼的视频，你们那边现在是什么情况了？"

王警官在那边客气地介绍着情况，因为季飞云电话里的声音比较小，其他人也没有听到他说的是什么。只看到季飞云一会儿点头，一会儿皱眉……季飞云挂了电话，冷冷地看了看谭浩楠。

他这眼神让谭浩楠不自觉地又颤抖了一下，连忙挪开目光，不敢和季飞云对视。

"季乡长，王警官怎么说？"乔伊故意开口问道。

季飞云又看了谭浩楠一眼，含含糊糊地说道："这事回头再说吧！现在先处理你们今天这件事情。"

"季乡长……这事，我看不用处理了，我不追究他们的责任了。今天这事我也有做错的地方，我不该这么冲动。我看这事就这么算了……咱们各退一步。我还有事，就不打扰各位领导了……"谭浩楠说完不等季飞云回答，一溜烟朝门外跑去，连头也没有回。

其他乡干部见谭浩楠跑了，着急地想要去阻拦，结果被季飞云给拦下来了。他笑着摇了摇头说道："算了，让他走吧！不然今天这事还真不好处理。"季飞云说完这句话以后，又笑眯眯地看着乔伊说道，"你这个小丫头，平日里看着文文弱弱的，没想到还敢动手去打一个男人，你就不害怕他恼羞成怒之下，对你做出什么过激的事情啊？"

乔伊忍不住微微红了脸，但是她一脸自信地说道："有建龙哥哥在，我才不怕他呢！他就是一个外强中干的货，只会欺负那些老实人，遇到比他厉害的他立马就尿了。"

"哈哈哈！你这个小丫头。不过我还是要说你几句，咱们有什么问题就好好解决，实在解决不了的就给领导和派出所打电话。打人的事情咱们以后不要干。且不说把人打伤了是犯法的，你一个小姑娘家，若是真把人给惹急了，万一遇到危险怎么办？知道了吧？"

乔伊不好意思地挠了挠鼻子，马上就承认了自己的错误。

"季乡长对不起，我知道错了。主要是当时他辱骂建龙哥哥的母亲，我一时忍不住才上前打了他。我保证以后绝对不会轻易动手。但若是这谭浩楠下次再敢这样，我见他一次打他一次，绝对不手软。"

乔伊的话引得满屋子的人都笑了起来，季飞云又对她说教了一番。

这才把话题扯到了"闹鬼"这件事情上来。

"我刚才给王警官打电话，询问视频的事情。他说以目前咱们乡里的技术手段，没有办法辨别出来这两个人是谁。他已经让技术部门将视频送到县里去了，应该很快就会有消息了吧！"季飞云皱着眉头说道。

一直站在季飞云身后的一个乡领导突然说道："季乡长，虽然我没看到这两个人的面孔，可是我听这声音，感觉这两个人特别像孙扎齐牛录村老马家的那两个儿子。"

"你说的是老马家那两个游手好闲，就知道蹲在家里啃老的那两个小子吧？听你这么一说，我感觉确实有点像。老马是从南方来的，说话的时候带点南方口音。所以他的儿子说话的时候，也带有那个特殊的口音，这是别人模仿不来的。"另外一个干部也在一旁附和着。

"既然你们都觉得像，我看不如这样吧！刚好今天没什么要紧的事情，咱们就去老马家走一趟，看看这两个浑小子在做什么呢！"季飞云思忖了一会儿，忽然开口说道。

季飞云带着乡里的干部准备离开的时候，又突然想起了什么，停下脚步对巴建龙说道："你也跟我们一起去吧！毕竟你是当事人，听得更清楚一些。"

第六十九章　马家兄弟

乔伊见状连忙说道："我也要去……"

季飞云忍不住笑着说道："少了谁，也不能少了你啊！"

乔伊俏皮地做了一个鬼脸，欢快地跟在巴建龙身后往外跑。

在路上季飞云又详细询问了一下风情园项目的进展情况，巴建龙都一一进行了回答。

目前他们的项目还在设计规划阶段，前面出了几个设计稿，规划局那边又提出了新的建议，所以还处于磨方案的阶段。不过巴建龙表示他很有信心将这个规划方案做好，不管多大的困难，他都会想办法克服。

季飞云听了他的回答以后，语重心长地说道："建龙啊！咱们不管做什么事情，都会遇到挫折和困难。那说明我们在走上坡路……只要坚持和克服过去，前面就是一片艳阳天了。更何况还有咱们乡领导在支持着你们，所以别害怕，有什么想不通的，就来找我。我来负责给你做好思想工作。"

巴建龙挠了挠头，笑着说道："季乡长您就放心吧！既然咱们乡里这么信任我和乔伊，那我们一定会把这件事情做好的。遇到困难我先自己克服，实在克服不了的，我再去找您诉苦。"

几个人一路说着话，很快就到了老马家。

这老马原本并不是新疆人，老家是陕西那边的。因为老家比较穷，所以跟着亲戚来新疆这边打工务农。

他刚来到孙扎齐牛录乡的时候，就被这里美丽的风景吸引，也被质朴的乡亲们给深深打动了。从此以后，他每年春天都来孙扎齐牛录乡打工，到了冬天才回老家去。过了七八年之后，他手里存下了一些钱，便在孙扎齐牛录乡买了一块地皮，盖起了三间房子。然后把老家的老婆孩子都接了过来，从此以后在这里安家了。孩子也在乡里上了学。

老马这个人非常地勤奋能干，什么脏活、累活都愿意干。再加上他的妻子勤俭持家，这一家人的日子过得是红红火火的。

老马的妻子年轻的时候被查出来不易怀孕，所以两个人结婚多年都没有孩子。后来夫妻两个人到处走访名医，不知道吃了多少药，受了多少罪，最后妻子才好不容易怀了孕。

这可把老马夫妻两个高兴坏了，老马小心翼翼地伺候着妻子，真没想到妻子在分娩的时候，竟然一次生了两个大胖小子。这对于盼子心切的老马来说，无疑是天大的惊喜了。为此老马在家里摆了三天流水席，以此来表达心中的喜悦之情。

自打有了两个儿子以后，老马夫妇像是变了个人一样，对这两个儿子是百般的宠爱。那可真是含在嘴里怕化了，捧在手里怕摔了。老马对两个孩子有求必应，凡是儿子想要的，他就是拼了命也会想办法满足。

这两个孩子小的时候还好满足，可是孩子长大了以后，他们不好好学习，跟着乡里那些不学无术的孩子，染上了坏习惯，喝酒、赌博、打架闹事都干过。最后因为品行太过恶劣，他们初中没有毕业就被学校给开除了。

老马家的两个儿子辍学以后，就变得更加无法无天了，整天在外面惹是生非。有一次这兄弟俩喝醉酒将人给打伤了，被这家人给告了。为了不让两个儿子去坐牢，老马掏空了家底赔偿他，才总算将这件事情给了了。可这两个孩子并没有因此而收敛，反而变本加厉地在外面惹是生非。

乡里也曾经想过办法扶持老马家，可是不管给多少东西，给多少钱，都被这兄弟俩威逼利诱给要走了。老马若是不给，这兄弟俩就在家里打砸抢。谁劝都没有用。

有了那一次拘留经验以后，这兄弟俩也是豁出去了，大错没犯过，但是小错不断，一年总要被关进去一两次，就像是家常便饭一般，他们也无所谓了。

乡里的人只要提起这兄弟俩，没有一个不摇头的。

"这孙扎齐牛录乡经过乡干部的努力帮扶，基本没有了贫困户。可就是这老马一家，乡干部们几乎用尽了各种办法，也没有从根本上解决老马一家贫困的问题。

"眼下都是乡干部们每个月从自己工资里拿出一部分钱，每个月按时给老马家送去。按时送钱，他们一家就有饭吃，若是哪一个月不送，这一家四口就要挨饿！

"乡里也曾经给这兄弟俩安排了各种各样的工作，但是他们干不了三天就会跑，不是嫌弃工作累，就是嫌弃工资低。有的时候干不了两天，还逼着人家给他们发工资。人家不给发，这兄弟俩就天天去闹。

"到最后，乡里的人谁也不敢要这兄弟俩干活，便是我亲自去说情都没有用。"季飞云讲完这一番话之后，忍不住摇着头叹了一口气。

"按照这样说起来的话，装神弄鬼这件事情，还真的像是这两兄弟能做出来的事情。"乔伊一直皱着眉头听着，听到最后也是无奈地笑了起来。

巴建龙苦笑着摇了摇头说道："这兄弟俩在咱们乡里是非常有名气的，可能是穷的缘故，这两个人不但小气，还非常爱占便宜。只要听说谁家在喝酒，不管熟悉不熟悉，他们两个都厚着脸皮往别人家里凑。只要进去就不肯走，直到喝得酩酊大醉。而且喝醉了以后就在别人家里闹事……

"久而久之，我们约喝酒的时候，都有了一条不成文的规定，那就是谁都不声张……"

第七十章　丧尽天良

"总之，这兄弟俩一言难尽，我们看到他们都躲着走，没什么人愿意和他们玩。"巴建龙也是边说边摇头。

乔伊忍不住打趣说道："建龙哥哥你以前不是也喜欢喝酒吗？看来这喝酒和喝酒还有区别。"

巴建龙听了这话，一脸尴尬地挠了挠头皮，连忙申辩道："我喝酒，可都是自己掏钱请客，我可不像他们一样只会占便宜。"

"嗯，这一点我可以证明。咱村里的年轻人都喜欢跟建龙玩，他们说建龙人傻钱多。每个月发了工资，除了家里必要的开支，其他的都拿出来维护和朋友之间的关系了。"一个村干部忍不住打趣地说道。

巴建龙听了这话，脸上尴尬之色更浓了。他支支吾吾地说道："我曾经看到过这样一句话，人穷的时候，要把钱舍出去。每个月拿出一部分钱来维护关系，增长见识，广交朋友。等朋友积累到一定程度的时候，赚钱的机会也就多了……"

季飞云深深地看了巴建龙一眼，感慨万千地说道："这乡里的人都说建龙活得糊里糊涂，赚的钱都拿去吃喝享受了……现在看来建龙才是清醒的人啊……"

巴建龙不好意思地笑了笑，连连摇头说道："不不，可能是我这个人求知欲比较强吧！对于那些未知的领域，我特别感兴趣……而且当下的年轻人，思想见识都有所不同，我特别喜欢和年轻人在一起聊天，这样有利于开阔视野。毕竟不管在什么时候，年轻人都是主要的消费群体……"

季飞云哈哈大笑着，指着巴建龙对其他乡干部说道："你们看看，你们看看，现在真是年轻人的天下了，咱们都老了……"

"季乡长您才比我们大多少，就说自己老了？"乔伊捂着嘴笑着说道。

一行人正在有说有笑的时候，忽然听见前面一条胡同之中，传来一阵声嘶力竭的哭喊声："这钱你们不能拿走啊！这是给你们妈买药的钱，你们妈不吃药会死的……"

季飞云听到这声音气愤地骂道："肯定又是马家兄弟要拿家里的钱去喝酒，走，我们去看看。"

一行人来到院子前，见马家兄弟正在从母亲手里抢钱，老马夫妇跪坐在地面上，抱着兄弟俩的腿不肯撒手。

乔伊听着这哭闹声，心里的火腾地一下就蹿了上来。

乔伊趁着大家发愣的时候，她大踏步冲上前去，抬手在老马家两个儿子脸上各扇了两巴掌。她气得嘴唇哆嗦地骂道："你们这两个丧心病狂的畜生……父母的养育之恩大于天，他们含辛茹苦地将你们养育长大，乌鸦尚且知道反哺，小羊还知道跪乳，而你们兄弟二人做出来的事情，简直禽兽都不如。"

马家兄弟被忽然出现的乔伊给打蒙了，他们捂着脸，张大嘴巴看着乔伊，愣了好一会儿才回过神来。

这马家大宝气急败坏地指着乔伊骂道："你个臭娘们、疯婆子，是从哪里冒出来的？你少他妈的咸吃萝卜淡操心，我家的事情关你屁事？轮得到你在这里指手画脚吗？信不信老子一巴掌抽死你。"他说着就举起了巴掌，对准乔伊的脸就要打。

巴建龙见状，大声喝道："你想干什么，给我住手。"说完大踏步上前，一把抓住了大宝的手，并且用力一拧。

毫无防备的大宝发出了一阵惨叫声："哎哟！哎哟！二宝你他妈的是不是一个摆设？你哥哥被人打了，你还不上来帮忙。"

二宝见状连忙想要上前殴打巴建龙。季飞云用手一指，大声喝道："住手，你们兄弟两个想干什么？我看今天谁敢动？"

大宝二宝听到声音，回头一看，见季飞云带着一群乡干部从外面走了进来。两个人脸上的表情微微一愣，不自觉地停了下来。

"建龙……把手松开……"季飞云给巴建龙使了一个眼色。

巴建龙重重地哼了一声，一把将大宝推开，并且迅速将乔伊护在了身后。

这大宝、二宝就是再混账，在季飞云面前还是不敢造次。

他们自知理亏，冲着季飞云点头哈腰地说道："季乡长……您……您怎么大驾光临了？真是稀客……稀客，快到屋里坐。"

季飞云看了一眼大宝和二宝，一句话都没有说。他快步走到老马和他妻子面前，弯下腰来将跌倒在地面、满脸瘀青的老马给搀扶了起来。

乔伊见状也一脸心疼地跑上前去，将老马的妻子给搀扶了起来。她看到老马的妻子瘦弱的身体上都是伤痕，心疼得直掉眼泪。

乔伊眼睛扫视了一圈，发现在院子中间扔着一个大扫帚，刚才她进门的时候，看到二宝拿着这个扫帚在打人。老马夫妇身上的伤，就是被这把扫帚给打出来的。想到这里，乔伊直感觉怒火中烧。她忽地站了起来抓起这把扫帚，咬牙切齿地骂道："你们这两个丧尽天良的畜生，乌鸦尚懂反哺之恩，你们生而为人竟然这样对待自己的父母，今天我就打死你们两个畜生，就当替天行道了。"

乔伊说完举着大扫帚劈头盖脸朝着大宝、二宝砸了下去。

因为有季飞云在现场，这大宝、二宝就是再混账，这个时候也不敢还手，被乔伊给打得抱头鼠窜，脸上被抽出了一条条血痕。

这大宝、二宝抱着脑袋一个劲儿地哀号："哎哟！打死人了，季乡长救命啊！这个疯婆子要把人打死了。"

若是换了以前，季飞云看到这样的场面肯定第一时间出来阻拦。可是这一次他心中实在是有气，真没有想到这马家兄弟竟然是这样的人，为了钱连自己的父母都打。所以，他对马家兄弟的叫声置若罔闻，自顾自扶着老马往屋里走。

原本巴建龙想要搀扶着老马的老婆进屋去，可是这老太太看到两个儿子挨了打，心疼得直掉眼泪。她哭喊着说道："我的儿啊！小姑娘你不要打他们，都是我们夫妻俩自己愿意的，我们不追究他们责任。求求你别打他们了。"

乔伊听到马老太太这凄惨的哭喊声，气得将手里的扫帚一扔，跺了跺脚说道："马伯母不是我说你，这心疼孩子要有个度，不能这样没有底线地去纵容啊！

"这两个孩子若是你们从小就好好教育，也不至于一事无成，不学无术，不但祸害了你们，也祸害了整个乡里。您认为这是为他们好吗？您看看他们这么大岁数了，连个工作都没有，学了一身偷鸡摸狗的本事，以后连个媳妇都找不到。

"你们现在还能帮他们，那以后你们老了，不能动了，这兄弟两个该怎么办呢？难不成你们要看着他们活活饿死吗？您看看这乡里像他们这么大的年轻人，有几个在家里游手好闲的？他们现在犯一点小错，还能保住性命，但是按照这种情况发展下去，以后他们杀人放火了，那可是要偿命的。真要到了那个时候，您觉得这样是对他们好，还是害了他们呢？

"老人家我能理解您的心情，这世界上哪有父母不爱自己孩子的。可是我们爱孩子，更应该希望他们能成才，有生活自理的能力，有活下去的资本。人生短短就几十年，没有谁可以陪谁一辈子……难道您希望以后这兄弟两个饿死街头，或者去讨饭吗？"

乔伊这一番掷地有声的话语，让马老太太脸上悲戚的表情逐渐变得僵硬了起来。

随即马老太太又抹着眼泪，哭着说道："唉！谁家父母不希望孩子成才啊！可是……这两个孩子被我们惯坏了，现在想管也管不了。我们作为父母，总不能把孩子送去坐牢吧？我们就这两个孩子啊！"她说完捂着脸，发出一阵哀恸的哭泣声。

乔伊看着感觉心酸不已，她叹了一口气说道："没有谁是管不了的，咱们老祖宗有句古话，叫作人生大不了大器晚成。他们两兄弟现在才二十多岁，正值青春的时候，他们的人生也才刚刚开始。只要他们现在能够改过自新，那以后你们就等着过好日子吧！"

"他们……真的还能改好吗？可是他们坏名声在外，谁会接受他们呢？"马老太太浑浊的眼睛里，逐渐露出了希望的光芒。

"怎么没人接受他们？只要他们保证听我的话，我们公司就要他们。"乔伊狠狠瞪了大宝、二宝一眼说道。

"什么？你说你们公司要我们？"这下连大宝、二宝都感到惊奇了。

要知道布哈文化公司可是乡里神话一般的存在，不但工资高，福利待遇好，而且工作环境还好。这公司的人统一穿着职业套装，一个个精神抖擞的，和电视里那些大城市的都市白领差不多。这可羡煞了乡里的年轻人。不知道有多少人托人走后门，想要来这个公司上班。但是因为乔伊和巴建龙对于员工的整体素质要求非常严格，这些走后门的都被淘汰了下来。反倒是那些有些真本事的年轻人，得到了梦寐以求的机会，留了下来。

至于马家兄弟，他们压根都不敢往那个方向去想，做梦也不敢想能有机会到这公司工作。所以乔伊这番话，比拿着大扫帚追着他们打还劲爆。

"姑娘，这是真的吗？我这两个儿子真能到你们公司去工作？若真是那样，那就太好了，让他们去给你们打杂我老婆子都愿意。"马老太太激动地抓着乔伊的手说道。

"能不能去上班，还要看他们兄弟两个愿不愿意服从我的管理。若是不愿意，那也是没有机会的。"乔伊故意板着脸说道。

"我们愿意，我们愿意。真不是我们兄弟游手好闲，你看我们没有什么学历，又啥也不会，所以我们去找工作的时候，人家都一脸嫌弃地将我们赶出来，还会说一些很难听的风凉话。我们兄弟俩也是血气方刚的人，哪里受得了这个气？

"后来时间长了，我们就想着，反正不管我们好不好，咱们乡里的人都不会接受我们，那我们还不如破罐子破摔，至少这样乡里的人不敢欺负我们。这一放飞自我，就越发不可收拾了。你说谁不想做个好人呢？"大宝回忆着往事，脸上露出了痛苦之色。

"只要你能让我们去你们公司工作，让我们赚到钱，别说听你的话了，让我们喊你姑奶奶都行。"大宝难得一脸严肃地看着乔伊说道。

"对，以后你就是我们的姑奶奶，让我们干什么都行。"二宝连忙在一旁附和道。

乔伊又好笑又好气地看着马家兄弟说道："少来这一套……"

巴建龙站在乔伊身边，板着脸说道："我们公司只要那种孝顺父母，懂得尊老爱幼之人。像那种连自己父母都打的人，是没有资格进入我们公司的。你们若是想进入我们公司也可以，就看你们要怎么做了。"他说完用冷冷的眼神扫视了马家兄弟一眼。

马家兄弟满脸羞愧地低下头去，沉默了好一会儿，才支支吾吾地说道："那个……其实我们也不想这样对待父母。只是我们兄弟俩变成这样，都拜他们所赐。

"作为父母，在孩子不懂事的时候，为什么不进行正确的引导，教育好孩子，让他们长大以后做个有用的人？可是他们呢？一味地溺爱我们，才让我们兄弟俩变成这副人不人鬼不鬼的样子。每次想到这些事情的时候，我和弟弟就特别恨他们。所以才会用这种方式来折磨他们。其实……事后我们心里也会难过……"大宝说完，难过地低下了头。

这个时候老马也从屋里走了出来，他听完大宝这番话以后，身体不由得哆嗦了一下。老马不可置信地看着两个儿子，他从来没有想过，自己掏心掏肺照顾的两个儿子，竟然一直在心里恨着他。他嘴唇哆嗦着问道："你们说，你们恨我和你们妈？我们老两口这么掏心掏肺地对待你们，你们想要天上的星星，我都恨不得给你们摘下来，到头来就换来你们的怨恨？"老马说完这一番话之后，两行浑浊的泪水哗啦一下流了下来。

二宝愤恨地看着老马说道："我和大哥就是恨你们，你看看乡里面，谁家父母不对自己的孩子严格要求？不望子成龙？只有你们只知道溺爱我们，让我们养成这种好吃懒做的性格。我们不想好好做个让别人看得起的人吗？可是你们给我们这个资本了吗？"

"我们初中都没有毕业，一点技术都没有，不管走到哪里都让人笑话。现在还有谁家的孩子初中都没有毕业的？作为父母，你们毁了我们的一生。我们的痛苦难道你们不该承受吗？"大宝也在一旁附和着。

老马和妻子对视了一眼，两个人一瞬间仿佛都苍老了许多。

老马嘴唇哆嗦着说道："对不起孩子，我和你们妈好不容易才有了你们，就想着把所有最好的都给你们，把你们照顾得无微不至，生怕你们受到一点委屈。可是我们万万没有想到，会害了你们，会让你们恨我们呀！孩子他妈，咱们错了呀！做错了呀！"

老马夫妻两个说完这番话以后，抱着脑袋就是一阵悔恨地痛哭，让在场的人都忍不住落下心酸的眼泪。

巴建龙冷冷地看着马家兄弟说道："你们别以为把所有责任都推给父母，就可以心安理得了。你们从成年以后，就应该明白一个道理，自己的人生，自己的路，只能自己去走，谁也无法左右你们前进的道路。

"作为一个成年人，不能约束自己，不能善待他人，不能为这个社会做出贡献，那你们的人生就是失败的。只有小孩子做错事情了，才需要大人来承担责任。一个成年人首先要学会约束好自己的欲望，否则你的人生永远都是一团糟。

"我很小的时候父亲就去世了，母亲一个人含辛茹苦拉扯着我们姐弟三人。

我从小受尽乡里小伙伴的辱骂和欺凌。那我是不是应该自暴自弃，长大以后去报复他们呢？若我真的那么做了害的是谁呢？害的是我自己。

"作为一个成年人，应该学会原谅、放下，以及为自己的人生负责。你在凝视深渊的时候，深渊同样也在凝视着你。我们心中所有的怨恨，最终害的还是自己。我希望你能明白这个道理。若是你们想不通这一点的话。那我们公司可没法要你们。我们公司想要的是思想独立、积极向上、尊老爱幼的年轻人。我们不需要那种一边心安理得地当寄生虫，一边又怨恨父母溺爱自己的人。我说的话你们听懂了吗？"

巴建龙这一番话让马家兄弟感到羞愧难当，他们低下头去，脸色涨红，一句话都说不出来了。两个人支吾了半天，最后才一脸羞愧地低着头，小声说道："对不起，我们错了……"

"你们说什么？我没听见……"乔伊故意很大声地说道。

大宝和二宝对视了一眼，反正丢人已经丢到家了，也不在乎更丢人一点了。两个人索性很大声地说道："对不起，我们错了……"

巴建龙冷冷地看着他们说道："这声对不起，你们不应该对我们说……应该对他们说……"他说完指了指身材瘦弱、满脸沧桑的两位老人。

大宝二宝顺着他的手指看了过去，便看到白发苍苍、身材佝偻的父母。此时他们正满眼含泪，怯生生地望着他们兄弟。

马家夫妇身上、脸上，但凡是有皮肤裸露的地方，都布满着伤痕，这都是他们兄弟二人的杰作。

有那么一刻，马家兄弟突然发现父母老了，不知道从什么时候开始，他们已经不再身体矫健、无所不能，而变成了不能再给他们遮风挡雨的老人了。这一发现让马家兄弟的内心被重击了一下，他们脚步踉跄，满脸愧疚和痛苦，往前走了几步，"扑通"一下跪倒在老马夫妇面前。

"爸爸、妈妈，以前都是我们兄弟两个人的错，我们两个不是人，做出那么多禽兽不如的事情。你们打我们吧，骂我们吧，这样我们心里还好受一点。"大宝一边扇着自己的脸颊，一边痛哭流涕地说道。

老马和妻子看到两个儿子这种陌生的模样，激动得嘴唇都有些哆嗦。

他们连忙走上前去，分别拉住两个儿子说道："儿啊！快起来，快起来，我和你爸从来没有怪过你们。这天底下哪有父母怨恨孩子的？我们把你们抚养长大，也从没有想过要你们报答。只要你们平平安安的，就是对我们最大的回报了。"老太太一边抹着眼泪，一边说道。

老马也是泪水涟涟的，作为一个七尺男儿，他这一辈子不知道遇到过多少困难和挫折，他都坚强地挺了过来。可是这一刻，他感觉眼泪止不住地往下流，怎么也控制不住了。

季云飞看着眼前的场面，不由得感慨万千。这乡里和村里的干部，没少为了老马一家费心，是又送钱又送物，天天上门说教，希望以此能改变马家兄弟这种玩世不恭的态度。

谁知道干部们好事做了一箩筐，甚至自己掏钱来给老马家扶贫，不但没有感动马家兄弟，还让他们变得变本加厉。直到此时此刻季飞云才明白一个道理，马家兄弟之所以变得那么叛逆，整天和他们对着干，那是因为他们想要的不是说教，而是一种认可。认可他们能靠自己的能力养活一家老小，认可他们能够好好做人，重新开始，认可他们本质上并不是坏人。他们所做出的一切，就像是那些缺少关爱，通过哭闹来引起人们注意的孩子一般。只是他们选择了一种最极端的方式，来宣泄内心的不满，希望以此吸引大家的注意力，从而得到别人的认可。但是他们并没有意识到，这种极端的方式是错误的，只会让他们与正常的生活越来越远。

通过这次事件，马家兄弟认识到，若是想得到别人的认可，首先要做出正确的事情来。同时他们幡然醒悟，自己的人生需要自己来负责。将责任都推卸给别人，本身就是一种不负责任的行为。

因此，季飞云一脸感慨地说道："我说建龙啊！咱们乡干部花了好长时间都没有解决的难题，让你们三言两语就给解决了。

"同志们啊！通过这件事情，我们总结出来一个经验，解决问题还是要从根本上来解决啊！"

季飞云虽然这样说，其实心里也非常明白。当初乡干部也给这两兄弟找了不少工作，但到最后都是闹得一发不可收。所以后来乡里没有哪一家企业敢要这兄弟俩。眼下巴建龙主动说出要让这两兄弟去他们公司上班的事情，着实让他有些意外。再加上乔伊这个小丫头看着瘦瘦小小的，但是做事非常果决，一言不合就动手，把这兄弟俩打得服服帖帖的，看来把这兄弟俩交给巴建龙是最正确的选择。

季飞云害怕马家兄弟俩到了布哈文化以后又闹事，便看着他们语重心长地说道："我说大宝、二宝啊！以前乡干部们给你们安排了那么多的工作，你们都不好好干。你们不但没赚到钱，还在那边打架闹事，弄得乡亲们都戴着有色眼镜看你们。有时候不是大家伙儿不接纳你们，实在是你们闹得太过火。"

"你们想啊！咱们老祖宗有句古话，叫作拿人钱财与人消灾。既然我们领了人家的工资，就要在这个工作岗位上体现出自己的价值。人家开公司、做生意是为了赚钱，人家的钱也都是辛苦钱，又不是来做慈善的。所以等你们去了布哈文化以后，一定要好好努力做事，千万别像以前那样犯浑了，不然你们这一辈子可就毁了。"他说完一脸凝重地伸出手用力拍了拍马家兄弟的肩膀。

马家兄弟一脸惶恐地回答道："季乡长您就放心吧！能进布哈文化工作，对我们来说简直就是天上掉馅饼的好事，这么好的工作，我们不好好做，再闹事的话那还是人吗？"

"不过……"大宝脸上露出一副欲言又止的表情来。

季飞云没好气地看了他一眼，说道："有什么话就说，一个大男人说话吞吞吐吐的，像什么样子。"

马大宝用力吸了一口气，犹豫了好半天才说道："不过我们兄弟俩什么都不会，怕是一切都要从头开始学，到时候还望建龙不要嫌弃我们笨才好……"他说完这番话以后，一脸紧张地看着巴建龙。

巴建龙听了这番话，"扑哧"一下笑了起来，说道："有你这句话就够了，你若是说你什么都会做，我还不敢相信呢！不会做没关系，我相只要你们肯学，信就一定能学会。"说完这番话以后，他还用力在马大宝胳膊上拍了拍。

"我们保证一定会好好学习的，季乡长做证，若是我们不好好干的话，让小姑奶奶再用扫帚打我。"马大宝连忙一本正经地说道。

这个时候乔伊突然想起来，他们此番前来是追问"闹鬼"这件事情的，结果眼下变成了调解家庭纠纷，以及解决马家兄弟工作的事情了。大家伙儿反而将这次来的主要目的给忘记了。

乔伊看着被她打得胆战心惊的马家兄弟说道："我给你们讲个故事。那天晚上我和建龙哥哥睡不着，就到街上瞎晃悠。这个时候我们突然看到两个黑影鬼鬼祟祟在前面走……这两个人一看就不是好人，我和建龙哥哥商量了一下，就悄悄跟了上去。

"说起来也是有意思，这两个人一路上都在说笑，说把谁吓得屁滚尿流的，完全没有看到身后还跟着两个人……"

随着乔伊所讲的故事推进，马家兄弟俩的脸越发变得苍白，腿都有些不听使唤地哆嗦了起来。

"这两个人的所作所为我都用手机录下来了，而且也交到派出所去了。听说咱们乡里已经有好几个人被吓坏了。若是出了人命啥的，这可是故意伤害罪，到那个时候这两个人被警察找出来，可是要受到处罚的。现在刑侦技术这么发达，若是想找出这两个人来，应该是轻而易举的事情。"乔伊一脸阴森森地说道。

就像是应景一般，随着乔伊的话音落下，远处突然响起了刺耳的警笛声。

乔伊故作紧张地说道："呀！这王警官是不是有线索了，开警车来抓人了？若是被抓到可就不是投案自首了，这可是罪加一等的事情。不知道要判多少年，这大好的青春年华后半辈子可要在监狱里面度过了。啧啧，想想就觉得可怜。"她说完这番话，意味深长地看着马家兄弟。

马家兄弟身体又是一哆嗦，两条腿颤抖得更加厉害了，兄弟两个相互搀扶着才能站立。

第七十一章　鸿门宴

巴建龙瞧见乔伊将这兄弟俩吓个半死，便忍住笑意，添油加醋地说道："你还少说了一种罪呢！"

"还有什么罪啊？"乔伊好奇地问道。

"传播封建迷信罪，这都什么年代了，还有人敢在乡里装神弄鬼，这要是被抓到，那还要多加几年刑罚。"巴建龙与乔伊一唱一和的。

两个人从头到尾都没有提马家兄弟，可就是这样你一言我一语的，就把马家兄弟吓个半死。

兄弟两个哆哆嗦嗦地挤在一起，你推推我，我推推你，挣扎了好一会儿，才像是下定了决心。

"建……建龙，你们的意思是不是说，若是做了坏事，能够主动投案自首的话，判刑会轻一点？"马大宝结结巴巴地问道。

乔伊连忙用胳膊肘戳了戳巴建龙，并且冲他俏皮地眨了眨眼睛。

巴建龙忍住笑意，故意板着脸说道："咱国家的政策就是坦白从宽，抗拒从严，若是能主动坦白，那肯定是……"

"我们说……我们坦白……我们坦白……"巴建龙的话还没有说完，这马家兄弟就争先恐后地挤了过来。

季云飞看到这里，脸上终于露出了轻松的笑容。

在巴建龙的询问之下，马家兄弟一脸忐忑地将事情的经过详细说了一遍。

那一天马家兄弟闲来无事酒瘾犯了，就逼着老马给了几百块钱，去谭浩楠店里要了一桌好酒好菜，又叫来几个狐朋狗友，一群人在一起胡吃海喝，一直闹到了后半夜。

不出意外的，马家兄弟都喝得醉醺醺的。

在送走了其他人之后，这马家兄弟准备回家去，却被突然出现的谭浩楠给叫住了。

谭浩楠手里拿着一瓶茅台，冲着两兄弟晃了晃说道："你们俩别急着走啊？我这酒瘾犯了，这个点也找不到其他人陪我喝酒，一个人喝酒太没意思。不如我弄几个好菜，咱们兄弟三个好好喝一杯？"

这马家兄弟本来就是见到酒就走不动路的人，更何况眼下谭浩楠手里拿的是茅台。以马家的家庭条件，这两兄弟还从来没有喝过茅台，如今见有这样的机会，哪里还顾得上其他的事情。

马家兄弟连连点着头说道："有时间，有时间，只要谭老板你不嫌弃我们兄弟俩，我们愿意陪你一醉方休。"

谭浩楠看马家兄弟盯着酒瓶子，满脸贪婪之色，他脸上浮现出一种阴谋得逞的笑容来。

谭浩楠热情地将马家兄弟带进了包厢里，酒过三巡菜过五味，谭浩楠望着喝得迷迷糊糊的马家兄弟，从包里掏出了三万块钱，直接甩到了马家兄弟面前。

马家兄弟啥时候见过这么多钱，眼睛都直了。

这兄弟俩盯着钱看了半天，才舌头僵硬地问道："谭哥……你这拿这么多……这么多钱出来做什么。"

谭浩楠满脸堆笑地说道："这钱是给你们兄弟俩的。"

"啥？给我们的？这么多钱确定是给我们的？"马二宝忽地站了起来，身体一跟跄差点摔倒在地面上。

马大宝相对来说比较有头脑，虽然他喝醉酒了，但是理智还在。他不相信这种天上掉馅饼的好事。所以他醉眼蒙眬地伸手拉了拉马二宝，大着舌头问道："这无功不受禄，我们兄弟俩啥也没干，这么多钱，我们可不能要。若是谭哥有什么需要我们兄弟俩帮忙的，就尽管开口说。咱们这么熟了，跟我们不用这么客气。"

谭浩楠见这马大宝还有些头脑，并不是那么好忽悠，看来就只能用另外一套说辞了。于是谭浩楠叹了一口气，端起手中的酒杯转了几圈以后，才缓缓说道：

"我说兄弟啊！哥哥最近这心里憋屈啊！可是这些话也不敢出去说，所以才想着喝点闷酒，唉！"说完这番话以后，他还做出一副愁眉苦脸的模样，就好像真的受了多大的委屈一般。

这马家兄弟本来就性格直爽，再加上吃人家的嘴短，便把胸脯拍得咚咚响说道："谭哥，你有啥话就跟我们兄弟说，谁要是敢欺负你，我们兄弟俩替你出头。"

谭浩楠做出一脸感动的模样，感慨万千地说道："哎呀！咱乡里就数你们马家兄弟仗义啊！看来我真没有看错人，以后你们就是我亲兄弟，来我这里吃饭酒菜钱全免……"

马家兄弟对那几万块钱无动于衷，因为他们虽然犯浑，也知道拿了别人的钱意味着什么。但是他们对免费吃喝这件事情，没有任何抵抗力，所以也没有问究竟是什么事情，便点着头应允了下来。

谭浩楠见时机差不多了，便装作一副愁眉苦脸的模样，将自己早就编排好的一套说辞，说给马家兄弟听。

"我说两位老弟啊，哥哥最近可是吃了一个闷亏！那个巴建龙可真不是东西啊！当初我看着他一家孤儿寡母的不容易，便想着伸手拉他一把……"

第七十二章　信口雌黄

谭浩楠一边说着，一边盯着马家兄弟看。他见这两兄弟的胃口已经成功被自己给吊起来了，便又叹了一口气接着往下说道："这巴建龙刚开始来到我们店里的时候，表现得特别好，又勤快嘴又甜。你们都知道我这个人心眼比较实在，人又比较厚道，所以听不得别人说好话，被这巴建龙三言两语就忽悠得晕头转向了。

"我对这巴建龙是掏心掏肺地好，知道他家里困难，这店里有什么我都让他带回去。我是真心拿他当亲兄弟来看待呀！这小子自己也争气，来了没多久，他不甘心只当个传菜生，有一天他私下来找我，说是想利用空闲的时间，去和后厨的师傅学配菜和炒菜。

"说是只要空了就去后厨帮忙，他也不要我给加工资，完全利用业余时间去做。这哪个老板听了不高兴啊？就等于说我花了雇一个人的钱，招了两个人。当时我也没有想那么多，反正我把巴建龙这小子当兄弟看嘛，便很爽快地就答应了下来。并且还特意交代了后厨的两位师傅，让他们关照一下巴建龙，让这小子多学一点东西。

"刚开始的时候还挺好的，这小子勤奋好学，把后厨两个师傅忽悠得团团转，恨不得将浑身的本领都传给他。这炒菜的技术并没有那么容易学会，它需要一个日积月累的过程。但是配菜就不一样了，这是一个熟能生巧的工作。

"这巴建龙前面一直积极帮着配菜师傅干活，后来逐渐练成了一把好手。也就是从那个时候开始，巴建龙的野心就开始藏不住了。他不但想把配菜师傅给排挤走，还威胁我让我给他加工资，而且一个月找我要两万块钱。你们想啊！

我这儿最好的大师傅一个月才七八千块钱。他一个半瓶水就找我要两万块钱，这些钱简直就是我们整个后厨的工资了，我当然不能答应。但是又碍于这份兄弟情谊，我就很委婉地拒绝了。

"原本我以为这小子该死心了，谁知道他见在我这里走不通，便开始打起了歪主意。他整天在大师傅面前挑拨是非，造成我和大师傅不和。然后他又和大师傅联合起来，要把配菜师傅给排挤走。你们想啊！这配菜师傅已经跟了我五六年，对我一直忠心耿耿的，我怎么能让他离开呢？

"我也是通过配菜师傅这件事情才明白，巴建龙这小子从一开始接近我就目的不纯，他是想从我这里捞到更大的油水啊！果然过了没多久，这巴建龙以为自己已经把后厨给控制住了，便来找我谈条件。他说要承包我们整个后厨，这承包后厨的事情，对于我们这个行业来说，也不算是什么新鲜事。只要条件合理，能把我的菜品提上去，我也能接受。

"可问题的关键就在于，他竟然狮子大开口，每个月问我要二十万元。就咱们五乡这个小地方，有几个有钱人？我一个月别说赚二十万了，就算是五万也赚不到啊！你说我开门做生意，总不能做赔本的买卖吧？所以我就断然拒绝了。

"没想到这小子恼羞成怒，他就开始在后厨使坏，不是在客户的饭菜里扔脏东西，就是缺斤少两，让来吃饭的人怨声载道。你想啊！我这个生意做的都是回头客，把饭菜做成那个样子，以后谁还来吃饭啊？所以我因为这件事情和这小子狠狠地吵了一架。

"谁知道这小子竟然起了坏心，有一次我下班回家晚了，竟然被人给打了，若不是我奋力反抗的话，那天晚上可能连命都搭上了。我与那小子这么熟悉，那天袭击我的黑衣人与他身形动作等各方面都相似，就算是天太黑我看不清楚，我也知道那天袭击我的人就是他。

"可是我想着他是家里的顶梁柱，我若是将他给举报了，那他肯定要去坐牢，家里剩下一个老母亲该咋办呢？所以我就咽下了这口气。结果第二天我去上班的时候，这小子又若无其事地来找我谈判，说是要买下我这间餐厅。你们猜他给我多少钱？"说到此处，谭浩楠又卖了一个关子。

"多少钱？"马家兄弟听完义愤填膺，忍不住问道。

"他竟然提出拿一万元钱把我整个店给盘下来，若不然就让我生意做不下去，在咱们乡里也等不下去。还说什么我一个外地人，在这里人生地不熟的，谁会来帮我之类的话。你们看看我这店，且不说盖房子花了不少钱，就是这里里外外的装修也花了十来万。这小子哪里是要买啊？他简直就是明抢嘛。

"这事我肯定不能答应，当场就拒绝了，后来我也逐渐明白过来。这小子心术不正，人心不足蛇吞象，我对他再好，他也不会感激的。继续把他留下来的话，最后可能我连这个店都开不下去了。所以最后我狠下心来，赔给他一年的工资将他给开除了。

"这小子被开除以后还不死心，接连闹了好几回，还想半夜偷偷钻进来砸我的店。我被他吓得只能带着家里的年轻力壮的小伙子，吃住都在店里守着。他来了几次之后，见不容易下手，就死了心。

"原本以为经过这件事情以后，他能改邪归正了，谁知道很快就传出来乔主任落水，他摇身一变成了英雄的事情。"

第七十三章　悔之晚矣

通过这样一番声泪俱下的诉说，谭浩楠将巴建龙描述成一个贪婪，不懂得感恩，又故意借着乔阳救人事件炒作自己的无耻之徒。巴建龙在抱得美人归的同时，也将乔阳的抚恤金骗到了手。

经过谭浩楠这一番描述，若是不知情的人听完以后，肯定会义愤填膺。因为这简直集合了人性所有的恶，已经不单是自私自利了。

马家兄弟并不知道这些事情的真相，又在酒精的作用之下，他们只感觉气愤不已。

马大宝骂道："他妈的……真没有想到这个巴建龙竟然这么坏。我觉得我们兄弟俩已经够不是东西了，没想到这小子比我们还不是玩意儿。"

"哎！可不是吗！我可是被巴建龙这小子给害惨了。这小子从我这里免费学到了炒菜的技术。他想要低价买我的餐厅没有买到，他就另外起了坏心思。他哄骗乔伊那个小丫头，和她一起诓骗咱们乡里，说要建什么风情园。你们想啊！他一个连世面都没有见过的野小子，能建成什么风情园？还不是打着建风情园的名义，就是想另外开一家餐厅抢我的生意！

"我们这一家老小可都指望这个餐厅赚钱了，若是被他祸害得没有生意了，哥哥这一大家子人以后可怎么办啊？说不定这就是哥哥请你们吃的最后一顿饭呢！"谭浩楠一边说一边假意挤出来几滴眼泪，装出一副悲伤的模样，就好像真的受了多大的委屈一般。

在酒精的作用之下，马家兄弟哪里还有什么分辨能力？

谭浩楠在马家兄弟再三要求之下，这才把打算让他们去靖远寺假扮鬼魂去吓那些路过的人的事情从头到尾说了一遍。

马家兄弟原本以为，这谭浩楠想让他们做违法的事情，没想到竟然是这么一件事情。所以这兄弟俩哈哈大笑着说道："谭哥，原来就是这么一件事情啊。我们兄弟俩本来就睡得比较晚，而且去吓人这事多好玩啊。平日里这乡里的人都看不起我们兄弟俩，这下我们兄弟俩非要把他们吓个半死不可。"

谭浩楠没想到这事这么容易就谈成了，当下又给马家兄弟倒了满满一杯茅台酒。

三个人有说有笑喝到半夜，将这件事情给敲定了下来。

临走之前，谭浩楠又将厨房里剩下的饭菜装了一大包给这兄弟俩带回家去吃。

这马家兄弟没见过什么世面，眼界也比较窄，看到这么一点吃喝的东西，就对谭浩楠感激涕零。

按照约定，马家兄弟第二天晚上又来找谭浩楠。

谭浩楠照例准备了一桌好酒好菜，几个人详细制定了一个计划。谭浩楠把提前准备好的行头，拿出来给了这兄弟俩。谭浩楠为了忽悠马家兄弟坚持去装神弄鬼，便又给了这兄弟俩一人两百块钱，并且告诉他们，只要坚持去装神弄鬼，不但好酒好菜伺候着，还额外每天给两百块钱，就像是上班一样。

马家兄弟哪里见过这种场面，很快就被谭浩楠忽悠得晕了头。

这有吃有喝的，还有钱拿，这样的好事上哪里去找？再说了，这装神弄鬼的事情，与这兄弟俩玩世不恭的心态特别契合。所以这马家兄弟玩得是不亦乐乎，并没有觉得这是一件违法的事情。毕竟他们没有去做实质性伤害人的事情。

直到今天，季乡长亲自带着人找上门来，他们才知道这件事情的严重性。

可是，这个时候后悔已经来不及了。

第七十四章　水落石出

听完马家兄弟的讲述以后，季乡长气得用手指点着他们说道："你说你们两个二十几岁的人了，就为了一点吃喝，竟然做出这样的事情来，你让我说你们什么好？"

老马听了这些事情以后，惊得目瞪口呆。他完全没有想到，原来这乡里闹鬼的事情，竟然和自家两个儿子有关系。

他气得直跺脚，恨铁不成钢地骂道："你们这两个……这两个畜生真是糊涂啊。怎么能干出这样的事情来呢？现在都什么时候了，你们还去装神弄鬼吓唬人？这万一把乡亲们吓出个好歹来，你们是要偿命的。今天我就打死你们算了，免得你们再出去祸害人。"

老马说完高高举起巴掌，想要打这兄弟俩。但是这兄弟俩从小长到大，他都没舍得动一根手指。所以这巴掌举了半天，也没有舍得打下去，最后他狠狠扇了自己一巴掌。

老马老泪纵横地说道："季乡长，都怪我，都怪我平日太宠这兄弟俩了，才会让他们这么肆无忌惮地胡作非为。你要打要罚都行，这兄弟俩的过错，我老马替他们背了。"

乔伊听了这话，马上就不愿意了。她板着脸一本正经地说道："老马叔，你说这话我就不爱听了。虽然你是他们两个的父亲，但是大家都是成年人了，谁做错事情，就谁来承担责任。凭什么你帮他们承担责任呢？难不成他们以后杀人放火了，你还去替他们偿命吗？就算是你愿意，咱们国家的法律也不同意啊。"

乔伊说完这番话还觉得不解气，又狠狠瞪了马家兄弟一眼。

马家兄弟吓得哆嗦了一下，马二宝用胳膊肘戳了戳马大宝，小声说道："哥，你赶紧拿出来呀！"

马大宝苦着一张脸，从口袋之中掏出来一把皱巴巴的人民币，送到季飞云面前说道："季……季乡长，这是我们兄弟扮鬼赚到的钱，我们一点都没敢花，都在这里呢。您看我们也坦白了，也上缴了赃款，是不是可以从轻发落呢？"

季飞云忍住笑意说道："这事我说了不算，你们给王警官打个电话，让他过来处理好了。"

"别打了，我来了……"就在这时，一脸笑容的王警官从门外走了进来。

季飞云好奇地问道："咦？你怎么来了？正打算找你呢。"

"本来今天我也要去找您的，没想到在这里遇到了。"王警官看着季飞云笑着说道。

"哦？找我？是发生了什么事情吗？"季飞云好奇地问道。

"是这样的，建龙他们送来的视频，经过我们技术侦破，查出那两个装神弄鬼的就是这马家兄弟。原本我想着去跟您汇报这件事情，没想到你们竟然提前查出了真相。我接到乔伊丫头的电话时，就想着这还真是省了我不少的麻烦。"王警官哈哈大笑着说道。

马大宝局促地站在一旁，满脸紧张地说道："报告王警官，我们主动自首了，是不是可以从宽处理？"

王警官看了马大宝一眼，正色说道："你们兄弟俩跟我回所里，我们还有很多事情要问你们。只要你们是真心想要悔改，所里也一定会酌情处理。"

马家兄弟听了这话，不由得松了一口气，连连点头称是，然后跟着王警官离去了。

这老马夫妻俩见两个儿子又被带走了，忍不住担心地抱在一起哭了起来。刚才他们听乔伊说的那些话，真以为马家兄弟犯了很大的罪，这心里担心得不得了。

巴建龙瞧着这老夫妻俩的模样，叹了一口气劝慰道："老马叔你们二老也不用担心，这兄弟俩也没有犯什么大事，刚才乔伊说的那些话都是为了吓他们，让他们说实话的。这事虽然是他们做的，但是他们充其量只能算是帮凶……没什么大事，你们不用太担心。"

老马夫妇听了这话以后，脸上立刻露出了喜悦之色。他们连连说着感谢的话，又再次反省宠溺孩子犯下的错误。

季飞云看着眼前的两个老人，语重心长地说道："我们古人有两句话叫作'慈母多败儿''棍棒底下出孝子'，我们身为父母就要肩负起对孩子正确教育的责任，否则不但是对子女不负责任，也是对社会不负责任。孩子在小的时候是没有是非对错的观念的，这个时候就需要我们做家长的给予他们正确的引导，从而树立正确的价值观和世界观，努力让孩子成为一个对社会有贡献的人……而不要放任不管，一味地溺爱，这样的话不但毁了孩子的一生，也害了我们自己。

"这兄弟俩还年轻，以后的道路长着呢！希望从今天开始啊，你们做父母的不要再一味地溺爱他们，要让他们心里有对错之分。好在这次没有闹出太大的事，不然这两个孩子的这辈子就完了。老马叔，通过这件事情，孩子的教育方面，一定要引起重视啊！"

季飞云这一番发自肺腑的话语，让老马夫妇羞愧难当。他们一再表示，以后一定不会溺爱孩子，努力让马家兄弟变成对社会有贡献的人。

巴建龙见老马夫妇生活实在是不易，便主动掏出了三千块钱，塞到了他们手中，说道："老马叔，这兄弟俩我会照看着的，你们二老就不要担心了。这些钱你们先拿着，去给自己买两身新衣裳。活了一辈子了，自己该享受的时候要享受，不要把什么都留给孩子。他们兄弟俩都这么大了，能照顾好自己了。等以后他们赚了钱，娶了媳妇，你们二老啊，就等着在家里享清福吧！"

"不不，这钱我们坚决不能要，能让孩子去你们公司上班，已经是天大的恩德了……"老马连连摆手着急地说道。

第七十五章　坏透了

马家兄弟跟着王警官去了派出所以后，表现得非常好，他们把自己知道的事情都说了出来。他们把谭浩楠给他们付的工资都悉数上交了，一分也没有少。

鉴于这两个人良好的态度，王警官对这两兄弟进行了严肃的批评教育，又进行了行政处罚。

另一边王警官给谭浩楠打了电话，让他来派出所一趟。

谭浩楠接到电话的时候，右眼皮忍不住跳了几下，心里蓦然泛起了一股不好的预感。

他推开王警官的办公室，一眼便看到坐在里面的马家兄弟。谭浩楠心里"咯噔"了一下，显而易见他猜对了，就是闹鬼这件事情东窗事发了。

谭浩楠感觉心"砰砰"地快速跳了几下，他吓得差一点扭头就跑。谭浩楠深吸了几口气，努力让自己平静了下来。

他脸上带着刻意的笑容，笑眯眯地说道："王警官好，呦！你们兄弟俩这是又犯啥事了？不是哥哥说你们，都多大的人了，还不好好做点正经事，整天惹是生非的。你看看你们父母都一把年纪了，你们不想着多赚点钱孝顺父母，还整天进局子，也不怕人笑话？"

谭浩楠这倒打一耙的水平炼得是炉火纯青，他先把马家兄弟编排一顿，为的就是告诉王警官，这兄弟俩可不是什么好人，让他不要上当。

本来马家兄弟还觉得，他们把谭浩楠给出卖了，心里有些过意不去，可是谭浩楠这一番讽刺的话，让马大宝心里气不过。

仗着有王警官在场，马大宝没好气地瞪了谭浩楠一眼说道："我说谭老板你说这话我就不爱听了，什么叫我们惹是生非？我们兄弟能有今天还不是拜你所赐？你这会儿还来装什么好人呀？"

"就是，我们兄弟俩那是敢作敢当，明着坏，不像有些人暗地里使坏，心里都坏透了。"马二宝也在一旁帮腔。

"呵……你们兄弟俩是啥样人，咱乡里谁不知道？你看看有几个人愿意理你们？也就是我可怜你们，经常好酒好肉招待。没想到你们不感恩就算了，还恩将仇报，真是应了那句话，斗米养仇人……"谭浩楠说着摇了摇头，做出一副受了很大委屈的模样。

马大宝听了这话，忍不住冷哼了一声说道："有些人就是无事献殷勤，非奸即盗。当时我还奇怪，这莫名其妙你怎么对我们兄弟这么好？又是好酒好菜，又是出手几万块钱。现在想来好在我们兄弟不贪心，没有拿那个钱，不然眼下事情可大了。"

谭浩楠听了这话以后，心里那个气哟。若不是这马家兄弟贪便宜，怎么愿意听他指挥呢？这每天好吃好喝伺候着，茅台都喝了几瓶，再加上每天的工资，他也花了万把块钱好吗？

这兄弟俩见东窗事发，马上就和他反目成仇了，还真是一点哥们义气都不讲。

若是换了以前，谭浩楠早就蹦起来咒骂马家兄弟了。可是眼下在派出所里，王警官还在现场，他还要继续装可怜，这口气只能先咽下去，等以后再找机会跟这兄弟俩算账了。

想到这里，谭浩楠用力挤了挤眼睛，挤出两滴眼泪来。他声音哽咽着说道："王警官不瞒您说，我们小店赚的都是辛苦钱，我不知道钱是好的啊？可是没有办法啊！我们开门做生意谁的脸色都要看。有句话叫什么来着……强龙压不过地头蛇。你说我一个外地人，在这里非亲非故的，做什么都要看人家的脸色，我是一个人都不敢得罪……

"若不然人家就扬言要把我店给砸了，把我赶出咱五乡去。你说我这老婆孩子都在五乡呢，我能去哪里啊？所以有些时候真的是情非得已。若花了钱能消灾还好，像眼下这样……我们的日子是真没有办法过了啊！王警官你可要给我做主啊！"谭浩楠边说边哭，做出一副悲惨不已的模样来。

马家兄弟看到他这副模样，气得大声骂道："你快拉倒吧！你还说人家巴建龙要抢你的店。眼下又把我们兄弟说成是村霸。敢情整个乡里就你是好人，谁都可以欺负你。你就这么软弱可欺吗？那村里的妇女多说两句，你都要和人家抱在一起打架……你这些话说出去谁信啊！"

王警官皱着眉头，听着两方争吵，他在一旁冷眼旁观，发现这谭浩楠着实是老狐狸，一个劲儿地装可怜，想要激怒马家兄弟。这马家兄弟没有什么心眼，要不了多久，恐怕就要动手打人。要是在派出所把人给打了，不管出于什么原因，这马家兄弟都没有这么容易离开这里。那他谭浩楠就达到自己的目的了。

为了避免更严重的事情发生，王警官皱着眉头说道："好了……吵什么吵，当我们派出所是菜市场吗？还有你，一个大男人动不动就哭哭啼啼，像什么样？"

"你们兄弟俩给我坐下，刚才那节教育课白上了？做错事情还有理了不成？你们自己不愿意去，别人还能拿着刀逼你们去？"

王警官这番严厉的话语，让两边的人瞬间就安静了下来。

马家兄弟垂头丧气地说道："王警官教训得极是，这事确实是我们错了，以后一定吸取教训，不能被人利用。"这兄弟俩说完还狠狠瞪了谭浩楠一眼。

谭浩楠知道这兄弟俩也不敢拿他怎么样，所以无所谓地擦了擦眼泪，若无其事地抠着指甲，完全没有把他们放在眼里。

经过王警官的点拨以后，这兄弟俩知道谭浩楠在故意激怒他们。所以他们根本不去看他，眼不见心不烦。

王警官面容严肃地看了谭浩楠一眼，沉声对谭浩楠说道："今天喊你来，主要是想了解一些事情。你也知道我们的政策是什么，所以希望你能如实坦白……"

王警官便把靖远寺"闹鬼"的事情，从头到尾说了一遍，他说话的时候，一直在盯着谭浩楠面部表情的变化。

这谭浩楠虽然心里在打鼓，但是从他脸上是看不出任何东西来的，一如既往地平静。

王警官观察到这里，便知道这谭浩楠是块不好啃的骨头，看来不拿出一些真凭实据来，是没有办法让他低头认错的。

果然，谭浩楠听完王警官的这一番话之后，一脸委屈地说道："王警官，自打我来到咱们五乡以后，我的表现怎么样？有没有做过什么违法乱纪的事情？"

王警官眯了眯眼睛，随即摇了摇头。

这谭浩楠虽然经常和人吵架，和村里妇女打架啥的，但都是一些小错误，说起来也算是安分守己，只是为人精明一些，喜欢占小便宜，是个典型的小市民。除此之外并没有犯过什么大的过错。

"那就是了，我既然没有犯罪前科，我与建龙兄弟无冤无仇的，他还在我店里工作过那么久，我干吗要害他啊？"谭浩楠耸了耸肩膀，一脸委屈地说道。

"那还不是因为这巴建龙的风情园若是建起来，你就多了一个竞争对手，到时候会影响你的生意……"马大宝抢着说道。

谭浩楠等他说完，忍不住"扑哧"一下笑了起来，他对马大宝指指点点地说道："我说大宝啊大宝！不是我想说你，你也找个靠谱的理由啊。咱们乡这么大，有这么多的人，这生意是我一个人能做完的吗？就算是建龙兄弟不开店，也会有其他人开，你看咱们乡有多少家饭店了？

"这做生意全凭自己的实力，只要用心做好饭菜，做好服务，何愁没有生意呢？你看这些年我店里的生意差了吗？这建龙兄弟开风情园又不是从我手里抢生意。"

第七十六章　证据确凿

谭浩楠看了看王警官，继续说道："再说了，这建龙兄弟的风情园主打的是旅游，等生意做起来以后，来旅游的人多了，我的生意只会好不会差。虽然建龙兄弟也有餐厅，但是接待量肯定不能满足游客的需求。那作为咱们乡里第二大的餐厅来说，多出的游客肯定就会到我这里来了。既然如此，我巴不得建龙兄弟能把风情园办好，又怎么会花钱故意去捣乱呢？

"我说你们兄弟俩，下次说话的时候，能不能考虑清楚再说？不然你们经常这么胡说八道，以后谁还敢信你们的话呢？"

谭浩楠一口气说完了这番话，然后面不改色地看着马家兄弟，眼神里闪过一抹得意的光芒来。他对马家兄弟太了解了，这兄弟俩胸无点墨，也没有什么脑子，是一戳就爆的性格。这样的两个人就算是做证，思维也不会很缜密，他们更不会去想，万一谭浩楠否认了该怎么应对，很容易就被人给驳倒了。

果然谭浩楠的话音刚落，马家兄弟急得满脸通红地说道："你胡说，那天晚上你可不是这么说的……你说咱们乡里一共就这么多人，眼下只有你一家餐厅尚且可以保证生意。若是等巴建龙的风情园开起来了，那肯定会分流你的生意，所以你才花钱让我们去扮鬼吓人。"

"哈哈哈！我说马家兄弟，你们两个是还活在旧社会吗？现在都什么年代了，还有人会用扮鬼这一套来吓人吗？都说让你们平日里多读一点书，你们就不听，现在 5G 都要普及了，你们思想还这么保守落后……啧啧！没文化可真可怕……"谭浩楠说完这番话以后，一脸同情地看着马家兄弟，就好像他们真的一无是处一般。

"姓谭的你少血口喷人，我们兄弟俩就是被你蛊惑，上了你的当，才会去装鬼吓人……"马二宝忽地站了起来，气得脸红脖子粗地吼道。

"原来靖远寺闹鬼那事，居然是你们兄弟俩做的？我说你们怎么能做出这种事情呢？你们知不知道咱乡里好几个人都差点被吓破胆了，听说在家里躺了半拉月呢！这若是让他们知道这些事情是你们兄弟俩做的，那他们肯定会把你们家都给砸了。"谭浩楠说完威胁地眯了眯眼睛。

马家兄弟听了这话，不由得吓得缩了缩脑袋。这兄弟俩自打被人发现以后，心里就一直打鼓，他们真害怕那些被吓过的乡亲来找他们算账。

王警官见状轻咳了一声，打开抽屉，从里面拿出一摞照片，扔在了桌子上。然后他冷着脸看着谭浩楠说道："我今天找你来，是了解情况的，至于其他的事情就不需要你来操心了，我们会处理好的。首先现在是法治社会，虽然马家兄弟做错了事情，但是他们已经受到了应有的处罚。咱们乡里的百姓都是通情达理的，我想他们断然不会不分青白就去马家闹事。"

"现在麻烦谭老板配合我的工作，这些照片里的情景你熟悉吗？"王警官用力敲了敲桌子，示意谭浩楠不要把话题给扯远了。

谭浩楠这才悻悻地收回了目光，往桌面上瞥了一眼。随即他的脸色变得一片煞白，豆大的汗珠儿也开始往下落，再也没有了前面那种胸有成竹的模样。

这些照片都是从监控视频上面剪辑下来的，画面的内容是谭浩楠在商店里买东西。谭浩楠买东西原本没有什么奇怪之处，之所以把他吓成这样，问题就出在他手里拿的那些东西。原来这是一家卖那种恐怖玩具的商店，里面卖的都是一些年轻人喜欢的恐怖玩具、面具等东西。这类产品平时没什么人购买，可是到了每年万圣节的时候，那些赶潮流的年轻人，就会蜂拥着过来购买，以此来烘托节日的氛围。所以谭浩楠来购买产品的时候，这家店里并没有什么人，这也让王警官很容易就找到了谭浩楠买东西的画面，并且把它们都打印了出来。谭浩楠手里拿了两三个恐怖头套，其中两个正是被巴建龙拍下来的画面中马家兄弟曾经使用过的。

谭浩楠正是看到了这样的画面，才吓得脸色惨白，浑身颤抖。

王警官看到他的反应，满意地点了点头说道："谭老板请问这是你吗？你能告诉我，你买这些东西有什么用吗？"

谭浩楠用力擦了擦额头的汗水，结结巴巴地说道："这是……这是……对，这是我给儿子买的……他说他们班里的孩子约好，万圣节要凑在一起热闹一下，让我提前给他准备好。"

"哦？是吗？谭老板，且不说咱们国家提倡过咱们老祖宗留下来的传统节日，并不提倡过这些所谓的洋节。单就说你购买的这两个头套，既然你说是买给儿子的，那一定还在家里吧？这样，你给你爱人打个电话，让她将这两个头套找出来，我让同事去你家里拿一下，你看如何？"王警官见谭浩楠还在狡辩，便又进一步问道。

"拿……拿不到了……"谭浩楠听了这话，身体忍不住哆嗦了一下。这头套都被他送给马家兄弟了，让他们轮换着用，他哪里还拿得出来？

第七十七章　我儿子有病

"拿不到了？这是什么意思？"王警官故作不知地问道。

"就是……就是被我们家儿子拿出去玩，被小伙伴给借走了，到现在还没有还回来。"谭浩楠的眼珠子快速转动着，冷汗直冒。

王警官挑了挑眉峰，继续说道："被哪家的孩子拿走了？我派人去要回来。"

"这个……那个……我儿子他也没说，我也不知道是谁家的……"

"没事，咱们可以去你家，我来当面问问孩子……"

"这不行……"谭浩楠一听，直接从板凳上跳了起来，一脸紧张地说道。

"哦？为什么不行？"王警官饶有兴趣地反问道。

"我儿子……儿子他还小，你们去了会让他受到惊吓……万一再把孩子给吓出个好歹来，那可怎么办啊？"谭浩楠做出一副好父亲的模样，焦急地说道。

"呵呵……你是不是对我们民警办案有什么误解？我们只有对待犯罪分子的时候，才会非常严厉。对待一个不懂事的孩子，我们会非常和蔼可亲。好了，别浪费时间了，我们还是走一趟吧！我还有很多事情要做，没时间陪你在这里打太极。"王警官说着，从板凳上站了起来。

谭浩楠哆哆嗦嗦地站了起来，若是把王警官带到家里去，他妻子和孩子根本不知道这些事情，那肯定要露馅。

谭浩楠刚到五乡来的时候，因为家里穷，没有钱买地皮盖房子。后来遇到了现在的妻子，妻子家里并没有嫌弃他穷，从自家的宅基地里面，划出了一块地皮，给他们一家盖了房子。他们夫妻两个开小餐厅赚了一些钱，后来这些钱都用在了现在这个餐厅的建设上，也没有进行住宅的建设。目前他还是和岳父母一家住在一起，若是王警官这个时候找到家里去，那他在外面做的这些事情就没有办法隐满了。不不不，他绝对不能让这样的事情发生……

因此谭浩楠哭丧着脸说道："事到如今，有些事我也不能再隐瞒了。原本家丑不可外扬，这些事情我从来没有对外说过……但是涉及我自己的名誉，我只好不怕丑了……我那儿子看着正常，其实他脑子有点不太好……"

"你儿子脑子不好？你没有胡说吧？你家那小子看着那么机灵，一双大眼睛贼溜溜的，一看就遗传了你的精明，现在你说他脑子不好？说出去谁信呢！"马大宝听了这话以后，一脸惊讶地说道，脸上写满了不相信。

"对啊！昨天我还看到你家孩子手里抱着一堆吃的，以翻倍的价格卖给班里的同学。这鸡贼的模样一看就是你教出来的。你说他脑子有毛病，打死我们也不相信。"马二宝也连连摇头说道。

谭浩楠听着这些话恨得牙痒痒，但是碍于王警官在面前，他又急着替自己洗脱嫌疑，所以也顾不上去找其他人的麻烦了。他叹了一口气说道："唉！你们是只知其一，不知其二啊！我们家这小子平时看起来跟正常人一样，可是发起病来……就……这事说来话长，我家这小子长到三岁之前，一切都很正常，他的不正常是从三岁以后表现出来的。刚开始我也没有发现，因为工作比较忙，孩子都是他妈妈带着。

"有一天餐厅收工比较早，我想着很久没陪儿子了，就早点回去陪陪他。结果我发现这孩子跟我在一起的时候注意力一点都不集中。他坐在那里眼神涣散，一个劲儿地自言自语。我喊了他好半天，他才精神恍惚地问我咋了……当时看到他这种状态我就意识到这孩子可能有什么问题。可是等我去问孩子妈妈的时候，她却说孩子可能是因为瞌睡了，脑子有些不灵光，等睡一觉起来就好了。

"我虽然当时感觉奇怪，但是到了第二天早上孩子睡醒了以后，确实变得跟正常人一样，我以为是自己多心了，便没有往心里去。我发现孩子有问题是通过一件小事。那天我正在店里忙碌，咱们乡里的那个老江家的老婆气势汹汹地来找我，说我儿子抢了她儿子的东西，还把人给打伤了，让我赔钱。

"我当时怎么解释也没用，无奈之下只能将我儿子给找来当面对峙。可是不管老江家的儿子怎么说，我儿子就是死不承认，那模样根本不像是在撒谎。小孩子打架嘛！这事最后只能不了了之了。可是有一天我无意之中看到家里多了一样东西，而这东西正是老江家孩子说被抢走的东西。

"当时我就很惊讶地问我儿子，这东西哪里来的，他一脸坚定地告诉我，说不知道。我当时认为这孩子肯定是在撒谎，这么小岁数都学会骗人了，气急之下将孩子狠狠打了一顿。可是不管我怎么逼问，他就只有一句话，他什么事情都没做……后来又接连发生很多件这样的事情。不是我们家里的东西丢了，就是家里多了东西，我们一家人一筹莫展，还以为家里闹鬼了呢！

"直到有一次我看到我儿子，拿着家里比较贵重的东西往外走。当时我吓了一跳，这才明白，哪是什么闹鬼了，敢情是出了家贼啊！当时我气得又将这个小子狠狠地揍了一顿，为此还跟孩子他妈狠狠吵了一架。说起来气人得很，我问这小子准备把东西送到哪里去的时候，他一脸茫然地告诉我，他不知道，也不知道为什么拿这个东西。若不是我亲眼看到，就险些被他给骗了。

"可是我转念一想，他不过是个十几岁的孩子，哪有这么好的演技？这事说不定还真有什么隐情。紧接着我又发现他到了晚上会出现那种精神涣散、注意力不集中、自言自语的情况。"

第七十八章　被愤怒冲昏了头脑

"这一次我不听孩子妈的了，坚持要带孩子去看病。经过一系列检查以后，医生得出的结论是我儿子有精神方面的疾病……具体是什么病我也说不清楚。医生说得挺玄乎的，说我儿子会间歇性地忘记一些事情，而且随着年纪越大，这种情况就越明显。可能到了最后，他连我们这亲生父母都不认识了。

"那天我买回来这些面具以后，他就拿着出去玩了，回来以后这东西就不见了，而且还被人打得鼻青脸肿的。我当时气得不行，准备带着他去找别人理论，可是不管我怎么问他，他都说不记得发生了什么事情。

"我们家可就这么一独苗，这孩子出了这么大的事情，我也不敢和孩子他妈妈说，万一她再着急上火，有个什么好歹，我这一家日子可该怎么过啊？说起来这老天爷也是不公平，你说我谭浩楠这辈子没做过什么坏事，怎么这些乱七八糟的事情都找到我头上了呢？这可真是应了那句话，好人没好报。"

谭浩楠说完这番话以后，还特意看了看马家兄弟，做出一副被冤枉的表情来。

不等大家伙反应，谭浩楠随即又说道："王警官，不是我不让你去我家里，这万一我儿子看到你们又发病了，让家里人知道这些事情，家里的两个老人再出点什么事情，可怎么办啊！"谭浩楠说完又用力挤出了几滴眼泪来。

王警官耐心地听他说完，忍不住皱了皱眉头，开口问道："谭老板你儿子是在哪家医院看的病啊？"

谭浩楠费了好大力气才将这个谎言给说圆了，正在他暗自庆幸自己机警的时候，突然听到王警官这么问，脸上的表情不由得呆了呆。

他嘴唇翕动了好一会儿，才结结巴巴说道："在县里……"

"县里哪家医院？"王警官又追问了一句。

"当然是县人民医院了……"谭浩楠心里有些恼怒，顺嘴说出了医院名字。

因为在他的潜意识里，这么严重的病，也只有县人民医院能看了。

王警官说道："谭老板你着实不容易。我的同学里面刚好有医科大毕业的，已经毕业几年了，在医疗系统里也是有了一些自己的人脉。我马上就给他打个电话，让他找找熟人，看看能不能从人民医院把你儿子的病历给调出来，然后拿到北京、上海的大医院去会诊一下。毕竟这些地方医疗水平很高，这有病了要趁早治，可千万不能耽误了。"

王警官说着掏出了手机做出一副要打电话的模样，不过他随即又问道："对了，谭老板你儿子叫什么名字？我让我同学来查一下。"

王警官的话让谭浩楠差点从板凳上滑下来，他稳了稳身形，强咽了几口唾沫，努力缓解了一下心头的紧张，说道："这个就不用麻烦你同学了，咱们新疆虽然没有上海、北京发达，但是医疗水平也不差，我相信人民医院的医生能把这个病情给稳住。医生说等孩子大一点，说不定能逐渐好转。"

王警官皱了皱眉头，又说道："哎，不对啊！你刚才不是还说，这孩子岁数越大，病情就越重吗？万一这孩子长大了以后不认得你们了怎么办？你们家就这么一个孩子，我绝对不能让这样的事情发生。这个忙我必须帮。"

"那个……王警官你也太客气了，这是我的家事，我自己来处理就行了，真的不麻烦你了。"谭浩楠心里恨得牙痒痒，可是他又不好发作，只能赔着笑脸来应付。

王警官说道："孩子的病情不能耽搁，先把这件事情解决了，其他的事情咱们慢慢再来说。我带你去县人民医院查档案，你儿子的名字我这里有登记。"

谭浩楠急得额头上的汗都冒出来了，心里的火气也噌噌往上冒。

第七十九章　恼羞成怒

　　"我说你这个人怎么不知道好歹呢？人家王警官好心帮忙，你怎么还不领情呢？"坐在一旁的马家兄弟看不下去了。

　　谭浩楠见这兄弟俩不但不帮着他，还和他唱反调。他能有今天，全是这不知好歹的兄弟俩造成的。想到这里他忍不住怒火中烧，二话没说，直接跳起来一拳打在了马大宝的脸上。

　　马大宝捂着脸惨叫了一声倒了下去。

　　谭浩楠还想再扑上去殴打马大宝，这马二宝一看自家哥哥挨了打，他哪里还能袖手旁观，便扑上来和谭浩楠厮打在一处。

　　等王警官从惊愕之中反应过来的时候，这三个人已经打得不可开交了。

　　他恼怒地吼道："都给我住手，听到没有！给我住手，你们也不看看这是什么地方，竟敢在派出所打架？"

　　但是这盛怒之下的三个人，哪里还能听得进去他的劝？

　　谭浩楠将马大宝压在身下，拼命挥着拳头往他脸上打。马二宝抱着谭浩楠的身体想要将他给拉起来。

　　叫骂声、惨叫声，各种声音混在一起，简直比菜市场还热闹。

　　王警官扯了半天，都没能将这三个人分开，于是急匆匆跑出去喊人。

　　王警官带着两个年轻的警员，从外面急匆匆地跑了进来。

　　王警官气愤不已地喊道："你们把人给拉开，简直就是胡闹，跑到派出所来打架，当我们这里是什么地方？"

　　那两个警员连忙冲了过来，费了很大力气才把这三个人给分开。

马大宝的脸都被打肿了，眼睛眯成了一条缝，满脸都是血迹。

马二宝急着要救哥哥，所以一直想着怎么把人给分开，并没有对谭浩楠做出什么过激的行为来。因此谭浩楠除了脸上有些擦伤以外，并没有受到其他伤害。

这谭浩楠经常和乡里的妇女打架，练就了一套抓头发、抓脸、插眼睛的绝活，马家兄弟一时没有防备，都吃了他的亏。

马二宝一张脸被抓烂了好几处，此时皮肉都往外翻着，看着触目惊心。

谭浩楠见有人拉他，还在用力挣扎着，嘴里高声叫骂着，说出来的话要多难听有多难听。

王警官见他闹得太过分了，便用力拍了一下桌子，怒声吼道："谭浩楠你给我闭嘴，你再闹，我现在就把你关起来……"

谭浩楠被这一声巨响吓得哆嗦了一下，他猛然清醒过来，才发现现场多了好几个警察。其中一个警察正用力反剪着他的手臂。他感觉脑袋中传来嗡的一声，身体忍不住晃了晃，差点摔倒在地面上。

谭浩楠愣了好一会儿，才缓缓说道："发生……发生什么事情了吗？"

王警官对谭浩楠的耐心已经耗尽，他阴沉着面孔，大声说道："你还问我怎么回事？你自己做了什么事情心里不清楚吗？我告诉你，少跟我玩那种间歇性失忆的套路，我不吃那一套，就算是你今天得了失心疯，我也要先就这件事情处罚完你再说。不然你还真以为我们这法律是摆设了。"

谭浩楠吓得一哆嗦，此时此刻他的内心不知道有多后悔。他怎么就那么激动，没有控制住情绪，在派出所里把人给打了，这下就是浑身有十张嘴也解释不清楚了。原本他还想来个装疯卖傻糊弄一下，结果王警官根本没有给他这个机会，一眼就看穿了他的把戏。若是这个时候再闹的话，那下场是什么样子，就是显而易见的了。

于是，谭浩楠眼珠子骨碌碌地转了两圈，他连忙换上一副笑脸，带着委屈的情绪说道："王警官这事真不能怪我，我是不是一直想要好好配合你们查案来着？可是这几个人串通一气，故意激怒我，所以才造成了这个局面。王警官这几个人太坏了，快把他们给抓起来。"

"够了……该怎么做，轮不到你指手画脚，眼下先把你的事情交代清楚。第一，你买的那些面具究竟去哪里了？你跟靖远寺闹鬼的案件究竟有什么关系？

其次就是你打人的事件，今天你若是不交代清楚的话，就别想离开这里。来人，把他带下去好好审问。"王警官又是一拍桌子，一脸愤怒地说完，冲着两个警察挥了挥手。

那两个警察点了点头，分别架着谭浩楠的两只胳膊往外走。

这一下谭浩楠是彻底吓坏了，他扯着嗓门喊道："王警官我冤枉啊！这几件事情真跟我没有关系，我是被人陷害的呀……"

但是王警官没有再给他胡闹的机会，直接让人把他带下去审问了。他的办公室里逐渐恢复了宁静。

王警官眯着眼睛上下打量了一下马家兄弟。马大宝连忙捂着脸，口齿不清地说道："王……王警官……我可没有打人，我是单纯挨打……"

马二宝连忙举起双手紧张地说道："我就是拉架，我可没有动手打他。"

王警官看了看眼前的马家兄弟，无奈地摇了摇头说道："你们两个去验个伤，然后回家等通知，没有我的允许谁也不准离开孙扎齐牛录乡。"

第八十章　马家兄弟的转变

离开派出所以后，马家兄弟心里十分紧张，两个人商量了一下去找巴建龙问问情况。

马大宝一脸紧张地把事情经过说了一遍，随后问道："建龙兄弟，你说我们兄弟俩会不会坐牢啊？"

巴建龙挑了挑眉峰问道："为什么这么问？"

"你看这又是闹鬼，又是打架的，不管哪件事情拎出来都不是小事，我们兄弟俩这心里是七上八下的……一点底都没有。"马大宝叹了一口气说道。

"我看你们兄弟俩就把心放回肚子里面去，安心回家等消息好了，别想这么多。本来明天让你们去公司报到，可是眼下你们都受了伤，我看还是先回家休养几天，等伤势好得差不多再来报到吧！"

马家兄弟对视了一眼之后，连忙紧张得声音微微颤抖地说道："建龙兄弟……哦！不，小巴总，请问是不是因为今天打架的事情你要开除我们？我们兄弟俩保证以后再不闹事了可以吗？求求你别开除我们，不然回去没法儿给父母交代啊！"

乔伊在一旁听着，"扑哧"一下乐了起来，说道："你们说的这都什么跟什么呀？建龙哥哥是心疼你们受伤了，想让你们多休息几天，不然你们这副模样来上班，村里人还以为我们是周扒皮呢！"

马家兄弟听了这话，不由得长舒了一口气，敢情巴建龙不是想开除他们，便连连表示感谢。

送走马家兄弟之后，巴建龙说道："现在事情闹大了，那个谭浩楠后面没有办法收场怎么办，毕竟那么大一个饭店都等着他去张罗呢！"

乔伊娇嗔着说道："他都这样害你了，你还总替他着想，真不知道你这个人是不是傻？"

巴建龙憨厚地笑着说道："我家以前和谭嫂子家是邻居，以前我们家里穷的时候，谭嫂子家里没少帮衬我们。这谭浩楠犯的错，只是他个人的错，不能算到他家里人的头上，他家里上有老下有小的，万一他出个什么事情，这一家子的生活怎么办啊？更何况还有这么大一个餐厅，还养了这么多人……"

他感慨万千地把以前发生的事情简单说了一遍，乔伊才知道，原来在这背后还隐藏了这么多事情。听完这些话以后，乔伊的心里也释怀了。

乔伊叹了一口气说道："说实在的，这谭浩楠自己想要作死，那谁也拦不住他，法律面前人人平等，他自己捅了这么大的篓子，眼下谁也救不了他了。若是他真聪明的话，就如实坦白，说不定还能争取到赎罪的机会，否则……"

巴建龙张了张嘴巴，还想说什么，可最终又把话咽了回去，默默地往前走去。

转天一早，巴建龙刚打开院门，就看到脸上贴着许多创可贴的马家兄弟正在门外徘徊着。地面上扔了好多烟头，一看这兄弟俩就来了很长时间了。

巴建龙看了看表，现在才七点多，他忍不住好奇地问道："你们兄弟俩怎么来得这样早？是有什么事情吗？"

马大宝连忙走上前一步说道："没啥事，不是想着今天要来报到上班吗？我父母就让我们兄弟俩早点来，说是别迟到了。"

巴建龙这才算是弄明白了，敢情这兄弟俩是来上班的。

他又看了一眼表，啼笑皆非地说道："我们九点才上班呢！你们这来得也太早了！别在外面杵着了，先进来再说吧！"

到了中午的时候，王警官来到了巴建龙的办公室，主要是跟他说一下对于谭浩楠的审讯结果。

经过民警同志为期半天的审讯以后，谭浩楠的内心彻底崩溃，他如实坦白了自己犯下的错事。

一是因为嫉妒巴建龙要办风情园，害怕抢了自己的生意，所以才想出来了这么一件"扮鬼"的荒唐事，企图以此来阻止风情园的建设。只是他万万没有想到，偷鸡不成蚀把米，没把巴建龙打趴下，反而把自己给搭进去了。

二就是殴打马大宝这件事情，因为王警官就在现场，就算是谭浩楠不承认也没有办法。

"闹鬼"这件事情，在村里影响比较恶劣，而且谭浩楠还煽动乡亲们去巴建龙他们的公司所在地闹事，若不是季飞云及时赶到险些惹出了大祸。

这几件事情综合在一起可谓是数罪并罚，根据国家的法律规定，谭浩楠被处以拘留和行政处罚。

谭浩楠听了处罚决定以后，整个人都傻了。想起这些事情来，他是悔不当初。被行政拘留以后，他的人生就会留下污点。关键他又是被拘留，又是被罚款的，目的却一点都没有达到。人家巴建龙该干啥还干啥，怕是等他拘留结束以后，人家什么事情都做成了。而他从此以后却变成了乡里的笑话，这放着好好的日子不过，却硬生生把自己活成了一个笑话。谭浩楠一辈子好面子，没想到却吃了这样一个闷亏。

事到如今，他没有进行自我反思，不在自己身上找原因，却将所有的过错都归咎到巴建龙身上，认为自己是被他给算计了，才会变得这么惨。他认为巴建龙一定是通过这种方法来打压他，并且趁机抢走他餐厅的生意。思来想去之后，他心里越发怨恨巴建龙了。

巴建龙听了王警官的介绍以后，心里不由得感慨万千。事情闹到这个地步，完全超出了他的预想。

巴建龙之所以要做这个风情园，是想完成乔阳的遗愿，想为乡亲们多做一点事情。而且恰好有了佟俊青和贺晓明这样的人脉资源，来帮助他完成这些事情。其实巴建龙一直不太明白，这风情园和锡伯古城建成了以后，是一件非常好的事情，怎么这谭浩楠反应就这么大呢？

王警官看到巴建龙一副愁眉不展的模样，便拍了拍他的肩膀说道："前进的路上总是会听到不同的声音，遇到这样那样的挫折和困难。实在没有必要在意别人怎么说，只要我们坚定目标，不忘初心就足够了。你和乔伊为孙扎齐牛录乡所做的事情，我们大家伙儿都看在眼里。所以你不要有太大压力。有些选择是需要时间去证明的。"

王警官这番发自肺腑的话语，彻底打开了巴建龙的心扉。他重重地点了点头说道："王警官你就放心吧！我一定会把风情园建设起来的……"

谭浩楠被拘留的消息，像一阵风一般很快就在乡里传开了。

这件事情之所以会传得这么快，那完全是马家兄弟的功劳。

这兄弟俩自打来到巴建龙这边工作了以后，就像换了一个人一般。什么脏活累活都抢着干，下班了以后就回家帮老马干活，就算是别人喊他们去喝酒、赌钱，也都被他们给拒绝了。

这两个人的转变，引起了全乡人的好奇。大家都来打听究竟发生了什么事情，让这兄弟俩转变这么大。

马家兄弟本着将功补过的心思，主动承认错误，并且把谭浩楠作为幕后主使做下的那些坏事，悉数说给了大家伙儿听。

第八十一章　剑拔弩张

大家伙儿听了事情的来龙去脉，才明白原来是这么一回事。

那些被吓得半死之人，难免会对马家兄弟心生怨怼。但这兄弟俩打不还手，骂不还口，态度好得不得了。大家伙儿看到他们这副模样，也就不好再说什么了。但是对于谭浩楠这个始作俑者，乡里的人可就没有这么宽容了。

谭浩楠家里的生意全靠乡亲们照顾着，没想到这人心思竟然这样歹毒，为了一己之私，竟然企图阻止风情园的建设。这风情园可是全民持股的好事情，若是被谭浩楠给破坏了，那大家伙儿可就损失很多了。

眼下谭浩楠被抓起来了，大家伙儿心中有气没地方发，因此只能最近都不去谭浩楠家餐厅消费。真要有事，他们宁可舍近求远跑到县城去。

一时之间谭浩楠家的餐厅门可罗雀，生意冷清得不得了。

相比谭浩楠家餐厅的冷清，布哈文化公司却发展得热火朝天。除了工程进度如期往前推进以外，乔伊也想在宣传上多下些功夫。

现在自媒体这么发达，但在孙扎齐牛录乡这里，人们对于流量这种事情，还没有什么很清晰的概念。乔伊却看到了这个先机，她向巴建龙说出了自己的想法。

乔伊说道："我想着开通一个公众号平台，凡是来咱们风情园的游客，都让他们关注咱们的公众号平台。等咱们平台的人气高了，就可以很精准地把和风情园相关的事情通过公众号推送给大家。这也能让大家伙儿心里有个数，知道咱们项目进展到什么阶段了。以免这些事情被有心之人给利用了，又给咱们找麻烦。"

"嗯……你这个想法好。其实我也关注了许多公众号。这些公众号推送的信息，确实让我了解到了很多相关的专业信息，节省了不少时间。我觉得可以这样，咱们把思维模式拓展一些，咱们可以开办一个和锡伯族文化、历史、风俗习惯相关的公众号。咱们收集一些相关的资料，通过这个平台将咱们锡伯族极具特色的风俗习惯，向全省乃至全国、全世界宣传，让更多的人能接触到咱们锡伯族文化，了解到咱们锡伯族的发展史，从而吸引他们前来旅游。"

"这个公众号做到一定程度之后，咱们还可以将乡里的特色农产品推荐上去，起到一个以文旅来带动当地农产品销售的作用。现在科技和信息这么发达，我们应该将科技和信息真正与农村发展结合起来。"巴建龙听了乔伊的建议以后，眼睛里露出了明亮的光芒。

两个人对于这件事情是一拍即合，并且越聊越开心。

这时，巴建龙突然看到佟肖云低着头从外面走了进来，心里不由得感觉有些奇怪。为了避嫌，自打安明光来到他这里上班以后，佟肖云就再也没有单独来过这里。巴建龙便连忙迎了上去："佟主任你今天咋有时间过来了？"

佟肖云停下了脚步，依然低着头，小声问道："你明光大哥在吗？我找他有点事。"

巴建龙听见佟肖云说话的时候带着浓重的鼻音，而且还带着一些哽咽，心中不由得微微一动。他还想继续说什么，乔伊连忙悄悄扯了扯他的衣服，并且冲他努了努嘴巴，示意他去找安明光。

巴建龙会意，连忙点了点头说道："安大哥在后院带着大家伙开项目会议呢！我去喊他一声。"

乔伊见巴建龙离去了，便牵着佟肖云的手说道："肖云姐，走，去我房间里坐一会儿。"

谁知道乔伊一碰到佟肖云的手，她立刻缩了一下，马上将手臂藏在了身后。这让乔伊感觉很奇怪。她和佟肖云接触得久了，知道她是个风风火火的直性子，做事情干净利落，绝不拖泥带水。像今天这样扭扭捏捏的模样，以前从来没有过，难道是发生了什么事情吗？

想到这里，乔伊一把抓住佟肖云的手，捋起她的袖子一看，见原本白皙的胳膊上，有几道青红的印子，看起来像是被什么东西抽打过一般。乔伊感觉脑袋嗡的一声，她连忙将佟肖云的脑袋给抬了起来，结果看到她的脸上也是红肿一片，很明显是被人给打过了。

乔伊还以为是安明光把佟肖云给打了，气得怒火中烧，咬牙切齿地骂道："安明光这个王八蛋，看着他平时斯斯文文的，装得人模狗样的，没想到竟然打女人，还下手这么狠。肖云姐你先去我屋里等着，我去把那个王八蛋给找过来。看我今天不打断他的腿……"她说完这番话以后，就要冲到后院去找安明光。

佟肖云眼疾手快地一把将她给拉住了，含着眼泪着急地摇头说道："不是明光……明光昨晚就没有回去……"

乔伊这才想起来，昨晚他们研究方案，到凌晨三点多才结束。巴建龙觉得太晚了，就让安明光留下来住了。这一早他又带着人在后院工作，根本就没有回家去。那就说明佟肖云身上的伤，并不是安明光造成的。

想到这里，乔伊用力拍了一下脑门，一脸不好意思地说道："你看我……这是气糊涂了……哎呀！走，你跟我回屋，这究竟是怎么一回事？"

佟肖云跟着乔伊进了屋，坐在那里，一边抹着眼泪，一边哽咽着将事情的前因后果说了一遍。

最近安明光因为工作忙，就将所有的心思都用在了工作上。

对于作为妻子的佟肖云来说，丈夫成天喝酒，消沉了这么久，眼下难得振作了起来，她这心里也跟着非常高兴。所以她默默地扛起了全家的重担，全力支持安明光去打拼事业。

这原本是一件非常好的事情，安明光的母亲却有些不高兴了。她话里话外的意思都是，佟肖云这个儿媳妇做得不好，为了赚钱，将自己的丈夫赶出去赚钱，现在连家都不让他回了，自己想见儿子都见不到。

为了这个事情，佟肖云不知道给婆婆解释了多少遍。

可是这个老太太原本就不喜欢佟肖云，眼下是更加对她有意见了。这家务活一点都不帮忙就算了，佟肖云工作了一天回到家里，这老太太还鸡蛋里面挑骨头，指挥着佟肖云去做事。什么衣服要手洗，要吃手擀面等等。她将家里的卫生搞得是一团糟，还指责佟肖云这个儿媳妇不作为，太懒，连家里的卫生都不做。

为此，佟肖云是苦不堪言。可是她害怕安明光分心，就默默地将这些委屈都藏在了心里，对外一句怨言都没有。

原本佟肖云抱着这样息事宁人的态度，以为这日子就能这样将就着过下去。可是她昨晚加班写汇报材料，一直忙到凌晨三点多才回家。因为太累了便睡过了头，等她起来的时候已经早上七点多了。一般这个点，她已经快把早饭给做好了。可是今天来不及了，她便拿了一百元钱给婆婆，让她去街上的早餐店买一点东西吃，自己洗漱一下就去上班了。佟肖云的婆婆阴沉着脸接过钱以后，啥也没有说就转身走了。

佟肖云也没有把这件事情放在心上。因为从他们家到街上的早餐店距离非常近，走路也就四五分钟时间。这老太太在家里也没有什么事情，就当是去散步了，以前也有过这样的事情。

可当佟肖云收拾利索去上班的时候，就发生了一件她没想到的事情。她走到自家院门外，瞧见有一堆人围在那里，还时不时传来一阵哭闹的声音。这让佟肖云感觉有些奇怪，心想，这谁家人一大早就在这里吵闹。不过因为快到上班的时间了，她也没有多想，转身就准备离开。可就在这个时候，她突然听到了一阵熟悉的声音："哎呀！你们说我咋这么命苦啊！生的儿子没有本事，让老婆拿捏得死死的……我这儿媳妇她是真不孝顺啊……"

第八十二章　扣屎盆子

佟肖云一听这声音怎么这么像她婆婆的哭喊声？可是她刚给了婆婆钱，让她出去吃早餐，按理来说不应该在这闹啊。就在这个时候，那个哭喊声又响了起来："我这儿媳妇不守妇道，利用工作跟外面的男人勾勾搭搭的。因为怕我儿子发现，便将我儿子弄出去工作，这忙得一天到晚也回不来一趟。我老婆子想着能忍就忍了，可是没想到我这儿媳妇变本加厉，趁着我儿子不在家，连饭都不给我吃，一大早就将我从家里赶了出来。我这命怎么这么苦啊？老安你走的时候，怎么不把我带走啊？乡亲们啊，你们可要给我做主啊！"

这围观的群众，听了安老太太的哭诉都信以为真，纷纷为她打抱不平。

"这佟主任平时看起来温温柔柔的，为了咱们的事情也是尽心尽力。原本以为她是个孝顺的，没想到竟然干出虐待老人这种事情来。"

"你们知道什么呀？这会咬人的狗不叫，我早就跟你们说了，别被佟主任的表面给骗了。她才这么点岁数就爬上了妇女主任的位置，若是说和哪个领导没有关系，我也是不相信的。"

"天哪！这也太可怕了。这佟主任自己就不守妇道，不孝顺了，还怎么做我们妇女的带头人？这不是会把咱们乡里的风气都带坏了吗？"

佟肖云听了这些话以后，感觉脑袋传来"嗡"的一声响。她能确定这声音就是她婆婆安老太太的，只是她从来没有想过，这安老太太竟然会在外面如此败坏她的名声。这安老太太平时刁难她也就算了，看在安明光的面子上，她可以忍耐，不和老人一般见识。可是作为一名国家干部，尤其是做妇女工作的，她必须以身作则，起到一个良好的带头作用，才能让村里的妇女心服口服，听她的安排。若是安老太太说的这些话在村里传开了，那她以后还有什么脸面去处理工作上的事情？又让全村的人怎么看她？

想到这里，佟肖云这心里的火气便再也忍不住了。她大踏步走向前去，分开人群，大声喊道："额尼，你在这里做什么呢？不是跟你说了，昨晚我加班工作，早上起晚了来不及做早餐，也给了你钱，让你今天委屈一点，先去餐厅吃早饭吗？你怎么坐在这里哭闹？是发生什么事情了吗？"

正在议论纷纷的围观群众，听到声音连忙回头看去，见一脸愤怒的佟肖云从身后走了过来。想来他们刚才说的话，都被佟肖云给听到了。一想到佟肖云平时对大家伙儿的关心，他们不感激就算了，还在背后说她的坏话。这围观群众的脸上就有些挂不住了。所以大家伙儿呼啦一下闪开了一条道，纷纷低下头，谁也不说话了。

正坐在地上哭闹的安老太太，忽然听到佟肖云的声音，吓得"嗷"地叫了一声，她连忙从地面上爬了起来，扭头一看，果真看到佟肖云怒气冲冲地站在她身后。这安老太太原本以为佟肖云去上班了，所以才利用这个机会在外面败坏她的名声，没想到竟然被她给抓了个正着。

安老太太这张脸是红一阵白一阵的，她眼神闪烁，目光游离了好一会儿，才结结巴巴说道："咋了？你对我不好，还不让我对外说了？乡亲们你们看看，我这儿媳妇在外面就对我这么凶，可想而知她在家的时候是怎么虐待我的。"

佟肖云虽然心里都快气炸了，但是她依然努力压抑着心中的愤怒，声音尽量柔和地说道："额尼，你扪心自问，我平时对你怎么样？当然这都是咱们的家事，俗话说家丑不可外扬，有些话我就不对外说了。有什么事情咱们回家去关起门来怎么说都可以，你就是打我骂我，我都认了。可我是国家干部，我的一举一动代表的已经不是我自己了。这关系到所有领导干部的形象，所以那些无凭无据，往我身上泼脏水的事情，请额尼以后不要再对外胡说了。"

"呦！你少拿这个什么领导干部来压我，领导干部咋了？领导干部就能不守妇道，不孝顺父母了？今天当着大家伙儿的面，我老婆子偏要撕开你伪善的面具，让大家伙儿看看你的真面目。"安老太太自知理亏，可是她平时就是一个无理也要辩三分的人，平时欺负佟肖云习惯了，她料定佟肖云不敢把她怎么样，所以更加肆无忌惮地说道。

佟肖云看着安老太太丑陋的嘴脸，因为此事关系到自己的名誉，她这心里的火气再也压不住了。她沉声说道："额尼，你既然口口声声说我不守妇道，那你便当着大家伙儿的面把话给说清楚，我怎么不守妇道了？"

安老太太眼神闪烁了几下，随即跳着脚叫骂道："你自己干了啥事，你不清楚吗？你若是没有勾引男人，怎么可能年纪轻轻的就当上乡妇女主任？至于你那奸夫是谁，我老婆子可不敢说出来，因为他在咱们乡里一手遮天，除非我老婆子不想在乡里待了，不然打死我也不敢说出他的名字来。"

安老太太这番话虽然没有直接说明佟肖云究竟和谁有染，但是在场之人瞬间就听明白了，她这番话明里暗里都把矛头指向了季飞云。她这话里的意思是佟肖云是和季飞云有染，在季飞云的帮助下，佟肖云才能一飞冲天，坐上妇女主任这个位置。季飞云和佟肖云年纪相差并不大，因为工作关系又经常接触，还是存在这种可能性的。再加上安老太太说得有鼻子有眼的，若没有这个事情，谁敢往乡长头上扣屎盆子？如此一来，大家看着佟肖云的目光又变了，若不是碍于佟肖云的身份，怕是早就开始议论纷纷了。

别人都听出来这安老太太的画外音了，佟肖云自然也是听明白了。她真没有想到安老太太竟然会这样胡说八道，把她和季飞云攀扯到一处了。

第八十三章　媳妇，对不起

佟肖云自己的名声受损也就算了，可是她万万没有想到，这安老太太竟然把季飞云也给扯进来了。

季飞云是一乡之长，这乡里的大小事情都由他来管理。在工作上他一向都是公正廉明、奖罚分明的。在生活上，他就像是一个大家长一般，将乡里的干部都照顾得无微不至的。也正因为如此，季飞云在乡里得到了大家的交口称赞。

这样一位好干部，若是因为自己，让他名誉受到了损害，那她可就是罪人一个了。想到这里佟肖云一脸气愤地说道："额尼，因为您是明光的母亲，所以我打从心里爱戴您，尊重您。就算您再不喜欢我，我也从来没有做出过不尊敬您的事情。您侮辱我就算了，我可以忍。我佟肖云身正不怕影子歪，没有做过的事情，不是您说有，就有的。

"可是您不但污蔑我，还同时影射其他的乡干部，无端往人头上泼脏水。这件事情不能就这么算了。今天当着父老乡亲的面，您必须把话说清楚。您说我和别的男人有染，那么请您拿出证据来。若是您没有证据的话，那您这就是污蔑和诽谤。按照我们国家的法律，污蔑和诽谤他人，对他人造成伤害的，可是犯法的，情节严重的是要坐牢的。"

安老太太为了在人前挽回自己的颜面，这才胡说八道。她万万没有想到，胡说八道这种事情，还有可能坐牢。而且这话还是自家儿媳妇说出来的。这不是当着众人的面，在打她的脸吗？而且她也确实害怕，由于胡说八道被抓去坐牢。她自己心里非常清楚，这些事情根本都不存在，完全就是她胡说的。

这安老太太是越想越害怕，越是害怕，她就越想给自己挽回颜面。想到这里，她的眼珠子骨碌碌转了几圈。安老太太"蹬蹬蹬"大步上前，趁着佟肖云发愣的时候，抬起巴掌，在她脸上"啪啪啪"就打了几耳光。

安老太太嘴里还骂骂咧咧地说道："我今天就打死你这个忤逆不孝的东西，你不孝顺老人就算了，现在还因为一些莫须有的事情，要把自己的婆婆给送到监狱里去？赶明儿个我见到你父母，要好好问问他们，怎么生了你这么一个没家教的东西，是不是你娘家风气就不好，才会上梁不正下梁歪？"

安老太太这番话非常恶毒，她不但骂了佟肖云，连带着她的父母一起骂了。佟肖云为人子女，花钱的时候在娘家，能赚钱的时候来了婆家。她因为工作忙，又要照顾安老太太，所以没有机会在自己父母面前尽孝。这本来就是她心中的一个遗憾。好在佟肖云的父母都是知识分子，非常通情达理，也很理解女儿的不容易，家里有点什么好吃的，都要亲自送过来。在这种情况之下，这安老太太骂她就算了，居然连带着把她父母也给骂了，而且还不分青红皂白把她给打了。佟肖云一边捂着脸，一边带着哭腔喊道："额尼，您骂我可以，但是您不能侮辱我父母。我父母把我养育长大，我没有机会报答他们，将全部心思放在了这个家里，尽心尽力照顾您。您不感激也就算了，凭什么辱骂我父母？"

安老太太原本想给自己找个台阶下，可是她没有想到在家里一向唯唯诺诺的佟肖云，竟然在公众场合对她大吼大叫。这让她心里的火气噌噌往上冒，安老太太气恼地举起手中的拐杖，对着佟肖云劈头盖脸打了下去。

佟肖云来不及躲闪，便结结实实挨了几棍子。

这安老太太平时最喜欢装病，其实力气大得很，这几下又使足了力气，所以将佟肖云身上打得是青一块紫一块的。

佟肖云又不能跟自己的婆婆动手，只能用两只手护着脑袋，尽力去躲闪。

这围观的群众看到安老太太对自家儿媳妇又是打又是骂的，一直不依不饶，再看到佟肖云被打得遍体鳞伤的，这热闹是再也看不下去了。其中有两个和安老太太年纪差不多大的老太太，实在看不下去了，便气愤地走上前去，一把将安老太太的手给拉住了。

这两个老太太愤慨地说道："我说你这个老太太怎么回事？你看看咱们乡里还有哪个婆婆打儿媳妇的？这儿媳妇嫁到咱们家里来，那就是咱们家里的一分子，你把人家当亲闺女看待，儿媳妇才会把你当亲妈看待。"

"这佟主任的孝顺可是在咱乡里出了名的，她嫁过来这么久，就从来没有听到她抱怨过。反而是你整天在外面说佟主任的坏话。这佟主任不仅是你儿媳妇，她同时也是咱们的乡干部。你这个做婆婆的不去维护自己儿媳妇的名誉，还到处说一些无中生有的话，我真是服了。"

"就是，像佟主任这种儿媳妇，那是打着灯笼也难找，真搞不明白，你这个老太太还有什么可闹的？"

安老太太听着周围议论纷纷的声音，气得把手中的拐杖往地面上一扔，顺势躺在地面上，又是哭，又是闹，那叫骂声简直是不堪入耳。

佟肖云气得双眼通红，但是她又不能把自己的婆婆怎么样了。因此，她才捂着脸，一路哭着跑来找安明光诉苦。

乔伊听完这些前因后果以后，气得咬牙切齿地骂道："哎！我就不明白了，这安大哥挺通情达理一个人，怎么他妈妈竟然这样糊涂呢？这安大哥难不成是一个妈宝男，所以才会什么都听他妈的，才让你受了这么多委屈？"

佟肖云刚准备替安明光解释一下，但是话才到嘴边，就听见房门砰的一声被撞开了，紧接着一脸紧张的安明光从门外冲了进来。

他看到遍体鳞伤的佟肖云，当场眼泪就流了下来。他一个大男人，小心翼翼地抱着佟肖云失声痛哭了起来。

安明光边哭边说道："媳妇儿，对不起……"

第八十四章　变本加厉

原本一肚子委屈的佟肖云，看到安明光这么一个大男人，因为她受伤的事情痛哭难过的时候，那满腹的委屈忽然就不见了。她用力擦去脸上的泪水，扯出一抹笑容，轻轻拍着安明光说道："傻瓜！你哭什么呀？我不疼。快别哭了，回头再让建龙兄弟他们笑话。"

安明光哽咽着抬起头来，伸出手抚摸着佟肖云脸上的伤痕说道："对不起，都是我没用，没有保护好你，让你受了这么大的委屈。这些年你嫁到我们家里来，一天好日子都没有过上。你放心，我发誓，以后绝对让你过上好日子，再也不会让你受到半点委屈。"

乔伊本来对安明光一肚子的气，她认为这婆媳关系不好，完全就是因为他没有处理好。原本她想狠狠教训一下安明光的，可是看到他这副模样，又变得于心不忍起来。

不过站在佟肖云的立场上，乔伊还是大声说道："安大哥，肖云姐的娘家不在咱们乡里，以后我就是肖云姐的娘家人。站在肖云姐的立场上，我觉得咱们要尊老爱幼，但应该是在对方讲道理的基础上。这安伯母这次做得确实有点太过分了，往肖云姐头上泼脏水也就算了，怎么能把季乡长也扯下水呢？

"这季乡长在咱们乡里，那可是有口皆碑的。他为咱们乡里的人做了多少实事？若不是季乡长的到来，咱们乡里能发生这么多翻天覆地的变化吗？远的且不说，只说咱们这个公司吧。若不是因为季乡长的大力支持，怎么可能这么快就落地？你说这些话若是传到了季乡长的耳朵里，那他该有多伤心啊！我们这不是典型的恩将仇报吗？"

巴建龙见乔伊一直说个不停，安明光脸上的愧疚之色越发浓郁了。他便悄悄扯了扯乔伊的衣襟，又冲她摇了摇头，示意她别说了。

乔伊这才懊恼地噘着嘴巴，没有继续说下去了。

安明光一脸羞愧地站了起来，低着头说道："对不起，这事确实是我错了。以前我总想着父亲去世得早，是母亲一个人含辛茹苦将我拉扯长大，这一辈子她过得太不容易。

"以前我总想着她年轻的时候受了那么多的苦，如今我长大了，有能力了应该好好孝顺她，让她多享点清福，把她年轻时候所受的苦都补回来。可是我忽略了很重要的一点，我母亲不容易，肖云嫁到我家里来，这么多年也很不容易。肖云在她娘家，也是父母手心里的宝，什么都不图就嫁到我家里来了。凭什么她到我家里来就要受我母亲的欺负？我母亲又没有生她，没有养过她。她孝顺我的母亲，完全是想要通过这个方式来表达对我的爱。

"在这个家里，若是我不能保护她，不能照顾她，那她还能看到什么希望？平时一些小矛盾就算了，我可以睁一只眼闭一只眼，但是这一次绝对不能就这样算了。老人怎么了？老人就可以不讲道理，就可以随意打人，就可以胡说八道了？今天我母亲闹出来的这个事情，可大可小。若是真传到有心之人耳朵里面去了，那可能会给季乡长惹上一个大麻烦。

"肖云，你哪儿也别去，就在这里等我。我很快便回来。"安明光说完这番话以后，站起来就往外跑。

佟肖云一见，连忙站了起来，想要拉住安明光，可是被他一把给推开了。佟肖云急得直跺脚，大声喊道："你干什么去？"

安明光脚步未停，一溜烟地跑走了。

佟肖云急得就要往外走，却被乔伊一把给抓住了。

她冲着佟肖云摇了摇头说道："肖云姐，我觉得安大哥说得对，这件事情必须解决，必须有个说法。不然安老太太一直这么闹，迟早把你们这个家都给搅黄了。你还想不想和安大哥一起生活下去了？"

佟肖云愣愣地看着乔伊，她的脸从一片惨白，逐渐变得有了红润之色。她低下头，微微点了点头，小声说道："只要你安大哥不嫌弃我，这辈子我都不会离开他。"

"那不就成了？眼下你和安老太太这个矛盾放在这里，若是不解决的话，那以后只会让你们的矛盾更加激化。每个人做事情都是故意在试探一个人的底线。

"以前这个安老太太骂你，可是你从来没有反抗过，她就会认为骂你不需要付出任何代价，所以只会变本加厉地骂你。如今她动手打你了，若是你再不反抗，那以后打你就变成了家常便饭。你若是善良得没有锋芒啊，谁都可以欺负你。

"我这么说不是让你不孝顺老人，我们国家五千年的历史文明，尊老爱幼是咱们的传统美德。可是这个'孝顺'要有个度，咱不能愚孝。明知道老人是错的，咱们还不纠正，还一味地让他们错上加错，这就是我们的不对，这样下去只会早晚把老人给害了。

"你们家这个问题就和老马叔家的是同样的道理。他们溺爱孩子，把马家兄弟给害了。你们若是溺爱老人，回头会把老人给害了。"

佟肖云听了乔伊的话，脸上露出一抹恍然大悟的神情来。她不好意思地点了点头说道："妹子我觉得你说得很有道理……以前我只想着我婆婆年轻时候不容易，只想代替你安大哥尽孝，其余的没想这么多……现在仔细想来，当初我刚到安家的时候，我婆婆对我好像不是这个态度……"

"我觉得安大哥有句话说得非常好，这安老太太不容易，你就容易了吗？这事你就交给安大哥去处理，这是他们母子之间的事情。这母子之间哪有什么隔夜的仇？闹完过几天就好了。但是你若是去了就不一样了，这安老太太肯定认为，是你戳着安大哥和她吵架的。这样的话她会把所有的怨恨都累积在你身上……这样只会加剧你们双方的矛盾。"

第八十五章　歪曲事实

　　乔伊这一番掷地有声的话语，让佟肖云内心受到了很大的触动。一方面她觉得乔伊这么小的年纪，竟然能看得这么透彻；另一方面，她反思了一下整件事情的前因后果，发现确实是如乔伊所说的那样，这安老太太一直在试探她的底线。而她为了安明光一直在隐忍、退让，以为这样就可以避免矛盾的发生。然而，事情并没有朝着她所想的去发展，反而变得一发不可收了。闹成现在这个局面，是大家都不想看到的……

　　想到这里，佟肖云叹了一口气说道："哎……这么一说，确实是我太懦弱了……其实我一直觉得奇怪，我在咱们乡是做妇女工作的。这全乡的妇女都能搞定，怎么就搞不定我这个婆婆呢？现在看来，还真是当局者迷啊！"

　　巴建龙听到这里，也忍不住笑着说道："乔伊这小丫头的话你听听就行了，也不能全信。不过确实要找机会跟安老太太好好聊聊才是……"

　　几个人正在闲聊的时候，忽然听见外面传来一阵喧闹声。

　　巴建龙连忙朝窗外看了一眼，结果便看到安明光气喘吁吁地拖着两个大箱子从外面走了进来，还满脸都是怒气。

　　巴建龙连忙和乔伊对视了一眼，说道："这是怎么了？我去看看？"

　　这个时候佟肖云也看见安明光了，她哪里还坐得住，连忙跟着走了出去。

　　"安大哥……你这是……"巴建龙一脸莫名地看着满头大汗的安明光，好奇地问道。

　　"找你借一间房子，以后我们夫妻俩就搬到这里住了……"安明光头也没抬地说道。

因为工作关系，安明光带着设计团队，时常工作到深夜。巴建龙便收拾了几间房子出来，让他们可以随时住在这里。

这套小院子原本是乡政府办公地点，所以有很多单间。但是都不大，条件相对来说也简陋一点，不过住两个人还是完全没有问题的。

佟肖云一听急了，连忙追上去拉着安明光问道："我们搬到这里来了，那额尼怎么办？她那么大岁数了……"

安明光生气地说道："让她自己在家好好清静清静吧！她不是一直觉得你多余吗？我要让她明白，失去了你以后，连她的亲生儿子也会一块儿失去的……其他的事情你少管，就安心住在这里就好了。"

"可是……"佟肖云还想继续说，但是安明光没有搭理她，直接拖着两个大箱子进了房间。

佟肖云还想追进去，却被乔伊一把给拉住了。

乔伊冲着她摇了摇头说道："我说肖云姐，这件事情若是想从根本上解决，就必须让你那个婆婆明白家和万事兴的道理。不然她一直这么作妖，你们的日子过不下去。我觉得安大哥这个办法是对的，让这个安老太太好好冷静一下，等她自己想明白了，肯面对现实了，就知道以后该怎么过了。

"刚好你们夫妻两个也利用这个时间，好好过过二人世界……"乔伊冲着佟肖云眨了眨眼睛，俏皮地说道。

"呸……都老夫老妻的了……不过我们走了，我婆婆她那么大年纪了，一个人在家怎么吃饭呢？"佟肖云还是十分担心安老太太的身体。

"你婆婆今年才六十多岁，身体好得很呢！再说了，你没嫁过来之前，这家务事还不都是她在做吗？所以你就放心吧！饿不死人的……我会让建龙哥哥抽空去看看的……"乔伊笑嘻嘻地说道。

佟肖云忍不住在她鼻子尖上刮了一下，笑着说道："就你这个小丫头鬼机灵……"

等安明光气消一点的时候，佟肖云担心地问他安老太太的情况。安明光笑着告诉她，让她安心在这里住着，其他的事情，他自会去解决。

佟肖云其实是想了解一下，安明光回去是不是跟安老太太吵架了，结果他一直笑而不语，死活都不肯说。佟肖云无奈之下，只得作罢。

到了第二天的时候，佟肖云去乡政府上班的路上，遇到了邻居。这个邻居老太太平时就和安老太太关系比较好，也经常去她家里串门，所以和佟肖云也比较熟悉。

　　这老太太看到佟肖云，连忙跑了过来，一脸神秘地说道："哎哟！肖云啊！你这可是嫁了一个好老公呢！"

　　佟肖云一脸莫名地问道："大婶，您说这话是什么意思？我不太明白。"

　　这老太太便把昨天安家发生的事情，跟佟肖云详细说了一遍。

　　原来安明光怒气冲冲回到家里的时候，发现安家院里比菜市场还热闹，这围得是里三层外三层的。这安老太太就像是在唱戏一般，坐在地面上号啕大哭，跟左邻右舍控诉佟肖云的"罪行"，那简直就是什么难听说什么，根本就没有把佟肖云当作自己的儿媳妇来看。

　　安明光听着安老太太一句一个"小娼妇、贱人、狐狸精"之类的话来形容佟肖云，他感觉自己的肺都快气炸了。他以前只觉得母亲含辛茹苦将他抚养长大，所以就处处尊重她。可是他完全没有想到，母亲竟然变成了现在这副模样。在安明光的印象里，母亲还是那个独立、坚强、勤俭持家，又心地善良的样子，是从什么时候变了模样呢？是从他开始做生意，家里条件越来越好之后吗？

　　安明光愣愣地站在那里，看着眼前这个撒泼打滚、满嘴恶毒语言的老太太，神情都有些恍惚了……他愣了好一会儿，才声音低沉地说道："你们在这里做什么？"

　　正在哭闹的安老太太忽然听到了安明光的声音，连忙一骨碌从地面上爬了起来。她一边抹着眼泪，一边哭泣着说道："儿啊！你可回来了，这些天你不在家，你那个好媳妇都快把我欺负死了啊。她不但不给我饭吃，还打我……"安老太太完全歪曲了事实，还把假的事情说得跟真的一样。

第八十六章　众矢之的

安明光看着大家齐刷刷注视他的目光，显然都在等着他给一个说法。

这些围观的乡亲，对于安老太太所说的这些话，多少是有些不相信的。因为佟肖云的人品摆在那里，这些年大家都看在眼里。可是就算他们不相信，这安老太太一直这么闹，想来也是有一些大家伙儿不知道的原因。毕竟，人都是善于伪装的，总喜欢把好的一面给别人看，至于背地里是什么样子，只有最亲近的人才能看到。这世界上多的是双面人，谁知道佟肖云是不是这样的人呢？眼下只有通过安明光来了解事情的真相了，毕竟这两个女人都是他最亲近的人。

想到这里，大家不约而同地朝着安明光看了过去。

安明光脸色铁青地站在那里，双目之中涌动着愤怒的光芒。他紧紧咬着牙关，努力抑制着心底的愤怒，额头上的青筋高高暴起，双眼就像要喷出火来了一般。若眼前这个人不是他母亲，安明光很可能会冲过去，将诋毁佟肖云的人狠狠打一顿。可是面对含辛茹苦将自己拉扯大的母亲，安明光还是选择了隐忍。

他面色冷淡地看着安老太太，冷着声音问道："额尼您这又是闹哪样？"

安老太太以为安明光应该完全站在自己这边，听了她的控诉之后，应该很生气地去骂佟肖云。可是眼下安明光这副模样，倒是让安老太太心里没了底气。她做出一副委屈的模样，一边抹着眼泪，一边说道："儿啊！你妈命苦啊！我们安家怎么就娶了这么一个不要脸的小骚……"

安明光听见安老太太当着他的面还去诋毁佟肖云，忍不住气得大吼了一声："您够了……您口口声声骂的这个不要脸的女人是谁？她是我的老婆，您的儿媳妇……自打肖云来到咱们家，哪一点亏待您了？她每天把饭菜做好，端到您的房间去，这家里的家务，哪一件不是她在做？您身上穿的衣服，哪一件不是她洗干净的？家里明明有洗衣机，您却不让她用。甚至冰天雪地的连热水都不让她用，就让她用双手在冷水里给您洗衣服。

"她上班累了一天，回到家里还要做饭给您吃。您不帮忙就算了，还嫌弃她做的饭不好吃。有多少次，您把她做好的饭都泼在她身上，连皮带肉烫了那么大一片……您处处刁难她，整天骂她是不能下蛋的母鸡……您不但从身体上折磨她，还从心理上打击她……当着父老乡亲的面，您倒是说说看，您嘴里这个十恶不赦的女人，到底做了什么伤天害理的事情？

"您说她在外面找了野男人，她有时间去找野男人吗？您一个人就把她折腾得精疲力尽了。哪天晚上您不把她折腾到十二点，才让她回自己屋去？她都是把您伺候完了，才回去忙自己的工作。昨天晚上她加班到夜里三点多，这一点和她一起加班的同事都可以做证，所以才起来晚了。

"您有手有脚的，难道自己不能起来做早饭吗？凡是心疼自己儿媳妇的婆婆，在这样的情况下，早就起来把饭菜做好，让儿媳妇吃了去上班了。可是您呢？一大早在这里闹，诋毁、污蔑自己的儿媳妇就算了，现在竟然还敢无故攀扯乡干部。您是不是想把您的儿子和儿媳妇的前程都给毁了？

"您毁了我们对您有什么好处吗？这些年我做生意失败了，意志消沉也没有出去工作，家里吃的喝的，不都是靠着肖云的工资吗？她有过一句怨言吗？她也是父母手心的宝贝，凭什么到了咱们家，让您这么糟践？额尼，咱们换位思考，若是您的女儿，嫁到别人家去，她的婆婆像您这么虐待她，您这个做娘的心里能好受吗？

"以前，我看在您年轻守寡，一个人将我含辛茹苦拉扯长大，心疼您，觉得您不容易，所以一直想着孝顺您。可是，您的不容易并不是肖云造成的。您没有生她，也没有养她，她也没有义务在您面前尽孝。您更没有权利这样欺负一个心地善良的女人。以前发生的事情，我都睁一只眼，闭一只眼，没有跟您计较。可是您看看现在您变成什么样子了？

"在我的印象里，您是个温婉、贤惠又心地善良的女人，不管遇到多大的困难，都能咬着牙坚持走下去。不管我们的生活有多苦，您都会想着去帮助其他人。可是从什么时候开始，您也变成了那种市井泼妇的模样？遇到一点事情就撒泼打滚，胡言乱语。

"额尼，您太让我失望了，我对您的耐心也用尽了。这些年来我太对不起肖云了，从今往后，我不会再没有底线地向着您了，我要好好照顾肖云，她才是陪着我一路走下去的人。我今天回来是来搬家的，我会带着肖云住到工作单位去。既然您容不下肖云，那我也没有必要在这里待下去了。等您什么时候想明白了，改变了对肖云的态度再说吧！"

安明光说完这些话以后，不管安老太太一脸错愕的神情，直接转身进屋去收拾东西了。

安老太太愣了好一会儿，才突然放声大哭，拍着大腿哀号道："我的那个天儿啊！老头子你咋不把我带着一起走？把我留在这里受欺负，我含辛茹苦养大的儿子，他为了老婆不孝顺我这个妈啊！你们大家伙儿可要替我做主啊！"

围观的群众看到这样的情景，心里已经明白了九分。大家指着安老太太纷纷说道："我说你这个老太太心肠怎么这么坏呢？谁家现在还用手洗衣服？放着洗衣机不让用，冰天雪地你还让人家用冷水洗衣服。这若是你亲生女儿，你舍得这么糟践吗？再说现在都什么社会了，谁家不是把儿媳妇当作一个宝贝似的？只有孩子们自己的日子过好了，咱们这些老家伙才能安心不是？"

第八十七章　独自承担后果

"就是，这安老太太怕是心理有问题吧？觉得自己好不容易养大了儿子，儿媳妇进门把自己儿子抢走了，所以心理不平衡，才会想着把儿媳妇折磨走。依我看，也就是咱们佟主任脾气好、心地善良，都被欺负到了这种程度还想着在安老太太面前尽孝。若是换了我，早就拍屁股走人了，老娘不伺候了。"

"说起来这个安明光也是个妈宝男，让自己媳妇受了这么多年委屈。好在这次终于像个男人样子了，我建议咱们乡里的男人都跟他学学，这样我们这些做儿媳妇的，要少受多少罪……"

大家你一言我一语的，都是指责安老太太不是的，没有一个人同情她。

事到如今，所有人都知道是怎么回事了。敢情这个家里闹得鸡飞狗跳的，都是安老太太在作妖。这安老太太还真是老糊涂了，放着好好的日子不过，硬生生把儿子儿媳妇从家里给逼出去了。这偌大的家里就剩下她一个人了，这下可是清静了。

安老太太听着众人的话，脸上是青一阵白一阵的。但是她认为安明光是不会丢下她搬走的，只是说了一些气话。她从地面上跳了起来，指着围观群众骂道："滚，你们都从我家滚出去，你们一个个都没有安好心，看我家日子过得好，就撺掇着我们母子吵架。我们家不欢迎你们，都给我滚出去。"

大家伙儿听了这话，马上就不乐意了，一脸嫌弃地说道："安老太太，你说这话可真是昧着良心了。这一大早的我们都在家里做饭，是你又哭又喊地把我们拉出来，说是让我们给你主持公道。不然谁有空来管你家这些破事？"

"就是，这安老太太可真是不让人省心，儿孙自有儿孙福，这家里日子过得好好的，你不在家安享晚年，却和儿媳妇争风吃醋，我看真是老糊涂了。这儿女长大了，都会有自己的家庭，难不成守着你过一辈子？你就算是把佟主任给撵走了，还会有其他女人嫁进来。这若是以后遇到一个厉害的，你就等着受罪吧！"

安老太太翻着白眼，正准备和围观群众对着骂的时候，就看到一脸怒气的安明光手里拖着几个大箱子走了出来。这一下安老太太彻底傻眼了，她还以为安明光说的是气话，是绝对不可能丢下她一个人，带着老婆搬走的。没想到安明光竟然是来真的。

这一下，安老太太也顾不上去和别人吵架了。她哆哆嗦嗦地伸手将安明光给拦了下来。她一边抹着眼泪，一边哽咽着说道："儿啊！你真为了这么一个贱……外人，就和为娘的离了心？你忘记我是怎么把你养大的了？我这辈子吃了这么多的苦，为了害怕你受委屈，守了一辈子的寡。现在你长大了，翅膀硬了，竟然为了一个女人和我反目成仇？你对得起我吗？"

安老太太说这番话的时候，脸上都是痛苦之色。她心里确实想不明白，为什么安明光会为了一个外人，这样对她？她为了这个儿子，可谓是呕心沥血，一个人不知道吃了多少苦。她好不容易把儿子拉扯大了，没想到竟然是这种下场。她不甘心……

安明光冷冷地看着安老太太说道："我就算是搬走了，也会尽到一个儿子的责任，以后会好好孝顺您的。但是孝顺您这件事情和肖云没有关系了。反正您也不待见她，我们搬出去以后，您就眼不见心不烦了。额尼您好好照顾自己，要按时吃饭、睡觉，有什么事情随时给我打电话。我工作忙就先走了。"

安明光在说这番话的时候，看着满脸都是褶皱的安老太太，心头也是泛起了一股酸涩的感觉来。

差那么一点，他就狠不下心来伤害安老太太。可是一想到，未来他们还要在一起生活几十年。若不能把安老太太这种思想给扳正的话，那他可能就真的要失去佟肖云了。作为一个男人，他应该承担起一个男人的责任来。母亲要照顾，妻子的感受也要照顾。眼下这些矛盾的源头是在安老太太这里，只有她想明白了，这以后的日子才能过下去。

想到这里，安明光狠了狠心，拉着箱子就要走。

安老太太瞧见安明光来真的，吓得一把抓住了行李箱，声音凄厉地喊道："儿啊！你不能丢下我啊！我都这么大把年纪了，你们若是搬走了，这乡里的人岂不是要将我的脊梁骨给戳断了？"

安明光见安老太太都到这个时候了，还一心想着自己面子的问题，根本就没有意识到自己的错误。他便叹了一口气，看着安老太太说道："额尼，我们都是成年人了，每一个人活在这个世界上，都要为了自己的行为承担后果。既然您做出了这样的事，您就该为自己的行为买单。不能说您年纪大了，就可以犯错，而且还不用承担责任。我希望在这段时间里，您能想明白自己究竟错在哪里，若是想明白了就给我打电话，想不明白的话……那就这样吧！我走了！"

安明光说完这番话以后，用力掰开了安老太太的手掌，大踏步往外走去。在他的身后，传来了安老太太撕心裂肺的哭喊声。但是安老太太的哭喊声，并没有挽留住安明光毅然决然的脚步……

佟肖云听完这些事情之后，感觉心里酸酸的，眼泪止不住地流了下来。她真没有想到安明光为了她，会和安老太太闹到这个地步，还为了她直接从家里搬了出来。这让她感觉过去受的所有委屈都值得了。

其实，女人想要的真不多。她不怕吃苦，不怕受委屈。她只怕这个家里没人能够理解她，没人看到她所受的委屈。只要安明光明白她的委屈，懂得体谅她的痛苦，那一切便都值得了。

想到这里，佟肖云用力吸了吸鼻子说道："谢谢您告诉我这一切，我婆婆她只是性情比较刚烈，其实她人很好的……"

第八十八章　愚公移山

佟肖云与这位大婶告辞以后，便急急忙忙往回走。一走进院里，就看到安明光满头大汗地带着人在忙碌。佟肖云在众人的注视之下，一头扎进了安明光的怀中，忍不住抹起了眼泪。

安明光被佟肖云的模样吓了一跳，他连忙问道："怎么突然哭了？可是受了什么委屈？谁欺负你了就跟我说，我来帮你出气。"

佟肖云看到他一脸紧张的模样，忍不住含着眼泪说道："明光，家里的事情我都听说了，谢谢你默默地为我做了这么多事情。"

安明光听她这样说，才舒了一口气说道："我还以为什么事儿，吓了我一跳。傻丫头，你不顾一切嫁给我，在我意志消沉的时候，也没有放弃我，我为你做这么一点小事不是应当的吗？"

"话虽如此，可是我觉得你这么对额尼，有些太过分了……她毕竟岁数大了，万一再气出个好歹来可怎么办呀？"佟肖云不无担心地说道。

"你放心吧！我已经让大姐回家去照看她了，再者我每天都会回家去看一眼。你就安心在这里住着，其他事情交给我来处理好了。额尼那个脾气我还不清楚吗？这一次若是不把她给扳回来，以后她还会欺负你。"

佟肖云听到这里，忍不住"扑哧"一下笑出声来，一张俏脸红扑扑的，双眸之中有着掩饰不住的幸福之色。

巴建龙站在屋里，看着这样的情景，忍不住对一旁的乔伊说道："以前觉得安大哥就知道喝酒，非常地不靠谱。可是真没有想到他竟然是这样一位有情有义之人，值得佟主任托付终身。"

乔伊笑着说道："肖云姐姐没有看错人，希望我也不要看错人哦。"

巴建龙听出了她话里的意思，不好意思地挠了挠头皮说道："你放心吧！我巴建龙这辈子就认准你了，一定会护你周全，谁也不许欺负你。"

乔伊被闹了一个大红脸，忍不住啐了他一口。

巴建龙突然说道："对了，我要去找一下季乡长……"

他说完就要走，却被乔伊给叫住了："哎……这个时候你找季乡长做什么？"

巴建龙揉了揉鼻子说道："我去跟季乡长汇报一下风情园的建设情况。另外一个，今天知道这件事情的人比较多，我害怕那些别有用心的人会传闲话，所以先去跟季乡长打个招呼。"

乔伊歪着脑袋想了想说道："咱们季乡长那可是有大志向的人，定然不会轻信别人的话。不过你去打个招呼也好……"

巴建龙来到乡政府的时候，看到季飞云带着一群干部，蹲在院子里正在说着什么。他凑上去一看，见季飞云他们正在商量治理盐碱地的事情。

孙扎齐牛录乡地大物博，这几年又发展得比较好，这乡里富裕的人家也多了起来。乡亲们手里有闲钱，再加上这几年国家对农业的扶持政策比较好。所以这几年承包土地的乡亲们都赚到了不少钱。

由于有了这些成功的案例，其他人对于承包土地的渴望就大了起来。

虽然孙扎齐牛录乡地大物博，可用的耕地面积比较大。但是这几年从外地慕名而来在乡里承包土地的大户也逐渐多了起来，再加上乡亲们也想依靠承包土地致富。因此这可用的耕地忽然就变得紧张了起来。

为了缓解承包土地紧缺的问题，带着乡亲们尽快脱贫致富，季飞云和乡干部们合计了一下，准备将距离乡里几公里的那一片戈壁滩给开发出来。

新疆的地理环境和其他地方不一样，这里干旱少雨。灌溉庄稼完全依靠天山融化下来的雪水。有水的地方就有绿色，缺水的地方就是一望无际的戈壁滩。

虽然这些年随着农业大开发，已经有很多土地被开发成了良田。可是这些年人口增长比较快，外地来落户的人也比较多。随着风情园的建设，后期会吸引更多的人来定居。到了那个时候，乡里可以利用的良田肯定不够用。若是把戈壁滩改良成优质的土地，需要花费三四年的时间。所以季飞云高瞻远瞩，提前开始布局戈壁滩改良的事情来。

戈壁滩改良说起来简单，但是做起来困难重重。这戈壁滩除了是盐碱地之外，还有大量的碎石头混杂在泥土之中。所以，若是想改良这些土地，一边要治碱，一边还要把这些石头都清理出去。不然的话，什么东西都没有办法种植。

季飞云带着乡干部们刚从外面回来，这几天他一直带着人在勘察土地，寻找适合改良的土地。这不，他们刚从外边回来，还来不及进屋，就在院里聊了起来。

巴建龙见状，并不急于上前打扰。索性抱着肩膀蹲在一旁认真地听了起来。作为孙扎齐牛录乡的人，他也非常希望这乡里的发展能好起来。作为孙扎齐牛录乡的一员，这让他感到与有荣焉。

"这片戈壁滩虽然是目前来说最适合改良的土地，可是它也存在很多弊端……比如盐碱化程度比较严重，砂石比较多；地势坡度比较大，不利于存水灌溉；是个老风口……只要一刮大风，这里就首当其冲。就咱新疆这天气，真遇到刮大风的时候，可能把庄稼都连根拔起了。若是想开发这块土地，首先要把这些问题都给解决了。"季飞云手里拿着一根树枝，在地面上来回比画着。

围在他身边的村干部，七嘴八舌地说道："这盐碱和砂石比较好治理，大不了我们多翻几遍土地，到时候我带着乡干部们进去把石头拣出来……"

"你快拉倒吧！这几千亩地，就指望咱们这些人？怕是拣十年也拣不完，你能不能出点靠谱的主意？"

"哈哈哈！这话可是你小子说的，以后这拣石头的任务就交给你了。你要充分发挥愚公移山的精神，这一代人拣不完，咱们还有下一代人……"

第八十九章　举一反三

巴建龙听见乡干部们的调侃，忍不住"扑哧"一下笑出声来。

季飞云听见笑声，回头一看，这才发现巴建龙不知道啥时候过来了。

他笑着说道："你小子啥时候过来了？怎么闷不吭声的？"

巴建龙不好意思地挠了挠脑袋说道："我这不是见你们在讨论事情，就想着等一等，反正我也没有什么事情。"

"不过季乡长，对于这个土地改良我有点想法。"

"你家土地都承包出去了，你连一天地都没有种过，能有什么想法？"其他乡干部打趣地说道。

"虽然我没有种过土地，可是我也有研究的，而且还研究出来一些名堂了。你们可别小瞧人。"巴建龙咧着嘴笑着说道。

"哈哈哈！那你倒是说说看，你研究出来了什么名堂？"季飞云饶有兴趣地看着他问道。

"刚才我听见你们说，这些土地坡度比较大，不利于灌溉……其实这个问题不难解决。我们先用联合整地机去多平整几遍土地，在这些土地之中多开凿一些水渠，用大水漫灌进行排碱，对于无法灌溉到的位置，可以用加压滴灌进行灌溉。至于风沙大的问题更容易解决，我们可以在这些水渠之中种上树，在前面一片形成防风林。等两三年以后这些树长起来了，咱们的土地也改良得差不多了，一点都不耽误……"巴建龙指着季飞云在地面画的图侃侃而谈。

季飞云听完他的叙述，忍不住"哈哈哈"大笑着说道："好小子，看来还真小看你了。你刚才说的这些啊，正是我们在商量的办法，没想到你对这些东西还有研究啊？"

巴建龙腼腆地笑着说道："我这个人没有什么爱好，平时就是喜欢看书，对于未知的领域就喜欢一根筋往里面钻研，非要弄懂了为止。嘿嘿……没想到这样竟然让我学到了不少知识。在各位领导面前说这些，无异于卖弄了，你们不要笑话我才是。"

"你快拉倒吧！啥时候变得这么谦虚了？对了，我正要找你，想问问你风情园建设的事情，现在推进到哪一步了……走，我们回办公室去说。"季飞云给其他村干部安排了一番，让他们回去接着探讨。他则带着巴建龙来到了办公室里。

季飞云洗了一下手，又忙着给巴建龙倒水。

巴建龙看到季飞云的嘴唇都干得裂了很多口子，便心疼地说道："季乡长你快别忙了，赶紧坐下来歇歇，喝一口水吧！"

季飞云端起茶杯"咕咚咚"喝了一大杯水，这才抹了抹嘴巴说道："这天气越来越热了，你们那里干活的工人要注意防暑，千万别弄出什么事情来了。"

巴建龙见季飞云工作这么忙碌，还记挂着这些小事，便感动地回答道："季乡长您就放心吧！我已经让厨房熬了降火的绿豆汤，早晚往工地上送……而且中午天气最热的时候，就让他们停工，等天气凉爽下来再工作。"

季飞云见巴建龙把一切都安排妥当了，便转移了话题："你今天来找我，可是有什么事情？"

"季乡长是这样的，我今天来，其实是风情园的开发工作遇到了一些困难，我自己拿不定主意，所以想找您商量一下。"巴建龙缓缓说道。

"哦？遇到了困难，遇到了什么困难？说来听听。"季飞云一脸好奇地问道。

巴建龙皱着眉头思索了一番之后，这才说道："我们在设计风情园的时候，特意把咱们乡是多民族的聚居地这个因素考虑了进来。虽然我们建设的是锡伯族的风情园，但是我们也不能忽略其他民族的感受。所以我和团队商量了一下，准备在风情园里开辟一个区域，用来做多民族的文化展示。只是这样一来，我们又担心，这锡伯族风情园不够纯粹，反而有种不伦不类的感觉。因为这个事情我纠结了好几天，但是一直没有拿定主意，所以来找您探讨一下这个问题。"

"你小子可以嘛！考虑得这么长远。首先你这个想法是非常好的。虽然咱们乡是锡伯族人民更多，但是咱们乡能有今天，那是全乡人民共同努力的结果。在这个过程之中，每一个民族的同志都奉献了所有，才把咱们乡建设成了所有人的美丽家园。

"正是因为如此，我们更不应该忘记这些乡亲默默地努力和付出。但是你的担心也是对的，既然我们打造锡伯族风情园，那就应该弄得纯粹一些，不要搞成一个大杂烩，掺杂太多的东西在里面。刚才我突发奇想，有个建议说给你听，做个参考。"季飞云表达了自己心中的想法。

巴建龙听了后，一脸惊喜地说道："季乡长快说说看，这个问题可是让我为难好几天了，一直没有想到解决的办法。"

"我是这样想的，你这个风情园是围绕着咱们乡里的历史文化来建设的。既然如此，我们可以在风情园里建立一个关于咱们乡的文化博物馆。在这个博物馆里，可以将各民族的发展历程清楚地记录下来。这样一来，可以让那些来咱们风情园参观的游客们，既了解到锡伯族的风土人情，也了解到其他民族的发展和贡献，这岂不是一举多得的好事情？"季飞云将自己的想法娓娓道来。

巴建龙听了，激动地一拍大腿说道："哎呀！我怎么没有想到这个办法？咱们村的老人家中，都珍藏着一些和历史相关的老物件，到时候我搞一个征集活动，号召大家将家里的老物件捐献给咱们博物馆，由我们来统一保管……这样一来，乡亲们人人都有参与感，也能以此来增加各民族之间的凝聚力。这个办法真是太好了。"

季飞云见巴建龙这么聪明，简直就是一点就通，而且他还懂得举一反三，便满意地点了点头。

第九十章　地基

巴建龙和季飞云聊得十分投机，两个人针对这个风情园的项目，又细细地规划了一番。

等聊到差不多的时候，季飞云又问道："目前你们这个项目，还有其他方面的困难吗？"

巴建龙思忖了一下说道："大方向都是对的，但是小问题还是有一些的……不过这些问题我都可以自己解决，您这么忙，我就不给您添麻烦了。"

季飞云眼神闪烁了一下，他见巴建龙坚持，便也没有继续追问下去了。

巴建龙见他和季飞云在谈话的时候，不停有人进来找季飞云签字、办事，知道他很忙，便也不再多做停留。不过巴建龙走到门口的时候，又停下了脚步，一副欲言又止的模样看了看季飞云。

季飞云挑了挑眉毛说道："有什么话你就说，别吞吞吐吐的。"

巴建龙尴尬地笑了笑说道："其实这属于您的私事，我本不该多说。但是因为这事情涉及安大哥，所以我还是想多说几句。"

"你说的是安老太太那事吧？嗐！一个老太太多说了几句闲话，我们大老爷们还能跟一个老太太一般见识吗？"季飞云马上就明白了过来，他笑着摆了摆手说道。

巴建龙迟疑了片刻，还是缓缓说道："当时安老太太闹事的时候，现场围了很多人看热闹。安老太太说得又难听，我怕那些有心之人会添油加醋，在背后中伤您，所以这件事情还是要当面跟您说一声。肖云姐因为这件事情心里非常内疚，她也不好意思当面来给您道歉。"

"哈哈！我们为人处世，只要行得正坐得直就好了……别太在意背后那些闲言碎语。好了，这件事情我心里有数了，你回去跟佟主任说一声，让她别往心里去，小事一桩，不值一提。"季飞云爽朗地笑着说道，脸上一片清明之色。

巴建龙见季飞云一片坦然之色，觉得自己再说下去，倒有些以小人之心度君子之腹了。他点了点头，便告辞离去了。

巴建龙站在熙熙攘攘的中心街道上，看着眼前的人来人往，心里一时百感交集。孙扎齐牛录乡能有今天的繁荣，和一代又一代领导人孜孜不倦的努力有着直接的关系。他很庆幸，孙扎齐牛录乡有一个季飞云这样负责任的领导。

巴建龙来到风情园所在的位置，正准备将这个好消息告诉安明光，老远就看到安明光正在和施工人员争执着什么事情。

安明光回头看了巴建龙一眼说道："眼下我们施工遇到了麻烦，靖远寺下面有个很深的地基，而且这个地基还延伸到了我们要修建围墙的位置。师傅们的意思是要把靖远寺的地基给斩断了，不要影响围墙的建设。但我的意思是，这靖远寺在这里已经有几百年的历史了，它的一切都属于历史文物，我们应该尽力去保护它，而不是去破坏它。

"但施工方的意思是，他们当初规划的时候，是按照围墙直线距离进行规划、预算的。若是我们绕开靖远寺的话，那他们就需要多花费一笔钱，所以他们坚持要破坏靖远寺的地基。"

安明光用简短的话语将整件事情的来龙去脉介绍了一遍，同时也表明了自己的立场。

巴建龙微微皱着眉头说道："走，我们过去看看情况。"

安明光连忙带着他来到了靖远寺的地基处。

这靖远寺虽然地面的土房子大部分都坍塌了，但其实它的地基打得非常牢固。虽然几百年前的人在建造房子的时候，没有钢筋水泥，但是他们依然用各种木头，将整个地基深深埋在了地下。这些木头就算是经历了几百年的时间，依然完好无损，没有一点儿腐烂的痕迹，说起来也是奇怪。

就在这时，巴建龙忽然闻到一股似有若无的香气。而这香气正是从这些老木头散发出来的。巴建龙心里微微一动，他连忙蹲了下来，用手擦干净这些老木头上的灰尘，用力敲了敲，又拿出一个小手电筒，在木头上来回照了照。

过了好一会儿，巴建龙才抑制住内心的激动，不动声色地用土将这些木头埋了起来，随即说道："这事先放一放，等我去给季乡长汇报一下，你们先去其他地方施工吧！没有我的允许，谁也不能在这里动工。"

施工队瞧见巴建龙都发话了，自然不好再说什么，便纷纷离去了。

第九十一章　价值连城

安明光不知道发生了什么事情，他凑到巴建龙身边，小声问道："兄弟怎么了？"

巴建龙连忙小声说道："这下面的木头全是金丝楠木，也不知道是多少年的了，这些可都是宝贝……安大哥你在这里看着，没有我的允许谁也不能在这里动土。我马上去和季乡长汇报这里的情况。"

金丝楠木目前的市场价格是什么样的，安明光那也是非常清楚的。若是这些埋在地下几百年的木头，都是金丝楠木的话，那就等于他们挖掘了一座宝库出来啊！

想到这里，安明光一脸钦佩地朝巴建龙看了过去。

面对这么大一笔财富，若是一般人的话，肯定首先会想着把它占为己有。因为谁也不会想到，在靖远寺下面竟然埋着这么多金丝楠木。那些施工的工人也根本不知道这些木头的价值。在他们的眼里，这些只是一般的老木头罢了。既然巴建龙买下了这块地的使用权，按照一般人的想法，在这块地里发现的任何东西，都应该归买家所有了。而且这些金丝楠木的价值，很可能超过了整个风情园的投资额度。面对这么大一笔财富，说不动心那是假的。可是巴建龙却没有这么想，他第一时间想的是去找季乡长，跟他汇报这里的情况，一点都没有要藏私的意思。就冲这一点，巴建龙就值得他尊敬。

安明光冲着巴建龙郑重地点了点头说道："你放心吧！只要有我在这里，保证一点儿东西都不会少。"

巴建龙在他肩膀上用力拍了一下，就急匆匆地朝着乡政府走去。

季飞云看到去而复返的巴建龙，好奇地问道："你小子怎么又回来了？"

巴建龙连忙上前，将发现了金丝楠木这件事情向季飞云做了汇报。

季飞云听完以后惊呆了，他惊讶地张大嘴巴说道："什么？那靖远寺下面的地基竟然是用金丝楠木搭建的？"

靖远寺是在乾隆年间搭建而成的，当初乾隆为了表彰锡伯族西迁新疆屯垦戍边的壮举，特意御赐了一尊金佛。当时那座金佛就被供奉在这座寺庙里。随着时代的变迁，虽然这座寺庙曾经多次修缮，但是最后还是因为年久失修变成了危房。为了保护这寺庙里的文物，季飞云特意让人将里面的东西都挪了出来，妥善保管了起来。但是令他万万想不到的是，最值钱的文物竟然不在寺庙里，而是被深深埋在了地下。若不是巴建龙他们这次进行风情园的建设，这个秘密可能永远都不会被人发现。

想到这里，季飞云激动地说道："你说的是真的？你小子见过金丝楠木吗？会不会认错了？"

巴建龙连忙拍着胸脯说道："季乡长您就放心吧！我打小就特别喜欢各类木头，对这些金丝楠木和小叶紫檀什么的都做过长时间的研究。那木头的香味我一闻就知道是什么木头。而且我还特意检查了，绝对是金丝楠木没错了。"

季飞云了解巴建龙是那种有一说一之人，绝对不是信口开河之人。更何况他完全没有必要撒谎，大可以将这件事情烂在肚子里。既然他主动前来汇报这件事情，那就说明一定是真的。

想到这里，季飞云激动地一拍大腿说道："太好了，你小子今天可立大功了……走，咱们去看看……"季飞云往外走了几步，忽然又停下来说道，"我得跟市里的文物专家联系，让他们赶过来鉴定一下。"他说完，连忙拨通了市里的电话，激动不已地将这边的情况向领导做了汇报。随后，季飞云又向县领导做了汇报。这件事情也惊动了县里的人，这一下，市、县等相关领导，都纷纷赶了过来。

安排完这一切之后，季飞云才和巴建龙一起赶到了现场。

安明光一直站在发现金丝楠木的地方，寸步不离地守着，而且不让任何人靠近。施工队完全不知道发生了什么事情，不过他们只关心工程的进度，对于安明光的行为并没有太关注。直到巴建龙兴冲冲地带着季飞云赶了过来，与此同时不远处还有几辆汽车行驶了过来。这些汽车停下来以后，从车上哗啦啦冲下来好多人，佟俊青也在其中。这个时候施工队才意识到可能出了什么事情，他们一脸紧张地看着安明光问道："我说安经理，怎么来了这么多人？"

安明光笑着摇了摇头说道："你们别担心，继续做你们的事情就好了……和你们没有什么关系。"

这包工头还以为是他们的工作没有做好，所以才引来了这么多人，心里可是担心得不得了。听了安明光的话以后，不由得长舒了一口气，继续忙自己的事情去了。

巴建龙引着季飞云来到安明光身边，蹲下来用手将表层的虚土扒开以后，指着黑漆漆的木头说道："季乡长你看，这些可都是上好的金丝楠木。"

季飞云连忙蹲了下来，用手认真地抚摸着。对于金丝楠木他并没有什么研究，他仔细分辨之后，发现巴建龙所说的那些金丝楠木的特征确实都有，心里也有了几分把握。

这个时候，市、县级的领导和专家们也到了，大家纷纷聚拢了过来，对这些金丝楠木做了详细的考察和鉴定。专家最后断定这些木头就是乾隆时期的金丝楠木，这样的品质一根就价值连城。这一下发现这么多根，可真是非常重大的发现了。

这些专家兴高采烈地议论了起来，施工队的人才知道，原来他们坚持要挖断的木头，竟然是价值连城的金丝楠木，一个个咋舌不已。同时他们也比较后怕，这么大一堆宝贝放在那里，他们不但没有认出来，还觉得碍事，若不是安明光给拦着，差点就被他们给挖断了。若是真挖断了……只怕眼下就没这么安稳了。

安明光避开那些领导专家，悄悄地将巴建龙给扯到了一边。

第九十二章　议论纷纷

"怎么了安大哥？"巴建龙好奇地问道。

"建龙，发现金丝楠木这个事情，对于我们来说不知道是好事还是坏事？我看咱们这个工程进度，怕是要耽误了。"安明光皱着眉头，脸上露出了担忧之色。

巴建龙听了他的话以后，也是微微一愣，随即也反应了过来。这些金丝楠木可都是非常珍贵的文物，而且又在靖远寺的下方。如此一来，这重建靖远寺的工作，怕是不能继续往下推进了。可是靖远寺又是风情园的重要组成部分，若是这一块不开发建设了，那就等于风情园缺失了很重要的一部分。靖远寺原本就有几百年的历史，是典型的活历史，它见证了岁月的变迁，见证了这几百年来，锡伯族人民为了建设美丽新疆做出的辛勤努力。若是因为发现了金丝楠木，而导致靖远寺不能重建，那确实是很大的损失和遗憾。

巴建龙沉默了好一会儿，才拍了拍安明光的肩膀说道："我们损失事小，一切都应该以大局为重，国家利益至上。"

安明光眼神忽闪了一下，嘴巴翕动了几下，最终叹了一口气，什么话都没有说出来。

季飞云带着市、县级的专家忙碌了一上午，才总算将这些金丝楠木考察完毕了。根据专家组的勘探和评估，这靖远寺整个地下部分都是用金丝楠木建成的，这样年代久远，又大规模的金丝楠木建筑群，是非常少见的。这也同时引起了市领导的重视。

在考古工作没有完成之前，靖远寺周围由市里的考古专家们进行接管和戒严。如此一来，巴建龙他们风情园的建设也不得不停工了。

施工队长因为这件事情，还跟巴建龙吵闹了一番，认为都是他多事，导致整个项目进度快不起来，也同时影响了他们去接其他项目。为此，巴建龙也没有恼怒，只是和颜悦色地劝说，最后又赔偿了一笔违约金，才说服了施工队，暂时等待几天。

工地停工，导致布哈文化的所有员工都没事做了。眼下工期不明，大家窝在办公室之中，一个个都垂头丧气、唉声叹气的，精神状态非常不好。

这一天，巴建龙从外面回来的时候，看到几个人挤在一起，在低声地议论。

"你说咱们这个工地还有没有机会复工？"

"我看难，眼下国家对文物非常重视。这家伙一下发现这么多金丝楠木，怎么可能会把这块地方再交给我们开发？"

"咱这公司，主要经营项目就是风情园的开发运营。眼下这个项目停工了，那是不是说，咱这公司也开不下去了？"

"我觉得很有这个可能，你想啊！谁投资不都是为了赚钱？咱小巴总投资了这么多钱下去，这项目眼看着打水漂了，他怎么还会养这么多人。哎！好不容易找了一个稳定的工作，这马上又面临着失业。一家老小都在等着我养活呢！"

巴建龙听到这里，刚准备上前安慰一番，就看到马家兄弟像一阵风一样冲了过来，指着这群人开口骂道："我说你们说的这都是什么话？谁说咱们项目做不下去了？你哪只眼睛看到咱们公司要倒闭了？咱们小巴总是欠你们工资了，还是不给你们饭吃了？"

这几个人瞧见马家兄弟过来，连忙停止了议论。

不过对于马家兄弟的说法，他们依然表示不认同，小声嘀咕道："现在是没有欠我们工资，可是哪个老板也不会养着一群吃闲饭的。公司早晚还不是要倒闭？"

"你再胡说八道，信不信我大耳刮子抽死你？咱们这个风情园项目，那可是县重点项目，都上了新闻的，岂是说停就停的？眼下停工也只是暂时的，咱们季乡长不是说了吗？会尽快处理好这件事情，你们急什么？"马大宝说着直接抬起了巴掌，一副作势要打人的模样。

巴建龙害怕他再打人惹事，连忙走了上来，伸手将他给拦住了。

众人没想到悄悄议论的话，竟然被巴建龙听到了，脸上有些挂不住了，纷纷低下了头。

巴建龙扫视了大家一眼，大声说道："同志们，关于项目的事情你们不要担心，我会尽力协调的。你们也不用担心工资，除非是我这公司倒闭了，否则你们的工资都会按时发放的，这些事情你没有必要担心。"

"小巴总，我知道你这个人做事仁义。可是你们的钱也不是大风刮来的，这项目若是一直没有开工，我们自己也不好意思继续待在这里吃闲饭。大家都是乡里乡亲的，我们哪能这么没有眼力见。"

"就是啊！这发工资的钱可是你卖了房子筹来的，这项目若是做不成，那以后你和你妈连个住的地方都没有了，以后可怎么办啊？"

大家伙儿你一言我一语的，说得巴建龙心里热乎乎的。

开始他以为大家伙儿这么议论，是害怕他拖欠工资，可是现在他才明白，大家是在替他担心，害怕项目做不下去了，他以后该怎么办。同时大家因为没有事情可以做，没办法心安理得拿工资，因此才会心情忐忑，坐立不安。

想到这里，巴建龙感动地说道："各位父老乡亲，你们就在这里安心待着，别想这么多。我刚才去乡政府，准备找季乡长问一下文物考察的进度，结果他人不在。"

"哈哈哈！这一早我就去县政府汇报工作去了，这不刚回来，听说你来找过我，我就赶紧过来了。"正在说话间，巴建龙听见身后传来一阵爽朗的笑声。他回头一看，见一脸疲倦的季飞云从大门外走了进来。

巴建龙连忙迎了上去说道："哎呀！季乡长您说您这么忙，有什么事情打电话知会一声，我就去您办公室了，还麻烦您跑一趟。"

季飞云摆了摆手说道："不碍事，这工程停工快一个星期了，大家伙儿肯定都急坏了吧？"

第九十三章　慧眼识珠

巴建龙听了这番话，知道他们刚才的对话被季飞云给听见了。他不好意思地挠了挠头皮，笑着说道："这点小事我自己能解决，季乡长您日理万机的，就不要操心这些小事了。"

"这可不是小事。这个风情园可是咱们乡里这些年投资最大的一个项目。不光是咱们乡里重视，县里也很是重视。今天我去县里开会，就是给县长汇报咱们风情园项目的事情。"季飞云一脸严肃地说道。

"连县长都知道咱们这个项目了？"巴建龙有些意外地问道。

"不但知道了，咱们县长下午就要亲自过来现场察看。现在是12点，你们还有两个小时准备，咱们的李县长马上就要过来了。我今天来就是通知你们这件事情的。"季飞云热情洋溢地说道。

"什么？李县长要亲自来察看？我们什么东西都没有准备呢，这可怎么办？"巴建龙一听，急得直搓手。

对于巴建龙来说，见过最大的领导就是季乡长了。这县里的领导，作为一个普通人很少有机会接触，更别说是县长了。所以他心里还是有些紧张的，生怕哪里没有做好，怠慢了李县长。

"没什么好准备的，只要你们业务足够精通就好了。到时候李县长肯定要听项目汇报的。到时候安排一个口齿伶俐的，对这个项目比较了解的做汇报就行了。"季飞云拍了拍他的肩膀，示意他不要紧张。

"今天的汇报我亲自上，您放心，风情园所有的规划都在我的脑子里，我已经可以倒背如流了，保证没有问题。"巴建龙拍着胸脯说道。

"哈哈哈！有你这句话我就放心了……到时候咱们这边去几个人，最好把设计师也带上。这次李县长过来，主要是针对靖远寺这件事情，提出建设性的意见。我怕到时候方案要修改……"季飞云收起笑容严肃地说道。

"嗯，您放心吧！我把我们公司的几个核心骨干都带上。"

季飞云安排完这一切，临走前，又语重心长地对那些工人说道："同志们啊！这个风情园项目不但是咱们乡里的重点项目，更是咱们县里的重点项目。你们安心在这里干，这个项目一定不会烂尾的。"

季飞云这一番话，无异于给大家伙儿吃了一颗定心丸。这下谁也不担心项目会流产，公司会倒闭了，大家伙儿浑身都充满了干劲。

送走了季飞云以后，巴建龙连忙把几个主要骨干召集了起来。他把这个好消息告诉了大家，经过商议以后决定，由巴建龙、乔伊、安明光、设计师范明强一同接待，四个人又针对各自的工作进行了演练。在确保万无一失之后，大家这才松了一口气。

等巴建龙他们全部准备妥当以后，时间已经到了一点半，几个人连忙带着电脑和相关文件匆匆忙忙赶到了乡政府。

季飞云看到他们来了，笑着说道："不要紧张，李县长平易近人，非常具有亲和力。到时候他问什么，咱们回答什么就可以了。"

乔伊俏皮地吐了吐舌头说道："我们才不紧张呢！这些事情我们天天做，闭着眼睛都能倒背如流。倒是季乡长您不要紧张，我们一定不会给您丢脸的。"她说完还俏皮地做了一个鬼脸。

"哈哈！你个小丫头，我有什么好紧张的？我对你们信任得很！"季飞云忍不住哈哈哈大笑。

就在这个时候，季飞云的电话突然响了起来。他接通了以后说了几句话便挂断了，站起来说道："李县长马上到了，我下去迎接他一下。"

"我跟您一块儿去吧！"巴建龙连忙站了起来。

季飞云笑着点了点头，转身朝外面走去。

乔伊见状连忙对其他人说道："我们也去迎接一下李县长吧！"

季飞云带着巴建龙他们，刚刚在路边站定，就看到有三四辆公务车行驶了过来，开到乡政府门前以后停了下来。随着车门打开，从里面走下来一位看起来约莫有四十岁的中年男人。

季飞云见状连忙迎了上去，大声说道："县长你们辛苦了……"

"呦！怎么有这么多人迎接我？季乡长不是我说你，搞这么大阵仗干吗？我又不是第一回来。"李县长看了一眼笑着说道。

季飞云回头冲着巴建龙使了一个眼色，巴建龙连忙走上前去说道："李县长您好，我们是主动来迎接您的……"

"这位小同志是？"李县长笑眯眯地看着巴建龙，好奇地问道。

季飞云连忙介绍道："他就是巴建龙，是咱们布哈文化的董事长。"

"哦？原来你就是传说中的小巴总。你们季乡长可是经常在我耳边念叨你，我耳朵都快起老茧了。真没想到竟然这么年轻啊！真是后生可畏啊！"李县长一脸惊奇地握住了巴建龙的手，连连感叹地说道。

随后李县长又看到乔伊，他眼睛一亮地指着她说道："来，让我猜一下，这个小姑娘应该就是我们英雄的妹妹乔伊了吧？"

乔伊连忙含笑走上前来，点着头笑着应答。

李县长看着乔伊叹了一口气说道："你哥哥是人民的好干部啊！只可惜……哎！你也是个好姑娘，放下江南大好的前程，跑到我们这个地方来。我代表五乡的百姓们感谢你们兄妹俩为这片热土的付出啊！"

乔伊听李县长提起乔阳，神色不由得黯淡了几分。她沉默了一会儿才开口说道："李县长您言重了，应该是我们兄妹俩感谢你们这些好领导，让我们有机会在这样一片热土上，实现自己的价值和梦想。"

李县长微微愣了一下，随即"哈哈哈"大笑着说道："季乡长，你瞧瞧，这两个年轻人不得了啊，前途不可限量。你挖到这两个宝贝，可真是慧眼识珠啊！"

巴建龙和乔伊被李县长夸得有些不好意思，两个人对视了一眼随即低下了头。

第九十四章　了如指掌

巴建龙等人跟在李县长身后，陆续进入了乡政府的会议室。这次考察靖远寺的相关人员，都已经在会议室里面等待了。大家伙儿看到李县长的时候，都站起来迎接。

李县长连忙抬了抬手说道："大家快坐下！别这么客气，这一段时间你们都辛苦了。"

这次座谈会是由季飞云来主持的，大家落座以后，他对风情园建设以及金丝楠木的考察工作，做了详细的介绍。

虽然季飞云工作很忙，与巴建龙他们的交流也不多。但是他对整个项目了如指掌。可见在这个项目上面，他没少下功夫。

想到这里，巴建龙一脸感激地看了季飞云一眼。

关于"风情园"这个项目，其实季飞云已经和李县长汇报过好几次了。所以李县长对于这个项目也是了然于胸的，他这一次前来，主要是考察风情园的项目进度，其次就是针对金丝楠木这件事情，和大家商讨一个合理的解决方案。

等季飞云介绍完项目的整体情况以后，李县长满意地点了点头问道："咱们专家组的同志，对于这次考察有什么想说的吗？"

专家组中负责此次考察调研的负责人，连忙把他们的考察结果介绍了一遍。

这些考察结果，巴建龙也是第一回听说。虽然他们是从小就听着靖远寺的故事长大的，可是对于靖远寺是谁建造的，用什么材料建造的，有什么历史价值这些方面是一概不知。只知道打从他记事以来，这靖远寺就在那里。由于年久失修，这靖远寺一年比一年老旧，最终坍塌成了一片废墟。在专家组同志的介绍下，巴建龙才知道了靖远寺那些辉煌的历史。

靖远寺是锡伯营官兵历经五年才修建而成，对于研究锡伯族从东北西迁伊犁后的历史、文化、宗教信仰、建筑工艺美术和各民族文化交流都有一定意义。

面对这个就像是活历史一般的靖远寺，巴建龙突然感觉有些心慌起来。他害怕这么重要的一个活文物，交到他手上以后，若是因为他经营管理不善，而被破坏了，那他可就是罪人了。再者，靖远寺下面发现这么多金丝楠木，更加让巴建龙有些忐忑不安起来了。这么想着，巴建龙额头上的汗珠儿都渗了出来，呼吸也变得急促了。

乔伊感受到巴建龙的压力，悄悄伸手抓住了他的手，并冲着他点了点头。她给巴建龙示意，不管发生什么事情，她都会守在巴建龙身边。

感受到乔伊温热的掌心传递过来的温度以后，巴建龙深吸了一口气，逐渐平复了忐忑的心情。他感激地看了乔伊一眼，冲着她点了点头，示意自己没事。

就在这个时候，听完专家组汇报的李县长说道："靖远寺对于咱们县来说，是意义非凡的。这些年因为咱们领导干部的疏忽，造成了靖远寺的坍塌。若不是巴建龙主动筹集资金，想要重建靖远寺，这件事还不知道要被搁置多久。

"眼下这风情园，布哈文化投资了这么多钱，已经颇具规模了。在这种情况之下，咱们也不可能让他们停工。靖远寺是风情园重要的组成部分，咱们也不能因为发现了金丝楠木，就硬生生把靖远寺从风情园的项目里给切割出来。靖远寺就算是重建了，那也还是需要人来管理和维护的。再者我们也不能为了那些金丝楠木，就将整个靖远寺全部都拆除，那样就违背了我们最初的心愿。

"靖远寺是所有锡伯族人民的，你们专家组也在这里待了这么久，眼下能不能拿出一个好办法来，让风情园项目尽快重新启动？这公司里养着这么多人，项目一直不动工，企业的损失该有多大啊？我们这些做领导干部的，应该多替企业着想，为企业解决这些实际的困难。只有这样才能把企业扶上马，再往前送一程。咱们县若是想脱贫致富，离不开这些企业的发展啊！"

李县长的这一番话，让在座之人都连连点头。大家纷纷将目光集中到专家组的身上。

专家组的负责人轻咳了几声缓缓说道："经过这几日的考察和对整个风情园项目的调研，我们专家组认为，这些金丝楠木是靖远寺的一部分，而靖远寺又是锡伯族人民屯垦戍边最有力的见证。在这种情况之下，这些金丝楠木就不应该移动了。

"所以我们建议继续修复靖远寺，后期只要加强对这些金丝楠木的保护和管理就行了……"

负责人的话音落下，季飞云忍不住呼出了一口气，连连点头说道："我觉得教授说得有道理，这靖远寺几百年来一直屹立在这里，虽然它已经破败不堪了，可是每逢节假日的时候，依然有乡亲们过来祭拜。若是因为金丝楠木，就将它给拆除了，这大家伙儿确实很难接受。"

第九十五章　发扬光大

　　"所以我非常赞同专家组的建议。对于靖远寺重建的问题，李县长可以放心，我们乡里会专门派出两个人来，日夜守着这些金丝楠木，绝对不让它们受到任何损害。"季飞云趁着大家伙都在，连忙表明了自己的态度。这也充分证明，他对风情园这个项目的关注和期待。

　　巴建龙充满感激地看着季飞云，感觉心里热乎乎的。这一会儿，他心里也没有那些忐忑和紧张了。

　　巴建龙咽了一口唾沫，站起来说道："李县长、季乡长，专家组的各位老师，首先非常感谢你们对风情园这个项目的关注和支持。若不是各位领导的全力支持，这个项目也不会这么快动工。其次，若是靖远寺的重建可以继续进行的话，我亲自去现场盯着，绝对保证这些金丝楠木的安全。"

　　"对，我们也都去现场盯着，并且会尽快拿出一套针对如何保证金丝楠木安全的计划书，递交给各位领导审核。"乔伊也跟着站了起来说道。

　　李县长冲着巴建龙和乔伊摆了摆手，示意他们两个人先坐下来。他没有针对让不让这个项目继续下去的话题进行表态，反而看着季飞云问道："我说老季啊！这靖远寺重建，咱们乡里出了多少钱来支持啊？"

　　季飞云听了这话以后，一张脸蓦地红了一下。他沉默了片刻，才一脸歉疚地说道："李县长你也知道我们五乡的情况，我们乡才刚刚脱贫，百废待兴，需要用钱的地方太多了。这重建靖远寺可是一大笔开支，少说也要几百万。以我们五乡这种现状，哪里拿得出多余的钱来修复靖远寺？若是我们有这多余的资金，也不会让这寺庙破败到这种程度了。唉！我这个乡长当得不容易啊！"

他说完这番话以后，忍不住发出了长长的叹息声。

李县长见季飞云哭穷，笑着用手指点着他说道："你们听听，你们听听，我就说了一句，他对我哭了半天穷。你们去县政府打听一下，这五乡的季飞云只要来我们县政府，那绝对就是来哭穷要扶持政策的。

"我跟你们说，咱们五乡有眼下这种兴盛的景象，可是与你们季乡长有直接的关系。你们不知道为了多给乡里争取一些扶持政策，他跑了多少趟，说了多少好话……"

李县长一脸感慨地说完这番话之后，又叹了一口气对与他同来的领导干部们说道："你们啊，要多跟老季学学，这些年他为了孙扎齐牛录乡可以说是鞠躬尽瘁啊！你看他给乡里做了这么多建设，但是自己什么都没有。他住的还是那种干打垒的土房子，连一间像样的房子都没有。我可是听说了，这老季的爱人一直跟他抱怨，说他每个月发的工资都贴补给村里的孤寡老人了。这家里全靠他爱人的工资来支撑着。作为一名国家干部，能做到老季这样，真的是很难得，也非常令人敬佩。

"每年你们评选先进的时候，总是过来问我意见。放着这么好的干部不宣传，你们宣传部的工作可是没做到位啊！"

李县长的话音落下，随行的干部脸上马上露出了难色，大家连连点头承认自己的错误，并且表示等这次会议结束以后，他们马上就安排针对季飞云先进事迹的宣传和报道。

季云飞听了连连摆手说道："李县长……别，您要是觉得我哪里做得不好，您就尽管批评我，可千万别这样。我这个人粗枝大叶习惯了，只想尽心尽力做一点事情。至于宣传什么的还是留给其他干部吧！我也没有做过什么事情……宣传我就不必了。"

李县长见双方争执不下，便哈哈笑着说道："得……我看这采访宣传的事情，你们留着私下去说吧！针对靖远寺开发的事情，咱们这当事人还没有发表意见呢，我们还是回归今天的正题吧！我说建龙啊，针对靖远寺这个问题你有什么想法，趁着今天这个机会，可以好好和大家伙儿聊聊。"

巴建龙搓了搓手，这才深吸一口气说道："我是生在五乡、长在五乡的人，从小就听着老人讲述锡伯族西迁的历史长大的。关于西迁的故事我想我们所有锡伯族的人都能倒背如流。但是这些故事在口口相传之中，逐渐丢失了很多珍贵的记忆。比如这座见证了锡伯族西迁的活历史——靖远寺，咱们乡里就少有人知道它的历史。

"我想若是在我的有生之年，能将靖远寺修复好，能把咱们的锡伯族风情园建设起来，将锡伯族西迁的历史事迹留存起来并展示出来，让我们的后代有一个全面了解锡伯族西迁历史的地方，那我的目的就达到了。

"靖远寺作为风情园重要的组成部分，若是能继续将它修复起来，那将具有非常重要的意义，那我们这个风情园才算是真正有了生命力。这就是我的想法，可能有些狭隘，还请各位领导见谅。"

李县长用手指点着巴建龙，笑着说道："你们看看，咱们的小巴总都把目光放到几十年，甚至一百年之后了，他还谦虚地说自己的见解太狭隘了。他不愧是老季带出来的人，这谦虚的模样简直和他是一个模子刻出来的。"

大家伙儿听了李县长的话，都忍不住哈哈大笑了起来。

巴建龙不好意思地抓了抓头皮，咧着嘴一个劲地傻笑。

乔伊连忙在一旁打圆场："我完全赞同建龙哥哥的想法，咱们锡伯族有这么多历史文化。可是这些珍贵的民俗文化，随着社会的不断发展，正在逐渐地流失。我们的靖远寺和风情园修建起来以后，就能很好地将这些历史和民俗进行保存。我们还将每个月都举办不同的民俗活动，通过这些活动，让年轻的一代近距离感受和了解锡伯族的历史和文化，充分将大西迁的精神发扬光大。"

第九十六章　保护金丝楠木

"嗯，这个小丫头说得好，趁着今天大家伙儿都在，建龙你们团队把这个项目详细给大家介绍一遍吧。虽然我听老季说了无数遍，这耳朵都快起茧子了，但我对这个项目并没有系统地了解过。"

"针对靖远寺这件事情，今天会议结束以后，我会去向市领导进行汇报，争取尽快拿出一个合理的方案。但是我去说服市领导，自己肯定要先了解清楚嘛！"李县长表明了自己的态度。

关于汇报项目这一块，巴建龙他们因为提前开会研究过了，所以一点都不慌乱。他们按照分工，分别从发展前景、社会效益和经济效益、规划设计、宣传推广四个方面对项目进行了非常详细的阐述。这一番阐述下来，足足用了两个多小时。

李县长全程聚精会神地听着巴建龙他们的阐述，不停地点头，记着笔记。还时不时针对自己不明白的地方，提出了问题。巴建龙他们都一一进行了非常详尽的回答。

双方聊得非常投机，等整个会议结束的时候，都已经到了晚上七点多钟。

李县长看了看时间，哈哈大笑着说道："你们讲得太精彩了，不知不觉连时间都忘记了。我晚上还有一场会议，现在必须赶回去了。针对这个项目的事情，有问题我会随时让秘书跟你联系。我也会亲自督促这个项目的进展。

"我说老季啊，想办法把靖远寺这个区域封闭起来。至于风情园其他的项目，该进行还继续进行。这么多人在公司闲着，换了谁也吃不消。另外靖远寺既然归咱们乡里管辖，那这修复的资金就不能让布哈文化来承担。这样吧！我回去打个报告，找县里和市里想想办法，这修复的费用就由我们县里来承担吧！"

季飞云听了这话以后，高兴得忽地从座位上站了起来，眉飞色舞地说道："若真是这样那就太好了，实不相瞒这些年我们针对靖远寺维修的事情，也没少往县里打报告。但是咱们县里前些年也不富裕，所以我也不好追得这么紧。随着时代的进步，咱们县里也摘掉了贫困的帽子，发展得也越来越好了，是时候放开手脚大干一场了。"

李县长笑眯眯地走到季飞云面前，用力在他肩膀上拍了拍说道："老季啊！好好干，你还年轻，前途无量……"

送走了李县长之后，季飞云又和巴建龙等人针对保护金丝楠木的事情进行了深入探讨。最终决定，在专家组没有给出最终方案之前，先由乡里出面，将靖远寺这一块区域临时用彩钢板围起来，并且在旁边搭建一个简易的房间，派人日夜在那里看守。

本来季飞云说，由乡里派人在那里看守。但是巴建龙不放心，非要自己看守。大家伙儿拗不过他，只得依了他。安明光也表示，会和巴建龙轮换着守在那里，有什么事情也可以相互照应着。如此一来，季飞云才彻底放下心来。他接下来的任务就是催促县里尽快给出解决方案了。

乔伊害怕巴建龙受委屈，便着急着回去给他拿被褥和换洗的衣服。

巴建龙瞧见她骑着三轮车拉了这么多东西过来，忍不住笑着问道："你怎么带了这么多东西过来？这是准备搬家啊？我就是在这儿睡一觉，不用准备这么多东西的。"

乔伊四下看了看，小声说道："谭浩楠今天从拘留所出来了，我害怕他会对你不利，所以我也要在这里陪你。"

第九十七章　喝农药

"嘻！他出来了跟我们也没有什么关系，他犯不着再以身试法。再说了，我比他年轻，就算他想做什么，那也得能打得过我才行。所以你就别担心了，累了一天了，早点回去休息。"巴建龙为了打消乔伊心中的顾虑，半开玩笑地说道。

"可是……"乔伊欲言又止地说道。

"别可是了，早点回去吧！回头让人给我把饭送来就行了……快回去吧！早点休息，今天累坏了。"巴建龙扳过乔伊的肩膀，将她推到了三轮车上，让她把多余的东西带回去。

乔伊看着巴建龙，眼神忽闪了几下，只得将满腹的担心咽了回去，柔声叮嘱道："那你晚上睡觉警醒一点，不要睡得太死了。"

"知道啦！哎呀！你快点回去吧！"巴建龙笑着挥了挥手，示意乔伊赶紧回去。

乔伊沉默了片刻，这才蹬着三轮车离去了。

巴建龙望着乔伊离去的背影，脸上的表情逐渐变得凝重了起来。他扫视了一眼还在忙碌的施工队，掏出手机拨通了安明光的电话……

乔伊骑着三轮车一边往回走，一边想着谭浩楠回来的事情。在路上遇到了佟肖云，乔伊把自己想组织五乡妇女共同致富的事情跟佟肖云说了一下，得到了佟肖云的大力支持。

两个人边说边往前走着，佟肖云忽然看到安明光急匆匆地从胡同里面冲了出来，看他前往的方向，应该是去安老太太家里。

佟肖云皱了皱眉头说道："你明光大哥这么急匆匆的是做什么去？"

乔伊眯着眼睛想了想，忽然说道："坏了，是不是安老太太出了什么事情？咱们也跟上去看看吧！"

佟肖云这才反应过来，不由得感觉一阵心惊肉跳的，连忙对乔伊说道："这也忙了一天了，你还是赶紧回家休息，我自个儿去看看就行了。"

乔伊想着这毕竟是佟肖云的家事，自己若是在场，到时候大家都比较尴尬，便点了点头说道："那肖云姐你当心一点，若是有什么事情，你就随时给我打电话。"

佟肖云点了点头，转身跟在安明光身后往前跑去。

乔伊忧心忡忡地回到了公司大院，就看到金继梅站在那里翘首眺望，一脸焦急的模样。她连忙上前询问道："伯母，到底发生什么事情了？"

金继梅摇了摇头说道："我也不清楚呢！刚才安明光在厨房里给我帮忙，然后他的电话突然响了，我听到他说什么安老太太好像是喝农药了还是怎么了……挂了电话以后，他就急匆匆地跑了出去，我也没来得及问，真是急死人了。"

听说安老太太喝农药了，乔伊感觉眼皮不自觉地跳了跳，不过随即她又想到安明光和佟肖云已经赶了过去，应该不会出什么大事。她便对金继梅说道："安大哥和肖云姐已经赶过去了，应该不会出什么事情，咱们站在这里也帮不上什么忙，这家里还有很多人等着吃饭。走，我们做饭去！"

金继梅最近在巴建龙和乔伊的照顾下，身子骨日渐好转，她闲暇的时候就在厨房打打下手，一天的时间过得倒也充实。她胖了一些，满是褶皱的脸上也露出了红扑扑的光泽。

金继梅连忙进入厨房，从里面端了一碗热气腾腾的豆腐出来，笑着招呼道："丫头，快来，这奶豆腐是隔壁六婶送来的，还热乎着呢！专门给你留的。"

"奶豆腐？奶豆腐是什么东西？"乔伊以前没有吃过奶豆腐，看着碗里像豆腐一般，又散发着牛奶清香的奶豆腐，不由得好奇地问道。

"这奶豆腐啊，一头牛每年只能产一次。母牛生产了以后，第一次挤出来的牛奶营养价值特别高，这奶豆腐就是用那种牛奶制作而成的。六婶她家的母牛今天下午生了，又生了一只小母牛，可把你六婶高兴坏了。所以她给我们这些邻居都送了一些奶豆腐来。你快尝尝，你看你太瘦了，要多吃一点。"金继梅絮絮叨叨说着，一脸心疼地看着乔伊。

乔伊感觉心里热乎乎的，这让她想到小时候父母还在世的时候，母亲每次看到她的时候，也是这样絮叨地说个不停。母亲这些琐碎的话语里面，都包含着对她浓浓的爱意。可惜自打她的父母意外去世之后，就再也没有人唠叨她了。所以乔伊听到金继梅的唠叨，心里蓦然就升起了一种久违的感动。她用力吸了吸鼻子，把将要溢出的眼泪又硬生生地逼了回去。

　　在金继梅充满期待的注视下，乔伊端着碗喝了一口奶豆腐，一股异样的香甜立刻刺激着她的味蕾。那入口即化的奶豆腐让她感觉这简直是难得的美味佳肴。

　　乔伊连连点头说道："好吃，这奶豆腐也太好吃了吧！对了……伯母，你吃了没有？"

　　金继梅连忙点了点头说道："吃了、吃了，你六婶一拿过来我就喝了一碗，这是专门给你留的……"

　　其实六婶一共就送来这一碗奶豆腐，金继梅自己没舍得吃，都留给乔伊了，她是真心把乔伊当自己的亲闺女。

第九十八章　和时间赛跑

　　原本乔伊打算去给巴建龙送饭，但是负责商务运营的潘晨杰觉得天色太晚了，她一个姑娘家出去不安全，便抢过了饭菜去给巴建龙送饭。乔伊不放心又追了出来，示意潘晨杰见到巴建龙跟他说一声，让他注意安全。潘晨杰点了点头，示意乔伊放心，不行他就留在那里和巴建龙一起值班。乔伊听了这话，也就不再担心了。

　　可是不知道为什么，今天晚上乔伊坐立不安，心里总感觉会有什么事情发生。安明光和佟肖云也没有回来，不知道那边的情况怎么样了，她也不好打电话过去询问。乔伊便只能按捺住内心的不安，照顾着金继梅让她早早歇息了。由于潘晨杰还没有回来，乔伊也没有睡意，索性打开电脑开始做事情。这一天忙下来，她还有好些工作没完成。

　　乔伊是个工作狂，一旦沉浸在工作之中以后，就很容易忘记时间。等她完成的时候，发现已经是夜里一点多了。然而这么晚了潘晨杰和安明光他们都没有回来，本来乔伊想给巴建龙打电话问问的，又想着潘晨杰可能留在巴建龙那边陪着他住在工地了，乔伊害怕打扰他们休息，便没有打电话，准备洗漱一下去休息。

　　可就在这个时候，乔伊忽然听到砰的一声闷响，其中还夹杂着摩托车的轰鸣声。可是等她侧耳倾听的时候，外面又没有动静了。乔伊还以为自己听错了，可是不知道怎么了，她心里总有一种不安的感觉。想起刚才听到的声音，乔伊坐不住了。她拿了一个手电筒，打开门准备出去看看。

　　当初巴建龙修整这个小院子的时候，为了出行方便，在院子外面也安装了一盏非常明亮的路灯。平时晚上要出门，只要打开这盏灯就行了，非常方便。

乔伊用手电筒四下照了照并没有发现异常，看来确实是她听错了。正当她准备离开的时候，忽然看到墙角处躺着一个人。乔伊心里一惊，连忙拿着手电筒照了照，发现在前面的院墙阴影下面，确实是趴着一个人，只是黑乎乎的不容易被人发现。此时此刻她已经顾不上害怕了，抓着手电就往前跑去。在路上又拨打了王警官的电话。

虽然现在已经很晚了，但是王警官还在单位加班，所以这电话一拨就接通了。听说乔伊这边出了事情，他连忙赶了过来。

乔伊拿着手电冲到那个黑影身边，她抑制住心里的恐惧拿着手电筒照了照，赫然发现躺在地面上的这个人竟然是去给巴建龙送饭的潘晨杰。乔伊吓得大叫了一声："小潘，你这是怎么了？"

这个时候乔伊已经扔了手电筒，用力将潘晨杰给翻了过来。等她看清楚他的模样的时候，整个人不由得都呆住了。

潘晨杰也不知道遭遇了什么事情，脑袋上烂了一个大窟窿，满脸满身都是血，此时已经处于深度昏迷的状态。

乔伊被眼前的情景吓呆了，她愣了好一会儿才哇的一声哭了出来。她连忙撕下一块衣襟，用手捂着潘晨杰脑袋上的窟窿，哭喊着说道："小潘你快醒醒啊！你别吓我，这究竟是怎么回事？"

汽车轰鸣声响起，王警官开着车来到了乔伊他们身边。

王警官从车上跳了下来，看到乔伊蹲在那里哭，还以为是巴建龙发生了什么意外，连忙问道："出了什么事情？"

乔伊刚想打急救电话，发现王警官来了，不由得带着哭腔说道："王警官你快来看看，小潘的脑袋破了一个洞……"

王警官皱了皱眉头，他连忙蹲了下来，查看了一下潘晨杰的伤势后，沉声问道："你会开车吗？"

"我……我会。"乔伊连忙回答道。

"你来开车，我们要赶紧把人送到医院去抢救，他伤势比较严重，要直接送到县医院。"王警官抱着潘晨杰费力地钻进了车里。

乔伊拿着钥匙，哆嗦地坐在了驾驶员的位置上。可是她太过紧张了，这钥匙一直没有办法插到钥匙孔里。

王警官见状，大声说道："别紧张，我们现在是在抢时间，早一刻把小潘送到医院，就能早一点救回他的命。"

第九十九章　心里乱糟糟的

紧张的乔伊在听到王警官这一番话之后，深吸了几口气，努力让紧张的心情平稳了下来。她闭上眼睛沉默了片刻，等再睁开的时候，双眸之中已经是一片清明之色了。

"王警官你说得对，麻烦你把小潘抱好了，我要开车了。"乔伊声音微微颤抖地说道。

乔伊一脸坚定地点了点头，猛地一踩油门，汽车像离弦的利箭一般疾驰而去，很快便消失在黑夜之中了……

虽然已经是夜里一两点了，但巴建龙并没有休息。他吃完饭，将潘晨杰送走了以后，又去工地上巡视了一番。

这个时候施工队已经下班了，工地上只留了一个看门的老孙头。这老孙头也是孙扎齐牛录乡的人，因为岁数大了不能干力气活，便帮人家做一些看大门之类的事情。他做事比较认真负责，因此口碑比较好。这次施工队要找负责看大门的人，就把他给找来了。白天施工队在施工的时候，就由老孙头负责进出车辆、来访者的登记。到了晚上，施工队下班了以后，老孙头就带着一条狗住在工地上，防止有人来工地上偷东西。

巴建龙在工地上转悠的时候，看到老孙头正打着手电，把工人们忘记带走的工具，一个个都捡拾着收起来，整齐地摆放在警卫室旁边。

巴建龙见这老孙头做事情这么认真负责，便递给他一支烟，一边帮他捡拾工具，一边闲聊了起来。

因为都是孙扎齐牛录乡的人，老孙头可是看着巴建龙长大的。而且老孙头与巴建龙的父亲也比较熟，因此聊着聊着就聊到了巴建龙的父亲。

父亲去世的时候，巴建龙还小，对于父亲他是没有什么印象的。以前小的时候，他总缠着金继梅问父亲的事情。可每次问的时候，金继梅都伤心不已，不停地抹眼泪，也没有说出个所以然来。大一点之后，巴建龙知道父亲的早逝，是金继梅心里无法触碰的痛，所以他就再也没有问过了。今天偶然听到了老孙头谈起父亲的事，便又勾起了巴建龙心中的好奇。他抽了一口烟，好奇地问道："孙大叔，我父亲他到底是一个什么样的人啊？"

老孙头吧嗒吧嗒抽了几口烟，这才说道："你父亲啊，和你一样，是个厚道的人，为人又十分热心，谁家若是有什么事情，只要找他，他二话不说都会去帮忙。在咱们村里那可是有口皆碑的好人啊！只可惜啊！好人不长命，谁能想到这么好一个人，早早地就抛下你们母子独自离去了呢？

"我说建龙啊！这些年你母亲含辛茹苦将你们姐弟三人拉扯长大实属不易。再加上你从小体弱多病的，你母亲白天干活，晚上还要医院陪着你。唉，这孤儿寡母的说起来是真不容易。眼下好了，你小子眼看着有出息了，也找了对象，这以后可要多孝顺你母亲。"

巴建龙听了老孙头的话，连忙笑着点头说道："那是自然的，乔伊和我额尼之间关系可好了呢！就像是亲母女一样……"

老孙头年纪大了，又忙了一天，聊了一会儿之后，便开始打哈欠。

巴建龙连忙说道："孙大叔您早点休息吧！晚上您不用起夜了。这些日子我都在这里值班，晚上我会起来查看的。"

老孙头连忙摇头说道："那可不行，我们老板说了，眼下咱们工地上发现了宝贝，他让我一定要打起精神来好好守着工地，千万不能出岔子。"

巴建龙知道他就是这认真负责的性格，便也没有再勉强，笑了笑说道："那好吧！反正咱们谁起来谁就出来转转吧！咱们两个离得也不远，再加上还有一条狗呢！"

两个人又聊了两句，便各自回房间休息了。

老孙头和巴建龙住的都是工地上临时用彩钢板搭建的房子，这种房子墙比较薄，基本上不隔音，外面有点啥动静都能听得一清二楚。

老孙头养的那只狗，有事没事就叫几声，听起来也不像是有人。巴建龙也没有往心里去，因为最近发生的事情比较多，他感觉心里乱糟糟的，便躺在床上梳理第二天要做的工作。就在这个时候，他听见外面那只狗突然狂吠了几声，好像是有什么发现。可是正当巴建龙爬起来想出去查看的时候，那只狗又突然不叫唤了。

巴建龙不放心，还是拿着手电打开了房门，见外面静悄悄的，一点声音都没有。他拿着手电在金丝楠木那边转了几圈，见没有什么异样，便又回到了屋里。

这才刚刚躺下，金继梅的电话就打了过来。巴建龙看了看时间，发现已经是半夜两点多了，这个时候金继梅给他打电话，难不成家里出什么事情了？

想到这里，巴建龙心里一惊，他连忙接通了电话："喂……额尼，这么晚了你怎么还没有睡？"

第一百章　狗被杀了

金继梅慌忙将潘晨杰送饭回来后遇袭的事情给巴建龙说了一遍，又把安老太太喝农药，安明光和佟肖云赶回去查看，到现在也没有回来的情况告诉了巴建龙。

巴建龙一听急得一下跳了起来，大声吼道："出了这么大的事情，你怎么现在才告诉我？这简直就是胡闹嘛！"

金继梅委屈地说道："这事发突然，当时只想着要救人了，哪里顾得上这么多？这不把人送去医院以后，我便马上给你打电话了吗？"

巴建龙深吸了一口气，急得在屋里团团转。他思来想去，还是要给安明光打个电话，问问情况。他要是赶去县医院的话，金丝楠木就需要有别人看着，不能就这样放任不管。他有一种预感，这次潘晨杰遇袭的事情，肯定和金丝楠木有关联。越是这样的时候，他便越要冷静，不能意气用事。

想到这里，巴建龙拨通了安明光的电话。

电话只响了一声，那边马上就接通了，紧接着安明光紧张的声音传了过来："喂！建龙兄弟，这么晚了打电话过来，可是你那边出了什么事情？"

巴建龙见他这么紧张，连忙说道："我这边没什么事情，我听说你家里出事了，有点担心，就打电话过来问问。"

安明光马上压低声音说道："我家里没什么事情，这老太太见我们搬走了不回来，她没有台阶下，便整了一出喝农药的闹剧。但其实她喝的是饮料，这一会儿已经安抚好了。人已经去睡了，你肖云姐在屋里陪着呢！"

巴建龙听到这里，不由得长出了一口气，说道："那就好，我这心里七上八下的，担心得不行。"

他几次想要跟安明光说这边发生的事情，可是话到嘴边，这些话怎么都说不出口。毕竟安明光家里也闹出了这么多事，都这么晚了。

不过，虽然巴建龙没有开口，但是安明光还是察觉到了，巴建龙应该是有什么话要说，不然不会这么晚给他打电话。因此，安明光又追问了一句："建龙兄弟，是不是出什么事情了？咱们兄弟之间有什么事情你就明着说，不用这么藏着掖着的。"

巴建龙见此情形，便叹了一口气将潘晨杰被袭击的事情说了一遍，随即又说道："乔伊那个小丫头开着车，和王警官送潘晨杰去医院了，你说她岁数这么小，第一次遇到这么大的事情，我害怕万一再出个什么事情就麻烦了。所以想着问问你，今晚能不能来值班，我赶到县里去看看。"

"嘻！都出了这么大的事情，你还跟我商量什么？你呀！有时候还真是书呆子气。你等着我，我马上就来……"安明光不等巴建龙再说什么，连忙挂了电话，抓起车钥匙就出了门。

佟肖云听见动静，忙从屋里追了出来，小声问道："都这么晚了，你干什么去？"

安明光三言两语把晚上发生的事情，跟佟肖云说了一遍，又叮嘱她在家里照顾好安老太太，便急匆匆地开着车离去了。

等安明光开着车赶到施工工地的时候，汽车的轰鸣声将老孙头给惊醒了，他打着手电从警卫室里走了出来，下一秒，他却发出了一声惊叫声。

这声音惊动了屋里的巴建龙，他连忙冲了出来大声问道："孙大叔怎么了？"这个时候巴建龙发现安明光也开着车赶到了，他便大踏步朝这边跑了过来。

老孙头语无伦次地说道："狗……这狗咋死了？"

巴建龙听了这话，心里不由得一惊。他马上联想到这狗突然狂吠，又突然没有声音的事情。

他连忙用手电筒照了照，随即便发现在老孙头面前，躺着一只浑身是血的狗。这狗正是老孙头养的看门狗。只不过前不久还活蹦乱跳的狗，这一会儿却满身是血，脑袋被人打烂了一个大窟窿。这狗应该是死了有一会儿了，身上的血迹都凝固了。在这样的深夜，乍一看到这么血淋淋的场面，也难怪老孙头会吓得尖叫起来。

安明光听到叫声，连忙打开车门跑了过来，等看清楚眼前的情况时，也是微微呆了呆，开口问道："这究竟是怎么回事？谁会接连对我们下手？这些人究竟想要做什么？"

巴建龙咬着牙说道："还能干什么？估计是想引起混乱，然后趁机打这些金丝楠木的主意。事到如今我们不能再心存侥幸了。安大哥赶紧报警吧！"

安明光点了点头，连忙拨通了报警电话。

因为王警官送潘晨杰去医院了，所以这次出警的是两名比较年轻的警察同志。

第一百〇一章　觉得好内疚

这两位警察接到报警以后，马上就赶了过来，在勘察完现场以后，又和巴建龙、老孙头了解了一下事情经过。

由于涉及金丝楠木的安全情况，这两名警官又对现场进行了仔细的勘查，最后在一个非常隐蔽的角落，发现了一大桶汽油。

施工队的所有物资都是有登记的，而且下班之前，工人们也会将这些物资都收到仓库里面交给保管员入库保存，等第二天上班的时候再申领，是绝对不会在这么隐秘的地方藏一桶汽油的。

两位警官又对汽油周围进行了仔细的搜查，发现之前有人在这个位置从外面翻院墙跳了进来。这汽油应该就是这人藏在这里的。

结合巴建龙所说，事情的经过应该是这个人提着油桶想要对金丝楠木图谋不轨。可是他意料之外的是，这里面竟然会养着一条狗。眼看着这狗发现了自己，为了不暴露行踪，他才会下狠手，直接将这只狗给打死了。因为害怕暴露行踪，今晚的行动肯定是来不及了，所以他才会临时将汽油藏在这里，准备以后再找机会伺机而动。

巴建龙住的彩板房是与金丝楠木紧紧挨着的，若是这人要烧金丝楠木的话，很显然熟睡之中的巴建龙也是难逃一劫的。到时候他只要抹去自己的痕迹，将这一切制造成一次意外失火，到时候巴建龙这一条命就算是白白葬送在这里了。

这个人心思歹毒得简直令人发指。想到这里巴建龙不由得惊出了一身冷汗。

巴建龙听完两个警察同志的推测，他惊愕地看着两位警察同志说道："这……我也没有得罪什么人，这究竟是什么人想要置我于死地？"

安明光眼神忽闪了几下，嘴巴张了张想要说什么。但因为这只是他的猜测，又没有真凭实据，在这个时候他也不好多说什么，便又把话给咽了回去。

其中一位警察同志，面色严肃地说道："这已经不是一般的偷盗案件了，我马上给所里打电话，请示领导接下来该怎么办！"

巴建龙点了点头，脸上惊愕之色依然没有退去。

安明光趁着两位警察去打电话的工夫，将巴建龙给拉到一旁，悄声说道："我觉得这事和谭浩楠脱不了干系。你看今晚发生的一系列事情，都太巧了。这些事情串联起来，就好像是有人故意利用这些事情来混淆视听，然后将我们这些人都支开，目的就是为了烧掉金丝楠木，再顺便将你烧死。这人心思太歹毒了！"

"谭浩楠？应该不至于吧？虽然我们两个有些过节，但也都是他找我的麻烦，我从来没有主动招惹过他。他至于要了我的命吗？"这下巴建龙更加想不明白了。

安明光叹了一口气说道："你想啊！他认为你先是要抢他的生意，又把他送去拘留所。这新仇旧恨加起来，足够让一个人疯狂了。"

巴建龙陷入了沉默之中，过了好一会儿才开口说道："这事，咱在没有证据的情况下，还是不要乱说了。万一不是他做的，岂不是会冤枉好人？不过你说的话也有几分道理，接下来我会更加留心的。若真是他做的，那我绝对不会手下留情的。"

安明光听了他这番话以后，才总算放下心来。

这个时候，两位警察同志的电话也打完了。

他们走到巴建龙面前，一脸严肃地说道："小巴总，我们已经请示过领导了，领导对这件事情非常重视。为了防止出事，他指示我们，让我们两个今晚就留在这里值班，以后我们所里会派人在这里二十四小时值班。你们两个可以回去休息了。"

"可是……"巴建龙还想说什么。

安明光连忙扯了扯他的衣襟，小声说道："你忘记咱们还要赶去县医院吗？有这两位警察同志在这里守着，你就把心放回肚子里面吧！肯定不会再有事情了。"

巴建龙这才点了点头，一脸感激地说道："那就麻烦两位警察同志了，因为我们有员工受伤，我们现在要赶往县医院，有什么事情等天亮以后我们再沟通吧！"

其中一个警察点了点头说道："王警官已经给所里打了电话，事情的经过我们已经知道了。你们路上注意安全。"

巴建龙点了点头转身往外走去，在路过警卫室的时候，他看到老孙头一脸心疼地抚摸着那只死去的狗，看起来非常地难过。晚上巴建龙和他聊天的时候，了解到这只狗是老孙头养了七八年的，他对这只狗非常有感情，想不到它竟然死得这么惨，也难怪老孙头会难过了。

巴建龙叹了一口气，拍了拍老孙头的肩膀说道："孙大叔你也别太难过了，要相信我们的警察同志，他们一定会为我们主持公道的。这天一亮工人们就会来上班了，这么血淋淋的场面还是别让他们看到的好，免得又生出许多闲话。我知道你心里很难过，可是……"

老孙头擦了一把眼泪，哽咽着说道："建龙你就放心吧！我一会儿就去找个地方将这只狗给埋了，这地面上的血迹也会处理干净，保证什么痕迹都不会留下。"

巴建龙看着老孙头这么认真负责，心中也是不忍。不过眼下这种情况，他也没有其他办法，只能这样处理了。

本来巴建龙想要自己去医院的，但是安明光不放心，非要陪着他一起去。巴建龙拗不过他，只得答应了。

安明光开着车，巴建龙坐在副驾驶上。两个人都阴沉着脸，各自想着心事，谁也不说话。

一直到凌晨四五点钟，巴建龙他们才赶到了医院。两个人把车停稳，找值班护士询问了一番，知道病人被送到了急诊室。

巴建龙他们又着急地赶去急诊室，等他们赶到急诊室的时候，医生已经给潘晨杰做完了手术，如今人还处于昏迷之中。

因为潘晨杰还没有脱离危险期，所以医生直接将他转入了ICU。

这ICU里面有专业的护士照顾，也不需要病人家属陪同，因此王警官和乔伊都疲惫地坐在ICU外面的板凳上，一脸疲惫地靠在那里，闭着眼睛想事情。

巴建龙看着乔伊一脸憔悴的模样，忍不住心疼地说道："对不起，我来晚了。"

乔伊听到巴建龙的声音连忙睁开眼睛，等她看到巴建龙的时候，眼泪立刻像决堤的洪水一般泛滥了起来，身体也一直微微地颤抖不已，看起来这个小姑娘今晚是吓坏了。

巴建龙连忙走上前去，一把将乔伊搂在了怀里，轻拍着她的后背，轻声安慰道："没事，事情都过去了，别害怕，有我在呢！"

乔伊趴在巴建龙怀里哭了好一会儿，这才哽咽着问道："建龙哥哥你说小潘……他不会死吧？若是我不让他去送饭就好了，那他就不会出这样的事情了。我只要一想起这一点，就觉得好内疚。"

巴建龙听了乔伊的话，感觉脑袋"嗡"地响了一声。或许袭击潘晨杰的这个人，其实他的真正目标是乔伊。因为下午一直是乔伊在给他送东西，这人应该从下午开始就在跟踪乔伊了，所以才会选在那个时间点袭击了潘晨杰。只是这个人没有料到的是，潘晨杰因为天色太晚，担心乔伊一个小姑娘在外面跑不安全，所以代替乔伊去送饭，没想到竟然给自己惹来了杀身之祸。

可以想象，若今晚送饭的人是乔伊的话，会是一个什么样的后果。

第一百〇二章　引蛇出洞

想到这里，巴建龙惊出了一身冷汗，他不由自主地抱紧了乔伊。

王警官看到巴建龙他们过来了，担心地问道："你们怎么过来了？金丝楠木那边呢？"

安明光看了一眼乔伊，小声把晚上发生的事情说了一遍。

王警官听完了以后，立刻一脸怒气地说道："这些人真是太大胆了，光天化日之下，竟然蔑视法律，一而再再而三地挑战我们的底线。这事绝对不能善罢甘休，我一定会将这个幕后凶手给揪出来。"

安明光趁着这个工夫，连忙给住在县城里的任宏伟和范明强打了一个电话，让他们赶紧来医院。

乡里发生了那么多事情，他们四个人不可能一直在这里守着病人，所以他安排这两个人过来照看病人。

任宏伟和范明强接到他的电话以后，用最快的速度赶了过来。在路上的时候这两个人还通知了潘晨杰的家人，并且将人给带了过来。潘晨杰的父母得知儿子出了这样的事情，一路哭到医院，伤心得不得了。

巴建龙看到这幅情景，心里也很是难过。

他抓着两位老人的手，一脸歉疚地说道："两位老人家对不起，都是我没有把人照顾好，你们打我、骂我出出气吧！"

潘晨杰的母亲抹着眼泪说道："你就是小杰的领导吧？他时常跟我们提起你，说你对大家伙儿都特别好，平时都很照顾他们。我们老两口一直想找机会感谢你，但是小杰说你这个人怕麻烦，一直不给我们机会。今天终于有机会当面感谢你了，小杰出了这事，和你们没有关系，你们也别太内疚了……"老人说着说着，忍不住失声痛哭了起来。

巴建龙看到潘晨杰的母亲在这样悲伤的情况下，还能这么通情达理，难怪能培养出这么优秀的儿子，这心里面就更加难过了。

乔伊站在巴建龙身边，一脸坚定地说道："两位老人家你们请放心，我们一定会努力将凶手找出来，将他绳之以法，替小潘报仇的。"

潘家夫妇看到乔伊满身都是血迹，又是一脸疲惫，想来她这副模样和潘晨杰的伤势有关系，便一脸感激地说道："谢谢你，小姑娘，谢谢你救了我们家小杰啊！"

巴建龙和乔伊又安慰了两个老人一番，这两位老人才渐渐稳住了激动的情绪。

这个时候，天色已经逐渐亮了起来。马上就要到值班医生、护士交接班的时候了。

随着 ICU 厚重的钢门打开，一脸疲惫的医生从里面走了出来。巴建龙等人连忙围了上去，询问潘晨杰的伤势。

通过值班医生的讲述，巴建龙了解到潘晨杰的伤势暂时稳定住了。但具体的情况，还要等门诊那边上班了以后，再进行一个系统的检查。值班医生让他们不要过于担心。听了医生的话，巴建龙不由得长舒了一口气，一颗悬着的心总算是放了下来。

王警官的手机突然响了起来，他接通了电话以后连连点头，很快便挂了电话。王警官对巴建龙等人说道："此次发生的事件是孙扎齐牛录乡这十几年来发生的最重大的事件，整件事情都充满了隐患。为了彻底解决这个问题，所里非常重视，特意成立了专案组，由我来负责侦破这个案件。所里让我赶回去开会，所以就不能陪你们了。"

巴建龙和乔伊对视了一眼，连忙说道："我们也要赶回去处理事情，那正好我们一路回去吧！"

安明光又对范明强和任宏伟叮嘱了一番，让他们两个好好照顾两位老人，这才跟着一同离去了。

在回去的时候，巴建龙让乔伊坐安明光的车回去。

安明光知道他这是有话要跟王警官说，但是又害怕乔伊担心，便故意将她给支开。所以安明光笑着说道："我这开了一晚上车，人也困得不行。若是没人和我说话的话，这开车回去恐怕会睡着了，那可太危险了。就麻烦乔伊坐我车回去，在路上跟我说说话啥的。"

乔伊见此情形，便也不好再多说什么了。

巴建龙坐在王警官的车上，一脸严肃地将昨天晚上发生的一系列事情跟王警官汇报了一遍。

王警官听完他的讲述以后，也是眉头紧锁。对于整件事情，他是一头雾水，完全不知道从哪里下手。

巴建龙捏着下巴，若有所思地说道："王警官，这个幕后之人，既然这么迫不及待对我接连出手，我看不如咱们就将计就计，来一招引蛇出洞……"

回到孙扎齐牛录乡之后，施工队的工人们已经陆续往工地上来了。

巴建龙看到马家兄弟来得特别早，便把他们两个喊到了一边，悄声说道："给你们兄弟俩安排一个特别的任务，你们空闲的时候，让家里的老人四处去打听一下，看看咱们乡里都有什么闲话，或者新鲜的事情。"

马家兄弟一脸好奇地看着巴建龙，不知道他葫芦里究竟卖的什么药。

马大宝一脸不解地挠了挠头问道："我说小巴总，你啥时候对这些八卦感兴趣了？

巴建龙笑着说道："我这不是闲着无聊吗？想找找乐子……"

马家兄弟虽然对于巴建龙的行为表示非常不理解，但还是很认真地把任务给接下来了。

老马夫妇比较厚道，跟乡里的人关系都不错，打听一些东家长，西家短的事情并不难。

巴建龙安排好这一切之后，看到乔伊坐在一旁困得睁不开眼睛。她还穿着一身带血的衣服，引得工人一个劲儿地看她。再加上工地上突然多了两个警察同志，这让大家伙儿心里更加紧张，都纷纷猜测发生了什么事情。巴建龙见状便把乔伊给拽了起来，准备先把她送回去休息，再回来处理工作。

第一百〇三章　演技非常好

巴建龙将乔伊推到了安明光的面前，说道："安大哥，折腾了一晚上也不知道你家里怎么样了。这样吧！你把乔伊送回去休息，顺便你也回家去看看。"

他知道若是不找个借口，是很难让安明光现在回家的。

昨晚安老太太闹得那么厉害，又是吃药又是自杀的，也不知道佟肖云能不能把人照顾好。万一这安老太太再找她麻烦，双方再发生什么冲突就麻烦了。

安明光看了看乔伊，发现她困得眼皮都有些睁不开了。看到她这副模样，那些拒绝的话便也说不出口。他默默地点了点头，拉着乔伊转身离去了。

本来安明光想把乔伊直接送回去，让她回家好好休息。可是乔伊担心佟肖云，非要跟着安明光回家看看。安明光拗不过她，只得带着乔伊一块儿往他家走。

两个人来到了安家，这刚从车上下来，乔伊就看到安老太太抱着一床被子，正打算晒被子。这安老太太脸色红扑扑的，精神抖擞，根本就不像会喝农药闹自杀的模样。看来安明光说得没有错，这安老太太就是想给自己找个台阶下，把他们夫妻俩给骗回去。

正在晒被子的安老太太，听见开门的声音，就像变戏法一样，马上就做出一副精神萎靡的模样，捂着胸口一个劲儿地唉声叹气，那演技简直比得上一线演员了。

安老太太这变脸的速度，不但乔伊看到了，安明光也同样看到了。

他无奈地摇了摇头，小声说道："我这额尼啊！真是一言难尽。以前我怎么就信了她说的话呢？"

对于这些家务事，乔伊不好发表什么意见。不过这安老太太难缠，乔伊早就领教过，所以并没有打算和她过多纠缠。

"伯母，肖云姐姐在家吗？"乔伊笑眯眯地问道。

安老太太对乔伊可没有什么好印象，她总认为佟肖云是认识了乔伊以后，才学会了顶嘴，现在还鼓捣着自己的儿子离家出走，搬去公司住了。

想到这里，安老太太冷着脸说道："在屋里躺着躲懒呢！简直是比我这个老太婆还懒。太阳这么高了，谁家儿媳妇还不起来给婆婆做饭？我这哪里是娶儿媳妇啊，分明是娶了一个祖宗回来。"

安明光听着安老太太的闲言碎语，马上把脸一沉说道："额尼，肖云早上起不来，是怪谁呢？您昨晚上闹成那样，肖云一直衣不解带地伺候您，折腾了一晚上没睡。您老人家倒是睡得香，肖云却在您床边坐了一夜。您非但不感激肖云的孝顺，现在还当着其他人的面说这些风凉话？

"肖云也是父母捧在手心的宝贝，怎么到了您这边，就轻贱得像一根草了呢？看来我们离开的这段时间，您还是没有想明白。那我们也没有必要回来住，不然您还是会和以前一样欺负肖云。我这就带她离开。"安明光说完这番话以后，气鼓鼓地往屋里走，准备带着佟肖云一起离开。

安老太太见状，往地面上一坐，拍着大腿哭喊了起来："我说老头子啊！你怎么不带我一起走啊！这儿子长大了，娶了媳妇忘了娘啊！他这是不管我了……一开始我还不相信村里人说的话，现在看来他们说的都是真的啊！这小贱人她就是一个狐狸精啊！把我儿子迷得神魂颠倒啊！"

乔伊站在原地一脸尴尬，她又不能跟着安明光进屋去找佟肖云。但是她也不想看到安老太太撒泼。正在她左右为难的时候，乔伊忽然听见安老太太说村里人传佟肖云的闲话，这好奇心便被勾了起来。乔伊走到安老太太身边，也学着她的模样盘腿坐下。

乔伊用一只手支着下巴，好奇地问道："伯母，这村里人说肖云姐的坏话了啊？他们都说什么啊？"

安老太太在唱戏，要是没人搭理她，她这出戏就唱不下去。如今她看到乔伊上前来接话，刚好给了她一个台阶下，便哭喊着说道："村里人都说这个小狐狸精不孝顺……"

第一百○四章 没有那么多心眼

"伯母您等等……您说村里人都说肖云姐不孝顺，这村里人指的是谁？"乔伊忽然打断了安老太太，好奇地问道。

正在哭喊的安老太太，听了乔伊的话以后，脸上的表情一下僵住了。按照正常的思维，乔伊不应该问村里人都说了什么吗？这乔伊怎么不按套路出牌呢？

安老太太眨了眨眼睛，结结巴巴问道："什么，什么指谁？"

乔伊不疾不徐地说道："伯母您刚才不是说，咱们村里的人都说肖云姐不孝顺吗？那这些人是谁？我来帮您分析一下，这些人为什么要这样说。"

安老太太眨了眨眼睛，嘴巴张了张，这才说道："就是隔壁李婶……"

安老太太的话还没有说完，乔伊便忽地站了起来，转身就要往外走。

安老太太愣了愣，连忙喊道："哎！你干什么去？"

"我去隔壁问问李婶，她凭什么这么说肖云姐？她又没在咱家住，没和肖云姐一起生活，她怎么就知道肖云姐不孝顺了？"乔伊一本正经地说道。

"哎呀！你这丫头是不是疯了？这些话都是私下说的，你这么堂而皇之地去问，不是摆明了在打人家脸吗？大家都是街坊，低头不见抬头见的，若是因为这些小事闹翻脸了，以后让别人怎么看我？"安老太太连忙一骨碌从地面上爬了起来，再也顾不上撒泼打滚了。

乔伊忍着笑意，故意板着脸说道："既然李婶知道大家乡里乡亲的，那她为啥要在背后嚼舌根呢？我看她八成是嫉妒您有个好媳妇，所以才挑唆着您跟肖云姐吵架，她好躲在一旁看热闹。不行，这样我更要去找她了！做人怎么能这么自私呢？就见不得人家过好日子。"

"哎！你这个小丫头怎么油盐不进呢？这是我们的家事，你这个外人管这么多干吗？再说你还是个连毛都没有长齐的小丫头，懂什么？"安老太太连忙追了上来，一把将乔伊给拉住了。

乔伊眨了眨眼睛说道："可是我拿肖云姐当亲姐姐啊！我亲姐姐被人欺负了，我还不能去帮她了？您放开我，今天我必须去替你们出了这口气。"她说完这番话，还甩胳膊、挽袖子的，做出一副要打架的模样。

安老太太拉了几次，都没有把乔伊拦下来。她心里非常清楚，这隔壁李婶从来没有说过佟肖云的不是。乔伊要是过去闹起来，那她在背后给人泼脏水的事情，岂不是就藏不住了？到时候这左邻右舍谁还敢跟她来往？

想到这里，安老太太气得跺了跺脚说道："不是……不是……"

乔伊一脸莫名地问道："什么不是？"

"不是隔壁李婶说的……"安老太太脸色微红地说道。

"哦？那是谁说的？"乔伊一点儿都不让步，步步紧逼道。

安老太太左思右想，这若是随便编一个人，乔伊肯定又要冲过去问。但若是她谁都不说的话，乔伊肯定会说她故意找碴。眼下她只能说一个确实说过这些话，但是乔伊又惹不起的人了。

想到这里，安老太太眼珠子骨碌碌转了几圈说道："我说实话吧！这些话其实是那个谭浩楠跟我说的。我昨天不是上街买东西吗？正好遇到那个谭浩楠了。他把我拉到店里，给我端来茶水，又给我拿了两个鸡腿，说早就想和我聊聊了，但是一直没有找到机会。

"当时我就好奇地问那个谭浩楠，我又不认识你，跟你有什么好聊的？

"结果那个谭浩楠说，早就听别人说起过我了，说我对儿媳妇特别好，特别通情达理，是咱们乡里德高望重的老人……那谭浩楠又说，像我这么好的老人，可惜没有遇到一个好儿媳妇。他说我那好儿媳妇最近整天在外面说我坏话，说什么我虐待她了，不给她饭吃，什么家务活都让她做，还逼着儿子和她离婚……你听听，这不是睁着眼睛说瞎话吗？

"虽然我老婆子脾气比较大，时常爱发火，但是我什么时候说过这样的话了？这个小蹄子就是生了一副坏心肠，鼓捣着我儿子和我离了心……"安老太太气得又骂了起来。

乔伊皱了皱眉头，连忙将话题给岔开了："这谭浩楠还说了什么啊？"

安老太太见有人接着她的话题往下说，又眉飞色舞地说道："那谭浩楠说了，若是想让我儿子回来也不是没有办法，就看我听不听他的话了。

"当时我就一心想着让我儿子搬回来住嘛！我老婆子一个人住在这里太可怜了，连顿热乎饭都吃不到。

"然后那谭浩楠就给我出了一个主意，他给我一瓶饮料，让我回来闹喝农药自杀的事情。果真我那儿子听说我自杀了，连忙跑回来了。本来我不想说喝的是饮料，但是我那傻儿子非要带着我去洗胃，没办法我才说出来了……剩下的事情你都看到了。我跟你说，这馊主意可不是我出的，我可没有那么多心眼。"

第一百○五章　用心良苦

　　乔伊听完安老太太的话以后陷入了沉思，她仔细分析了一下，觉得安老太太这番话可信度非常高。因为前面她已经说了，要去找造谣的人对质。在这种情况之下，安老太太是不会再随便找个人出来顶包的，因为她害怕自己去找人对质。那么对于安老太太来说，这次她说出来的人，就一定说过这样的话，她顶多夸大其词一些。

　　其次就是，这谭浩楠忽然将安老太太拦下，又是请吃喝，又是糖衣炮弹的，想来是早就计划好的，故意选择这样的时间点，让安老太太回来闹，目的就是将安明光拉进来脱不开身。

　　接着潘晨杰送饭回来遇袭，若是乔伊去送饭受了重伤，巴建龙肯定会不顾一切地送她去医院。

　　如此一来，这施工现场就只剩下一个开门的老孙头了。那么，这幕后之人就能趁着这个机会，翻进施工现场，用汽油将金丝楠木给烧了。

　　巴建龙若是送乔伊去医院，发生这么大的事情，那作为主要看护方的巴建龙来说，就要承担责任。这么大一片文物被毁，巴建龙的风情园肯定是建不下去了。这就达到了打击巴建龙的目的。若是巴建龙没有去送乔伊，留在了工地，那对方就可以神不知鬼不觉地用一把大火，连同巴建龙一起烧死。巴建龙是风情园的灵魂人物，若是巴建龙出了什么意外，这风情园自然是没有办法建下去了。

　　看来这幕后主使之人，绞尽脑汁地安排了这么一出戏码，为的就是阻止风情园的开办。那若是风情园办不下去了，最大的受益人是谁呢？很显然就是谭浩楠了，这样这里的餐厅就又恢复到他一家独大的情况了。

对于整件事情的经过，乔伊心中已经有了一个清晰的脉络。

想到这里，乔伊严肃地看着安老太太说道："伯母，本来这是你们的家事，我这个外人不该多嘴的。但是我这个人肚子里面藏不住话，有什么就说什么，否则会把我憋死。

"伯母，首先肖云姐这些年对您怎么样，您自己心里非常清楚。您之所以不愿意接纳她，不过是因为他们结婚了几年暂时还没有孩子。但是您想过没有，一个女人能不能怀孕，那是很多因素决定的。

"再者女人怀孕，需要身心愉悦，没有压力，只有在这样的情况下，才更容易受孕。您看肖云姐整天被你骂，心里背着极重的负担。肖云姐是个非常孝顺的人，她不会因为心里不高兴就和您吵闹。那所有的委屈，她就只能默默放在心里。一个人心里藏着这么多委屈，工作压力又那么大，她怎么可能怀孕呢？"

安老太太眼神忽闪了一下，没好气地说道："你一个小丫头，哪里知道女人怀孕是怎么回事？"

乔伊一脸正色地说道："我当然知道了，在学校的时候，我专门辅修了一门医学……虽然我没有做医生，但是这些道理我都懂。我跟您说，我可是科班毕业呢！您可别小看人。"

关于学医这方面的事情，乔伊其实是蒙安老太太的，目的就是为了让安老太太相信她说的话。

安老太太没上过什么学，这一辈子都没有离开过新疆。至于大学里究竟是什么样的情况，她一概不知。但是她知道乔伊是名牌大学毕业生，受到过高等教育。关于这一点，她还是很羡慕的。所以安老太太将信将疑地问道："你真学过医？"

乔伊郑重地点了点头说道："我真学过，我骗您干吗呀？"

安老太太听了她的话，脸上露出了喜悦之色。她一把抓住乔伊的手说道："你既然是学医的，能不能给我那儿媳妇看看？他们结婚了这么些年也没有孩子，真是急死我老婆子了。你看跟我一样大年纪的，人家都抱孙子了。只有我，不管走到哪里，人家都对我指指点点的，说我儿媳妇是不下蛋的母鸡。我老婆子这辈子最好强，偏偏在这件事情上直不起腰来。你说我活得憋屈不？"

乔伊叹了一口气，握着安老太太枯瘦的手，柔声说道："关于怀孕这件事情，刚才我已经跟您说了。这件事情需要天时地利人和，需要女人保持身心愉悦，放轻松，心里没有压力。否则她越是紧张，心理压力就越大。您若是想早日抱上孙子的话，就应该保证家庭和谐……

"还有，您看您这样吵闹以后，吃亏的人是谁啊？还不是您吗？您岁数也大了，这身边没有一个知冷知热的人，连口热水都喝不上，什么都需要自己动手，这不更让人看笑话吗？

"再者，日子是给自己过的，至于别人说什么，又何必往心里去呢？别人再好，您生病的时候，他们照顾您了吗？您没饭吃的时候，他们给您送饭来了吗？既然如此，那您何必总是在意别人说什么呢？把自家的日子过好了，才最重要啊！

"您扪心自问，自打肖云姐嫁到您家以后，是不是竭尽全力在照顾您，从来没有怠慢过您？这么好的儿媳妇您不珍惜，等肖云姐真的心灰意冷了，跟您儿子离婚了。您儿子回头再找一个厉害的，天天在家里和您吵架，真到了那个时候，您恐怕肠子都要悔青了呢！"

第一百〇六章　幡然醒悟

"伯母啊！安大哥好不容易振作了起来，事业也在起步阶段，难道您还希望他回到以前借酒浇愁的状态啊？您看看咱们现在的日子过得多好啊！安大哥和肖云姐都有自己的事业，每个月有那么多收入，您只需要在家里安享晚年就好了。等过两年，肖云姐身体调理好了，再添个小宝宝，那你们这日子过得全乡人都要羡慕呢！

"俗话说家有一老犹如一宝，肖云姐从来没有在外面说过您的坏话。每次肖云姐提起您的时候，都说您年轻时候一个人带孩子不容易，作为您的儿媳妇，她非常感谢您把安大哥培养得这么优秀，只要您愿意，她愿意一直孝敬您。伯母……家和才能万事兴啊！

"我年纪小，可能有些话说得不对，您也别往心里去。我是真心希望安大哥能够家庭和睦，只有这样，他才能把精力都用到工作上去。我希望今天说的话，您静下来的时候，能好好考虑一下。"乔伊说完拍着安老太太的手，一脸真诚地看着她。

乔伊的话说到一半的时候，安老太太的脸上就已经露出了羞愧之色。

安老太太以前并不是这样的性格，她一个人拉扯着安明光三姐弟长大，懂得隐忍，吃得了苦，受得了气……这世间百态她都经历过。那是从什么时候她的思维开始发生了变化？应该是从安明光做生意赚到钱以后。因为这个事情，乡里的人对她的态度发生了转变。大家儿儿都来巴结她，希望能在安明光那里找点事情做……那个时候安老太太几乎被全村人追捧，这助长了她的虚荣心。可惜好景不长，安明光给人担保，最后赔得是倾家荡产。安明光也因此一蹶不振，天天在家里喝闷酒。这乡里的人都避之不及，生怕安明光去找他们借钱，都躲得远远的。以前安明光帮助过的人，也对他们冷嘲热讽的，丝毫不顾念当初的情谊。

这强烈的反差，让安老太太心里极度不平衡。她这心里憋了一口气没处撒，便都撒到了佟肖云的身上。这些年来她从来没有意识到自己做错了，可是今天乔伊这一番推心置腹的话语，让安老太太感觉犹如醍醐灌顶。她这才意识到，这些年佟肖云对她是真的非常好，除了没孩子，她对佟肖云挑不出任何毛病。

想当年安明光赔得一无所有的时候，只有佟肖云不离不弃地守在他身边。这些年安明光自暴自弃，在家里游手好闲什么都不做，天天借酒浇愁。整个家里的开销，都是靠着佟肖云那一点微薄的工资。不管家里有什么好吃的，佟肖云总是第一时间拿给安老太太，从来没有藏过私。就算是家里再困难，佟肖云自己省吃俭用，也没有亏待过安老太太，吃穿用度都给她用好的，逢年过节就给她置办新衣服，但是佟肖云已经有四五年没有买过新衣服了，她身上那件衣服，都穿了好几年了。

想起这些往事，安老太太觉得羞愧难当。她不由得低下头去，什么话都说不出来了。

乔伊和安老太太说的这番话，安明光和佟肖云在屋里都听到了。

当局者迷旁观者清，像安老太太这种情况，确实是需要一个清醒的外人来点醒她。但是乡里这些妇女，说话的时候总是习惯站在自己的立场看问题，唯恐天下不乱，所以是越劝越乱。能像乔伊这样站在局外，清晰、理智地分析问题的人那是少之又少。

安明光不由得感慨万千地说道："这个小丫头就是岁数小，以后可是不得了啊！我看你这妇女主任脑子都没有她好使。不然一个婆婆而已，这么多年都没有搞定。"

原本泪流满面的佟肖云，听了他这番话以后，不由得"扑哧"一下乐了起来。她用胳膊肘捅了安明光一下说道："滚，哪有这么说自己妈的？额尼含辛茹苦把你拉扯长大，吃了那么多的苦。我这个做儿媳妇的怎么忍心跟她吵闹呢？"

安明光将佟肖云揽在怀里，激动不已地说道："老婆，谢谢你，这些年来真是辛苦你了。"

"快拉倒吧！都老夫老妻了，还说这些见外的话。我看时间差不多了，咱们该出去了。"佟肖云红着脸笑着说道。

"额尼，您看看，连小姑娘都比您看得明白。希望经过这次的事情之后，您能改变对肖云的态度。我知道您养育我吃了很多的苦，可是现在我已经结婚了，有了自己的家庭。在这个家庭里面，肖云才是女主人。您接纳她也好，不接纳她也罢，这辈子我非她不可。

"若是您能接纳她，那咱们就还像以前一样在一起生活，我和她会在您膝下尽孝。您若是不能接纳她，那我们就出去买房子，搬出去住，以后就再也不回来了。"安明光适时地走了出来，一脸严肃地看着安老太太说道。

经历了这次事件之后，安老太太也明白了过来，自己这儿子已经不像小时候一样任她摆布了。他有了自己的思想，有了想要保护的人，有了比她更重要的人。所以如果她继续闹下去的话，最终的结果就是将她这唯一的儿子给逼走。那不是她想要的结果。再加上乔伊今天的这一番话，让她茅塞顿开。她活了这么大一把年纪，这些年算是白活了。

想到这里，安老太太满脸赤红地走到佟肖云的面前，抓着她的手，哽咽着说道："我说孩子啊！其实我不讨厌你，我就是……唉……算了，这话以后我再也不提了。以后你就是我的亲闺女，我老婆子再也不刁难你了。你说我是不是老糊涂了，跟自己的儿媳妇较什么劲？我都这把年纪了，还能活几年？只有你才能陪我儿子一辈子啊。

"经过这些年的相处，我看出来了，你是真心对明光。若是把你逼走了……明光会怪我一辈子的。"

第一百〇七章　瓮中捉鳖

"孩子，额尼过去做错了，你能再给我一次机会，能原谅我吗？"安老太太拉着佟肖云的手，泪眼婆娑地说道。

佟肖云被她这一番话吓了一跳，连忙摆手说道："额尼，您是长辈，咱们锡伯族的传统就是要孝敬老人，那都是我应该做的，您千万不要跟我客气。再者我从来没有生过您的气，又何来原谅不原谅的？您是长辈，我是晚辈，您给我道歉，岂不是折煞我了？"

乔伊见状，忍不住笑着拍着巴掌说道："太好了……看到你们和好，我也放心了……我的任务完成了，我就不打扰你们一家团聚了，我回去睡觉了……"她说完挥挥手就要走。

安明光见状，连忙将乔伊给叫住了："乔伊妹子你等一下……"

乔伊好奇地转过头来问道："怎么了？"

"我刚才和你肖云姐商量了一下，眼下是多事之秋，我和建龙兄弟怕是要住到工地上去了。这样一来两边都只剩下老人和女人了，这万一有个什么事……所以我们决定带着额尼，一块儿搬到办公室去。这样的话额尼还可以和伯母做个伴，你和肖云还能相互有个照应，会更安全一点。"安明光看了看安老太太说道。

乔伊的眼神忽闪了几下，她马上就明白安明光是什么意思了。接下来他们肯定要对谭浩楠出手了，不会这样一味地忍让了。谭浩楠在狗急跳墙之下，会做出什么疯狂的举动来，谁也不敢保证。眼下将两家的老人、妇女集中在一起，恐怕是最好的选择了。

想到这里乔伊马上高兴地点头说道："那敢情好啊！这样一来，我也可以和肖云姐做伴了！"

安老太太不明白他们说的是什么意思，不过她听见安明光说要带她一起走，脸上就露出了喜悦之色。对她来说，不管住在哪里都没有关系，只要能和安明光他们在一起就好了。于是，安老太太连忙表明了自己的态度："我在这个家里住了一辈子，能换个地方住也是极好的，你们等我一下，我这就去收拾东西。"

乔伊他们三个人看着安老太太的背影，发出了一阵爽朗的笑声。

乔伊把金继梅隔壁的一间空房子给收拾了出来，让这两位老人住在隔壁，相互能做个伴。

金继梅看到安老太太的时候，先是愣了一下，随即就热情地走了过来，帮着她一起收拾东西。

安明光见此情形，把乔伊悄悄拉到一旁，说道："我已经跟咱们公司的几个男员工说过了，这段时间让他们不要回家，都住在公司这里，这样人多的话，你们也有个照应。"

乔伊连忙点头说道："好了，我知道了，就听你安排好了。那你们两个在工地上也要注意安全。"

安明光点了点头，又对佟肖云叮嘱了几句，这才急匆匆赶往工地。

布哈文化公司有人受了重伤的事情，很快传到了季飞云的耳朵里。他放下手头的工作，着急地赶到了工地上。

"建龙，听说你们有员工受伤了，这究竟是怎么回事？"季飞云找到巴建龙着急地问道。

巴建龙四下看了看，带着季飞云来到了他临时居住的彩板房内。他给季飞云倒了一杯水，一脸尴尬地说道："季乡长您看我这儿条件简陋，只能委屈您喝点白开水了。"

"哎呀！这都什么时候了，还讲究这些？谁还不是农民的儿子了？你就别卖关子了，快点把事情的经过跟我说一遍。"季飞云摆了摆手，一脸不在乎地说道。

巴建龙沉默了片刻，便将整件事情的来龙去脉详细说了一遍。说完以后，他感慨地说道："本来我想着去乡政府给您汇报情况呢！但是这工地上有很多事，我就一直没有机会走开，还劳烦您亲自来一趟。"

季飞云听完他的汇报以后，眉头拧成了一个疙瘩。他一只手捏着下巴，在屋里走来走去。

过了好一会儿，季飞云才忽然停下来说道："究竟是谁想要对付你们，心里有数吗？"

"若是没有猜错的话，应该是谭浩楠他们……"这个时候安明光从门外走了进来。他把从安老太太那边了解到的情况，又详细说了一遍。

巴建龙听完这些话以后，心中的猜测基本和乔伊是一样的，看来整件事情都与谭浩楠脱不了干系。

"你们有确凿的证据吗？有证据就可以通知派出所上门抓人。这简直就是蓄意谋杀。"季飞云气得一拍桌子吼道。

巴建龙和安明光对视了一眼，随即摇了摇头。不过巴建龙随即说道："虽然我们眼下没有证据，但是我和王警官商量了一下，我们决定来个瓮中捉鳖……"

季飞云离开了工地之后，派出所的两位警察同志也跟着离开了。

巴建龙故意隐瞒了真相，只说派出所的同志来工地，是为了了解潘晨杰被人打伤的事情。现在了解得差不多了，人也就撤走了，让大家不要慌张。

这一早上，施工队的人都对这件事情议论纷纷的。眼下听说潘晨杰竟然被人打成重伤了，如今正在医院抢救，也难怪警察会找上门来。这一切都在情理之中，他们丝毫没有怀疑巴建龙的话。

巴建龙和安明光商量了一下，决定两个人在白天的时候轮换着睡觉，便于晚上的时候值班。

这一天过得很安稳，到了下班时间，工人们陆续都离开了，喧闹的工地又恢复了宁静。

巴建龙让老孙头早点睡觉，这工地上的事情就不要管了。

第一百〇八章　改过自新

老孙头因为昨晚自己养了十多年的狗被杀的事情，一直胆战心惊的。他一直自责，若不是因为他睡得太死了，这狗也就不会死。还好没有闹出大事来，若是这金丝楠木被人给烧了，那他可就闯下大祸了。

原本老孙头下定了决心，晚上要打起十二分的精神来巡查。谁知道这工人刚下班，巴建龙就告诉他，让他晚上在值班室里睡觉，不管发生什么事情都不要出来。不但如此，连那两个警察都撤走了。这是啥意思？这么多金丝楠木不管了？还是说已经抓到凶手了？

老孙头怀揣着满腹的心事，一脸不解地问道："可是，昨晚闹出了那么多事情，若是不管……"

巴建龙拍了拍他的肩膀，笑着说道："晚上不是还有我们兄弟俩吗？您就放心吧！等这件事情过了，我送您一只好狗。我朋友家养了一只藏獒，这几天生了小崽。我已经跟他说好了，等满月了就送您一只。"

老孙头还沉浸在失去了那只老伙伴的悲伤之中，听说巴建龙要送他一只藏獒，连忙受宠若惊地说道："那可不成，听说这一只藏獒都要好几万块……我那只就是土狗，不值什么钱的……我不能要你的藏獒。"

巴建龙见这老孙头原则性这么强，便笑着说道："无妨，我也不花钱。再说我工作这么忙，也没有时间养狗。若是把这小藏獒给养死了，岂不是辜负了朋友的一番美意？再者，等我们这风情园建成了，准备长期聘用您在这里当警卫，到那个时候，您养的藏獒还不是给我们看门吗？！"

老孙头听了这话，眼眸之中不由得露出了惊喜之色："啥？你们要长期聘用我？意思是我以后就不用换工作了，可以一直在这里工作？"

"对，我已经跟你们老板沟通过了，从现在开始您就是我们公司的正式员工了，一个月给您四千块钱工资，还管吃。从下个月开始，您的工资就由我们公司来发了。"安明光也凑了过来，笑眯眯地看着老孙头说道。

这份意外的惊喜对于老孙头来说，无异于天上掉馅饼的好事了。他给施工队这边干活，一个月就给他两千块钱，还不管吃。眼下等于工资翻倍了，还省下了吃饭的钱。等于这四千块钱属于他的净收入。一个月四千块钱净收入，在孙扎齐牛录乡这样的地方，够一家人吃好几个月的了。像这样的事，可不是天上掉馅饼的好事吗？

老孙头激动得嘴唇直哆嗦，过了好一会儿才哽咽地说道："这……这让我老头子说什么好？真是太感谢你们了，我老头子何德何能，竟然能得到你们的青睐？我可是做梦都不敢想能留下来呢！"

巴建龙拍了拍他的肩膀，一脸认真地说道："老孙叔您不需要感谢别人，要感谢，就感谢您自己工作努力，认真负责吧！若是自己不努力的话，就算是机会降临面前，也是抓不住的。"

老孙头知道巴建龙说这番话是为了激励他，所以他又说了很多千恩万谢的话。

这个时候乔伊派人来送饭了，巴建龙拉着老孙头和他们一起吃了饭，三个人又闲聊了很多事情。

等这顿饭吃完，已经是十一点多了。

送饭的人离开了之后，巴建龙和安明光对视了一眼，开口说道："老孙叔现在您可以回去睡觉了，记得不管外面发生什么事情，您都把房门锁好，千万不要出来。"

老孙头虽然不明白巴建龙他们要做什么事情，但是既然巴建龙这样安排，他只需要照着做就好了。

想到这里，老孙头默默点了点头，收拾妥当以后，就回到了自己的警卫室。他按照巴建龙的要求，将房门给反锁上了。不但如此，还将四周的窗帘都给拉上了。

安明光看着这样的情景，不由得笑着说道："要不说你这小子眼睛毒呢？

老孙叔这人确实是不错，不但工作认真负责，而且还特别有眼力见。"

巴建龙咧着嘴笑了起来，他看了看昏暗的天空，用力一巴掌拍在安明光的肩膀上，意味深长地说道："走，咱们也回去'休息'了。"

安明光笑着关掉了工地上的灯，四周立刻陷入了一片昏暗之中。两个人打着手电，一前一后走进了彩板房之中，随着房门打开又关上，工地上这一抹亮光彻底熄灭了。

巴建龙一走进彩板房，马家兄弟立刻紧张地从床上爬了起来，一脸期待地问道："我说两位领导，我们哥俩啥时候才能出去？这一天闷在屋里，可把我们给憋死了。"

"饿了吧？先把饭吃了吧！别着急，再等等……"巴建龙一边把饭碗放在桌上，一边将四周的窗帘都拉得严严实实的。

马家兄弟搞不清楚这巴建龙葫芦里卖的是什么药，反正巴建龙不让他们出去，他们哥俩就老老实实在屋里睡觉，连头都没露。

巴建龙等马家兄弟吃完饭以后，才正色说道："这几天我们要玩一出瓮中捉鳖的游戏，你们就安心白天睡觉，晚上值班。只要听到我的命令，让你们出去拿人，不管你们用什么办法都要把人给留下来。前提是不能把人打伤了，这一条能做到不？"

"小巴总您就放心吧！我们兄弟俩以前是混社会的，不怕您笑话，这打架斗殴对我们来说就是家常便饭。我们兄弟俩有次外出把人给得罪了，人家喊了好几十号人过来围攻我们，最后都被我们兄弟俩给打败了，平安无事地回到了家里。"马二宝一脸骄傲地说道。

马大宝偷偷看了看巴建龙的脸色，抬手一巴掌拍打在马二宝的脑袋上，大声骂道："那些打架斗殴的事情，你还觉得光荣了？真是不以为耻，反以为荣，以后能不能不要提那些黑历史了？咱们现在跟着小巴总改过自新，重新做人了。"

第一百〇九章　打探虚实

巴建龙看着马家兄弟耍宝，忍不住哈哈大笑着说道："没想到你们这个特长有一天还有发挥作用的时候。我说安总，等咱们风情园建好了，这保安队长的工作可以交给这兄弟俩。"

巴建龙本来只是说了一句玩笑话，没想到马家兄弟却当真了。两个人喜形于色地围到巴建龙身边，一脸期待地说道："小巴总您说的是真的吗？实不相瞒，我们兄弟俩最大的梦想就是能当上保安队长。我们在电视里看到人家那个保安队长的制服特别帅气，简直把我们羡慕坏了，那可是我们的最高梦想哩！"

巴建龙微微愣了一下，随即笑骂道："瞧你俩这点出息，那我现在就可以许诺你们，以后咱们风情园的保安队长，就是你们两个了。"

马家兄弟脸上闪着异样的亮光，两个人惊喜地说道："太棒了，谢谢小巴总，不过先说好，我要当正队长……"

"拉倒吧！哪有弟弟当正队长，哥哥当副队长的？你也不怕人家笑话。"

"我在家里你就总以哥哥的身份来压我一头，这工作上我绝对不让你，这次我一定要当正队长……"

巴建龙见事情还没有开始做呢，这兄弟俩就为了这队长的位置争得不可开交了。他捏了捏眉头，冲他们摆了摆手说道："这事，我来做个和事佬。依我看采取轮岗制，你们兄弟俩一个人当一个月正队长，谁干得好就多当一个月，你们看如何？"

最后，马家兄弟对于巴建龙的提议都表示心服口服。室内复又响起了笑声。

就在这个时候，巴建龙忽然听见外面传来一声"咔嚓"声，像是有人踩断了干树枝的声音。他立刻举起手来做了一个嘘声的手势。原本他们四个人说笑的时候，声音就压得特别低，就算是外面有人也听不见他们的谈话。

白天的时候，巴建龙安排人去县城买了一些那种里层是黑色油布的窗帘，这种窗帘拉起来的时候，一点光亮都不透。从外面看过来，这房间里面根本没有亮灯。不知情的人，会以为这工地上的人都休息了。

巴建龙看了看时间，见已经是夜里一点半了。他示意安明光将室内的灯给关了，然后他悄悄打开窗帘一角，查看外面的情况。可是巴建龙四下观察了半天，并没有发现外面有什么异样，难不成刚才他听到的声音是错觉？

巴建龙满心疑虑地看了看安明光，压低声音说道："奇怪，我刚才明明听见动静了，却没有发现异常。"

这个时候，窗户外面忽然又传来咚的一声响，就像是有人往院里扔了什么东西一般。

马大宝听见这声音就想往外冲，却被巴建龙一把给拉住了。他摇了摇头，低声说道："别着急，这是有人在故意试探，要沉住气。捉贼要捉赃……"马大宝在黑暗之中忽闪着一双大眼睛，似懂非懂地点了点头。

接下来，这施工工地上又传来几声奇怪的响声。但是接下来就没有了动静，也没有任何人翻进来。

这样的情况一直持续到天亮，巴建龙知道今晚不会有人来了。看来作案之人非常警觉，他在用这种方式进行试探。前一天晚上闹出那么大的动静，按理说工地上应该更警觉才对。是不是因为他们太过安静了，才让这个人心生怀疑，最终只是做出了试探。

想到这里，巴建龙对安明光说道："今晚咱们调整战略，听到动静大的时候，要适当出去看看。"

马家兄弟兴奋了一晚上，结果别说捉贼了，连个人影都没有看到。在巴建龙的安排之下，兄弟俩垂头丧气地去休息了。

老孙头见天色大亮了，也打开门从屋里走了出来。他一眼便看到巴建龙和安明光背着手在院里查看，便连忙走了过去，压低声音说道："两位领导昨晚咱们院里是不是进贼了？我听见外面咕咚咕咚响。因为害怕这些贼偷东西，担心得我一晚上没睡着。"

巴建龙和安明光笑着对视了一眼，说道："没进贼，那个时候我们还没睡呢！你看，这地面上除了多了几块石头以外，什么都没有呢！"

老孙头这才轻呼了一口气，算是放心了。不过他又疑惑地问道："奇怪了，这些人晚上不睡觉，往咱们院里扔石头干吗？"

巴建龙眼神忽闪了几下，回道："可能是小孩子调皮吧！越是不让他们进去的地方，他们就越好奇，我们小的时候也这样。"

老孙头歪着脑袋想了想，觉得好像是这么一个道理。马上到上班时间了，他赶着去开大门，便也没有继续追问，转身离去了。

安明光用脚尖踢着地面的石块，压低声音说道："看来你猜得没错，这些人就是来踩点的……看来今晚咱们真要配合一下，不然这些蠢贼都不敢进来了……"

这白天的时候工作照旧，一切都正常。

巴建龙抽空回了一趟公司，这里面住着两家的老人和妇女，他担心大家伙儿的安全。

乔伊看到他回来，高兴地扑了过来，围着他叽叽喳喳说个不停，嘘寒问暖的，生怕巴建龙在外面受了什么委屈。

巴建龙感觉心里暖融融的，他忍不住伸手在乔伊蓬松的脑袋上揉了揉，笑眯眯地说道："我就在外面住了一晚上，还有安大哥陪同呢！我能受什么委屈？你就别担心了。倒是你们这边，昨晚发生什么异常了吗？"

乔伊偏着脑袋想了想说道："昨晚我睡得很好，好像听到有什么动静，不过实在是太困了，没有醒过来……"她说完这番话以后，已然是红了脸。

"你呀！就是太累了，能睡觉是好事。我先去找其他人了解一下情况，等一会儿还要赶回工地去。"巴建龙笑着在乔伊的鼻子上刮了一下说道。

乔伊连忙点点头，这才恋恋不舍地松开了巴建龙的手。

第一百一十章　家宅安宁

巴建龙这几天一直在忙工地的事情，都没有顾得上回家，他想去看看金继梅和安老太太。这安老太太刚搬过来，也不知道习惯不习惯。他刚推开金继梅的房门，就看到安老太太也在里面坐着。

两个老太太手里拿着一块布，盘着腿坐在床上，一边绣花，一边聊天，整个室内的气氛显得融洽而愉悦。看来她们相处得不错。

巴建龙忍不住笑着说道："伯母您还住得习惯不？"

安老太太看到巴建龙眼睛一亮，连忙探头往他身后看了看，然而并没有看到安明光，她眼中的亮光不由得暗了几分。

巴建龙知道这安老太太是想安明光了，便一脸歉疚地说道："工地上离不开人，我和安大哥换着回来。等一下我回去，就让安大哥回来看您。"

安老太太面露赧色，随即说道："别别，这儿子我老婆子看了几十年了，几天不见可没有什么好想的。再说我有儿媳妇在身边呢！我这儿媳妇把我照顾得可好了呢！你回头告诉那个臭小子让他不要担心。"

安老太太这番话其实是告诉巴建龙，她和佟肖云相处融洽，也没有欺负她，让安明光不要担心。

巴建龙没想到安老太太的转变这么大，一时还有点不习惯，愣了好一会儿才回答道："好嘞！我回来的时候，安大哥就说了，让我给肖云姐带个话，让她好好孝敬您……"

"呸……我儿媳妇啥时候不孝顺，让那臭小子瞎操心……"安老太太微微红了脸，忍不住啐了一口说道。

金继梅乐呵呵地说道："你啊！一辈子口是心非惯了，这心里明明想儿子，想了就想了，有什么不好意思承认的？老姐姐我跟你说，咱们反正闲着没事，我下午陪你去工地上转转，看看明光，也顺便看看孩子们都在做什么事情，你说好不好？"

　　安老太太一听脸上又露出了喜悦之色，高兴地说道："那敢情好啊！"

　　巴建龙又跟两位老太太聊了会儿，见她们情绪稳定，心情开朗，也就放下心来。看来让这两个老太太住在一起也有好处，相互之间还可以做个伴，排解一下寂寞。

　　平时巴建龙和安明光工作都很忙，把老太太丢在家里，她们一天到晚也找不到一个说话的人，久而久之这心里就会有怨言。可一般做母亲的心里有怨言也不会针对儿子，最后就只能把这些怨气发在自己儿媳妇身上。这也就是婆媳之间容易闹矛盾的一个主要原因。

　　眼下这两个老太太能够相互开解，想来安老太太心中的怨气逐渐就能消失了。想到安家以后可以家宅安宁了，巴建龙也感觉很欣慰。

　　等巴建龙回到工地的时候，看到工地门外停着一辆汽车。这是贺晓明的车。贺晓明因为忙着做节目，所以这工地开工之后，他一直没有来过，不知道今天怎么有空了，连声招呼都没有打，就偷偷跑来了。

第一百一十一章　不速之客

巴建龙停下车，兴冲冲地跑进了工地，一眼就看到安明光正陪着贺晓明在金丝楠木那边站着。

"我说贺大记者好久不见，你今天怎么有空了？来视察工作，也不提前打声招呼。"巴建龙笑着高声喊道。

贺晓明回头看到巴建龙，也笑骂着说道："你小子几天不见，倒学会贫嘴了。我还想说你呢！发现这么重要的文物，竟然没有第一时间通知我，真是不够意思。"

"你别说，我倒是想通知你来着，但是我听佟叔叔说，你回北京汇报纪录片进度去了，还不知道什么时候回来。我想着你在北京肯定很忙，便没有打扰你，想等着你回来给你一个惊喜。你这是什么时候回来的？"巴建龙走到贺晓明面前，握紧拳头，在他肩膀上轻轻砸了一拳。

"我是昨晚上才回来的呢！对了，我跟你说，这次我们拍的纪录片可是得到了总台的高度认可，并且和我们签订了播出合同。我一定会尽心尽力把这档节目做好，到时候让咱们锡伯族在全国人民面前好好亮个相。"贺晓明揽着巴建龙的肩膀，热情洋溢地说道。

"真的啊？这可是大好事呢！到时候你可要多给咱们乡安排几个特写镜头……"巴建龙也非常高兴地说道。

"那是必须的啊！这次回北京，我把咱们建设风情园和计划建设锡伯族古城的想法也向台里汇报了一下，台里说，到时候可以给咱们免费做一个专题，好好给咱们锡伯族文化做做宣传。"贺晓明激动地揽着巴建龙肩膀说道。

"太棒了，等我们风情园建成以后，若是能在这么大的媒体上进行曝光，那就不用担心推广和宣传的事情了。凡是对锡伯族文化感兴趣的游客，也会慕名而来。到时候咱们只要做好接待工作就好了。这可真是一件大好事啊！"安明光跟在后面激动不已地说道。

"这事啊也不能高兴太早！首先我们风情园要做得足够好，其次我们的旅游接待工作要做得极度有特色，还要做好服务工作，只有这样才能增加用户的黏性，便于我们长期维护好和游客的关系。不然就算广告做得再响，人家来了一次之后，发现体验感并没有这么好，那么下一次也绝对不会再来了。"巴建龙冷静地说道。

"那是自然，这些是我们必须做的事情……"

几个人边走边聊天，巴建龙带着贺晓明来到了自己在彩板房之中的临时办公点。

这一推开门，就看到马家兄弟还在屋里闷着。这兄弟俩趴在窗户上，愁眉苦脸看着窗外，就像是受了多大委屈一般。

贺晓明看到这样的情况，不由得笑着打趣问道："这兄弟俩咋了？在这屋里关禁闭呢？"

巴建龙笑着解释道："他们兄弟俩昨晚值了夜班，我让他们在房间里休息，可是他们非要出去干活……"

"小巴总，你说大家伙儿都在外面热火朝天地干活，我们兄弟俩哪里能睡得着？你还不如让我们出去干活来得痛快。"马大宝哭丧着脸说道。

"就是，我们兄弟俩年轻，就是三天三夜不睡觉也没有关系，您就让我们去做事吧！"马二宝也在一旁帮腔。

安明光无奈地摇了摇头说道："正好建龙兄弟要谈事，那你们就去吧！"

马家兄弟得到了特赦令，生怕巴建龙会反悔，头也不回地就跑了出去。他们冲进人群之中以后，拿起自己的家伙什就投入工作之中去了，确实是生龙活虎，满身都是力气。

贺晓明哭笑不得地看着这兄弟俩问道："这兄弟俩啥时候变这么好了？我可是听人说，这马家兄弟游手好闲，坏事做尽……这变化也太大了吧？"

巴建龙给他倒了一杯水，笑着说道："这传言不可信，他们兄弟俩本性还是善良的……"

…………

这天巴建龙的手机铃声响了起来。他掏出手机看了一眼,见屏幕上显示着"汪海洋"几个字。

这尽调小组回到北京之后,开始还会传回来一些信息,后面就很长一段时间没有反馈了。巴建龙私下里都认为这次投资可能要黄了,不过碍于情面他并没有去问佟俊青。

佟俊青最后一次说起这个尽调小组的事情时,说是集团对他们的方案很满意,有投资的打算。但是后面也没有再提这件事情了,巴建龙以为肯定是中间出了变故。

没想到今天突然接到了汪海洋的电话。巴建龙这心里也是七上八下的。一方面他害怕听到坏消息,一方面他也害怕公司的专业知识不过关,辜负了佟俊青的期望。

巴建龙心情忐忑地接通了电话,话筒里立刻传来汪海洋热情洋溢的声音:"建龙兄弟,首先我要给你道个歉,因为我家里的老人过世,所以投资的事情拖得有点长,你可千万别怪我啊!"

巴建龙听说汪海洋家里出了事情,连忙进行了一番问候,随后又表示家里的事情重要,这投资的事情不是一朝一夕能够完成的,所以不必道歉。

汪海洋见巴建龙这么客气,又连忙说道:"没事,都处理好了……咱们言归正传来说说上次尽调的事情吧……"

巴建龙与安明光对视了一眼,两个人连忙走进办公室,将房门关上了。

汪海洋继续说道:"经过集团高层和风控小组的评估,最终认为对咱们这个项目是可以进行投资的。下周集团公司就会派出工作组前往你们那边进行实地考察,很幸运我还是这次的组长,所以我们很快又能见面了……"

原本巴建龙以为汪海洋是来通知他合作无法继续了,没想到事情完全超出了他的预期,这幸福来得如此突然。只是眼下工地上发现了金丝楠木,至于这批金丝楠木何去何从的问题还一直没有得到解决。这工作组来了以后,也无法开展工作。所以这个喜讯让巴建龙感觉喜忧参半。

汪海洋等了半天,也没有听到巴建龙的回答,不由得好奇地喊了一声:"喂?

建龙兄弟，你在听吗？"

"我在……不好意思，我一时高兴得不知道该说什么好了……真是太感谢你了。我知道这事情能谈成，主要是靠你在全力推动，我代表我们公司，乃至整个五乡对你表示真挚的感谢。这个事情是大好事，但是我一个人还做不了主，毕竟是涉及整个乡里的开发建设。你看这样好不好，我马上去找季乡长汇报，有了消息我马上告诉你。"巴建龙连忙收回飘飞的思绪，声音里透着浓浓的真诚说道。

汪海洋当然知道这件事情必须经过乡政府和县政府同意，才能继续往下推动。他又客气了几句，就把电话给挂了。

安明光一脸愁容地叹了一口气说道："以前总是盼望投资那边有消息，这样咱们就可以亲手将五乡给建设成为美丽家园了。可眼下有了好消息，又让人感觉无比为难。咱们这风情园建设都遇到困难，没有办法往下推进了，这特色小镇的建设可怎么办好呢？"

巴建龙拍了拍他的肩膀说道："特色小镇建设对我们整个乡，乃至整个县城来说都是一件大好事，我相信季乡长一定会去努力推动这件事情的。我这就给他打个电话，把情况说明一下。"

正在开会的季飞云接到巴建龙的电话，感觉非常意外。毕竟巴建龙才从他这里离开不久，这突然打电话过来，怕是有什么重要的事情。

季飞云考虑到近来布哈文化接二连三发生的事情，便对现场开会的领导干部说道："不好意思，我这边有个非常重要的电话，必须接一下……"

他接通了电话以后，笑着问道："你小子突然打电话来，准没有什么好事。"

巴建龙也笑着说道："那这次您可冤枉我了，我确实是有好事情要汇报……"

巴建龙将汪海洋打电话过来的事情原原本本说了一遍，同时也将自己的担忧告诉了季飞云。

季飞云耐心地听他讲完，脸上已经露出了掩饰不住的笑意。

他等巴建龙说完以后，哈哈大笑着说道："这可是大好事情！整个乡进行特色小镇改建的话，那至少也要投资十几个亿才能完成。这一个项目就完成了我们一年的招商计划。这么好的事情，你小子怎么还闷闷不乐的？关于金丝楠木的事情县里已经在开会研究了，你就把心放回肚子里，安心做你的事情，剩下的事情交给我们来操作就好了。"

得到季飞云肯定的回答之后，巴建龙这一颗悬着的心才总算是放了下来。他挂了季飞云的电话，就马上给汪海洋打电话……

这边季飞云临时将每周例会改成了特色小镇的项目会议，他将各个部门召集在一起，把孙扎齐牛录乡开发改造的事情提上了议程，让各个相关部门务必在三天之内拿出一个完整的改造计划，以及相对应的政策支持。

作为一乡之长，季飞云心里非常清楚，引进一个项目不难，但如何让这个项目落地，并且可持续地发展下去才是重中之重。而一个好的项目能不能顺利落地，与当地政府对投资者的扶持政策有着很直接的关系。

第一百一十二章　突发事件

季飞云开完乡政府协调会之后，又马上将这件事情向李县长进行了汇报。

这么大的投资项目，别说季飞云是第一次接触，便是县里文旅方面的项目，有这么大投资的也不多。因此李乡长对于这件事情也是十分地重视，表示挂了电话就会召集各部门开会，争取给这个项目开辟绿色通道。

借着这个机会，季飞云又将那批金丝楠木的事情提了出来，向李县长询问进度。

李县长也是一脸为难地说道："这事，我们县里也做不了主，上周就已经报到市里了，到现在还没有给具体答复。不过你放心，我马上再去市里一趟，催上级领导尽快下决定。"

季飞云这才算是放了心，对李县长再三感谢后才将电话给挂了。

这边巴建龙他们已经忙开了，不管靖远寺那边最后怎么处理，他们其他的工作还是要继续的。

经历了这么多事情巴建龙已经想清楚了，他打开了自己的格局和眼界。这风情园的建设旨在弘扬锡伯族传统文化，虽然靖远寺是昔日锡伯族西迁历史的重要一环，但是靖远寺并不能代表全部的锡伯族历史文化。有靖远寺的存在那等于画龙点睛，若是没有那也没有什么。他们可以从其他方面下功夫，打造新的亮点。

有了这个新的思路以后，巴建龙马上召开了主要负责人的会议，重新调整了工作部署。

眼下他们的工作重点主要分为这几个部分。

第一个就是风情园建设的问题。这是布哈文化成立以来，开发的第一个大型项目。只有将这个项目建设成功之后，他们才有属于自己的成功案例，才足以去说服别人。所以这个事情是重中之重，由巴建龙和安明光亲自来抓。

其次就是，既然汪海洋他们要来进行项目的实地调研，那必定就需要整理关于整个孙扎齐牛录乡的资料。这些资料分为历史部分和现代部分，而且还要将整个乡村的亮点部分整理出来。只有这样，等汪海洋他们来了以后，才能条理清晰地做出引导。这项工作非常重要，巴建龙把它交给了乔伊。他让乔伊带着公司里面的几个年轻人进行实地走访，汇总材料。

再者就是风情园设计规划调整的事情了，眼下时间不等人，他们不能坐等着季飞云那边出结果。若是等来等去，最终靖远寺被政府收回，由乡里进行保护和管理，那这些时间岂不是白白给浪费掉了？所以，他们要做两手准备。万一靖远寺被收回了，那他们的第二套方案就可以马上开始运行。这件事情巴建龙全权交给了设计师范明强来负责，并且要求范明强随时向他汇报进度。

最后一件事情就是要找出这一系列事件的幕后主使。这个人一而再再而三地针对他们，这次还差点弄出了人命。所以他们一定要想办法将这个人给揪出来，彻底铲除这颗毒瘤。否则这个人就像是一个定时炸弹一般，随时都会在人群之中爆炸，让人防不胜防。眼下这人既然将目光盯在了金丝楠木上面，那接下来肯定还会有动静，所以他们接下来的任务就是继续张开口袋，等着这个人自投罗网。

巴建龙心疼地看着乔伊说道："最近这段时间要辛苦你了……原本是让你跟着我享福的，可是没想到这一天福都没有享到，还一天到晚提心吊胆的。对不起……"

乔伊娇嗔地拍了他一下，笑着说道："我又不是那种娇气的千金大小姐，要享什么福啊！我们本来就应该同甘共苦，只有经历过这些磨难，才能更加稳固我们之间的感情。"

巴建龙感动地看着眼前这个活得像个小太阳一样的姑娘，忍不住叹了一口气，将她揽在了怀里，用下巴摩擦着她的头顶，温和地说道："你放心，我对待你的感情，就像是对待我们的事业一般……"

乔伊听到这里忍不住"咯咯咯"地笑了起来，这哪有人把好端端的情话说成这般的？可不知道为什么，她听着这样的情话就觉得特别安心……

两个人回到工地，忽然瞧见工地外面停着一辆救护车，外面还围了很多人，像是发生了什么事情。这可把巴建龙给吓坏了，他连忙将汽车停稳大踏步朝里面冲了过去。等他分开人群来到工地里，入目便看到一座山墙都已经建起来的房屋不知道为什么倒塌了，两个医护人员正在从里面往外面抬受伤的工人。他初步预估了一下，受伤的工人足有五六个之多。这些工人满身是血地躺在地面上，也不知道具体受伤情况是怎么样的。

看到这里，巴建龙感觉右眼皮突突跳了几下。他哑着嗓音吼道："这究竟是怎么回事？"

听到他的叫声，满身灰尘的马家兄弟连忙跑了过来。事故发生之后，这兄弟俩一直在帮忙救人。

"小……小巴总，我们也不知道怎么回事，大家伙儿正在忙碌呢，就听见'轰隆'一声巨响，然后这幢房子就倒塌了……不过不幸中的万幸，这房子刚筑好墙体，还没盖屋顶，而且咱们采用的建筑材料是空心砖，所以并没有造成太大的伤害。刚才医生都给工人检查过了，他们只是受了一些皮外伤……"马大宝结结巴巴地将事情的经过介绍了一遍。

巴建龙不由得和安明光对视了一眼，这工程质量都是由专业人员进行监督和检查的，绝对不会出现这种房屋轻易就倒塌的事情。若是这样的话，那他们整个工程的质量都堪忧了。眼下出了这种安全事故，那就是他们项目方的责任。眼下不但要妥善处理好工人受伤的事情，还要尽快从严开始治理工程质量和安全隐患的问题。

想到这里，巴建龙和安明光一起将受伤的工人都抬上了车。巴建龙又让安明光带上钱，将受伤的工人送去医院，安顿好以后再回来。巴建龙则马上召开现场会议，将各个部门的负责人，以及工程队的老板召集一处，针对今天发生的事情进行研究。并且勒令工程队停工整顿，在事情没有查清楚之前，不准开工建设。

工程队的老板对于巴建龙勒令停工的处理方法非常不满意，他走进会议室的时候，气呼呼地将安全帽往桌面上一扔，大声吼道："之前因为金丝楠木的事情，我们已经停工一个星期了。眼下因为这么一点小事又停工？你们知道我养着这么多人，停工一天要损失多少钱吗？你们这个活还能不能干了？"

巴建龙是个脾气温和之人，很少见到他发脾气。可是当他听到工程队的老板说，这么多人受伤是一件小事的时候，这心里的火气便噌地一下冒了出来。他用力一拍桌子，大声吼道："外面有五六个工人受伤，你跟我说这是小事？今天只是受伤，那明天万一有人死了呢？你要怎么跟工人的家人交代？"

第一百一十三章 大笔违约金

"再者，这工地上到处写着安全生产，你们做到了吗？这房子幸亏在交付使用之前就倒塌了。若是交付使用了以后再倒塌，闹出人命谁来负这个责任？我告诉你，今天这工你停也得停，不停也得停。否则我就以违反了我们双方之间签订的合同条款为由和你解约。不但如此，你还要赔偿我们全部的损失。所以你最好考虑清楚了。"巴建龙这一番掷地有声的话语把在场之人都震慑住了。

大家伙儿都认为巴建龙脾气很好，真没想到在遇到原则性问题的时候，他还有这么霸气的一面。这一下大家在心里都对他的印象改观了。

施工队老板没想到巴建龙这么不给他面子，当着这么多人的面质问他。他不由得恼羞成怒地说道："你少拿合同来压我，我做出什么违反合同的事情了？就算是终止合同，那也是你单方面违约，说起来你还要支付我一大笔赔偿金。"

"是吗？我看你是不见棺材不掉泪……"巴建龙愤怒地眯了眯眼睛，伸手将桌面上的一沓资料拿起来，扔到了施工队老板的面前。

施工队老板一脸疑惑地拿起那份报告一看，脸色立刻变得煞白。原来这份报告里面记载着他偷工减料、降低水泥标号的证据，因为这才造成了这次事故的发生。他万万没有想到，在这么短的时间之内，巴建龙就拿到了此次事故的调研报告，而且还有他偷工减料的证据。他拿着这份报告，手微微颤抖，额头上的汗珠儿大颗大颗掉了下来，眼下他再也没有底气大声叫嚷了。

巴建龙冷冷地看着他，说道："眼下你还有什么话想说吗？你知道这是什么行为吗？这是犯罪。我们因为信任你，才将这么大的工程交给你。可是你是怎么做的呢？降低水泥标号，以次充好，让我们整个工程变成了豆腐渣工程。

如今还出现了工程事故，房屋倒塌砸伤了人。我没有找你麻烦，你倒率先要找我索赔。是谁给你的底气？

"我实话告诉你，我已经给王警官打了电话，他马上就带着人过来了。你还是好好考虑一下，要怎么配合他们做事故调查吧！"

施工队老板听了巴建龙的这番话以后，一屁股跌坐在板凳上，再也没有了刚才嚣张的气焰。他根本想不到巴建龙会直接报警，原本他还想着通过威逼利诱将这件事情给压下来，眼下看起来是不可能了。因为他偷工减料，造成这么大的工程受到了不可估量的损失。再加上发生了这样的工程事故，等待着他的除了巨额赔偿以外，可能还有行政拘留。他没有想到后果会这么严重，只是觉得巴建龙他们是农村人，什么都不懂，便想着糊弄一下多捞点钱。谁能想到这房子竟然塌了，而且还砸伤了人……

王警官比预想中来得还要快，巴建龙与施工队老板之间的对决还没有结束，他就带着人来了。

巴建龙将事情的经过说了一遍，并把他收集到的证据交给了王警官。

王警官皱着眉头对施工队老板说道："麻烦你跟我们走一趟……有些事情需要你协助我们调查……"

就这样，施工队的老板一脸不甘心地被王警官带走了。

巴建龙和各位负责人商量了一下，最后定下了赔偿金额，赔偿每一位受伤的工人两万块钱。虽然他们已经将施工的部分外包出去了，这些工人也都是隶属于施工队的，跟布哈文化没有什么关系，但是他们既然是在布哈文化的工地上出的事情，他就不能置身事外，什么都不管。

处理完这些事情之后，季飞云的电话打了过来。

"听说你们工地上出事了？严重吗？"季飞云紧张地问道。

巴建龙连忙将事情的经过叙述了一遍，又把自己的处理办法向季飞云做了汇报。

季飞云见他处理及时，又对受伤的工人进行了赔偿，不由得感慨万千地说道："这些工人应该好好感谢你啊！有你这么好的一个带头人，何愁企业做不大呢？"

巴建龙被他夸奖得不好意思，挠着头皮说道："季乡长又笑话我……"

经过王警官的审讯，施工队长对自己犯的错误供认不讳。他除了要赔偿违约金以外，还受到了行政处罚……

处理完这些事情以后，安明光有些无可奈何地说道："咱们这个风情园还真是多灾多难的，真是一波未平一波又起……"

巴建龙笑着拍了拍他的肩膀说道："那说明我们在走上坡路，往上走都很艰难，从来只有下坡路比较好走。越是艰难我们越要挺下去。"

佟俊青和贺晓明不知道从哪里听说了发生的这一系列事情，两个人赶到工地上来了。

巴建龙看到他们俩一起过来，有些意外地问道："你们不忙了？怎么有空一起过来？"

佟俊青眼神闪烁了几下说道："我们山上的初期工作已经完成得差不多了，这薰衣草种下去了，山上也有负责人在管理，所以暂时没有我什么事情。这不是很长时间没有来看你们了嘛！所以就约了晓明一起过来看看。这段时间你们也辛苦了……"

他这番意味深长的话语，巴建龙如何能听不明白？当下巴建龙就明白，这两个人是来安慰他们的。但又害怕直说会打击他们的积极性，因此才找了这样一番说辞。对于佟俊青的体谅，他是非常感激的。

巴建龙有些不好意思地挠了挠头皮说道："唉！这一天到晚净瞎忙了，工作没有做好，还惹出了这么大一个事情……我正想着给佟叔叔打电话，看看眼下这工程怎么办。已经到了这种地步，若是全部都返工，就有点太可惜了！"

第一百一十四章 感慨万千

佟俊青眯了眯眼睛说道："到了眼下这个地步，全部拆了重建那肯定不现实。眼下只能派人仔细检查，发现哪里有问题，就翻修哪里，将隐患扼杀在摇篮之中。对于一些没有问题的地方，就采取保守的办法，对这些地方进行二次加固。这样一来比拆除重建进度快多了。"

巴建龙仔细考虑了一下，眼下也确实是没有更好的办法。拆除重建不但费时费力，而且还会耽搁工程进度。若是采用佟俊青的办法，那就可以节省很多时间。

众人针对这件事情又进行了详细的探讨，最后总结出一套非常详尽的改建办法，只需要交给新的施工队执行就可以了。

这一次寻找新的施工队，巴建龙采用了佟俊青的办法，公开进行招标。入围的公司还要缴纳一定额度的保证金，若是工程质量达标的话，那这些保证金就可以如约退还。若是工程质量出现问题的话，那这笔保证金就不予退还了。虽然保证金数额比较大，但是有这么大一块工地的业务，前来报名的企业还是非常多。

经过一个星期的筛选，巴建龙终于从前来招标的公司之中选中了合适的一家。这家叫作"宏田置业"的房地产公司，是察布查尔县本地的地产公司。公司老板孙总是个复员的军人，今年四十岁出头，浑身上下有一种孔武有力的军人气质。

巴建龙在和他交谈的过程中，发现孙总和他的三观相似，做事风格相近，而且宏田置业也非常有实力，成立十几年以来，接了大小工程无数，且没有一个项目因为质量问题出现纠纷的。

这孙总三观非常正，虽然退伍有些年头了，但言谈举止之间仍有一股军人的正派气质，莫名就让人相信他。

经过这一番筛查之后，宏田置业无异于这一批竞标公司之中的佼佼者。

这孙总也不负众望，经过三轮的筛选之后，以非常优异的成绩杀出了重围，成了众望所归的那一个人。

双方签约的那一天，安明光代表布哈文化，把公司针对这个项目的要求进行了详细的阐述，并且要求和孙总签订项目承诺书。

整个会议过程中，孙总都听得非常认真。等会议结束的时候，他已经对整个项目了然于胸了。对于安明光提出的要求，他毫不犹豫地就答应了下来。并且针对这个项目的建设，他还提出了自己独到的见解，弥补了一些不足。这让巴建龙更加感觉他们没有选错人。

双方洽谈得非常愉快，当天就把建设合同给签了下来。不过巴建龙又追加了一个条件，那就是孙总接手这个项目以后，不能解聘现有的这些工人，要继续用他们。等这个项目结束以后，若是孙总觉得这些人不合适，那可以选择和其他人合作。

对于这一点，孙总也没有什么异议。用他的话说，有了新的项目，反正他也需要招募大量的工人来完成这些工作。既然这里已经有现成的工人，那他又何乐而不为呢？同时，孙总对于巴建龙的做法也表示由衷地敬佩。他说做工程这么久，还没有遇到一个甲方，这么把工人放在心上的。他接触过的甲方，注意力都只集中在项目进度上。

巴建龙听了他的话以后，笑着说道："我们做企业也好、项目也好，都讲究以人为本。只有把人心留住了，一个企业才能留住人……"

对于他的说法，孙总也表示十分赞同。双方愉快地进行了几个小时的沟通后，为了感谢巴建龙对宏田置业的信任，孙总当即表态第二天就投入生产，对现有的这些建筑物进行详细的清查，该拆的拆，该加固的加固。

等把孙总等人送走以后，这紧张的一天总算是过去了。

安排完这一切之后，巴建龙才一脸疲惫地挂了电话。他捏了捏肿胀的眉心，打算到外面去散散步，放松一下疲惫的身心。

此时已经是月上西楼，安明光带着人回去做饭去了，工人们也都下班了。这一天发生了这么多事情，这时工地难得地安静了下来。

巴建龙站在空荡荡的院子之中，心中不由得感慨万千，往事一幕幕就像是走马灯一般在他眼前晃动。

他的人生极具戏剧性，他从一个只会喝酒的小混混，一跃成为一家企业的核心人物，还有这么多人跟着他讨生活，这前前后后不过才过了大半年的时间。

对于这一番际遇，巴建龙是非常感谢乔阳的。

若不是偶然间他遇到了不顾一切跳入水中救人的乔阳，若不是乔阳的死让他意识到，不该这么浑浑噩噩度日，应该振作起来，为了完成乔阳的遗愿，也为乡亲们多做一些事情，恐怕如今的他，还是那个游手好闲之人。

那时的他每个月关心的就是工资能不能按时发，只想着把眼前的日子过好，能得过且过就不去想其他事情。那个时候的他连做梦都没有想到过，自己能带着这么多人盖起来这么大一座风情园。

第一百一十五章　好消息

正当巴建龙背着手站在月光下感慨万千的时候，突然听到外面传来了一阵说话声。

这个时候，安明光带着晚饭过来值班了，和他同行的还有回家洗漱的马家兄弟。

这马家兄弟自打来到布哈文化之后，原本以为大家会像以前一样瞧不起他们。可谁知道，他们来到这里之后，没有一个人戴着有色眼镜看他们，都把他们当成了公司的一分子，对他们兄弟俩非常尊敬。这一份宽容和尊敬，让马家兄弟的内心发生了翻天覆地的变化。他们在这里找到了认同感，找到了自己存在的价值。所以这兄弟俩做事情非常地卖力，虽然他们没有什么文化，也没有精明的头脑，但胜在认真负责。眼下这兄弟俩已经从基层员工，走到了中层管理的位置。

这兄弟俩在工程管理上特别有天分，这项目上的事情，只要跟他们说一遍，他们基本就记住了。对于不熟练的部分，这兄弟俩会利用下班后的时间反复推敲、琢磨，直到完全掌握全部的技巧。而且不管什么事情，只要交到马家兄弟手里，他们绝对会保质保量按时交到你手中。他们简直成了靠谱的代名词。比如巴建龙说，希望他们兄弟俩能留下来，和他一起看守金丝楠木。这兄弟俩立马就拍着胸脯答应了下来，吃喝拉撒都在工地上，没有巴建龙的允许就绝对不踏出工地半步。

这次还是巴建龙见这兄弟俩好几天没有回家洗澡了，身上都快馊了，这才下命令将他们给赶回家去。

眼下这马家的情况也大大得到了改善，这兄弟俩每个月拿了工资，除了抽烟的钱，其他都交给老马夫妇保管，说是要多多赚钱留着娶媳妇用。老马夫妇又节俭，这每个月都能结余五六千块钱，家里的日子也逐渐好转了起来。老马夫妇乐得合不拢嘴，逢人便说自己儿子遇到了贵人，又赶上了国家政策好，让他们一家过上了小康的生活。

这马家兄弟来的时候，老马夫妇特意做了一锅红烧肉，让他们带过来给巴建龙吃。

巴建龙也不客气，打开饭盒以后，一股子肉香扑鼻，让他食欲大增。

接连几天工地上都安静得出奇，并没有发生什么意外的事情。倒是马家兄弟在院墙外的一个墙角，发现了一地的烟头，地面上被人踩出了非常多的脚印。看来是有人在这里长时间逗留过。至于为什么要在这里逗留，那就不言而喻了。

因为有了前车之鉴，巴建龙害怕再发生什么事情，便专门留下两个男同事，哪里都不去，一天二十四小时驻守在风情园里面。

这风情园的工程因为换了施工方，在进度上明显慢了下来。

孙总这个人做事雷厉风行，同时又粗中有细。他接手以后，便把所有工程都停了下来，全力以赴对以前的工程进行了返修和加固。而且他对工程质量要求非常高，有些巴建龙认为没有多大问题的地方，都被他以坚决的态度给否决了，要求他的施工队必须重新加固。孙总时常挂在嘴边的一句话就是："房子要想盖得好，地基一定要打牢。地基若是不牢靠的话，房子盖得再好都没有用。"

巴建龙开始还不放心，害怕孙总会像前面的施工队老板一样，弄出一些豆腐渣工程来。当他看到孙总这么负责任以后，也彻底放下心来。他将这个工程全权交给孙总来把控质量，他只需要负责项目规划和监督施工进度就好了。

说起来也是奇怪，这几天工地上很安静。那个想要来捣乱的幕后主使，也很长时间没有露面了。

为此，巴建龙和安明光也感觉有些奇怪，两个人针对这件事情商量了一番，最终得出了结论，可能是他们最近监管严，又接连严惩了闹事的人。有了前车之鉴，那个幕后主使不敢在这个时候继续闹事，也是合理的。

为了防止别人来搞破坏，巴建龙、安明光和马家兄弟这些日子以来，吃住都在工地上。巴建龙想着最近可能不会发生什么大事，便把马家兄弟放了回去，让他们去探望一下父母。

这边马家兄弟刚离开，季飞云就带着几名乡干部，一脸笑眯眯地来到了工地。

巴建龙看到他这么高兴，不由得问道："季乡长，这是遇到了什么高兴的事情吗？"

"嘿嘿，我今天来可是给你带来了好消息……"季飞云故意卖着关子说道。

"难道是……"巴建龙眼睛一亮。

"嘿！你猜得没错，上级领导关于金丝楠木的决定下来了……走，我们进屋去说。"季飞云说着带头往巴建龙的临时办公地点走去。

巴建龙的临时办公地点，是腾出来一间彩板房改建而成的。太阳大的时候，这屋里热得蹲不住人。一般情况下巴建龙和安明光白天的时候就在工地上忙碌，只有等太阳下山了才会回来休息。

季飞云一推开门就感觉一股热浪扑面而来，他忍不住用手掌扇了扇说道："这屋里也没有装个空调？这么热的天很容易中暑啊！"

巴建龙连忙不好意思地走进去把电风扇给打开了，笑着说道："我们两个大老爷们也没有那么讲究，这只是临时的去处，等咱风情园建成了就好了。这投资人的钱来得不容易，我们能省就省了。"

季飞云眼神忽闪了一下，轻叹了一口气说道："也真是难为你们了……不过好在总算守得云开见月明了。经过几轮商讨以后，上级领导为了支持咱们孙扎齐牛录乡的文旅发展，特决定仍然将靖远寺划拨到风情园之中，进行统一建设和管理。至于金丝楠木，市里会派出专家组来到现场，指导咱们进行安全防护。在不损伤金丝楠木的基础上，咱们的工程可以继续动工了。

"上级领导对咱们风情园的建设还是非常关注的，咱们一定要将这个风情园建设好，千万不能辜负上级领导的信任啊！"

巴建龙一听，这可真是天大的好消息。虽说没有靖远寺，这风情园一样能建设成功，但总觉得缺少了画龙点睛的部分。如今好了，这风情园总算能按照他们心中所想的那样继续建设了。

季飞云说完这番话以后，话锋一转，随即严肃地说道："这专家组要一周后才能进驻，在这期间金丝楠木可千万不能出现什么纰漏，否则咱们可就前功尽弃了……"

巴建龙郑重地点了点头，并且再三承诺，一定会保护好这些金丝楠木。他在说话的时候，忽然看到虚掩的房门外面，阳光在地面上投射出来一个人影。这人没有出现在房门处，那应该是藏在房门的背面。这么鬼鬼祟祟的，想来没有安什么好心思。

碍于季飞云在场，巴建龙不想让他担心工地上的事情，便没有告诉他。但巴建龙还是不由得皱了皱眉头，眼神忽闪了几下。

一旁的安明光顺着巴建龙的眼神看了过去，一眼就发现了地面上的黑影。他心里随即明白了过来。当下也没有说话，悄然站了起来朝门外走去。

季飞云等人所有的注意力都用在和巴建龙的交流之上，并没有人注意到安明光的举动。

安明光悄悄来到房门处，一把将房门推开，一个箭步冲了出去，并且又迅速将房门关上。等屋内的人反应过来的时候，安明光早就没了踪迹。

安明光冲出来的动作，吓到了门外偷听的那个人。为了不让安明光认出他是谁，他连忙将头上的帽子压得低低的，然后拔腿就往大门外跑去。这小子看起来不过二十几岁的模样，身手非常利索。转瞬之间就冲到了大门附近。

安明光本来想让工人们把人给拦下来，但是又害怕惊到了屋内的季飞云等人，所以只能眼睁睁看着他从大门处逃走了。

等安明光追到大门外的时候，只看到他的一个背影，然后很快就转个弯消失不见了。

正在忙碌的孙总，看到安明光这副模样，心里不由得一惊，连忙走了过来，小声问道："安总，发生什么事情了？"他说完这句话以后，不由得又往巴建龙的办公室里看了一眼。

安明光擦了擦额头的汗水，指着刚才那个人跑走的方向问道："孙总，刚才有个戴着黑帽子的年轻小伙子，从这里跑了，你认识他吗？是不是咱们工地上的人？"

"戴帽子的小伙子？这工地上都是戴安全帽的……你等我一下，我把队长叫过来问问。"孙总说完打了一个电话。

不一会儿，在工地上负责带领工人干活的队长气喘吁吁地跑了过来。

第一百一十六章　受伤了

"老李，安总说刚才这里站着一个戴着黑帽子的小伙子，是咱们施工队的吗？我不是让你们在工地上都戴安全帽吗？这怎么还有没戴安全帽的？"孙总一脸严肃地问道。

"小伙子……"老李皱着眉头想了想，随即恍然地说道，"哦！我想起来了，下午的时候，我是发现工地上多了这么一个年轻人，他不但戴着帽子，还戴着口罩。他来了以后也没有闲着，一直在帮大家伙儿干活，我还以为是安总公司的人，也没有好意思说让他戴安全帽……他怎么了？"

孙总眼睛眯了眯，想说些什么，不过碍于安明光在场，最终选择了沉默。他冲着老李挥了挥手，示意他可以离去了。

老李虽然一脸莫名，但他长时间跟在孙总身边，便没有过多言语了。

孙总等老李走了之后，这才压低声音说道："这年轻人既不是你们这边的，也不是我们这边的，不知道是什么来头。不过我能问问究竟发生什么事情了吗？刚才我一直在那边工地上，并没有注意到这边的情况。"

安明光便把他们和季乡长等人在里面谈话，这个年轻人在外面偷听的事情给说了一遍。

孙总以前在部队上是当侦察兵的，虽然退伍多年，但侦察的能力还是非常强。他马上惊讶地说道："偷听？你们是不是说了什么重要的话？"

安明光便把市里对于金丝楠木安置的事情简单说了，然后他又把前一阵子有人企图要烧毁金丝楠木的事情跟孙总说了一遍。随后他又把自己的怀疑告诉了孙总。

孙总紧皱着眉头说道："这么说来，这个年轻人怕是提前知道季乡长他们今天要到你们这里来，便提前混在人群之中打埋伏，为的就是偷听你们的谈话。看来这个年轻人和金丝楠木失火有很大的关联。你们这一周肩上的任务不轻啊！

"我那几个兄弟，都是我部队上的战友，也都是侦察兵出身，若是你们需要的话，从今天晚上开始，我就让他们住在工地上别走了。有什么事情你们就招呼一声，也好有个照应。眼下敌暗我明，情况对你们是非常不利的。"他一脸担心地说道。

安明光点了点头说道："好的，先谢谢孙总了。这事我还得和建龙商量一下，等确定下来方案以后我再去麻烦您。"

孙总笑了笑，没有再多说什么，转身继续去忙碌了。

季飞云在巴建龙简陋的办公室里，热情洋溢地聊了好一会儿，这才起身告辞。

巴建龙将他们一直送到大门外，又目送着他们坐车离去之后，才问道："刚才是什么情况？人抓住了吗？"

安明光摇了摇头，将自己了解到的情况详细说了一遍。

巴建龙沉默了好一会儿才说道："这人应该就是咱们乡里的，不然不会对咱们这里这么熟悉。既然他们偷听到季乡长的话了，为了阻止我们的项目推进，在这一个星期之内，他们肯定会做出大动作。孙总说得没错，这一周我们的担子非常重。但是不管多难，我们都要撑过去，一定不能被坏人打败了。"

安明光又把孙总提议留下来几个人住在工地上的事情说了一遍。

巴建龙这一次没有持反对意见。毕竟和抓住幕后主使相比，保证金丝楠木的安全才更重要。他同意让安明光去和孙总对接，商量晚上留人的事情。

安明光征得了他的同意之后，马上就起身去找孙总了。

巴建龙正坐在办公室之中，想要理清楚最近的工作重点的时候，就看到马家兄弟兴致勃勃地从外面走了进来。

两个人一脸赧色地来到了办公室门外，小声嘀咕道："小巴总我们回来了，给您销假。"

"两个臭小子，不是说今天给你们放假吗？怎么又回来了？"巴建龙笑骂着说道。

"嘿嘿！我们的事情已经办完了，在家里闲着也没事做还着急，不如回到工地上来，人多热闹，忙忙碌碌一天，很快就能过去了。"马家兄弟不好意思地笑着说道。

孙总下班以后并没有离开，他感觉工地可能会发生什么事情，便主动留下来陪着巴建龙他们。说起来他在不知不觉之中已经变成了布哈文化的利益共同体，若是这金丝楠木遭到了破坏，造成了工地停工，那对他来说也是很大的损失。

巴建龙原本想要说服孙总，让他不要担心。但是孙总这人比较固执，认准的事情轻易不会放弃。无奈之下，巴建龙只得答应让他留了下来，并且叮嘱厨房晚上多做几个菜，他好陪着孙总喝两杯。

不过在这样的时候，谁也不敢多喝酒，无非喝两瓶啤酒意思意思。

酒足饭饱之后，孙总便打开了话匣子，将自己这些年创业的不容易说了出来。

对于创业失败过一次的安明光来说，孙总的话引起了他的共鸣，两个人有了一种相见恨晚的感觉，三个人这一聊就聊到了深夜。

孙总看看时间不早了，便对巴建龙说道："明天还要早起，我就不耽误你们休息了。记得有什么事情随时打电话，我立刻就会出现。"

巴建龙笑着说了几句感谢的话，便打开门送孙总出去。

结果孙总刚踏出一只脚，就立刻发出了一声惨叫。

作为一名退伍军人，孙总不知道经历过多少严苛的训练，若不是遇到了什么大的伤害，他是不会发出这样的叫声的。

孙总的叫声将巴建龙吓了一跳，他连忙找了一个手电筒来，对准孙总的脚下照了照。这一照，把他吓了一跳。

原来不知道在什么时候，也不知道是谁，竟然在他的门外摆放了一块细密的钉板。孙总在不知情的情况下，这一脚踏上去踩了一个正着。

在工地上待久了的人都比较随意，洗漱完毕之后，穿着一双拖鞋就出来了。在毫无防备之下，孙总一脚踏空，等他反应过来的时候，他的脚已经踩在了钉板之上。

这也得亏是孙总走在前面，他身手比较敏捷，发现不对的时候马上做出了应急反应。可即便如此，还是有一根钢钉从他的脚掌穿了过去。这若是换成巴建龙，今晚这一只脚不废，也要很长时间不能下床走路了。

孙总的惨叫声惊动了他的那几个兄弟，这些人打开门跑过来看到眼前景象的时候，都惊呆了。

巴建龙见大家伙儿发愣，快速做出了反应，大喊一声说道："别发愣了，快把人送医院，走，我陪着你们一起去。"

孙总忍着剧痛，一把将他给拉住了，喘息着说道："不，你不能去，你们千万不要离开这里。放这钉板之人就是想通过这种手段，将人给引开，他们好对那些金丝楠木下手。"

巴建龙这个时候也冷静了下来，他知道孙总说得并没有错。可是孙总是因为他才受伤，他若是坐视不管，岂不是太没有道义了？

孙总看出来了他心中所想，便用力在他肩膀上拍了一下说道："你放心，我兄弟会送我去……我们做大事之人不拘小节，你就别说这么多了……我走了。"孙总说完，被他两个兄弟架着往外走去。

孙总担心工地上的安全，特意让其中一个人留下，必要的时候协助巴建龙。

巴建龙目送着孙总离开以后，他声音沙哑地说道："安大哥，报警吧！"他思前想后，这人胆子也太大了，竟然神不知鬼不觉地在他们眼皮底下放置了这么一块钉板。这若是真出了什么事情，根本就没有办法去查找凶手。这黑灯瞎火的，这人是从哪里进来的都不知道。

虽然工地上装有监控，但是依然有很多死角。这人既然敢来放置钉板，那肯定避开了这些摄像头。

这人这么大胆前来，必定是想做出更大的动作了。

第一百一十七章　着火了

安明光这才从震惊之中微微回过神来，他心有余悸地吞咽了一口唾沫说道："今天若不是孙总非要留下来，那被扎的就会是你我了。不管我们谁被扎了，另外一个人都要送对方去医院。如此一来，那这工地上可就没人了……"他也意识到有人企图用这种极端的手法，逼着他们离开工地，然后再对这些金丝楠木下手。

巴建龙目光幽深地看了安明光一眼，点头表示赞同，随即幽幽说道："报警……别再迟疑了，我去四周查看一眼……"他的话音刚落下，就感觉眼前蓦然亮起了一道光，紧接着有四五只正在熊熊燃烧的火把从院外扔了进来。而这火把落下的位置正是金丝楠木所在的位置。

随着火把落下，巴建龙闻到一股浓浓的汽油味。他大喝了一声："快打电话，我去救火……"说完直接朝火把落下的方向冲了过去。

呆呆发愣的安明光被他吓了一哆嗦，连忙回过神来，立刻拨通了报警电话。

这个时候王警官已经进入了睡梦之中，他被急促的电话铃声惊醒的时候，感觉心脏不由自主"扑通扑通"狂跳了几下，直觉告诉他可能有什么不好的事情发生了。等他得知巴建龙这边拨打了报警电话的时候，整个人像弹簧一样从床上跳了起来，哪里还有半分的睡意？他胡乱将衣服套在了身上，大踏步往外面冲去。

巴建龙几个箭步就冲到了金丝楠木所在的地方，他看到火把落下的地方已经开始着火了。这些火把上面沾满了汽油，随着火把落下，这些汽油便沾染在金丝楠木上。这些金丝楠木已经有几百年的历史了，早就干透了，可以说是沾火就着。

巴建龙见此情形也顾不上那么多了，连忙脱下身上的外套，对准着火的地方用力扑打了起来。

就在这个时候，从墙外又"呼呼"地扔进了一批密集的火把，这些火把落下来的时候，有些砸在了巴建龙的身上。火苗借着火势迅速在他衣服上蔓延开来。但这个时候的巴建龙，根本分不出心神去扑灭自己身上的火。因为他心中非常清楚，若是火势没法控制的话，这批金丝楠木就全完了。到了那一步的话，不但国家的财产受到了损失，那他们的项目也要被迫停止。

投资人这么多钱投进去了，若是项目没有办法继续往下做的话，那可就损失太大了。若是那样的话，他还有什么面目去面对佟俊青和贺晓明，以及全乡的乡亲们？正是这些念头支持着巴建龙，他不顾身上传来的火辣辣的疼痛，全部身心都用在扑灭火势上。

安明光赶过来的时候，看到巴建龙后背上跳跃着熊熊的火苗。而他像没事人一样正在用力往外扔火把。他的身上、脸上，以及双手都被烈火灼伤了，整个人就像是熏黑了一般。

安明光看到这里，眼泪哗啦一下就流了下来。他大吼了一声："巴建龙你个混蛋，你不要命了是吧？"他连忙脱下自己的衣服，冲到巴建龙面前，替他扑打着身上的火苗。

等火势扑灭得差不多了，巴建龙才像是回过神来一般。他声音沙哑地说道："别管我……快救火……"

安明光看到这样的场景，眼睛都快红了。他环顾四周，突然发现在不远处有一个备用的消防栓。当下他也顾不上那么多了，几个箭步冲到了消防栓面前，连接好水带，打开阀门，水像泉水一样喷涌而出。

安明光拉着水带便朝巴建龙冲了过去。

巴建龙连忙摆手说道："不能用水，汽油遇水火会更大。"

安明光只得关掉水阀，和巴建龙一起用衣服扑打金丝楠木上的火苗。

与此同时，从院墙外面还不断有火把扔进来。

这个时候老孙头也被外面的吵闹声惊醒了，他看到眼前的情形大声怒吼道："是哪个混蛋竟敢破坏国家财产，你们不要命了是吧？看老子不打断你们的腿……"老孙头骂完，一手拿着手电筒，一手拎着一把铁锹，大踏步朝院外冲了过去。

这个时候不远处也传来了一阵阵汽车轰鸣声，以及刺耳的警笛声。

外面的火把也戛然而止，这几个人没想到警察来得这么快，当下也顾不上再搞破坏了，忙着四下逃窜。

率先跳下汽车的王警官对随行的警察同志们大声喊道："给我追，一个都别让他们跑了。"

随行的警察同志们连忙散开，朝着逃跑的黑影分别追了过去。

王警官带着另外两名警察同志往工地的方向跑了过来，他大声喊道："巴建龙、安明光和金丝楠木怎么样了？"

老孙头哆嗦了一下，用颤抖的手指往亮着火光的地方指了一下说道："在救火，都烧伤了……"

听到这样的话，王警官的瞳孔不由得一缩，他大声喊道："快去找灭火器。"说完大踏步往金丝楠木的方向跑了过去。

等他赶到现场的时候，就看到身上燃着火苗的巴建龙和安明光，他们俩挥舞着手中被烧得千疮百孔的衣服，正在扑打着金丝楠木上的火苗。

王警官感觉心脏忽然一阵抽痛，他二话没说，也脱下衣服跳进坑中，加入了救火的行列。

这个时候的巴建龙和安明光已经被大火炙烤得失去了意识，两个人只是机械地挥舞着手中的衣服，对于王警官的加入他们没有做出半点反应。

第一百一十八章　后果不堪设想

　　王警官看着他们身上大面积的烧伤，两行热泪止不住落了下来。只不过眼下这种情况，也顾不上他俩。只有尽快把火扑灭了，才能将人送去医院。他想到这里，把牙一咬，含着眼泪用力扑打着火势。

　　两位警察同志在老孙头的协助下，好不容易找到了一个灭火器。两个人扛着灭火器匆匆忙忙跑了过来，见此情景二话不说，打开灭火器就开始救火。

　　在灭火器的帮助之下，火势很快就得到了控制。

　　王警官见剩下的火势交给这两位警察同志就可以了，便停下了手中的动作，擦了擦额头的汗水，对巴建龙他们大声说道："建龙、明光，火势得到控制了，这里安全了，你们两个人身上有多处烧伤，我现在送你们去医院……"

　　结果王警官喊了半天，巴建龙和安明光也没有做出反应，依然重复着扑打火焰的动作。

　　王警官见状来到两个人面前，一把抢过了他们手中的衣服，再次大声说道："你们两个住手，你们看火势已经被控制住了，现在我送你们去医院。"

　　直到此时，精神恍惚的巴建龙脸上才呆滞了一下，他咧着满是裂口的嘴唇，笑着问道："火势被控制住了吗？好，好……"一句话还没有说完，他便整个人向后面倒了下去。

　　王警官叫了一声，连忙扑了过去，一把将巴建龙给抓住，随即往身上一背，对还在发愣的安明光吼道："你能不能走？"

　　相比之下，安明光来得晚一些，身上受伤的地方也少一些。他点了点头，表示自己能行走。

王警官指了指另一名警察说道："你跟我去医院，这里交给他们……"说完背着巴建龙朝着外面奔跑而去。

安明光回过神来，眼下巴建龙的伤势还不知道如何。这个时候他应该通知乔伊，乔伊应该守在巴建龙身边。想到这里，他连忙摸出被烤得发烫的手机，颤抖着拨通了乔伊的电话。

正在睡梦之中的乔伊听说巴建龙受伤了，当时也顾不上其他了，胡乱套了一件衣服就冲出了房门。为了不惊动金继梅，她悄悄离开了居住地。等她来到街上的时候，满身是伤的安明光也开着车到了。

乔伊坐在车里，看着满身是伤的安明光，心脏不由得抽痛了几下。她连忙说道："安大哥我来开车，你坐在一旁休息。"

安明光能把车开到这里来，已经用尽了全身的力气。他听到乔伊这样说，艰难地点了点头，与乔伊换了位置。

乔伊看着他问道："建龙哥哥他……去了哪个医院？"

原本她想问巴建龙的伤势，可是看到安明光都伤成这副模样，想来巴建龙身上的伤势只能更甚，否则不会是安明光来接她。所以她又将原来想说的话给咽了回去。

"县人民医院……"王警官走之前说过，巴建龙这种伤势送到乡卫生所肯定没有什么用。所以他直接带着巴建龙去县医院了。

乔伊瞳孔不由自主地缩了一下，随即她深吸了几口气，努力平复了一下激动的内心，发动汽车朝着无边的黑暗冲了进去。

等乔伊他们赶到县人民医院的时候，巴建龙已经挂了急诊，被送过去抢救了。

安明光坚持到医院，也昏了过去。乔伊也挂了急诊，将他送去治疗。

等安排完这一切之后，乔伊才看到身上全是黑灰、泥水的王警官。她的眼泪不由自主地流了出来，声音颤抖地说道："王警官谢谢你，谢谢你救了建龙哥哥。"

王警官嘴唇翕动了几下，随即叹了一口气说道："别担心，建龙他吉人自有天相，还有这么多事情在等着他做，他不会有什么事情的。所里还有非常重要的事情，我不能在这里久待。坚强点……我相信你可以的。"

乔伊含着眼泪点了点头说道："王警官你放心去忙吧！我没事的，我在这里守着就行了。"

她知道，王警官要赶回去处理纵火之人。眼下将这些人绳之以法，才是对巴建龙最好的交代。

王警官沉默了几秒，重重地点了点头，转身离去了。

因为金丝楠木失火的事情比较重大，在回去的路上王警官忍不住拨通了季飞云的电话。

当季飞云得知这件事情的时候，整个人都惊呆了。挂了电话以后，他立刻将电话打给了相关的部门，让他们迅速赶往事发现场。

其他乡干部得知这个消息之后，都被吓了一跳，急忙穿戴整齐，用最快的速度赶到了现场。等他们到现场的时候，季飞云已经先到了。他正站在金丝楠木旁边，听负责人员汇报损失情况。

这火势虽然看着吓人，可是因为巴建龙他们抢救及时，这些金丝楠木只是表层受到了一些损伤，并没有造成不可挽回的损失，可以说是不幸之中的万幸了。

季飞云听到这些话，不由得松了一口气。直到此时，他才发现，现场并没有看到巴建龙的身影。王警官给他打电话的时候并没有提起巴建龙受伤的事情，现场的干部也不知道这件事情。

季飞云好奇地问道："巴建龙和安明光那两个小子呢？他们吃住都在工地，怎么这会儿却看不见人了？"

负责收尾工作的两名警官，眼神忽闪，一副欲言又止的模样。

季飞云心中蓦然升起一股不好的预感，他连忙问道："有什么话就直说，别吞吞吐吐的。"

两名警察无奈之下只得叹了一口气，将发生在巴建龙和安明光身上的事情详细说了一遍。

虽然季飞云知道，金丝楠木能够无伤大体，肯定与巴建龙的努力有关。可是他万万没有想到，巴建龙竟然为了保护这批金丝楠木，连命都不要了。若不是王警官及时赶来，这两个人会是什么后果，他简直都不敢往下想。想到这里，季飞云有些哽咽，问道："如今这两个人呢？被送到哪里去了？"

第一百一十九章　又病倒了一个

"在县人民医院……"这个时候，从医院赶回来的王警官也赶到了。

季飞云看到他连忙着急地问道："人呢？人怎么样？有没有危险？"

王警官眼神黯淡了几分，摇了摇头说道："情况蛮危险的，他身上多处烧伤得比较严重……我回来的时候人已经进了急救室，具体是什么情况还要看手术完成以后医生怎么说。"

季飞云又着急地问道："那你怎么回来了？医院还有人吗？"

"我回来处理案件……趁热打铁会有比较好的效果。乔伊……乔伊在医院守着。"王警官一脸无奈地说道。

其实离开医院的时候，他的内心就很纠结。他也不想将乔伊一个人留在那里。可是他又想尽快破案，不能耽误这宝贵的时间。

"出了这么大的事情，你就把那么一个小丫头留在医院？万一巴建龙那小子出了什么事情，你让那么一个小丫头咋办？简直就是胡闹，你们宣传部马上派人去医院，陪着那个丫头，有问题随时向我汇报。"

宣传部的同志领了命令以后，马上安排了一男一女两位同志赶往医院去陪伴乔伊。

这个时候佟肖云也得到了消息，在她的坚持之下，宣传部的干部只得又回头将她接上一块儿往医院赶。等他们赶到医院的时候，看到乔伊搂着双肩蜷缩在一个墙角，哭得浑身颤抖不已。想来是因为巴建龙的事情被吓得不轻。

佟肖云联想到乔阳去世给乔伊带来的心理阴影，现在巴建龙是她在这个世界上最亲近的人了。若是他出了什么问题，这个小丫头非要吓坏了不可。想到这里，她感觉心脏一阵抽疼。

佟肖云快步走到乔伊面前，用手搭在她的肩膀上，柔声说道："小丫头，来，到姐姐这里来，没事了。姐姐来陪你了，放松一点，不要害怕……不要害怕！"

原本浑身紧绷、身体僵硬的乔伊，在佟肖云触碰到她的身体时，身体一阵剧烈地颤抖。她缓缓抬起头来，等她透过泪眼看清眼前的人是佟肖云时，忍不住声音颤抖地问道："肖云姐你咋来了？"

"傻丫头，来，到姐姐怀里来，别在地面上坐了，地上凉。我来陪你，哪里都不去，你别害怕！"佟肖云将乔伊冰冷的身体拉进了怀里，搀扶着她在板凳上坐了下来，轻声细语地安慰着她。

乔伊咬着嘴唇，拼命忍耐着。可是最终她还是坚持不住，紧紧抱着佟肖云，嘴巴一张，哇的一声哭了起来。

她边哭边问道："肖云姐，你说建龙哥哥他会不会像哥哥一样突然就死了？他是我在这个世界上唯一的亲人了，我好害怕他会突然死了。若是连他也不在了，只剩下我一个人，孤苦伶仃地活在这个世界上，我该怎么办？"

在场之人听了她的这番话，眼泪都止不住落了下来。

佟肖云用力将眼泪擦去，吸了吸鼻子说道："傻丫头别胡说，建龙兄弟福大命大，这么一点挫折哪里会死？再说了，你安大哥不也在里面抢救吗？怎么就想到死了？不过是一些皮外伤，你不要想太多。"

乔伊抬起泪眼，看着她问道："真的吗？建龙哥哥真的不会死吗？可是他进去很久了，到现在都没有出来……"说完这番话，她一脸担忧地扭头看着急救室紧闭的房门。

佟肖云感觉心脏又缩了缩，在来的路上，宣传部的同志已经把当时的情况告诉她了。巴建龙受了重伤，安明光虽然也受伤了，但是伤势相对来说要轻一点。巴建龙会怎么样，谁也说不清楚。眼下她只能用善良的谎言，先把乔伊给安抚了。

"没事的，你相信姐，顶多就是一些皮外伤。不过嘛……我听说被大火烧了以后，人的皮肤就算是愈合了，也不会变回原来的模样。这建龙兄弟身上多处被烧伤了，等他痊愈以后，你可不能嫌弃他啊！"

乔伊含着眼泪，用力摇着头说道："绝对不会，我绝对不会嫌弃他的，这一点根本不用担心。"

佟肖云趁机和乔伊聊了一些无关紧要的话题，以此来缓解她紧张的情绪。

宣传部的同志看到乔伊冻得脸色发白，嘴唇发紫，害怕她再生病了，便想着去找护士要一条毛毯来。他刚走到电梯那边，就听到电梯"叮"的一声停了下来，紧接着一阵哭声传了过来，电梯里走出来几个医生护士，拉着一辆病床车，上面躺着一个面色惨白之人，旁边还跟着一位哭得非常凄惨的女人。他看到这女人有些面熟，不由得多看了几眼，结果发现这女人竟然是谭浩楠的老婆菊香。

宣传部的同志惊讶地问道："菊香？你怎么到这里来了？这位是？"他一边说，一边将目光凝聚在病床上，随后他赫然发现，躺在病床上的人竟然是菊香的母亲。前不久才听闻菊香的父亲因为中风住院了，这才隔了几天，怎么这老太太也病了？

菊香看到是宣传部的干事，连忙哭泣着说道："我额尼，也不知道怎么回事，睡到半夜突然说胸口闷得很，紧接着就开始吐血……等救护车赶到的时候，她整个人已经昏迷不醒了……眼下我也不知道是什么情况。"

宣传部的干事见状，也没有再多说什么，想着帮助菊香一起，先把老太太给送到急救室去。

就在这个时候，一直在医院照顾菊香父亲的谭浩楠匆匆忙忙跑了过来。他看到宣传部干事的时候，脸上露出了一抹惊慌之色。他随即和宣传部的干事打了一声招呼，又说了一些感谢的话，便和菊香一起将病人给推走了。

宣传部的干事虽然心里觉得有些奇怪，可这毕竟是人家的家事，再加上菊香夫妇都来了，他也不好再过多地询问，以免耽误了病人的病情。想到这里，他找护士要了一条毛毯，就往回走去。

第一百二十章　没有生命危险

等宣传部的干事返回来的时候，在佟肖云温暖的关怀之下，乔伊的情绪已经稳定了下来。她看到宣传部干事的时候，脸上露出了一抹赧色，忙着站起来表示感谢。

现在的天气其实并不冷，乔伊的寒冷其实是心底过度害怕造成的。等情绪稳定下来以后，她感觉自己身上也没有那么冰冷了。

宣传部的干事坐在那里思来想去，总觉得哪里不对劲。他忍不住便将菊香家里发生的事情说了一遍。

大家伙儿听了以后，也觉得这事情怕是没有这么简单。菊香父母一直身体好好的，怎么会突然之间接二连三出现问题呢？尤其是还在这样的关键时刻。

乔伊沉默了好一会儿，这事不管怎么梳理，都有很多的疑点。想到这里，她对佟肖云说道："肖云姐，我们去看看吧！菊香嫂子一家对建龙哥哥有恩，我们不能坐视不理。"

佟肖云点了点头说道："反正他们还没有出来，我们去看看也行。"

宣传部干事害怕乔伊她们出什么事，连忙拦阻道："你们还是别去了，这谭浩楠把你们当仇人一般，眼下他家里发生这样的事情，还以为你们去看热闹。"

乔伊咧着嘴笑了笑说道："您就放心吧！我们去找医生询问一下情况，不和他们碰面的。"

宣传部干事听了这话还是不放心，又叮嘱了几句。

佟肖云也笑着说道："你们就放心吧！这里可是在医院呢！到处都有摄像头，不会出什么事情呢！再说还有我在呢！"

宣传部干事见乔伊她们把话都说到了这个份上，也只能作罢。

原本宣传部的干事想跟着一起去，但是被乔伊以人太多目标太大为由给拒绝了。再说了巴建龙这边也确实需要有人守着，他就只能作罢。

乔伊和佟肖云找到了急诊室值班的护士，说她们是病人的亲戚，赶过来探望病人，一方面想打听一下病人在哪里抢救，一方面打听一下病人的病情。

菊香的母亲刚送来，眼下正在抢救，至于她究竟得了什么病还不好说。不过护士倒是告诉了她们病人的去向。

乔伊和佟肖云按照护士所说，一路找到了菊香母亲的急救室。两个人看到谭浩楠在那边陪着痛哭不已的菊香，便不太好露面上前询问情况。倒不是因为害怕谭浩楠，眼下巴建龙生死未卜，在这样的时候，实在不适合惹是生非。两个人对视了一眼，只能暂时作罢。看来具体的情况只能等明早，趁着谭浩楠不在的时候再来询问了。

等乔伊和佟肖云回到巴建龙所在的急救室时，却发现那里空无一人，也不知道那两个宣传干事跑到哪里去了。

乔伊害怕出了什么事情，连忙拨通了他们的电话。

结果两个宣传干事告知乔伊，巴建龙已经从急救室出来了，如今被安置在特殊护理室，让她们赶紧过去。

听说巴建龙出来了，乔伊再也顾不上别的事情了，一路小跑找到了巴建龙所在的病房。等她推开门，看到浑身缠满纱布的巴建龙时，眼泪再也控制不住，扑簌簌落了下来。病房里还有医生、护士正在交代注意事项。乔伊害怕打扰到医生，用力捂着嘴巴，不让自己发出一点声音来。

直到医生交代完注意事项离开了之后，乔伊才连忙走上前去，她看着昏迷不醒的巴建龙，原本想去抓他的手，可是他的手烧伤得很严重，缠着厚厚的纱布，让她根本不敢去触碰。乔伊张开手，找了半天，竟然没有找到一块可以触碰的地方，她感觉心如刀绞，再也忍不住失声痛哭了起来。

这个时候安明光也从急救室里被转了出来，他身上虽然也有多处烧伤，但是情况比巴建龙好了很多。

安明光来到病房的时候，人还是清醒的。他看到佟肖云也来了，不由得声音沙哑地问道："你怎么也来了？咱妈她知道了吗？"

佟肖云叹了一口气说道："你放心吧！害怕家里老人担心，我没有告诉她们，只说是工作上的事情……就是乔伊这个丫头……"

安明光也叹了一口气，冲着佟肖云摇了摇头说道："我没什么事情，你去多陪陪她，一个小姑娘经历这样的事情……对了，建龙兄弟怎么样了？医生怎么说？"

佟肖云叹了一口气，小声将医生刚才说的话又重复了一遍。

巴建龙在上次救人的时候，肺部呛了水，就一直不太好。他这次又吸入了大量烟气，因此才会昏迷。他的身上更是有多处大面积的烧伤，虽然医生已经进行了救治，但是这个漫长的愈合过程，怕是也会让巴建龙痛不欲生。至于他身体还有没有其他状况，眼下也只能等麻药过去，他醒了以后再慢慢检查了。重要的是巴建龙眼下除了烧伤以外，并没有生命危险。

安明光听到巴建龙没有生命危险，不由得松了一口气，不过看到他这满身的伤，又叹了一口气说道："你不知道，建龙兄弟为了那堆金丝楠木连命都不要了。我赶过去的时候，看到他后背都着火了……"一想起当时的画面，安明光就有些说不下去了。

佟肖云看了一眼眼睛都哭肿了的乔伊，做了一个噤声的手势，示意他不要再说了。

那边开完现场会的季飞云也把电话打了过来，在听说巴建龙没有生命危险之后，他也是松了一口气。他叮嘱两位宣传部的干事，好好照顾巴建龙，今天太晚了，他明早还有一个会要开，等开完会以后马上会赶过来探望巴建龙。

王警官那边也有了实质性的突破，纵火的那些人，被警员们全部抓捕归案，一个人都没有逃脱。他连夜带着派出所的同志，对这些人进行突击审理。说起来奇怪，在这些人之中，王警官竟然看到了谭浩楠餐厅里面的大师傅。

第一百二十一章　初为人父

虽然大家都知道纵火这件事情肯定和谭浩楠脱不了干系，可是王警官万万没有想到，谭浩楠竟然会让大师傅去纵火。

当王警官问大师傅是不是谭浩楠派他来的时候，他却矢口否认，说没有人派他来，他单纯就是看不惯巴建龙。想那巴建龙以前是他手下一个打杂的，没想到一跃成了大老板，整天在他面前耀武扬威的，他看不惯，所以要整治巴建龙，想办法让他的项目开办不下去。

这大师傅没什么文化，也不懂法律，不知道他这个泄愤的行为已经触犯了法律。并且因为他的这种行为，造成两个人受到了严重的伤害，已经构成了故意伤害罪。面对他的将会是法律的严惩。

大师傅听了王警官的话以后，脸色煞白地瘫坐在板凳上，他完全想不到会是这样的后果。

但王警官继续追问幕后之人的时候，他却咬紧牙关再也不肯说话了。以王警官多年的办案经验，判断这事背后肯定有蹊跷，但是让大师傅开口说实话，还需要一点时间。

虽然如此，乔伊她们心中也很高兴了。只要能让这大师傅开口，就能抓到这个幕后主使，彻底铲除这个后患了。

巴建龙是在第二天一早醒来的，和煦的阳光照射在他的脸上。他睁着惺忪的眼睛，看到乔伊趴在床边睡觉。另外一张病床上躺着安明光，旁边趴着佟肖云。

他看到安明光安然无恙，紧张的心情得到了很大的缓解。他看着乔伊憔悴的模样，知道她又熬夜照顾自己，心里感觉愧疚不已。

他想伸手摸摸乔伊，可是微微一动弹身体就传来了剧烈的疼痛。虽然他拼命咬着牙关，不让自己发出声音来，但身体还是微微颤抖了一下。就是这么轻微的颤抖，也让乔伊从睡梦中惊醒了过来。她紧张地摸了摸巴建龙，瞧见他没有什么大碍，这才忍不住叹了一口气。

就在这个时候，乔伊的目光忽然与巴建龙的目光撞在了一起。她呆愣了片刻，才惊喜交加地说道："建龙哥哥，你醒了？你身上还疼吗？还有哪里不舒服？我去喊医生？"

面对乔伊一连串的问话，巴建龙一把抓住了她的手，冲着她摇了摇头说道："我没事……我哪里都好着呢！就是辛苦你了……对不起，说好了我照顾你，可是每次都是你照顾我……"他一脸歉疚地看着乔伊，眼睛里闪动着泪花。

乔伊含着眼泪摇了摇头说道："别说傻话了，你是为了保护国家的财产才受的伤，我以你为荣……"

两个人的目光交缠在一起，久久都没有分开。千言万语都化成了两行热泪，彼此都在对方的目光之中，看到了对未来的希望。

就在这个时候，尚在睡梦之中的佟肖云不知道怎么了，忽然发出一阵阵怪异的声音。紧接着她清醒了过来，捂着嘴跑到卫生间里呕吐了起来。佟肖云吐了好一会儿，才一脸苍白地从卫生间里走了出来，看起来非常难受。

乔伊以为佟肖云是在医院里守夜累到了，连忙担心地上前问道："肖云姐，你没事吧？不然我陪你去找医生看看吧！"

佟肖云摆了摆手说道："没事没事，就是不知道怎么了，感觉头晕恶心得很……可能是昨晚上没睡好，休息一会儿就没事了……"可是她这番话还没有说完，就又忍不住冲进卫生间呕吐了起来。

乔伊见状担心地对巴建龙说道："建龙哥哥你再睡一会儿，我先陪肖云姐去看病，然后把早饭给你带回来。"

这个时候安明光也惊醒了过来，经过一个晚上的休息，他的状态恢复得很好。他一脸担心地看着佟肖云说道："不然你回去休息吧！最近你又是伺候额尼，又要照顾我，还要上班，人都累坏了。我自己在这里可以的，能走能动的，不用人照顾我。"

佟肖云从卫生间里走了出来，倔强地摇着头说道："那可不行，我要留下来照顾你，不然我不放心。"

"肖云姐我还是陪你去找医生看看吧！这样大家都放心了。"乔伊说完走了上去，不由分说拉着她的胳膊就离开了病房。

安明光一脸担忧地看着两个人的背影，自言自语地说道："最近发生了这么多事，可千万别再出什么事情啊！"

巴建龙笑着安慰道："你就放心吧！我觉得没什么事情，估计就是太过劳累了。"

乔伊和佟肖云这一去，就去了一个多小时。

等这两个女人再次出现在病房的时候，脸上都带着喜气洋洋的表情。尤其是佟肖云，绯红的脸蛋上还带着一抹娇羞之色。

安明光看着她焦急地问道："怎么样？检查了吗？医生怎么说？"

乔伊故意板着脸，一本正经地说道："医生说了，有问题，这问题可大了……"

安明光听了这话，不顾身上的疼痛，一下从床上坐了起来，大声问道："究竟是怎么回事？你们快把话说清楚。"

乔伊看到他紧张的模样，连忙摆手说道："好了好了，不逗你了，你快躺好。医生说肖云姐怀孕了，已经快两个月了……"

"什么？怀孕了？竟然怀孕了？"安明光又惊又喜地看着佟肖云，一脸的不可置信。

佟肖云小脸微红地点了点头，示意他确实是怀孕了。

这可把安明光给高兴坏了，要知道他们结婚这么多年了，却一直没有自己的孩子。不但安老太太总找佟肖云的碴，就连乡里的人也总是对他们指指点点的。虽然安明光不在乎，可是他害怕佟肖云受到委屈。眼下她居然怀孕了，这让安明光高兴得都快飞起来了。

他连忙招呼佟肖云坐下，一会儿叮嘱她要好好休息，不要累到了，一会儿又问她想吃什么东西，自己去买。

第一百二十二章　双喜临门

佟肖云不好意思地看了看巴建龙他们，娇嗔地说道："你好好躺着别动，你现在还是病人，我能照顾好自己。你忘记我是做什么工作的了？"

她是做妇女工作的，每天都和各种妇女打交道。虽然她自己没有生过孩子，但是妇女怀孕了以后，应该注意什么事项，她这心里都非常清楚。更何况这一胎来得如此不容易，她自然会万分小心的。

安明光因为太高兴了，倒把这个事情给忘记了。他不好意思地挠着头皮说道："你看我，一高兴把什么事情都给忘记了……"

佟肖云怀孕这件事情，冲淡了大家心中的担忧和烦恼。

安明光高兴地打电话和安老太太报喜，这老太太激动地要来医院接儿媳妇回家养胎，安明光劝了老半天，才总算将人给劝住了。

正在四个人有说有笑的时候，季飞云突然从门外走了进来。原本他想着病房里应该是一片愁云惨淡的景象，他还想着怎么劝慰两个女人。但眼前的她们非常欢愉，没有一点忧愁的模样。这倒让他有些意外。

"这……是不是我来得不是时候？是不是有什么好事，我可以听听吗？"季飞云声音爽朗地问道。

正在吃饭的巴建龙抬头看到季飞云来了，连忙笑着把佟肖云怀孕的事情说了一遍。

这佟肖云一直没有生育的事情，季飞云也有所耳闻。不过在他看来这并非什么大事，他认为只要一家人在一起过得舒心，有没有孩子也是没有影响的。不过谁不想有自己的孩子呢？所以他听了这个消息以后，也是真心替佟肖云感到高兴，忙不迭地恭喜了一番。

大家客套了一番之后，季飞云这才收起笑容，一脸严肃地说道："刚才我已经找医生问过了，虽然眼下已经做完手术了，但是你们这病情还是很严重，需要好好休养。工地上的事情你们就不要担心了，我已经成立了工作组来对接金丝楠木的事情。同时我也要代表咱们乡里对你们表示感谢和慰问。若不是你们……这些金丝楠木恐怕就要遭受很大的损害了……"

巴建龙连忙摆手，一脸歉意地说道："季乡长您这话就言重了。我已经听王警官说了，那大师傅之所以会去放火，主要是因为记恨我个人。若不是因为我的话，这些金丝楠木也不会受到损害。说起来我还要给您道歉，因为我没有处理好这些个人关系，才给大家伙儿带来了这么多麻烦。"

季飞云听他说完这番话，眼神不由得忽闪了一下。按照一般人的思维，在这样的情况之下，通常多会努力往工伤这方面去攀扯，因为这样的话就可以找乡里要医药费和补偿。可巴建龙倒好，明明是因为保护国家财产受了这么重的伤，他不但不要求赔偿，还把所有的责任都归咎到自己身上。这让季飞云心里有些感动，可是他又不好再多说什么。

想到这里，季飞云叹了一口气说道："行了，咱们说些开心的事情吧！来之前我去县里开会，县里已经派出了专家组，去指导工程队怎么对这些金丝楠木进行保护。我估计等你们出院的时候，这些金丝楠木已经被妥善保护起来了。你们就可以放手大胆去搞开发建设了。"

就像是应景一般，季飞云的话音刚落下，巴建龙的手机就响了起来。他让乔伊拿起来一看，见是汪海洋打来的电话。考虑到汪海洋前面说了要带工作组来调研开发锡伯族古城的事情，巴建龙便让乔伊接通了电话。

汪海洋在电话那端热情洋溢地说他们工作组已经订好了三天之后的机票。他让巴建龙和乡政府沟通一下，看到时候能不能让乡里派个招商局的同志，和他们对接一下当地的扶持政策。

季飞云笑着从乔伊手中接过了手机，声音爽朗地说道："这事不用商量了，我这就给你拍板，我已经安排了我们一名负责招商事宜的副乡长，让他全程陪同你们这次考察。"

汪海洋没有想到季飞云居然也在现场，得到季飞云肯定的回答，他的心里算是吃了一颗定心丸。毕竟这么大的文旅项目，若是没有地方政府的支持，是很难往前推进的。

挂了电话以后，巴建龙一脸为难地看着季飞云说道："季乡长您看，这工作组的人三天以后就要到了，还有很多工作要完成。您看我能不能提前出院？"

结果他的话音刚落下，就遭到了所有人的一致反对。

毕竟他身上的烧伤很严重，若是不好好休养的话，引起发炎之类的事情，恐怕会要了他的命。虽然工作重要，但是巴建龙的健康更重要。所以这事在季飞云这边根本没得商量。

巴建龙见大家伙儿的反应这么大，便退而求其次地要求转院回五乡继续治疗。因为离得近，方便沟通工作。

季飞云在征求了医生的意见之后，才勉强答应了他的请求。但是季飞云给乡里的医院下了死命令，这巴建龙身上的伤没养好，就坚决不能让他出院。

巴建龙见自己的要求已经实现了一部分，等回到乡医院之后，很多事情他就能操作了，所以表现得非常配合。

乔伊将巴建龙在乡医院安顿好之后，拿着他换下的衣服，准备送回家里去。在回去的路上，她遇到谭浩楠带着房管局的几个人往他自己餐厅里面走。

当时她也没有往心里去，可是乔伊在路上看到菊香一脸悲痛地从家里走了出来，整个人瘦弱得都脱相了。

乔伊想到菊香家里接连发生了那么多事情，心生不忍，便主动迎了上去，问道："菊香嫂子，伯父伯母的身体怎么样了？"

菊香看到乔伊，眼泪止不住地流了下来。她摇了摇头说道："唉！医生说正在全力抢救，需要花很多钱。这不是，家里的钱都用光了，浩楠说要把家里的地皮给卖了……"

第一百二十三章　原形毕露

"什么？要把地皮卖了？把地皮卖了你们一家以后住哪里？"不知道为什么，乔伊听了菊香的话，右眼皮不自觉地跳了几下，直觉告诉她这可不是什么好事情。

"是卖餐厅那一块地皮，浩楠说父母的病必须治，眼下家里最值钱的就是这个餐厅……我知道他舍不得，但是这也是没有办法的事情。"菊香说着又抹起了眼泪。

乔伊眼神忽闪了几下，但是这是菊香的家事，她总不能说不能卖餐厅吧？

这些年菊香家里都是完全靠着这个餐厅生活的，至于这个餐厅能赚多少钱，还不是谭浩楠说了算？这谭浩楠若是不肯拿出钱来给菊香父母治病，那两个老人可能就真的要在医院等死了。

这是人命关天的大事，她一个外人自然不好多说什么。她安慰了菊香一番，就告辞往家走。

在路过餐厅的时候，乔伊听见有人在议论："你们听说了吗？这谭浩楠为了给岳父岳母治病，将这个酒店低价给卖了。"

"低价……多低的价格."

"听说就卖了几万块钱吧。"

"什么？就卖了几万块钱？"

这下不光是别人奇怪，就是乔伊也感觉很震惊了。

谭浩楠的餐厅在乡里最繁华的地段，而且又是临街。先不说整栋楼房的价格，就单说是那块地皮的价格，也不止几万块钱。再加上这三层小楼，当初盖起来的时候也花了几十万。眼下就算是着急出手，卖个四五十万也是没有问题的。这个菊香真是糊涂，怎么能几万块钱就把这么大一栋房子，连同地皮都给卖掉了呢？就算是再缺钱也不能这么干啊！这分明是一个陷阱，这个质朴的女人，却相信了谭浩楠的鬼话，就这么将餐厅给卖出去了。

乔伊很容易便猜到，这个所谓的买家肯定是和谭浩楠有关系。他自导自演了这么一出戏码，用几万块钱就将这栋房子给骗到手了。想到这里，乔伊感觉唏嘘不已。但是碍于这是菊香的家事，她与菊香也不是很熟悉，再加上人命关天，这个时候她更不方便说什么了。

乔伊回到医院以后，将她的所见所闻和巴建龙等人说了一遍。大家伙儿也是一脸震惊，唏嘘不已。但是这样的事情，他们这些外人是不好多说什么的。更何况事情已经成了定局，眼下再说什么也没有用了。

巴建龙幽幽地说了一句："眼下只能希望谭浩楠还有一点良心，不要抛弃菊香母子。不然还带着两个生病的老人，她这以后的日子可怎么过啊？"

巴建龙的话，让病房里的气氛一下变得很低落。

这也是乔伊所担心的，她害怕巴建龙担心，便没有把心里的想法说出来。

汪海洋来到了乡里，才知道了巴建龙受伤的事情。他把行李放下便马不停蹄地赶到了医院，对巴建龙表示了关心和慰问，同时也埋怨巴建龙，出了这么大的事情竟然没有告诉他。

汪海洋来之前也联系了佟俊青。佟俊青一直在山上忙他的项目建设，所以不知道巴建龙受伤的事情。等他赶到医院看到巴建龙这副模样，心疼得眼泪都差点掉下来了。

巴建龙连忙安慰了他们一番，并且说医生说了，再有两三天，他的伤口拆了线就能回家休养了，让大家伙儿不要担心。

接下来他们又针对工作的开展进行了讨论，大家伙儿聊得很投机，不知不觉间就到了午饭的时候。

巴建龙不能离开病房，便让乔伊带着汪海洋他们去吃饭。

乔伊考虑到谭浩楠卖房子的事情，便想着利用吃饭的机会去探听一下消息。因此便故意带着汪海洋他们去谭浩楠家的餐厅吃饭。

结果，乔伊带着人刚走到餐厅的门口，就听见里面传来一阵哭闹的声音。

听这哭喊的声音很明显就是菊香的。

"浩楠，你不能这么没良心啊！这些年我们一家都对你不薄，你怎么可以为了这样一个女人，抛弃我们母子俩？我父母还在医院里住着，这以后让我们可怎么办啊？"

"呸！老子早就受够你们一家人的气了。我在你们家里就是一个赚钱的机器，每天早出晚归赚钱，养着你这群废物……赶紧给我滚出去，以后别再来找我了，否则别怪我对你不客气。"

谭浩楠骂骂咧咧地把菊香往外面赶，菊香乍逢骤变，根本接受不了这个事实，一直拉着谭浩楠苦苦哀求。没想到谭浩楠翻脸不认人，直接动手将菊香给打了。

乔伊看不下去了，气呼呼地走进了餐厅，大声喊道："有人吗？我们要吃饭……"

谭浩楠见来了生意，这才停止殴打菊香。他看到是乔伊带着人来吃饭，眼神忽闪了几下。

乔伊直接把钱拍在了桌子上，报了一堆菜名。

谭浩楠是个见钱眼开的主，虽然他很讨厌乔伊，但是不会跟钱过不去。所以他拎着菊香的衣领，将被打得鼻青脸肿的菊香给丢了出去。自己则去后厨帮忙了。

乔伊等人看到这样的场景，心里唏嘘不已。这男人若是变了心，对什么都会不管不顾。可怜的菊香，父母还在医院里，如今谭浩楠又将她扫地出门，这餐厅也被谭浩楠给贱卖了，以后这一家的生活该怎么办啊？

亲眼见到了这件事情，这一顿饭乔伊吃得索然无味。既然谭浩楠已经和菊香撕破了脸，那她也没有什么好顾虑的了。她把汪海洋等人送回去休息以后，便去找菊香。

菊香正抱着孩子，坐在家里痛哭不已。

乔伊看到这样的场景，感到心疼不已。她叹了一口气走上前去，细细询问了具体情况。

通过菊香的讲述，乔伊才知道，原来那房子卖了之后，谭浩楠承诺的几万块钱也没有到位，而且人也不去医院了。菊香被医院催得没有办法，只得跑回来找谭浩楠。

第一百二十四章　美丽家园（大结局）

结果菊香却发现谭浩楠和人在餐厅里鬼混，她这才明白自己当初的猜测都是真的，可惜她明白得太晚。

菊香上前和谭浩楠争辩，谭浩楠便逼着她离婚。她不同意便被谭浩楠打了一顿。而且谭浩楠还撂下话来，她什么时候在离婚协议上签字，什么时候才把医药费给她。否则就让她等着那两个老不死的被人从医院里给扔出来。

菊香失声痛哭，问道："乔伊妹子，你说我究竟做错了什么事情？老天爷为什么要这么惩罚我？"

乔伊叹了一口气说道："菊香嫂子，我说句你不爱听的话，你错就错在识人不明，心肠太过软弱，养虎为患。从谭浩楠第一次动手打你，你就应该警醒，不应该被他的花言巧语所骗。他从一开始就打着骗走那套房子的坏心思，眼下房子骗到手了，你也没有利用价值了，他自然不会再哄着你了。

"眼下明白他是什么样的人也不晚，这里有些钱你先拿着，去把医药费给交了。菊香嫂子，事到如今你不要再软弱了，你应该拿起法律武器保护好自己。就算不是为了自己，也要为了父母和孩子着想。若是没有钱，你以后的日子可怎么过？你好好想一想吧！"她给菊香留下了一笔钱，然后转身离去了。

一直坐在地面上无助哭泣的菊香，握着手中的银行卡，眼神逐渐坚毅了起来。她非常明白乔伊所说的话都是对的，只是她一直自欺欺人罢了！眼下她已经没有退路了，再退就只有死路一条了……

经过几天的休养，巴建龙的身体恢复得很快，拆了线以后，就可以出院回家了。

佟俊青亲自开着车来接他出院，一行人有说有笑地正要离开的时候，王警官突然从外面走了进来。

王警官这次来，给大家带来了一个非常沉重的消息。那就是经过医生的仔细检查，发现菊香的父母之所以会突然生病，是因为中毒。有人给他们吃了那种相生相克的食物，这些食物单独食用都没有什么毒性，放在一起食用之后，却会产生一些毒素，对人的身体非常有害，会损伤人的神经元……

菊香联想到谭浩楠反常的举动，便一纸诉状将谭浩楠告上了法庭。根据菊香提供的证据，法院将对谭浩楠立案调查。

和谭浩楠鬼混的那个女人，听说谭浩楠被起诉了之后，直接带着餐厅的产权证，以及谭浩楠的所有存款逃走了。

原来当初谭浩楠为了从菊香那里骗走餐厅的产权，便听信了那个女人的话，将产权过户到她的一个相好的头上去了。这下两个人带着谭浩楠所有的钱双宿双飞了。

谭浩楠知道这些事情以后悔不当初。而大师傅那边，王警官多次审问以后也得到了突破性的进展。大师傅承认是谭浩楠给了他一笔钱，指使他去放火的。

面对这铁一般的事实，心灰意冷的谭浩楠最终说了实话，承认了自己所有的罪行。

菊香的父母知道这件事情以后，也是悔不当初，都怪他们自己识人不明，才给全家招来了杀身之祸。不过经过医院的全力救治，这两位老人的身体正在逐渐恢复，相信不久之后，他们的身体就能康复。

谭浩楠犯下的这种种罪行，哪一桩都够让他受到法律的严惩了。事到如今他终于幡然醒悟，认为自己亏欠了菊香母子，想要得到菊香的原谅。但被菊香给拒绝了。菊香说要带着孩子重新开始生活，就当从来没有认识过谭浩楠。

因为谭浩楠等人非法买卖了餐厅的所有权，所以人民检察院也以谭浩楠等人构成非法转让土地使用权罪向人民法院提起公诉。相信不久之后，餐厅的产权也将回到菊香的手里。

相信经过这次事件之后，菊香一家再也不会识人不明了。

乔伊听到这里，脸上终于露出了宽慰的笑容……

随着巴建龙的身体康复，风情园和锡伯族古城的项目开发都被提上了日程。

在各级领导的支持下，两个项目都开始动工。

经过半年的建设，整个孙扎齐牛录乡完全变样，有了和城市里一样的柏油马路，如诗如画的亭台楼阁和风景，让乡里的人感觉就像是生活在城市中。

风情园竣工之后，贺晓明利用各个媒体平台对风情园进行了大规模宣传。无数游客慕名前来旅游，感受锡伯族文化，品尝锡伯族的美食。风情园项目可以说是取得了巨大的成功。

与此同时，佟肖云也在医院里生下了一对龙凤胎，这可把安老太太高兴坏了……

巴建龙和乔伊手牵着手，在夕阳中漫步在已经初具规模的锡伯族古城之中。两个人紧紧依偎在一起……

夕阳下，巴建龙望着察布查尔大渠的方向，一脸动容地说道："乔主任你看，如今的孙扎齐牛录乡已经大变样了……它是不是你当初设想的那般呢？"

乔伊冲着巴建龙微微一笑说道："我相信你的努力哥哥一定看见了，他在九泉之下一定会含笑瞑目的……"

巴建龙紧紧搂着乔伊，两个人站在夕阳下出神地望着焕然一新的孙扎齐牛录乡……